«... pura evasión con una verdad ineludible detrás. [*Beso*] es fascinante, está maravillosamente tratada y muy bien contada».

—*TITLETRAKK*

«[Una] odisea en lo paranormal que transporta a los lectores a otra dimensión y los hace regresar con la cabeza dando vueltas, sin que puedan volver a ver nunca su propio mundo del mismo modo... Ardientemente intensa».

—RESEÑA EN *PUBLISHERS WEEKLY* SOBRE *LLAMAS*

«Dekker y Healy forman un poderoso equipo capaz de crear un astuto suspense redentor. *Beso* te embelesa las emociones y es intelectualmente fascinante: ¡no te lo pierdas!»

—LISA T. BERGREN, AUTORA DE *THE BLESSED*

«El cerebro humano bien podría ser la última frontera real; sabemos muy poco acerca de él y aun así mueve el mundo tal y como lo conocemos. Cuando autores como Erin y Ted exploran con tanta valentía estas regiones misteriosas, adentrándose en lugares tan complejos como la memoria, el alma y las relaciones, me enganchan. La creatividad de esta historia repleta de suspense seguramente enganchará también a otros lectores. ¡Realmente memorable!»

—MELODY CARLSON, AUTORA DE *FINDING ALICE*, SOBRE *BESO*

«Dekker y Healy demuestran ser un equipo ganador en este *thriller* imaginativo e intrigante».

—JAMES SCOTT BELL, ESCRITOR SUPERVENTAS DE *TRY DARKNESS*, SOBRE *BESO*

«[*Llamas* tiene una] trama explosiva que estallará en llamas justo en medio de tu alma y te atrapará con ardiente ferocidad».

—*TITLETRAKK*

NUNCA
TE
DEJARÉ
IR

NOVELAS DE ERIN HEALY
COESCRITAS CON TED DEKKER

Beso
Llamas

NUNCA
TE
DEJARÉ
IR

ERIN HEALY

GRUPO NELSON
Una división de Thomas Nelson Publishers
Desde 1798

NASHVILLE DALLAS MÉXICO DF. RÍO DE JANEIRO

Para Amber,
que sigue perdonándome

{capítulo 1}

Durante siete años Lexi Solomon había sido tan fría como el viento que corría montaña abajo más allá de su casa. No era un frío «que te hiela la sangre» ni «que te congela con la mirada», sino que la entumecía con el frío que proviene de sentirse desprotegido y abandonado. Solamente el amor de su hija, un amor cálido e inocente, tan sencillo de corresponder, había evitado que muriera por congelación.

En la parte de atrás del Red Rocks Bar & Grill Lexi comprobaba que el escalón trasero no estaba congelado y salía cerrando la puerta de la cocina de un empujón. Los tempestuosos elementos se habían pasado décadas resoplando y jadeando en la parte trasera del frecuentado local sin ninguna otra forma de demostrar su esfuerzo que un toldo hecho jirones y una puerta de malla metálica abollada. La robusta bovedilla, pintada para que se correspondiese con el rojizo polvo de arcilla que cubría Crag's Nest, era tan resistente como la nieve que se negaba a fundirse en pleno verano en aquella altitud. Y solamente era marzo.

Lexi se apretó contra el cuello su raída chaqueta de plumas, la misma que había estado usando desde secundaria, mientras manejaba torpemente las llaves del restaurante con la otra mano desnuda. Había embutido su único par de guantes en el bolsillo del abrigo de su hija aquella mañana porque Molly había perdido los suyos de camino a casa al salir de la escuela.

Lo que solamente podía significar que no los había llevado puestos. Lo más probable sería que Molly tampoco se hubiera puesto los guantes hoy. Bueno, sólo tenía nueve años. Lexi sonrió ante esa idea y pensó que quizá los recuperara. Ojalá volviera a ser una niña de nuevo, ajena al tiempo y a la humedad.

Lexi deslizó la llave dentro de la cerradura barata y la giró con facilidad. Aquella grasa de hamburguesa lo cubría todo. Encima de su cabeza una bombilla amarilla contra insectos brillaba sobre una losa resquebrajada de hormigón. Su fatigosa respiración formaba una nube en el aire nocturno que después empañaba el cristal de la puerta de alambre.

Eran las 2:13 de la madrugada. Trece minutos más tarde de la hora a la que Lexi solía salir, gracias a un ordenador congelado que tuvo que reiniciar dos veces antes de poder cerrar el cajón de la máquina registradora y guardar el ingreso del día en la caja fuerte. Trece minutos menos del precioso y escaso tiempo que tenía para pasar con Molly, acurrucada junto a ella en su única y endeble cama.

Entre los dos trabajos de Lexi y los días de escuela de Molly, calculaba que tenían unos noventa y cuatro minutos juntas, despiertas, al día. No era suficiente.

Lexi cerraba el restaurante todos los lunes, miércoles y viernes por la noche. *Restaurante* era una palabra demasiado generosa para aquel antro grasiento a menos de un kilómetro de la avenida turística principal, demasiado lejos para atraer a muchos forasteros. Pero el sitio era bastante familiar, y los vecinos eran fieles y dejaban propinas justas, y los cincuenta dólares de más que conseguía por ser la última en marcharse tres veces a la semana no hacían daño. Cada pequeña migaja las acercaba a Molly y a ella a una situación mejor. Una casa más buena en una mejor zona de la ciudad. Un coche más fiable. Ropas más abrigadas.

Molly necesitaba zapatos nuevos y una vez que Lexi se pusiera al día con el pago de aquella factura vencida pensaba que tendría suficiente para comprar el par que tenía lentejuelas pegadas a los lados. Quizá para el cumpleaños de Molly. Había visto a su hija inclinada sobre una fotografía de los zapatos en un catálogo gratuito que había dejado allí su compañera de piso, Gina.

Después de zarandear la puerta cerrada de la cocina por si acaso, Lexi le dio la espalda al brillo deslumbrante de la bombilla desnuda y se dirigió a su Volvo. Aquella cosa vieja y robusta estaba aparcada en el extremo más alejado del desgarbado asfalto, con el guardabarros husmeando un oscilante terreno con césped alto, porque allí era donde se alzaba la única farola que funcionaba, y Lexi no era tonta cuando se trataba de aparcamientos vacíos y cierres a altas horas de la noche. El viento atravesaba sus pantalones chinos, entumeciéndole los muslos.

Toqueteó la lata de espray de pimienta en su llavero mientras pasaba por delante del contenedor de escombros detrás de la cocina. Un hombre grande podría escurrirse entre él y el hueco de hormigón donde estaba el cubo de basura con bastante facilidad. Jacob, el lavaplatos, lo hacía en sus descansos para fumarse un cigarro, porque el gerente no toleraba el tabaco ni siquiera en el exterior.

Una silueta oscura salió disparada, saltando sobre la larga sombra de su cuerpo que arrojaba la luz dorada de detrás. Se estremeció y después regañó.

—¡Largo, Félix!

El gato que residía en el callejón llevaba algo en la boca. Lexi supuso que sería un hueso de pollo, pero también podía ser un ratón. Saltó la endeble verja de listones de madera que separaban el restaurante de la tintorería de al lado.

Los tallos de hierba del campo, tan altos como sus hombros, susurraban secretos.

Dio un paso desde la losa hasta el aparcamiento asfaltado. El haz de luz sobre su Volvo plateado, que se inclinaba a la izquierda debido a una débil suspensión, se fue durante unos segundos para volver después a la vida a trompicones. Sólo era cuestión de tiempo para que la bombilla finalmente muriese, y entonces pasarían semanas antes de que el gerente se decidiera a resucitarla. Siempre que cerraba deseaba que la luz aguantase al menos una noche más. Consideró la idea de empezar a estacionar más cerca de la cocina. Sólo por si acaso.

¿Por si acaso qué? Tara había sido asesinada en un luminoso centro comercial, en medio de una bulliciosa multitud. Quizá el sitio donde una mujer aparcase en la oscuridad de la noche no importaba tanto como esperaba.

Los zapatos de fina suela de Lexi hicieron un sonido audible y fangoso sobre el frío asfalto mientras ella aceleraba el paso, con los ojos escudriñando el aparcamiento como si fuera alguna clase de escáner de última generación. Sus llaves creaban un sonido metálico mientras se balanceaban contra la lata de espray de pimienta. Llevaba una lata de repuesto en la mochila colgada a su hombro. Otra más en su guantera. Una cuarta enterrada en el tiesto en el exterior de la ventana de la cocina de su casa, justo al lado de la puerta delantera. Lexi se preguntaba por millonésima vez a qué edad debía Molly empezar a llevar una en su mochila.

Al vislumbrar el oscuro cristal de las puertas traseras del coche deseó de nuevo tener uno de esos mandos a distancia que podía encender las luces del interior del vehículo desde una distancia prudencial.

La luz del aparcamiento se entrecortó de nuevo y esta vez se quedó en negro. La luz fija amarilla detrás de ella también parpadeó una vez y murió, dejando a Lexi desamparada en el oscuro aire exactamente a medio camino entre el restaurante y el coche. Se detuvo. Un segundo más tarde, dos a lo sumo, la luz sobre el Volvo volvió a trastabillar de nuevo poco a poco hacia una luminosidad relativa.

Ahogó un grito. El aire enrarecido le acuchillaba la garganta. Los tallos de hierba se habían quedado en silencio y el viento estaba tan quieto como si Dios se hubiera interpuesto entre éste y la tierra.

Las cuatro puertas de su coche estaban abiertas de par en par. Dos segundos antes estaban completamente cerradas, pero ahora estaban tan abiertas como la incrédula boca de Lexi, que se abrió de golpe con la velocidad de una navaja automática, el tirón de una palanca invisible, el rápido movimiento de la luz de un ilusionista.

Una pesada mano aterrizó sobre su hombro desde atrás. Lexi chilló y se giró deshaciéndose de ella.

—Sexy Lexi.

Con la mano en la garganta, su pulso martilleaba a través de las capas de la fina chaqueta y su respiración era demasiado superficial como para hablar.

Un fino sobre blanco ondeó entre los inquietos dedos de la mano izquierda del hombre. Por la manga de su camiseta asomaba un tatuaje que le ocupaba casi toda la parte superior del brazo izquierdo. Era un juego de llaves, llaves maestras, que colgaban de un gran aro redondo. Era de mediana edad, de piel cetrina, y su pelo oscuro necesitaba un buen corte. Mechones grasientos que se revolvían en pequeños rizos le salían por debajo de una gorra de punto. La deshilachada camiseta parecía muy fina sobre su pecho estrecho y sus brazos vigorosos, pero no temblaba por las bajas temperaturas.

Dijo:

—Por una parte esperaba que estuvieras fuera de la ciudad, después de todos estos años.

El miedo de Lexi disminuyó un poco y pasó del primer sobresalto a la incomodidad. Dio un paso atrás, mirando involuntariamente hacia su coche. Años atrás Warden Pavo había sentido un placer adolescente por las bromas. Ella se preguntaba cuántas personas tendrían que verse involucradas para quitarse de en medio a alguien como él.

—¿Por qué iba a abandonar Crag's Nest si pensaba que tú no volverías a poner un pie por aquí, Ward?

—Warden.

—Sí. Me olvidaba.

Él esbozó una sonrisa de suficiencia.

—¿Cómo está la familia?

—Bien.

—¿Sigue tu madre trotando por el mundo?

Lexi le miró fijamente, encontrando aquel interés en su familia nuevo y extraño, y hasta ofensivo quizás.

—¿Alguna mejoría en el viejo y querido papá? —preguntó.

—¿Qué es lo que quieres, Ward?

—Warden.

Lexi se cruzó de brazos para esconder su temblor.

—¿Qué? —dijo—. Me enteré de que tu viejo había tocado fondo y me preocupé por ti.

—Tú jamás te has preocupado por nadie que no fueras tú mismo. Además, eso pasó hace años.

—Después de todo lo que ocurrió con tu hermana. Qué tragedia. Vaya, lo siento mucho, ya lo sabes.

Ward sacó un cordón de nilón del bolsillo de sus vaqueros. Al final colgaba un pequeño llavero. Girando el cordón como la pala de una hélice, lo enroscó alrededor de su muñeca, enrollándolo y desenrollándolo.

Lexi miró para otro lado.

—Eso ya está olvidado —contestó.

—¿De verdad? Von Ruden está a punto para la libertad condicional. Me imagino que te has enterado.

Ella no lo sabía. Un escalofrío sacudió sus hombros, aunque el viento no había vuelto a soplar. Listo para la libertad condicional en sólo siete años.

Norman Von Ruden había asesinado a Tara, la hermana mayor de Lexi. La había apuñalado en una zona de restauración a la hora de comer durante las prisas navideñas, cuando había tanta gente que nadie notó que había sido atacada hasta que alguien golpeó su cuerpo encogido con la bolsa de la compra. Después del funeral de Tara, el padre de Lexi había levantado el puente levadizo de su mente dejándola a ella con su madre en el lado incorrecto del foso.

—¿Por qué será que siempre que apareces puedo esperar malas noticias?

—Eh, eso no es justo, Lexi. Sólo estoy aquí para ayudarte, como siempre.

—Un dedo es demasiado para contar las veces que me has ayudado.

—Sé amable.

—Lo soy. Podrías haberme ayudado hace años negándote a venderle a Norm.

—Venga ya. Sabes que no fue eso lo que ocurrió.

Lexi se dio la vuelta y se dirigió rápidamente hacia su Volvo abierto.

La voz de Ward la persiguió.

—Norm era cliente de Grant, no mío.

Lexi siguió caminando. Ward la siguió.

—Si quieres culpar a alguien, tendrá que ser a Grant —replicó. Las llaves de Ward hicieron un sonido metálico seco al golpear la parte interior de su muñeca—. Puedes culpar a Grant por muchos de tus problemas.

—Te agradecería que no sacaras a relucir a Grant —dijo. Era cierto que el marido de Lexi no le había dado una vida de color de rosa. El mismo año en que mataron a Tara, Grant salió de la ciudad en el único coche que tenían y nunca más volvió. Lexi, que no tenía dinero para pagar un divorcio, tampoco recibió nunca los papeles de Grant y a veces se preguntaba si sólo con las leyes de abandono su separación se consideraría oficial.

Aparte de eso, ella había conseguido evitar que sus pensamientos persiguieran a Grant con demasiada frecuencia. Sólo Molly merecía la concentración incondicional de Lexi. Por el bien de Molly había prometido tener más cabeza que Grant.

Lexi alargó la mano y cerró la puerta trasera izquierda de un portazo. El marco de metal estaba caliente al tacto, como quemada por el sol pero sin sol. La inesperada sensación hizo que titubeara antes de dar la vuelta y cerrar la otra puerta trasera. Aquella también estaba anormalmente caliente. Se limpió la palma de la mano en la parte de atrás de sus pantalones.

—Si eso es todo lo que has venido a decirme, buenas noches.

—No lo es.

Ward dejó de girar el cordel y se quedó de pie junto a la puerta del conductor. Ella le miró por encima del techo del Volvo y se fijó en el sobre que él tenía en la mano y que extendía hacia ella.

—Te he recogido el correo.

—¿Cómo?

—Intercepté al cartero.

—¿Por qué?

—Para ahorrarte la molestia.

—En vista de que no es ninguna molestia para mí, te ruego que no lo vuelvas a hacer.

—La verdad es que podrías ser un poco más agradecida.

Ella se inclinó sobre el coche y estiró el brazo por encima del techo, haciéndole gestos para que le entregara el sobre. Él lo balanceó encima de su palma extendida. Ella se lo arrancó de entre los dedos.

—Gracias —dijo ella, esperando que se fuera. Levantó la solapa de su mochila con la intención de meter la carta en el interior.

—Ábrela.

—Lo haré, cuando llegue a casa.

—Ahora.

Sus llaves de Ward volvieron a cortar el aire con aquel cordel que giraba. Más que irritarla, aquel movimiento le resultó amenazante. Aquellas llaves eran un arma que podía infligir un serio daño si la golpeaban entre los ojos a la velocidad que fuese. Pensó que las vio venir hacia ella y se echó hacia atrás bruscamente, sintiéndose avergonzada después.

—Leo mi correo sin espectadores.

—Añádele un poco de emoción a tu vida. Hazlo de un modo distinto esta noche.

—No.

—No es una sugerencia.

Lexi cerró la tercera puerta y deshizo el camino andado por detrás del coche hasta donde Ward estaba esperando. Se concentró en mantener una voz segura.

—Ward, es tarde. Me voy a casa. Mi hija...

—Molly. Se ha convertido en toda una señorita y está lista para la cosecha, ¿verdad? —A Lexi le subió una bocanada de calor por el cuello—. La vi hoy en la escuela. En mi humilde opinión, se relajan demasiado con la seguridad por allí.

Las lágrimas que se agolparon en los ojos de Lexi eran tan calientes y cegadoras como su ira. Ese lenguaje tan ofensivo no merecía respuesta. En dos largas zancadas llegó a la puerta del conductor sosteniendo todavía la misteriosa carta y apoyó la mano izquierda en el marco para equilibrar su entrada.

El cordel de nilón de Ward serpenteó y la golpeó en la muñeca, haciendo que retirara la mano de la puerta, que se cerró de golpe.

El papel revoloteó y cayó al suelo. Ella se lo quedó mirando fijamente, con aire estúpido, sin alcanzar a comprender lo que estaba ocurriendo.

Él se agachó para recogerlo.

—Lee la carta, Lexi, y luego dejaré que te marches a casa.

Le dolía el hueso de la muñeca en la parte donde las llaves la habían golpeado. Dio un paso para apartarse de Ward y luego dio la vuelta a la carta para leer quién era el remitente. El sobre era de la oficina del fiscal del distrito de un condado vecino. Tembló entre sus dedos. Lo sostuvo debajo de la luz de la farola durante varios segundos. La luz parpadeó.

—La fecha del matasellos es de hace más de un mes —observó ella.

—Sí, bueno, no te he dicho que haya recogido tu correo *hoy*.

Sus sudorosos dedos estaban pegajosos y combaron ligeramente el sobre blanco. Lexi golpeó el lado más corto del sobre contra el techo del Volvo, luego arrancó una estrecha tira del lado opuesto y dejó caer el trocito de papel en el suelo. Sacó una pesada hoja de papel doblada que extendió sobre el capó.

Pensó que se trataba de la notificación de la vista para la libertad condicional de Norman Von Ruden. A primera vista vio frases como *su derecho a participar* y *testimonio oral o escrito*. Pero un garabato rojo, como si un niño de guardería se hubiese vuelto loco con un rotulador, tachaba la mayor parte del texto. Un círculo atravesado por media docena de flechas rodeaba la fecha y la hora. Unos dibujos a base de palitos, en la parte inferior de la página, representaban a un hombre que salía de una celda de prisión abierta y a una mujer feliz que le esperaba.

Ward respiraba cerca de la oreja de Lexi. Ella sintió su cuerpo demasiado cerca detrás.

—¿No es hermoso? —dijo, señalando—. ¡Éste es Norm y ésta eres tú!

Lexi miró el dorso del sobre para ver si él había manipulado la carta, pero seguía completamente sellado. Él lo sabía. ¿Pero cómo podía saberlo? Se alejó del coche y empujó a Ward para apartarle,

9

dejándose la carta allí. Se dirigió a él con brusquedad para que no notara el miedo que sentía.

—Estás enfermo, Ward. Me voy a casa.

—Estoy perfectamente bien, aunque aprecio tu preocupación. ¿No vas a preguntarme qué significa?

—Significa que no has cambiado nada desde la última vez que te vi. No tengo tiempo para tus bromas.

Abrió la puerta de un tirón y se dejó caer sobre el asiento sin quitarse la mochila del hombro.

Ward tomó la carta y pasó la página, extendiéndosela a ella. Apoyó sus antebrazos sobre la puerta abierta y bajó la hoja de papel garabateada con lo que, a ojos de ella, era otro dibujo juvenil. Se veía una figura roja que parecía un niño con dos x por ojos a través de la puerta de cristal de un horno.

—No es broma, Sexy Lexi.

Lexi sintió que la sangre se le escapaba de la cabeza. Tomó una corta bocanada de aire y bajó la voz.

—Está bien. ¿Qué significa esto, Ward?

—War-*den*. *Warden*. Entérate bien.

No había sarcasmo en la voz de ella en esos momentos.

—Warden. ¿Qué significa esto?

—Ésa es mi chica. Significa que, si amas a tu hija y yo creo que sí, comparecerás en la vista de Norm el próximo viernes y testificarás a su favor.

—¿Qué? ¿Por qué?

—Porque amas a tu hija.

—No puedo hacer eso.

—¿No puedes amarla?

—¡No! No puedo... ¿Norman Von Ruden? Está loco.

—No clínicamente.

—No hagas eso. Le diagnosticaron algo.

—Nada que no pueda arreglarse con un buen loquero y unos cuantos botes de pastillas.

—No —respondió ella negando con la cabeza—. No. Le odio.

—Una vez le amaste. Apuesto a que sigue habiendo una zorra dentro de ti.

Lexi arremetió contra él, arrancándole la carta de las manos y arañándole la piel de los nudillos. A él se le cayeron las llaves sobre el asfalto.

—¡Cómo te atreves!

Ward la agarró con facilidad por ambas muñecas y la empujó hacia el asiento del coche.

—¡Él mató a mi hermana! ¡Destrozó a mi familia! Mis padres...

—Lamentarán también la pérdida de la pequeña señorita Molly si no vienes a la fiesta. De modo que sé inteligente con esto o contaré tus secretos a todos los que amas y a mucha gente a la que no quieres.

—¿Por qué haces esto?

—Porque deberías haberme elegido a mí, Lexi. Todos esos años pasados elegiste a Von Ruden. Pero deberías haberme escogido a mí.

Arrugó la carta convirtiéndola en una bola y la tiró por delante de Lexi al asiento del acompañante.

La luz que daba sobre el coche volvió a apagarse. En la oscuridad, Lexi alargó el brazo y cerró la puerta del coche con fuerza, echó el cierre manual de su puerta y contorsionó su cuerpo para apretar los tres botones restantes por orden.

—Resérvate la fecha —dijo él a través del cristal.

Ella deseó que el viento se llevase sus palabras lejos, pero el aire estaba tan inmóvil como su hermana muerta, sangrando sobre las pegajosas baldosas de aquel centro comercial.

{capítulo 2}

Más allá del parabrisas del coche de Lexi, la oscura cordillera era una dentada hoja de sierra que partiría el cielo en dos si el viento empezaba a soplar de nuevo. Crag's Nest dormía, los escasos semáforos parpadeaban en amarillo y no había otros coches bloqueando el estrecho puente de piedra que separaba su sencillo vecindario del ostentoso distrito histórico y de las trampas para turistas. Le tomó sólo cinco minutos en vez de los ocho habituales llegar a casa. El comentario de Ward sobre ver a Molly en la escuela quemaba la parte posterior de la garganta de Lexi.

Pasó cada segundo del camino lamentando las decisiones que había tomado y que habían dado lugar, aunque fuera de forma indirecta, a la visita de Ward. Hasta cierto punto, su exigencia no debería haberla tomado por sorpresa. Ella sabía que en verdad él era un miserable. Después de arrastrar a su marido al cenagoso arroyo de la adicción a la meta, Ward se había esfumado al mismo tiempo que el mundo de Lexi se escindió de su eje: fue el año que Norm mató a Tara, que Grant huyó y que su padre perdió la cabeza.

La marcha de Ward de su vida había sido como aliviar un peso, aunque ella no podía atribuirse el mérito. Siempre había creído que una vez que Norm cayera y Grant escapara, ella ya no le era útil a Ward. Lo que hizo la acusación sobre su rechazo aún más confusa.

Las intenciones de Ward con respecto a la libertad condicional de Norm eran un misterio. Su declaración no podía garantizar la liberación de aquel hombre e incluso podría ser puesta en entredicho si la junta para la libertad condicional descubría la verdad de su relación con Norm. Durante un fugaz segundo se preguntó si hacer aquello que Ward le había pedido sería el mejor modo de mantener su secreto oculto.

¿Cómo le explicaría Lexi la declaración a su madre?

La pregunta más apremiante era cómo pasar por esto sin dañar a Molly. Si su hija estaba a punto de encarar las consecuencias de la decisión más estúpida que Lexi había tomado nunca, Lexi no sabía qué haría. No había niña más valiosa sobre la faz de la tierra que ella. Todo el amor que Lexi había querido siempre derramar sobre otro ser humano (el amor vertido y perdido sobre los puños cerrados de Grant) había sido acogido por las manos abiertas de Molly.

Lexi entró con el ladeado Volvo en un hueco que no era un aparcamiento en la acera que llevaba a su apartamento. El coche chirrió cuando ella salió. Cerró la puerta y pasó por delante del guardabarros delantero en un ángulo estrecho. Sus pies dieron con un objeto metálico que primero se inclinó y después hizo un ruido estrepitoso.

—Oh, no.

Los pintores que habían estado retocando las macetas antes de la siembra de primavera se habían olvidado un bote. Una pequeña laguna de látex negro se formó en el asfalto, al borde de la lata. Lexi se apartó de su alcance y con cautela la recogió por el asa y la transportó por el camino hasta la puerta de su casa. La dejaría en el exterior y se la llevaría al encargado por la mañana.

La lámpara de la salita brillaba a través de la ventana a su derecha. La compañera de piso de Lexi probablemente se había quedado dormida en el viejo sillón La-Z-Boy. Gina tenía su propia cama y su propio escritorio para estudiar en su propia habitación, pero la eterna estudiante caía rendida de sueño la mayoría de las noches con algunos densos textos universitarios en su regazo.

Lexi tomó nota mentalmente: *Ventana: cerrada. Pasador robusto aún en su sitio en el riel.* Esperaba que Gina estuviera durmiendo o leyendo, y no haciendo algo inimaginable.

Oh, déjalo.

Culpaba al asesinato de Tara de su tendencia a saltar sobre imaginarios trenes fugitivos. Si Ward cumplía lo que había dicho, no le haría nada a ella o a Molly antes de la vista de Norm.

En el lado izquierdo de la entrada otra ventana daba a la minúscula cocina. Unas cortinas de café a cuadros cubrían la mitad inferior del cristal. Los pestillos estaban en vertical, en la posición de cerrados. Gina sabía que no debía dejar ninguna ventana o puerta abierta. Lexi sermoneó a Gina el primer verano que vivió con ellas hasta que lo pilló. Debajo de la ventana un macetero aún contenía las plantas que habían muerto meses atrás en la primera helada de octubre.

La cortina golpeó a Lexi en la espalda mientras ella introducía su llave en la cerradura. Se atascó, pero al final movió el pestillo y lo liberó de la jamba. La puerta se deslizó y se abrió. La parte inferior de la cortina rozó el talón de su zapato cuando entró y atravesó el pequeño vestíbulo.

El asiento reclinable de Gina estaba vacío. Su libro de texto yacía abierto en el suelo debajo de un marcador fluorescente destapado y un bloc de notas. Su gruesa Biblia hacía equilibrios en el brazo del asiento.

Lexi cerró la puerta, echó el pestillo y fue directo a la habitación que ella y Molly compartían.

Las tablas del suelo en el exterior de la puerta chirriaron. Esta vez no intentó evitarlas, agarrando el pomo y empujando la puerta, a medias esperando despertar a Molly de su pacífico sueño para así poder disfrutar del buen momento de arroparla de nuevo. La lámpara de lava de la niña que servía de luz nocturna arrojaba un brillo rosado sobre la habitación del tamaño de una caja de zapatos.

Molly estaba como siempre: roncando boca abajo, con un brazo colgando del colchón *queen size*. Su boca abierta era todo lo que la fina sábana y la raída manta dejaban ver, cubriendo el resto de su cuerpo. Dormía cruzada en diagonal sobre la cama y reivindicaba que aquello era porque quería mantener caliente el lado de Lexi.

Lexi relajó los hombros ante aquella bella estampa. Se inclinó y besó a Molly detrás de la cabeza, y después apartó con delicadeza el pelo de la niña de su mejilla. Rodeando los pies de la cama, Lexi levantó la cortina y comprobó la puerta corredera de cristal que llevaba a las zonas comunes traseras: pestillo asegurado, pasador en su sitio. Dos de las tres lámparas del patio estaban apagadas. La restante arrojaba un débil haz de luz sobre la hierba salpicada de malezas. A aquella hora nadie vagabundeaba. Soltó la cortina.

No había nada fuera de lugar en la habitación.

Molly se revolvió y dijo algo sobre fideos, y de nuevo volvió a respirar pesadamente.

Lexi volvió al recibidor para buscar a Gina. Las dos mujeres se conocían desde que tenían dieciséis años, así que cuando Gina necesitó un lugar donde quedarse y Lexi alguien que cuidara de Molly, llegaron a un acuerdo: Lexi la dejaba vivir en la segunda habitación sin pagar alquiler a cambio de hacerle de canguro a Molly por la noche. Gina llevaba seis años en su tardía licenciatura y calculaba que podría graduarse en el Instituto Bíblico de Riverbend el próximo otoño si se mantenía concentrada. La decisión de sus padres de dejar de pagarle su modo de vida le ofreció un considerable incentivo.

La lámpara del escritorio en la habitación de Gina dibujaba una franja amarilla bajo la puerta. Lexi llamó con los nudillos suavemente. Cuando su amiga no contestó, Lexi tuvo cuidado en abrir la puerta de forma inadvertida.

Gina estaba inclinada sobre su portátil, en el escritorio, desplomada hacia delante en una de las sillas de la mesa de la cocina. Su frente reposaba sobre el *touchpad*, y su cabello amarillo paja le cubría los hombros. El resplandor del monitor volvía azul su sudadera blanca.

—¿Gina?

Sus manos, que parecían haberse resbalado del teclado a mitad de escribir algo, descansaban sobre el dorso de sus muñecas contra el filo de su escritorio a ambos lados de su torcida cabeza. Sus dedos relajados, vueltos hacia arriba, alojaban pelotas invisibles.

El corazón de Lexi interfirió con su ser lógico, rechazando examinar aquella escena racionalmente.

—Gina...

No quería hacerlo, pero Lexi extendió el brazo para apartar el cabello del rostro de Gina.

—Gina, ¿estás bien?

Lexi rozó el hombro de su amiga con una mano temblorosa.

Ambas gritaron a la vez. Gina saltó de la silla, estrellándola hacia atrás contra su cama mientras se ponía en pie precipitadamente para escapar de Lexi. La silla rebotó en el colchón y regresó a ella, atrapando su pie descalzo en el aire y haciéndola tropezar. Sus ojos, abiertos de par en par, registraron su estado de *shock* mientras sacudía los brazos, enganchando la lámpara del escritorio con los dedos. La lámpara se tambaleó.

Lexi trató de alcanzarla y falló. Buscó a tientas la lámpara, la encontró. Los dedos de Gina, enredados en el cable, casi lo arrancaron, pero Lexi lo sujetó. La sombra inclinada proyectó sombras angulares alrededor de la habitación. Gina se golpeó la cabeza con las puertas plegables del armario, sacudiéndolas con fuerza, y aterrizó pesadamente sobre su coxis.

—¡*Uf!*

Lexi contuvo la respiración. Gina estalló en una risa tonta.

A Lexi se le escapó todo su miedo con una risa explosiva.

—Maldita seas, Lexi. ¡Casi me da un ataque al corazón!

—¡Shhh! Vamos a despertar a Molly.

—Esa niña podría dormir durante la Segunda Venida.

Lexi puso la lámpara sobre el escritorio de Gina y se inclinó para ayudarla a levantarse, poniendo todo su peso para aguantarla. Gina era unos buenos quince centímetros más alta que ella, y la mitad del doble de ancha.

Su corazón, también, era el doble de cariñoso y el triple de generoso, creía Lexi.

En los ojos de su compañera de piso había lágrimas de tanto reírse, y el surco rojo del *touchpad* del ordenador le cruzaba la frente.

—Tienes que conseguir clases más interesantes —dijo Lexi.

—¡Ay!, Lexi, son las tres de la mañana. Nada es *tan* interesante. —Se secó los ojos e intentó sofocar otro ataque de risa. Su esfuerzo sonó como un estornudo—. Si vuelves a hacer eso alguna vez te juro que me mudo.

—No puedes permitirte mudarte.

—Lo que no podré permitirme es la terapia que necesitaré si me quedo.

Lexi se dejó caer sobre la cama deshecha.

—Lo siento mucho.

—Me recuperaré.

Gina echó mano de su silla, que seguía en pie, y Lexi se dio cuenta de lo agradecida que estaba de que Gina estuviera allí, con Molly. De que las dos estuvieran bien.

—¿Cómo se ha portado Molly esta noche?

—Como un ángel, como siempre. Ha cocinado unos espaguetis para la cena.

—Los espaguetis le salen muy bien. ¿Han sobrado unos cuantos?

—Claro. Dijo que tú los querrías para el desayuno.

—Ya lo sabes.

Gina se sentó a horcajadas en la silla y descansó los codos en el respaldo.

—Está aprendiendo chistes de rubias.

Lexi negó con la cabeza, avergonzada.

—Hablaré con ella.

—¡Oh, bah! Se los estoy enseñando yo.

—¡Gina!

—Una rubia entra en una biblioteca y le dice al bibliotecario: «Quisiera tomar una hamburguesa con queso y patatas fritas y una cola *light*».

—¡Para! ¡Se supone que le estás haciendo de tutora para que aprenda a dividir!

—El bibliotecario dice: «Señora, no sé en qué está pensando. Esto es una biblioteca».

Lexi meneó la cabeza.

—La rubia está superavergonzada. Se deshace en disculpas, baja su voz a un susurro y dice: «Quisiera tomar una hamburguesa con queso y patatas fritas y una cola *light*».

Lexi soltó una risita.

—Estás corrompiendo a mi hija.

—Se estuvo tronchando de risa durante diez minutos. Te lo juro, puro humor infantil.

—Te pago demasiado.

—¡Y yo que iba a abordar el tema de un aumento de sueldo!

Lexi atrajo sus rodillas hacia su pecho y las envolvió con los brazos.

—¿Así que todo ha ido bien por aquí esta noche? ¿Nada raro?

—No más de lo normal.

Los ojos de Gina se desviaron por un instante. Si Lexi no la hubiese estado observando directamente, no se habría dado cuenta. Pero cuando los ojos de Gina se encontraron de nuevo con los suyos, Lexi se descubrió intentando recordar si apartar la mirada hacia la derecha o hacia la izquierda indicaba una mentira.

Tras una larga pausa Gina dijo:

—La gata de la señora Johnson se quedó atrapada en el balcón del 10 C.

—Julieta debe quedarse allí atrapada dos veces a la semana.

—Y lo seguirá haciendo hasta que un jardinero pode ese arce.

—El encargado no va a gastarse el dinero. Y menos por un gato.

—Por supuesto que no. Así que los chicos del 10 A presentaron una improvisada representación de la escena del balcón de *Romeo y Julieta*. Molly sugirió que nos llevásemos los espaguetis al patio trasero para mirar.

—Cena con espectáculo.

—Eso mismo.

—¿Funcionó? El romance con la gata, quiero decir.

—Yo no recuerdo que la Julieta original se lanzara del balcón, pero así es como la gata bajó.

—Me estás tomando el pelo.

Gina sonrió burlonamente.

—¿Sí? Mort escala por el árbol, confiesa su amor y toma a la dulce Julieta en sus brazos... y entonces el felino fatal le araña y se cae. No me entristecí al ver caer la gata.

—Estás perdidamente enamorada de esos chicos.

Gina arqueó las cejas.

—Sólo de Mort. Le dije a Molly que debería reservarse para Travis.

Lexi se desperezó y después se levantó.

—Tal vez no debería dejarlas solas a ustedes dos tan a menudo. No estoy segura de quién corrompe a quién.

—Para nada. Nos mantenemos la una a la otra en el buen camino.

Gina bostezó.

—¿Quieres un poco de té? —Lexi detuvo su mano sobre el pomo de la puerta.

—Paso.

—Gracias por todo lo que haces por Molly y por mí.

—Oh, cielos, no hay de qué. Es una joya. Y si no fuera por lo que no me pagas, tú misma serías de oro.

—¡Y sin embargo vives en un esplendor palaciego!

Gina se rió a carcajadas. Ella nunca se quejaba por el viejo apartamento, aunque Lexi lo odiaba. Lo odiaba lo suficiente por las tres y suponía que Gina lo sabía.

Lexi consideró contarle lo de la libertad condicional de Norman Von Ruden, lo de la peculiar visita de Ward y sus aún más espeluznantes exigencias. Gina se había mostrado compasiva con Lexi y con Molly cuando Grant cayó en su adicción a las drogas, pero no sabía nada sobre Norman aparte de lo que los periódicos habían publicado del asesinato. Lexi nunca le habló de él.

Gina se tendió en su cama, completamente vestida, y bostezó. El peso de la larga noche presionaba el cuerpo de Lexi. Se tomaría un té y reflexionaría sobre Norman Von Ruden en privado, y después iría a acurrucarse junto a Molly.

—Buenas noches —dijo.

—...noches.

Cerró la puerta de Gina. La luz de la salita aún brillaba en el recibidor, cruzando una franja de la alfombra y rebotando en el linóleo barato de la oscura cocina. Lexi fue a apagarla y accidentalmente pisó el libro de texto de Gina, que había dejado en el suelo justo a medio camino entre la silla y la mesa de café. Lexi lo recogió y lo cerró, usando el marcador fluorescente como marca páginas. *Exposición de los textos proféticos.* También recogió el bloc de notas y llevó la carga a la cocina, que también servía como zona de comedor.

Encendió la luz y lo depositó todo en la mesa al lado de la arrugada carta que Ward le había entregado hacía menos de una hora.

Sus ojos se fijaron en la bola de papel arrugado. Ella no había entrado la carta, ¿no?

Tal vez sí lo había hecho, preocupada como había estado.

Lexi la tomó y la lanzó al cubo de basura que había al final de la encimera. Sería imposible que olvidase la fecha, a una semana vista. No era necesario el recordatorio amenazador en tinta roja.

Se frotó los ojos y rodeó la mesa, agarró una vieja tetera de acero inoxidable del armario y después se giró sobre la planta de sus pies y la rellenó con agua del grifo. La cocina era tan pequeña que ella y Molly a menudo bromeaban con que podían sentarse a la mesa, cocinar, comer y lavar los platos sin tener que mover los pies.

El agua sonaba como un tambor mientras llenaba la tetera. Lexi se masajeó la parte posterior del cuello con su mano libre. Giró la cabeza hacia la izquierda, hacia la ventana que daba al camino delantero.

Vio pintura negra y oyó cómo la tetera caía en el fregadero. El agua siguió corriendo.

La pintura negra goteaba de una diana con tres círculos que había sido pintada en la ventana de la cocina. La ventana de la cocina ante la que había pasado de camino al apartamento diez minutos antes. No había pintura en la ventana entonces.

Un escalofrío involuntario sacudió el cuerpo de Lexi cuando se dio cuenta de que la pintura había salpicado sus cortinas a cuadros. Estaba en el interior del apartamento.

Gotitas negras moteaban la encimera y el suelo de la cocina, dejando un rastro de manchas interrumpido delante de la mesa. Debía de haberlo pisado cuando entró en la cocina. La huella de su propio zapato rodeaba la mesa e iba hacia el fregadero.

Si Ward la había seguido a casa y encontrado un modo de entrar...

Lexi agarró un cuchillo de su casi vacío bloque para cuchillos. Era corto y romo, pero era todo lo que tenía. Lo sostuvo frente ella y siguió el rastro de gotas negras deshaciendo el camino hacia el recibidor. Las alfombras habían mudado su tono canela original en un gris sucio, pero hasta donde podía ver, no había pintura en ellas. A su izquierda, las habitaciones. Molly aún roncaba. A su derecha, la puerta principal. Cerrada. Tanto el pestillo como el cerrojo del pomo estaba en vertical, asegurados. Sin embargo, a la altura de los ojos, una hilera manchada con cuatro rayas negras, redondeadas en los bordes como si fueran dedos, emborronaban la jamba de la puerta.

El cuerpo entero de Lexi estaba temblando. *Querido Dios, no dejes que Ward esté en la casa. Querido Dios, protégenos.*

Caminó de puntillas por el recibidor hasta las habitaciones, encendiendo las luces. Molly estaba bien, totalmente a gusto bajo los rayos de la lámpara de lava. *Gracias, Dios.* Gina estaba de cara a la pared, respirando con regularidad. *Gracias, Dios.* Lexi revisó los armarios, el baño, la ducha. Abrió el armario de la ropa blanca. El estante inferior era uno de los escondites favoritos de Molly.

No se veía pintura negra.

Mejor aún, no había nadie empuñando una brocha.

Gracias, Dios.

No apagó las luces del baño ni del pasillo. Apretó el botón para encender la única otra lámpara de la salita e hincó el cuchillo a ambos lados de las cortinas que iban del techo al suelo y que permanecían abiertas todo el tiempo. Cautelosamente levantando una lama en el borde de las persianas de plástico, se asomó al complejo.

Su desvencijado Volvo estaba mitad en la gravilla, mitad en la calzada, en un ángulo fortuito. Las zonas de aparcamiento que envolvían el edificio frente al suyo estaban casi al completo. Su mente repasó el encuentro con Ward. ¿Había estado su coche en el aparcamiento? Ella no recordó ver ninguno. ¿Cuál era el que solía conducir?

Tampoco podía recordar aquello.

Ese Ward sabía cómo asustar a una chica.

Decidió no llamar al 911. ¿De qué informaría? El jaleo de la policía llegando podía llevar a preguntas que no estaba preparada para responder. Y no quería que Molly se preocupase.

Dejando las luces encendidas, Lexi sacó una silla de la cocina al recibidor, desde donde podía ver en todas direcciones, se dejó caer en el asiento con aquel cuchillo inservible y planeó quedarse despierta hasta el alba.

{capítulo 3}

La bombilla desprotegida de la lámpara del techo iluminaba desde atrás la diana negra en la ventana de Lexi. Warden Pavo se reclinó sobre el parachoques delantero del Volvo y examinó su obra desde el exterior. La mayoría de las veces intentaba ser sutil, pero de vez en cuando se presentaba alguien que se merecía la teatralidad. Alguien como Lexi Grüggen Solomon, el último superviviente, por así decirlo, de la familia Grüggen. Ward les había estado desestructurando durante décadas, y ahora, después de siete insoportables años en los que había tenido que esperar el momento oportuno, había llegado la hora de su golpe de gracia.

Vio el movimiento de estupefacción de la cabeza de Lexi y el arco sobresaliente que formaron sus cejas sorprendidas cuando se levantaron sobre aquellas cortinas de cuadros tan monas. Se felicitó a sí mismo por estar en el lugar correcto cuando ella levantó la lama de la persiana de la salita para buscarle, soltándola después. Ella no le pudo ver allí de pie frente a sus ojos. ¿No era lo que pasaba siempre?

Los dedos de Ward aún estaban húmedos de pintura alquitranada. Se los restregó sobre su antebrazo desnudo, dejando cuatro marcas como rayas de preso sobre su piel pálida. Usó el pulgar y el índice para curvar las líneas, untándolas unas sobre otras en barras retorcidas. Tal vez aquella hubiera sido una mejor ilustración para el aviso de libertad condicional que le había dado a Lexi: Norman Von Ruden, fugado.

Ladeó la cabeza y sopesó pintar algo así en la ventana corredera de la habitación de Lexi y Molly.

¡Maldita sea!

Warden maldijo y se levantó con brusquedad del guardabarros. Su mano salió disparada hacia la parte posterior de su cabeza, donde había recibido un golpe. Una roca, pensó. Se arrancó la gorra de tela. La sangre le corría hacia el cuello de la camiseta.

Una manzana aterrizó con un ruido sordo sobre el techo del Volvo y rodó hacia abajo, dejando un rastro pegajoso. Las yemas de sus dedos se apartaron de la herida pegajosas y oliendo a dulce. Zumo, y no sangre, era lo que se mezcló con la pintura emborronada.

Una voz conocida salió de la marquesina a oscuras al lado del edificio de Lexi.

—Deberías haberme llamado para hacerme saber que venías —le acusó—. Podría haber preparado una comida apropiada para darte la bienvenida.

La figura que emergió de la oscuridad era impresentable hasta para verla bajo la luz de la luna. Craven era el tipo más demacrado que Warden había conocido nunca, aunque la criatura se alimentaba sin cesar de manzanas. Había vivido en aquel complejo más tiempo que cualquier otro residente, y usaba aquel hecho para justificar su indiferencia por la buena higiene. Llevaba las uñas grasientas y olía a tierra. Warden tenía un estómago fuerte, pero había planeado mantenerse alejado de su hedor.

—Odio la fruta cocida —dijo Warden.

Movió su pie, que se enlazó con la manzana que había rodado al suelo y la lanzó como un misil hacia Craven, que no anticipó la jugada. La fruta le acertó con la fuerza suficiente para hacerle echar la cabeza hacia atrás con brusquedad.

Aún con los ojos cerrados, sangrando a chorros por la nariz, tomó la Red Delicious rebotada con su garra abierta y se la lanzó de nuevo a Warden con tanta rapidez que no pudo verla.

Pero sí pudo intuirla.

Ladeó la cabeza hacia el hombro y sintió el aire desplazado cuando la manzana pasó zumbando junto a su garganta. Con el índice se limpió las salpicaduras de zumo de la barbilla.

Empate, por ahora. Warden se rió por lo bajo y Craven se unió con su risa queda, limpiándose la nariz llena de sangre con la manga de su chaqueta militar raída, que le quedaba como diez tallas más grande.

—¿Qué te trae por aquí, Ward? —preguntó Craven.

—Es Warden para ti.

—Waaaard.

Warden se enojó. Craven adoptó un aire despectivo.

—Tu estatus como carcelero sólo existe en los recovecos oscuros de tu mente, Ward. Ward. Ward. Wardwardward.

Se sacó otra fruta de uno de los bolsillos. Warden se imaginó a sí mismo apoderándose de la manzana y embutiéndosela en las mandíbulas a Craven para después asarle en un palo como la rata que era.

—¿Y pues?

—He vuelto por Lexi Grüggen.

Siempre había preferido su apellido de soltera. Era más fiel a su verdadero yo. Ella podía pensar en ella misma como una Solomon, pero eso no ocultaba la realidad de quién era y de lo que había hecho.

—Ah. —Craven se relamió los labios agrietados y examinó la Granny Smith como si no hubiera comido en todo el día—. ¿Qué estás dispuesto a darme por ella?

—¿*Darte?*

—Está en mi distrito.

—Bueno, no lo estaba cuando empecé este trabajo, así que olvídalo.

—No, preferiría tener una tajada.

—Yo te daré una tajada. Justo en la garganta.

La risa de Craven era un resoplido.

—Diez a uno que ella te rechaza. Otra vez.

—Tu irreverencia va a hacer que te maten uno de estos días.

Craven mordió la pulpa de la manzana y habló con la boca llena.

—Suelen decirme eso. Pero aquí estoy. Hagamos veinte a uno, tú pierdes.

—Cien a uno a que tendré éxito —dijo Warden.

—¿Qué hay en juego?

—Tus territorios.

Craven dejó de masticar y levantó las cejas.

—Los míos son mucho más valiosos que los tuyos —dijo Warden—. No hay que calcular mucho.

25

—Si valieran tanto, no los arriesgarías para conseguir los míos.

—No soy yo el que se arriesga. Has querido una parte de mi clientela durante siglos.

—Eso es lo que te gusta pensar.

—¿Tenemos un trato o no?

Craven titubeó.

—Mientras estés aquí mantente alejado de Mort Weatherby.

—¿Quién es Mort Weatherby?

Craven señaló con la cabeza un apartamento al otro lado del aparcamiento.

—No estoy interesado en él —dijo Ward.

—Eso nunca te ha detenido antes.

Warden sonrió ampliamente y se inclinó hacia Craven, recibiendo un fuerte olor a fruta dulce mezclado con ropa agria.

—Me lo llevaré cuando me haga con tus territorios y te mate, estúpido.

—Tenemos un trato, entonces.

Craven alargó tontamente su mano y Warden la agarró con fuerza en un apretón pegajoso que hizo crujir los nudillos de aquel tipo. La pintura alquitranada hizo un sonido de chisporroteo entre sus palmas, y después rezumó. Una gota cayó encima del zapato de Warden.

Él bajó la vista para verla. Craven correspondió al apretón de Warden y le atrajo hacia él, cerrando el pequeño espacio entre ellos.

—Un consejo amistoso —dijo Craven, bajando la voz. Cruzaba su cara la amplia sonrisa del adversario que cree tener ventaja. Warden encontró fastidiosa tanta pretensión—. La chica Grüggen tiene un mecenas.

—Como bien has dicho, eso nunca me ha detenido antes. —Warden retiró su mano de la de Craven con facilidad y se deleitó en haber aguado la impresión que su competidor había pretendido provocar—. De hecho, si es cierto, es una razón más para que te mantengas alejado de mi camino.

Craven no se quedaría fuera. Warden podía preverlo sin necesidad de mediar palabra. Regla número uno de aquel negocio: sálvese quien pueda.

Warden decidió que no tendría que perder de vista a aquel tipo, como había hecho con tantos otros a los que había vencido a lo largo de los años. Eso le iba como anillo al dedo. La tensión mantenía su mente afilada y le servía de estímulo.

Más palabras, sin motivo, eran innecesarias. Craven le pasó rozando como un palo andante de vuelta a las sombras, probablemente para encontrar más comestibles.

Warden regresó su atención al apartamento de Lexi, que resplandecía como si rayos amarillos de luz le suplicaran al sol que saliera pronto y se reuniera con ellos en las ventanas. Warden se alejó. La luz del mundo no llegaría lo suficientemente pronto para evitar que él redujera a Lexi a una masa llorosa de arrepentimiento y amargura. Ella haría todo lo que él quisiera.

Aunque tuviera un mecenas.

{capítulo 4}

En su sueño, Lexi caía.

En la realidad, su cuerpo tuvo un espasmo y resbaló de la silla, y entonces se encontró completamente despierta.

¿Qué la había despertado?

Una puerta, cerrándose.

Su cabeza giró bruscamente en dirección a la puerta delantera. Su brazo levantó hacia ella el cuchillo.

¡El cuchillo no estaba en su puño! ¿Dónde estaba? Lexi escrutó rápidamente el suelo, pero no vio nada. Se arrodilló, respirando con dificultad, tanteando bajo la silla mientras mantenía los ojos hacia arriba, con el cuello estirado. *Podría echárseme encima desde detrás.*

¿Quién?

Ward.

Sus dedos se cerraron sobre una hoja dentada que le rasgó la piel por el pliegue blando del nudillo. El aire hizo que el corte le escociera.

Al final encontró el mango y se giró con él en la mano, describiendo un amplio arco en el sentido de las agujas del reloj. En el giro, el hueso de su muñeca se estrelló contra el marco de madera barata de la silla. El dolor, tangible e inmediato, restableció su atención.

En el lugar no había nada fuera de lo normal, nada aparte del sonido de su propia respiración enmarañada.

La habitación estaba vacía. La luz del sol había encontrado su camino a través de las lamas bajadas de la persiana. ¿Qué hora era?

¿Cuál era la puerta que había oído cerrarse? Si no había sido real, debería conseguirse una habitación junto a la de su padre en la Residencia de Salud Mental.

Un grifo rechinó. Las tuberías gimieron. La ducha. Gina estaba en el baño. Claro. El viernes por la mañana sus clases empezaban antes que el resto de la semana.

Lexi se dejó caer de nuevo sobre su trasero y exhaló, suponiendo que serían casi las siete. Molly saldría para la escuela en una hora más o menos. Alargaría su estancia bajo las mantas antes de despertarse del todo, se prepararía un bol de gachas de avena en la cocina...

La cocina. La diana. Lexi se puso en pie. Tenía que limpiar aquel desastre antes de que Molly se despertara. Miró hacia las huellas dactilares que embadurnaban el marco de la puerta, pero con la luz distinta de la mañana no podía verlas. Deseando que la pintura tuviera una base acuosa, decidió usar un limpiador multiusos.

Sin embargo, tuvo la sangre fría de ir a buscar su cámara de fotos antes de tocar nada. Sería una buena idea documentar el incidente que estaba a punto de limpiar, especialmente si Ward continuaba acosándola para que testificara a favor de Norm. De aquí a que tuviera que decidir lo que haría finalmente podía pasar cualquier cosa.

Su cámara automática era un cacharro digital de poca calidad que había encontrado en un mercadillo casero de objetos usados. Era suficientemente buena para las ocasiones en las que se requería una cámara (cumpleaños, actividades de la escuela), pero no tanto como para usarla para algo más que eso. Si la batería aún seguía con vida, se consideraría afortunada.

Encontró la cámara en su funda negra polvorienta en el último cajón del aparador de la sala de estar. Aún tenía media batería. Por una vez.

Lexi la encendió y estudió la pantalla digital mientras regresaba a la cocina. La luz desviada hacía que la pantalla se viera gris en vez de azul pálido. La pregunta de cómo sacar una foto de una ventana sin sobreexponerla cruzó su mente.

Aquel modelo de cámara no tenía muchos extras, y si los tuviera, tampoco sabría cómo usarlos. Lo intentaría colocándose de pie en un ángulo. Levantando el visor hasta su ojo, encuadró la imagen.

Entonces bajó la cámara.

No había ninguna diana. No había pintura negra. No había salpicaduras ni en la cortina ni en la encimera de la cocina.

Ni en el suelo. Las manchas de sus zapatos habían desaparecido. Oyó correr agua. No era la ducha de Gina, sino algo más cercano. El grifo de la cocina aún estaba abierto, derramando agua sobre la tetera vacía que había en el fondo del fregadero.

Lexi estiró el brazo para cerrar la llave.

La primera cosa que se le ocurrió fue que estaba tan exhausta la noche anterior que su mente había fabricado todos los absurdos acontecimientos de las pasadas doce horas. Lo que de verdad necesitaba era un buen descanso.

Desafiando esta idea, se dirigió hacia el cubo de basura situado al final de la encimera de la cocina. Una bola de papel blanco coronaba el cubo medio lleno. Podía ver la tinta roja sangrando a través de las fibras.

Su segundo pensamiento fue que Gina se había levantado pronto y se había adelantado en el intento de limpieza de Lexi.

¿Pero por qué se habría molestado en hacerlo su compañera de piso? Por muy encantadora y cariñosa que fuera Gina, sólo estaba a un paso de ser una holgazana. Y si *alguna vez* llegara hasta el extremo de ponerse a limpiar, ¿por qué borraría la pintura negra y dejaría la mancha amarilla de masa pastelera pegada en la esquina del cristal? Esa masa había escapado del batidor de mano de Molly hacía un año y se había endurecido como el cemento, aunque Lexi se anotaba mentalmente que debía rascarla cada vez que la veía.

—¿Por qué hay una silla en mitad del recibidor?

Molly se había levantado.

Lexi puso la cámara en el frutero que había sobre la encimera e intentó centrarse. Por el bien de su hija.

—Hola, pequeña gatita.

Abrió los brazos y acogió a Molly en un cómodo abrazo. Lexi deslizó sus uñas con suavidad a ambos lados de su columna vertebral. Molly puso los brazos alrededor del cuello de Lexi e hizo un sonido de ronroneo.

Lexi pensaba en su hija como una versión mejor y en pequeño de ella misma. El cabello moreno de Molly era más espeso y tenía más brillo, sus ojos marrón otoño eran más amables, su espíritu era más afectuoso, su corazón era más fuerte. Tenían la misma cara redonda y la misma complexión pequeña y atlética, pero un día Molly se convertiría en la mujer que Lexi sólo podía aspirar ser. Esto es lo que ella creía en lo más íntimo de su corazón.

El pijama rosa con gatitos de Molly era unos centímetros demasiado corto, y sus talones sobresalían de las zapatillas. Mentalmente Lexi inspeccionó su propio inventario de pijamas para encontrar algo que le fuera bien a su hija. Tenían que vivir con diecinueve mil dólares al año más propinas, de otra manera Lexi ya le habría comprado pijamas nuevos tiempo atrás. Grant nunca había pagado la pensión alimenticia, y Lexi no tenía esperanzas de que lo hiciera nunca.

Ella y Molly encontrarían su propio camino. Había leído en el periódico de Gina que Riverbend, una ciudad más grande que distaba media hora montaña abajo, planeaba abrir dos nuevos supermercados en los próximos seis meses. Echaría una solicitud de trabajo en ambos sitios. Un trabajo sindicado con un salario más alto, prestaciones y la posibilidad de ascender harían que la media hora diaria del viaje valiera la pena. Tal vez hasta podría tener un solo trabajo en vez de dos. Tener mejores horarios. Estar en casa con Molly más a menudo. Comerse las creaciones culinarias de Molly recién hechas.

Las posibilidades eran un dulce sueño.

Molly se colgó del cuello de Lexi durante diez segundos, como un gato desperezándose, después arrastró los pies a través de la cocina para llegar al armario.

—¿Estás bien? —preguntó Molly. Sacó el envase redondo de las gachas de avena y lo puso sobre la encimera.

Lexi pestañeó.

—Sí. ¿Has dormido bien?

—¿Por qué está la silla de la cocina en medio del recibidor? ¿Y por qué llevas todavía el uniforme?

La respuesta a ambas preguntas esquivó a Lexi.

—Es una larga historia. ¿Hiciste los deberes?

—Afirmativo, Maynard.

Lexi pensó que había aprendido aquello de algún programa de televisión.

—¿Estás a punto para el gran examen de hoy?

—Afirmativo. ¿Quieres un poco de esto?

Lexi estaba hambrienta, pero temía que comer algo en aquel momento fuera una mala decisión.

—Gracias, cariño, pero creo que más tarde me comeré tus espaguetis.

—Bien. Te gustarán. Eché un extra de albahaca.

Siguió con la rutina de llenar la pequeña olla con agua, añadir sal y esperar a que hirviera. Lexi la miraba de espaldas a la ventana, como si ignorar la diana que ya no estaba allí pudiera dar sentido a toda aquella irrealidad. Molly encontró la caja roja de las ciruelas, pero pasó por alto el azúcar moreno. Racionaba ese ingrediente como si fuera mamá Ingalls en la pradera, sabiendo que era la primera cosa que Lexi eliminaría cuando el presupuesto para la alimentación encogiera.

Aquella cocina era el dominio de su hija. A sus nueve años era toda una *gourmet*. Traía a casa las recetas de los periódicos que su maestro desechaba. En la biblioteca se conectaba al ordenador e imprimía sus cinco páginas diarias gratuitas, que destinaba a sus tareas escolares y a las ideas de Food Network. Ahorraba su exigua asignación y periódicamente se la gastaba en productos alimenticios de lujo (piñones, palmitos, leche de coco) para platos especiales que probaba con su madre y con Gina. Algunos eran más sabrosos que otros.

Cuando Chuck dejaba que Lexi se llevara a casa las sobras al final de su turno, a veces la hazaña resultaba frustrante. Un bol de macarrones con queso o una caja de palitos de pollo nunca emocionaba tanto a Molly como una berenjena a la parmesana.

A Lexi le encantaba aquello de ella. Y muchas otras cosas.

Molly añadió los cereales de avena secos al agua que hervía a fuego lento y los removió.

—Deberías echarte una siesta mientras estoy en la escuela, mamá.

—¿Tan cansada parezco?

—No, pero seguro que no quieres enfermarte ni nada de eso.

—Cierto. Pero estoy bien.

—No tienes que ir a trabajar hasta las cuatro, ¿verdad?

Su tono le dijo a Lexi que la pregunta que quería hacer no era la que había expresado.

—Sí.

Lexi recuperó la silla del recibidor y la empujó hacia la mesa. Se sentó. Su otro trabajo (reponer existencias en el supermercado) sólo era cuatro mañanas por semana, de lunes a jueves, mientras Molly estaba en la escuela.

Su hija removía los cereales de avena e inclinó la cabeza hacia un lado. Los fuertes hombros de Molly se encogían hacia sus orejas.

—Había pensado que podíamos ir a alquilar alguna película cuando salgas de la escuela —dijo Lexi—. Tal vez algo que podamos ver juntas mañana por la mañana.

—¡Hace siglos que no vemos una película! ¿Estará aún *Gobsmacked* disponible?

—Podemos mirarlo.

—Si la tienen, quiero esa.

—De acuerdo.

—Y yo puedo hacer tortitas.

Sus hombros descendieron un par de centímetros y miró a Lexi esperando su aprobación.

—Afirmativo, Maynard.

Molly vertió sus cereales de avena y las ciruelas en un bol y lo puso en la mesa. Lexi seguía esperando su pregunta tras la pregunta. Molly se sentó y se metió una cucharada de cereales pegajosos en la boca.

—Señor, gracias por estos alimentos —dijo Lexi a modo de recordatorio.

—Ídem— dijo Molly con la boca llena.

Lexi sacudió la cabeza pero lo dejó estar. Una regañina en aquel momento podía cortar la conversación aun antes de que empezara.

—Mamá, ¿sabes cuando me dices que algunas cosas que me cuentas son temas de familia? ¿Y que no debo hablar de eso con mis amigos?

—Ajá...

Su pequeña y extraña familia tenía muchas historias que no hacía falta que el mundo conociera. Molly no sabía ni la mitad.

—Bueno, ¿es un tema de familia algo sobre lo que podemos hablar con otros miembros de la familia?

La confusión hizo que Lexi entornara los ojos.

—Quiero decir, si tú me cuentas algo, ¿es eso algo sobre lo que puedo hablar con... bueno, con el abuelo cuando lo visitamos? ¿O con Gina? Porque Gina es como de la familia, ¿no? Y es tu mejor amiga, así que probablemente ya conozca nuestros temas de familia sea cual sea el que esté pensando.

El cerebro de Lexi buscó frenéticamente el último «tema de familia» y un recuerdo sobre la reacción de Molly ante él. El archivo mental la eludió. El abuelo de Molly había ingresado en un hospital psiquiátrico hacía varios años, después de su crisis nerviosa, y lo visitaban cada semana. Ella nunca parecía afectada por aquellas visitas, y Lexi nunca le había pedido que mantuviera ese trapo sucio de la familia en la cesta.

—Vas a tener que darme un ejemplo de lo que quieres decir, cariño.

Molly tragó y frunció los labios antes de decir:

—Si alguien hablara conmigo y me dijera que nuestra conversación es privada y que no debería contarte nada, ¿eso estaría bien?

—¡Claro que no! —Lexi se mordió el labio, percibiendo que había sido demasiado contundente—. Excepto para algunos secretos buenos —declaró—. Como los secretos para el cumpleaños o para Navidad.

—¡Como cuando Gina te regaló las entradas para que fueras a ver el concierto de Switchfoot!

—Exacto.

Molly parecía dubitativa.

—¿Por qué la abuela cree que te enfurecerías por un buen secreto?

—¿La abuela? ¿Te ha llamado?

—Ajá, vino aquí.

La madre de Lexi había venido de visita. Eso es lo que Gina se había mostrado renuente a contarle la noche anterior.

—¿Cuándo ha llegado a la ciudad?

Molly se encogió de hombros.

—¿Sabes dónde se aloja? —Otra negativa—. Entiendo que ustedes dos no estuvieron hablando de comida.

Alice Grüggen era una escritora de libros de viaje especializada en cocinas regionales. Ella y Molly podían hablar durante horas sobre cómo cocinar pasta o sobre qué especias resaltaban el sabor de las calabazas de verano.

—Sí lo hicimos, pero no fue ése el motivo real de su visita.

—Pues anda, suéltalo todo.

—¿Estás enfadada?

Lexi tomó una gran bocanada de aire.

—Por ahora lo que estoy es confusa.

—Dijo que debíamos mantenerlo en secreto porque te enfurecerías si lo descubrías.

Lexi ocultó su verdadera reacción a esta información. Molly no tenía la culpa de nada de aquello.

—Por lo general, ésos podrían considerarse secretos malos.

Molly suspiró.

—¿Así que debería contártelo? Me preocupa. Si te lo digo, ella se enfadará. Si no te lo digo, lo harás tú.

—Nadie está enfadado contigo, Molly. Creo que sientes que deberías decírmelo, de otro modo no estaríamos teniendo esta conversación.

—Tú y la abuela no se caen bien.

Los poderes de observación de Molly crecían día a día. Lexi echaba de menos algunas cosas de cuando era más pequeña, y una de ellas era que le resultaba más fácil esconderle algunos hechos.

—Nos *amamos* la una a la otra —lo que era cierto, de algún modo paradójico—, pero no estamos de acuerdo en muchas cosas.

—¿Como sobre mi padre?

¿Grant? ¿Aquello era por Grant? Lexi sintió que su cuello se sonrojaba. ¿Qué estaba haciendo su madre? Lexi jamás le había hablado mal de Grant a Molly, e intentaba responder las preguntas de su hija sobre su padre con tanta sinceridad como fuera posible. Pero Alice sabía que Lexi no tenía ninguna intención de obligarle a admitir que era padre y a ejecutar sin ganas algún papel en la vida de Molly. Si él no quería hacerlo, y aquello estaba tan claro como su abandono, ¿quién era Lexi para obligarle? Ni siquiera sabía dónde vivía. Él no se había contactado con ella desde que se marchó cuando Molly tenía dos años.

—¿Qué dijo la abuela sobre tu padre?

Molly miraba su bol de cereales de avena.

—Nada.

Lexi estaba a diez segundos de zarandear a su hija para que soltase la información. Contó. Posibles preguntas bailaban en su cabeza. Una de ellas la salvó de hacer algo imprudente.

—¿No crees que te sentirás mejor si me cuentas qué es lo que te preocupa?

Molly la miró, sorprendida, como si hasta entonces no hubiese considerado una salida tan fácil a la situación.

—Sí. —Apartó el bol—. Sí.

Se levantó de la mesa y se fue.

Deseando seguir a Molly, Lexi miró fijamente el plato, donde aún quedaba una pequeña cantidad de cereales en el fondo. En vez de seguir su instinto, recogió el bol y la olla pequeña que estaba en la cocina y los puso en el fregadero, llenándolos de agua.

—¿Molly?

—¡Un minuto! —dijo desde su habitación.

Lexi decidió que si Molly optaba por no confiar en ella, llamaría a su madre aquella misma mañana. Odiaba hablar con su madre.

Las zapatillas de Molly golpeaban sus talones cuando volvió a la cocina unos segundos más tarde y le entregó un sobre a Lexi. Iba dirigido a Molly, a través de su abuela.

El sobre le pareció a Lexi tan ominoso como el que Ward le había entregado a ella. Lo tomó.

—¿Qué es esto?

—Es una carta de mi padre. No estás enfadada, ¿verdad?

Lexi sintió que las yemas de los dedos se le electrificaban al tacto con el papel. Miró a Molly, cuya expresión era una mezcla de esperanza y ansiedad. Una carta de Grant para Molly. Él nunca había tenido ningún contacto con ella desde que se fue. Los ojos de Molly la estaban analizando, esperando ver si Lexi le permitiría aquella inesperada alegría de finalmente haber contactado con el hombre con el que seguro había soñado tantas, tantas veces.

Por mucho que Lexi estuviera molesta con Grant, no podía robarle aquello a Molly. Sin embargo, si él la traicionaba, si extinguía aquella chispa que había encendido en los ojos de Molly, Lexi le daría caza.

—No. No estoy enfadada. ¿La leyó la abuela?

Molly asintió.

—¿Qué dice la carta?

Molly se abrazó.

—Puedes leerla.

—¿De verdad? ¿Me dejarías hacerlo?

La sinceridad de Molly avergonzó a Lexi. La niña no sabía que Lexi la hubiera leído sin permiso.

—Sí. Venga, léela.

Lexi dio unos golpecitos sobre la mesa con la esquina del sobre.

—Está bien. Lo haré. Gracias por dejarme hacerlo. Pero creo que esperaré hasta que haya descansado un poco.

No podía leer aquella carta delante de su hija. Sería imposible esconder sus sentimientos hacia Grant o hacia su madre. Molly parecía decepcionada.

—Hablaremos sobre esto después de la escuela, antes de que me vaya al restaurante. Ahora ve a prepararte. Esta mañana te llevo yo en coche.

—¿Por qué? Puedo andar. Voy bien de tiempo.

Con la carta de Grant aún en la mano, Lexi se dirigió a la salita.

—Está refrescando.

—Mamá, estamos en marzo. Ya ha hecho frío.

Lexi levantó de nuevo las lamas de la persiana. Su pequeño Volvo estaba donde ella lo había dejado, y no parecía que le hubieran puesto ninguna multa de aparcamiento.

—Con más razón aún. Desde hoy te llevaré a la escuela durante un tiempo, ¿de acuerdo?

—Pero dijiste que llevarme a la escuela era un derroche de gasolina.

Cierto. Era espantoso cómo las cosas que los padres decían volvían a ellos para morderlos, pensó Lexi.

—Ya no. Molly, si te avergüenzas de mí, puedo dejarte un poco antes.

Molly puso los ojos en blanco y con un movimiento de la cabeza se echó el pelo hacia atrás mientras iba hacia su habitación para vestirse.

—¡Cielos, mamá! Claro que no me avergüenzo de ti.

Lexi miró la carta que tenía en las manos y se preguntó si Grant tenía algo que ver con la súbita reaparición de Ward y con la libertad condicional de Norm. El pasado que todos compartían estaba tan enmarañado que la posibilidad no era impensable. Ella y Grant no se habían separado en las mejores condiciones, y no podía saber lo que los últimos siete años le habrían deparado a él.

Hasta que no supiera lo que estaba pasando, no dejaría que Molly hiciera nada ella sola.

{capítulo 5}

Los pies de Grant Solomon golpeteaban el arcén de tierra de la carretera comarcal del lado norte de Riverbend. Aquel viernes por la mañana su conciencia le había hecho correr más lejos de lo habitual.

Entregarle aquella carta a Alice había sido un error.

Sólo había unas pocas cosas de las que Grant estaba completamente seguro: había echado a perder su vida. Amaba a su hija. Y debería haberle entregado la carta *en persona*, después de hablar con Lexi *en persona*, en vez de esconderse detrás de las faldas de su suegra.

Aquella realidad le había mantenido despierto toda la noche. Era un idiota. La imbecilidad acosaba su vida sin importar lo mucho que intentara dejarla atrás.

Grant empezó a correr más deprisa. Eran las siete y media y debía estar en el trabajo al cabo de una hora, y entre él y su casa aún se extendían casi cinco kilómetros de llanura seca y plana.

Su casa. Una caravana que más bien parecía una ratonera en un parque deteriorado, el único sitio que pudo encontrar, aun con las recomendaciones de Richard, y que el salario de un empleado de la limpieza ex convicto podía permitirse. Dejó que su mirada se perdiera en la montaña que se levantaba ante él. La casa que realmente deseaba estaba encima de él, fuera de su alcance, en Crag's Nest, detrás de las colinas que el sol naciente empezaba a acariciar. Lexi y Molly ahora vivían en un apartamento, le había dicho Alice. Grant se preguntó quién se habría quedado con la vieja casa de la calle Fireweed y cuánto le podría costar recuperarla.

Todo.

Especular no tenía ningún sentido. La misma Lexi era inasequible. Nada de lo que él pudiera soñar podría comprar el tiempo perdido y recuperar su favor. Ni siquiera el hecho de que ella aún era su esposa.

Se preguntó si ya habría encontrado a otra persona.

Alice se lo habría dicho, ¿no?

No necesariamente.

Sin embargo, Grant aún alojaba alguna esperanza sobre Molly. No que ella le mirase algún día como su padre verdadero, sino que al menos pudieran encontrar un modo de conocerse el uno al otro, quizá incluso de gustarse el uno al otro, quedar para comer juntos una hamburguesa de vez en cuando. Ir de excursión. Intercambiarse mensajes de texto. Conseguiría teléfonos para ambos con uno de aquellos planes familiares.

El amor de Lexi por Molly podría haber permitido un cauteloso reencuentro antes de aquella última proeza. Se maldijo a sí mismo. Ahora sería afortunado si ella no le había dicho a Molly que él estaba muerto. Tal vez Molly ya pensaba que estaba muerto. ¿Quién sabía lo que Lexi le habría contado durante todos aquellos años? Los pies de Grant resbalaron sobre una roca suelta. Mantuvo el equilibrio y reanudó el duro ritmo.

Llamaría a Alice tan pronto como llegara. Si Lexi no había estado en casa la noche pasada cabía la posibilidad de que Alice aún tuviera la carta. Haría que ella esperara un poco y así él podría hacer bien las cosas. Por una vez.

Las espinillas de Grant recibieron una paliza mientras se deshacía de los kilómetros restantes en una carrera hacia el teléfono.

Cuando dejó la carretera y ya aparecía ante él el camino de entrada de gravilla que llevaba al parque de caravanas, vio que Alice estaba saliendo. Condujo su Beemer último modelo hasta la cerca de madera que se desmoronaba podrida por los hongos y giró hacia Grant. Bajó la ventanilla.

Grant redujo su velocidad hasta un paseo y se esforzó en recobrar el aliento.

—Cuando no contestaste al teléfono decidí venir —le explicó Alice cuando le alcanzó.

Él se limpió el sudor que le caía por las cejas con el antebrazo.

—Una larga carrera —dijo entre bocanadas de aire.

—Hay mucha distancia para recorrer aquí. —La mirada que le dedicó Alice era fija. Recelosa.

Grant negó con la cabeza.

—¿Qué?... ¿Piensas que... debería largarme?

—Se me ha pasado por la cabeza.

Él exhaló audiblemente. El sol de la mañana centelleaba en las gafas de sol de Alice.

—No puedes esperar que la gente confíe en ti sólo porque tú lo quieres —dijo Alice.

—No lo hago.

—Me alegro de oírlo, porque aún te estás ganando mi buena fe. Pero Lexi es demasiado orgullosa para aceptar mi ayuda, y esa pequeña niña necesita un padre, así que te he concedido un poco de crédito basándome en lo que sé seguro. No me falles ahora.

Aún sin aliento, Grant se dobló sobre su cintura y levantó una mano, haciendo una promesa silenciosa. Había poco más que él pudiera hacer o decir, aparte de mantenerse firme en su decisión de convencer a Alice de sus sinceras intenciones.

—¿Cómo reaccionó Lexi? —preguntó—. A la carta.

—Lexi no estaba en casa.

El alivio llenó los pulmones de Grant con aire dulce.

—Se la di a Molly —dijo Alice.

—¿Qué?

—Molly y yo tuvimos una buena conversación. Tendrías que haber visto su cara cuando te mencioné. No podía no dársela después de eso. Sé que repito esto mucho, pero vas a amar a esa niña con locura. —Se fijó en la expresión de Grant—. Vamos, no es un problema. Molly lo entiende. No va a decir nada antes de que los dos hablemos con Lexi.

—Ése no era el plan.

—Todos tenemos que improvisar de vez en cuando. Mira, Grant. Esta noche trabaja en Red Rocks. Iremos a cenar. Es un sitio público. No va a montar una escena, y yo estaré allí como mediadora. Molly no estará. ¿Qué podría salir mal?

A Grant se le ocurrían centenares de cosas, empezando por la carta que no debería haber escrito. Entrelazó las manos sobre su cabeza.

—Molly se lo dirá —dijo.

—¿Cómo diantres puedes decir eso? No la conoces ni la mitad de bien que yo.

Grant consiguió detener las duras palabras que casi escaparon de su boca.

—¿A qué hora quieres que esté allí?

—Te recogeré aquí a las siete. ¿Te parece bien?

Grant se alejó del coche y dijo adiós con la mano.

—Perfecto.

No era perfecto. Lexi no pensaría que era perfecto. Grant se quedó de pie en el camino repleto de suciedad, con las manos en las caderas, mirando fijamente la gravilla del suelo. Decidió llamar a su esposa.

Aquella decisión impidió que su frecuencia cardiaca descendiera hasta el nivel de reposo. Su caravana oxidada estaba situada en la parte de atrás del aparcamiento, y Grant caminó hacia ella con lentitud. Cuando llegó aún estaba sudando y sin aliento. Entró por la puerta, que no estaba cerrada con llave, y el endeble habitáculo, que no contenía nada que incitase a nadie a robar, crujió bajo su peso.

Sus manos temblaban tanto cuando marcó el número de Lexi en el teléfono que colgó y decidió tomar una ducha en primer lugar.

Diez minutos después, vestido con los pantalones del uniforme de empleado de la limpieza, completó la llamada. Se estableció la conexión. Grant miró el reloj. Tenía cinco minutos para llegar al trabajo. Sólo hacía una semana que había empezado, y no podía permitirse llegar tarde.

No podía permitirse lo que pasaría si no le explicaba aquella carta a Lexi.

Ella contestó al quinto timbrazo.

—¿Diga?

—Hola, Lexi. —Se secó la húmeda palma de la mano en el pantalón—. ¿Cómo estás?

Patético. Soy patético. Grant cerró los ojos.

—Lo siento, ¿quién eres?

—Sí, ha pasado mucho tiempo. Soy Grant.

Cuando ella no respondió, él se dio cuenta de que se había preparado para recibir un bien merecido aluvión.

—Esto debe de suponerte un duro golpe. Siento pillarte por sorpresa. Debes de tener un millón de preguntas.

Ella no esbozó ninguna. Ni siquiera podía oírla respirar, tal vez porque el sonido de su propia respiración era tan fuerte.

—Necesitaba llamarte esta mañana.

—No es un buen momento —su voz sonó desapasionada, calmada.

—Lo sé, lo sé. Tienes todo el derecho del mundo a estar enfadada conmigo, Lexi. Créeme, nadie está más enfadado conmigo por lo que hice como yo mismo. Sólo espero que me dejes...

—Mamá, ¿dónde está mi libro de ortografía?

¿Ésa que se oía de fondo era Molly? Por su voz parecía mucho mayor de lo que Grant había imaginado, aunque Alice le había enseñado muchas fotos.

—Debajo de la cama —dijo Lexi, con la voz apagada como si hubiera apartado la boca del teléfono.

Grant tragó.

—Tenemos que irnos —le dijo Lexi—. A la escuela.

—Sí. El tiempo pasa muy rápido, ¿verdad?

Lexi no contestó. Grant deseó no haber dicho aquellas estúpidas palabras y temió abrir la boca de nuevo. Sólo podía empeorar las cosas.

—Necesito hablarte sobre Molly —dijo.

—Ella no es asunto tuyo. —Lexi hablaba despacio, pero con el rugido de una protectora mamá osa. Grant se preguntó si Molly podía estar escuchando.

—Estoy seguro de que estoy haciendo todo esto mal, pero esperaba poder explicar...

—No necesito una explicación. Para nada.

—Pero hay...

—No me importa. Por favor, no vuelvas a llamar.

Grant haría cualquier cosa por Lexi. Considerando todo lo que le debía, haría cualquier cosa. Cualquier cosa menos aquello. Se tapó los ojos con la mano que le quedaba libre. Jamás se había sentido más patético o desesperado. No podía dejar marchar a Lexi, ni a Molly.

—Lexi. No lo hagas.

Ella colgó el teléfono.

Grant depositó el auricular sobre la encimera. La formica estaba plagada de venas doradas que le recordaban a un mapa de carreteras y le hacían pensar en todas las autopistas por las que podía correr y correr hasta que el horizonte le engullera.

Lexi intentó ocultar su consternación por la llamada de Grant mientras llevaba a Molly a la escuela. Aunque la intromisión había removido una amargura que ella creía haber dejado atrás hacía años, su mayor temor era que Grant tuviera aún peores intenciones.

Como reclamar algún derecho paterno sobre Molly.

La idea de pasarse el día acampada en el aparcamiento de la escuela cruzó su mente, aunque el aire era tan gris y frío como le había advertido a Molly. Si Ward o Grant venían...

...¿Qué haría entonces? Ni siquiera tenía teléfono móvil, nunca se había podido permitir comprar uno. Y tampoco podía permitírselo ahora. Pagaba sus facturas tan tarde como podía. Y tampoco podía vivir en el aparcamiento de la escuela cinco días a la semana. Los viernes eran el único día que no trabajaba en el supermercado King Grocery durante la jornada escolar.

Sintiéndose indecisa, apagó el motor del coche en el aparcamiento de la escuela y sacó la carta de Grant de su mochila. La temperatura del coche descendió en pocos minutos, y ella se envolvió en la chaqueta.

Lexi tuvo que admitir que sentía una especie de envidia irracional mientras observaba la escritura familiar de Grant. No le había escrito a ella sino a la hija que tenían en común; y aunque no deseaba en absoluto el contacto con él, su exclusión le causó dolor.

Y su voz la había llenado con una inexplicable combinación de calidez y terror. Se preguntó el porqué de su llamada telefónica, una clara añadidura a la carta. Su insistente necesidad de hablar sobre Molly le hacía daño a la memoria.

Lexi había aparcado enfrente de la entrada principal de ladrillo rojo. Un hombre permanecía de pie en el teléfono público a la izquierda de la oficina principal, de espaldas a Lexi, aguantando el auricular con la oreja y el hombro, con las caderas inclinadas de modo que apoyaba todo su peso en un solo pie. El otro pie golpeteaba a un ritmo irritante que le llamó la atención. Un cigarrillo se tambaleaba entre los dedos de su mano izquierda, ardiendo como una mecha lenta. Por encima de su codo, que llevaba al descubierto, y en parte oculto por la manga de su camisa a cuadros, asomaba un tatuaje.

Warden Pavo, allí, en la escuela de Molly. Lexi puso la mano en la manija del coche y se preparó para enfrentarse a él.

La barbilla del hombre se giró en su dirección, enfocando sus ojos hacia el vehículo y a través del parabrisas, como si hubiera sentido la mirada desafiante de Lexi y eso le hubiera molestado.

No era Ward. Lexi dejó caer sus ojos sobre la carta de Grant, con los nervios a flor de piel. No, no era Ward (le echó una mirada a hurtadillas), sino alguien apuesto que se le parecía.

Al principio, cuando Grant se lo presentó, Ward le había parecido bastante apuesto, pero su atractivo había palidecido ante su comportamiento cada vez más ofensivo, especialmente después de que Grant la abandonara. Cuando Norm fue condenado, Ward estuvo rondando por toda la ciudad afirmando que Grant le debía dinero. Diez mil dólares o algo así, que no podría haber extraído de Lexi ni aun con todos los números PIN del mundo. Ella no tenía ni siquiera quinientos, y todo lo que poseía no iría destinado a ninguna otra causa que no fuera su bebé. Al final ella había tenido que volverse igual de desagradable. Él le había sugerido que podía pagar la deuda de Grant de una forma un tanto más indecente, y ella le amenazó con llamar al sheriff.

Lexi sacó la carta del sobre abierto y desdobló dos hojas que habían sido arrancadas de un cuaderno con espiral. Los bordes irregulares seguían pegados.

La letra familiar de Grant llenaba líneas alternas.

Querida Molly-Wolly,

Molly-Wolly. Habían pasado años desde la última vez que Lexi se refirió a su hija con aquella expresión cariñosa. Grant solía encadenar rimas como si fueran vagones de tren con su nombre: Molly Wolly Polly Golly Jolly Dolly. ¡Holly! No cesaba con aquel juego hasta que ella se reía.

Pero todo aquello fue antes de la meta.

Lexi tenía las manos muy frías. Sus dedos helados apenas podían sostener el papel. Y sin embargo, era demasiado parca para mantener el coche y la calefacción encendidos. Demasiado barata, hubiera dicho Gina. Bueno, tal vez sí, pero le quedaba menos de la mitad del depósito de gasolina para pasar lo que quedaba de mes, y en aquella pequeña ciudad montañosa, la gasolina podía ser más cara que en Nueva York o en Los Ángeles.

Querida Molly-Wolly,

¿Te acuerdas de que solía llamarte así? De eso ya hace mucho tiempo y ahora ya casi te has convertido en una mujercita, pero yo aún sigo pensando en ti como mi niña y creo que siempre lo haré.

Me figuro que estarás enfadada conmigo por haber desaparecido y no haber contactado contigo durante tanto tiempo. Pero, conociendo a tu madre, lo más probable es que ni siquiera te acuerdes de mí. De hecho, apuesto a que ya tienes otro papá.

La ira que coloreó las mejillas de Lexi reemplazó el frío que sentía. Su viejo resentimiento se encabritó de nuevo. Era Grant, y no ella, el que se había apartado de la vida de Molly. ¡Y justo cuando más lo necesitaban!

Tal vez incluso has tenido varios padres *(¡Qué!)*, aunque yo soy el único que legalmente podría reclamar ese título. Me gustaría sentarme contigo y hablarte sobre lo que hizo que tuviera que irme. Eso es lo mínimo que te debo, pero tu madre, si puede, evitará que nos veamos. Supongo que debería recordar todo esto como un gran error, porque sólo puedo imaginar lo que ella te ha contado sobre mí. Ella me odia, así que puedes apostar que todo son mentiras.

Lexi tenía la boca abierta por el asombro. ¿Y su madre había considerado que aquello era adecuado para dárselo a Molly? ¿Pero en qué estaba pensando?

Así que te escribo porque por fin puedo poner los recuerdos en orden, Molly-Wolly. Ha llegado el momento, por razones que te explicaré cuando te vea.

—No vas a verla jamás, amigo.

Las palabras de Lexi salieron de su boca envueltas en una niebla cálida. Nunca le había contado a Molly otra cosa que no fuera una verdad cortés sobre su padre, a menos que pudiera llamarse mentira a la omisión de hechos indecorosos. Pero en realidad, ¿qué criatura necesitaba saber que su amado padre despilfarraba su sueldo en su adicción a las drogas?

Tu madre está un poco cegada sobre algunas cosas, y tal vez quiera evitar que te contactes conmigo. ¿Pero no crees que mereces conocer a tu padre verdadero, o al menos conseguir respuestas para tus preguntas más cruciales? Ella nunca amó a nadie más de lo que se ama a sí misma, así que haremos lo que hay que hacer por TI, ¿de acuerdo? Si crees que te gustaría hablar conmigo, responde a esta nota y yo haré el resto. No hace falta que tu mamá se altere más de lo que ya es habitual.

Espero que esto funcione.

Papá

P.D. Puedes llamarme Grant si te es más cómodo.

Al texto le seguía la dirección de un apartado de correos de Riverbend. ¿Tan cerca estaba?

Y su madre estaba intercediendo a su favor. ¿Por qué?

Si no fuera por el hecho de que Molly esperaba que Lexi le devolviera la carta, y el no hacerlo causaría aún más daño que la carta en sí, Lexi la hubiera arrugado y arrojado a la papelera que había al lado del teléfono público. ¡Y le hubiera prendido fuego!

Pero en vez de aquello, la adulta que había en ella decidió aprovechar la ocasión y planear un modo de hablar del tema con Molly como... como una adulta. Frunció el ceño, concentrada. ¿Cómo lo haría? ¿Por qué una niña de nueve años tenía que verse expuesta a esta porquería? Afortunadamente, pensó Lexi, tenía hasta las tres de la tarde para serenarse y elegir una estrategia. Quizás le diría a Molly que quemase ella misma la carta.

Su madre recibiría una buena reprimenda y tendría suerte si Lexi dejaba que se acercase a Molly de nuevo.

{capítulo 6}

Cuando Molly salió de la escuela a las tres, Lexi estaba de mal humor. Había dejado el coche sólo diez minutos para una incursión en un 7-Eleven al otro lado de la calle. Había escuchado que vendían teléfonos móviles de prepago a buen precio, sin contrato, y Lexi pensó que, bien mirado, debería tener uno para las emergencias. Al menos por ahora. Pero incluso aquellos estaban fuera de sus posibilidades económicas. Entonces recurrió de nuevo al espray de pimienta. Era hora de que Molly empezara a llevarlo.

Abandonó la tienda sin ninguno de aquellos caros cacharros y planeó desenterrar el bote escondido en la maceta del apartamento.

Se quedó en el aparcamiento de la escuela durante el resto del día. Para alejarse de los miedos de la noche anterior, de la amenaza de Ward contra Molly y de la decisión que debía tomar sobre Norm, mantuvo sus ojos puestos en las puertas de la escuela y en su mente se dedicó a escribirle cartas a Grant, instándole a mantenerse alejado de la vida de Molly. En algún punto asumió ella la personalidad de Molly. Y entonces, abrumada por aquellos pensamientos implacables, incluso revolvió la guantera en busca de una servilleta para escribirlos.

Encontró una tarjeta postal prefranqueada, una de las dos que le había comprado a Molly para comunicarse con su abuela. La visión del artículo de papelería hizo que Lexi se preguntase qué podría pasar si ella realmente le enviaba sus pensamientos a Grant haciéndose pasar por Molly. Si él no pensaba que la carta venía de su hija, seguiría molestando hasta obtener lo que quería. Así eran los adictos. Furtivos e insistentes.

Grant, gracias pero no, gracias. No te molestes en preguntarme de nuevo. Molly. (Sólo Molly.)

Lexi lo escribió, lo leyó y planeó enviarlo, pero entonces dudó. De todas las formas maduras en las que había pensado manejar todo aquel desastre, hacerse pasar por una niña probablemente no cumplía los requisitos.

La carta debería haber terminado en la basura, iría a la basura cuando llegara a casa. Sin embargo, no se sentía del todo mal por el ejercicio. Era una buena terapia pensar que había hecho lo posible para mantener al hombre lejos de la niña. Su niña.

Mientras esperaba en el exterior de la escuela elemental, se preguntó si había llegado el momento de explicarle más cosas a Molly, de empezar a desmantelar lentamente la idea romántica que Molly tenía sobre su padre. Sin causar dolor, si era posible. Aquello sería muy delicado. Era una niña, y aún lo sería por un tiempo. ¿Qué sería peor para Molly, llegados a aquel punto: contarle la verdad o dejarla vivir con su fantasía?

Un minuto más tarde vio que Molly salía por la ancha puerta de dos hojas. Un año más allí y pasaría a la escuela intermedia. La Asesina Escuela Intermedia. Aquel entorno social casi había matado a Lexi y seguramente era diez veces peor en estos tiempos. No quería que su hija dejara nunca la escuela primaria.

No quería que Molly supiera la verdad sobre su padre.

No quería que Molly tuviera que sufrir jamás.

Molly empezó a caminar hacia casa. Lexi tocó el claxon y la niña giró la cabeza bruscamente hacia el coche. Lexi la saludó con la mano y Molly empezó a correr hacia ella, bizqueando los ojos y sacando la lengua hacia un lado.

Se dejó caer en el asiento y de un puntapié metió la mochila debajo del salpicadero.

—Me olvidé de que venías.

—¡Qué despistada!

—¿Tenemos tiempo de ir a la biblioteca?

—¿Qué tienes que hacer?

—Necesito un libro para una redacción. —Se abrochó el cinturón.

—¿Para cuándo es la redacción?

—Para el lunes.

—¿Y me lo dices ahora?

—Es una redacción corta. Sobre los indios. Los Pawnee. Al menos no he esperado a decírtelo el domingo por la noche.

Los labios de Lexi se convirtieron una fina línea.

—Te daré diez minutos para encontrar lo que necesitas. Después tengo que ir a prepararme para ir a trabajar.

—¿La has leído?

Lexi estuvo tentada de hacerse la tonta. Deseaba tener un poco más de tiempo para simplificar aquel tema.

—¿Te refieres a la carta de tu padre?

—Sí. ¿La leíste?

—Afirmativo, Maynard. —Cualquier cosa para mantener la conversación en términos positivos el mayor tiempo posible.

—¿Y?

Lexi se incorporó a la calle mirando detenidamente el espejo retrovisor para no tener que mirar a Molly.

—¿Por qué no me dices primero lo que piensas tú? —dijo.

—Quiero conocerlo, mamá.

—¿Qué?

—Quiero conocerlo. Suena tal como me lo has descrito: ¿te acuerdas cuando me contabas que solía hacer rimas con mi nombre? Siempre pensé que nunca escribió porque se olvidó, pero parece que eso no fue lo que pasó, como si algo le hubiera mantenido alejado de nosotras y no pudiera regresar, y quiero saber qué era. He estado pensando en ello todo el día.

El espíritu de Lexi gimió. No entendía cómo Molly había concluido todo aquello de la grosera correspondencia de Grant, pero lo peor era que madre e hija se encaminaban hacia una discusión fuera de lo común.

—Cariño, a veces los adultos toman decisiones que para ustedes los niños no tienen ningún sentido.

En el silencio que precedió a la respuesta de Molly, a Lexi no le cupo ninguna duda de que la mente de su hija examinaba con detenimiento lo dicho para entender exactamente a qué se refería su madre y si aquel comentario era concluyente o no.

Pero para un preadolescente nada era concluyente.

—Está bien. Quiero decir, aunque ahora mismo no pueda entenderlo todo, estoy segura de que él puede contarme muchas cosas. ¿Tú no quieres volver a verle?

Lexi vio que sus últimos intentos para tomar el camino del éxito con respecto a los recuerdos de Molly sobre su padre estaban a punto de fracasar. Aun así, no quería que la considerasen la mamá mezquina, lo que sería el único resultado posible de la discusión a la que se enfrentaban, reforzando así las afirmaciones que Grant había hecho de ella en la carta. Buscó un modo de llevar a Molly hacia sus propias y más exactas conclusiones.

A veces la estrategia funcionaba.

—No parece que él quiera verme, preciosa.

—¿Qué quieres decir?

—Quiero decir que... que suena como si estuviera muy enfadado conmigo.

Molly frunció el ceño como si Lexi estuviese hablando en otro idioma.

—¿Qué quieres decir con enfadado? ¿Dónde está la carta? —Vio la mochila en la parte trasera y se giró entre los asientos para alcanzarla—. Pienso que fue muy dulce.

—Bueno, contigo fue dulce. —Lexi se aclaró la garganta—. Estoy segura de que jamás ha dejado de amarte. Pero el modo en el que hablaba de mí era un poco irrespetuoso, ¿no crees? Eso dice mucho de él. El hecho de que ni siquiera quisiera que yo me enterase de que te había mandado la carta...

Molly la cortó, leyendo:

—«Aún no he tenido el coraje de ir a hablar con tu madre sobre esto, pero lo haré. Supongo que debería ver todo esto como un error, me refiero a hablar primero contigo». ¿Dónde ves la grosería?

—¿Dónde has leído eso?

—Aquí. —Se inclinó hacia la palanca de cambios y señaló alguna parte de la página que Lexi no podía estudiar, al menos no en medio del tráfico—. ¿Lo ves? «Tu madre es una mujer encantadora y sabe exactamente lo que es mejor para ti».

—No te inventes las cosas, Molly. No había nada de eso...

—¡Mamá! —Alargó la palabra en tres sílabas—. ¡Esto es muy importante! No me estoy inventando nada. Dijiste que habías leído la carta.

—Lo hice. Y casi la tiro a la basura.

Molly apretó la carta contra su pecho y miró ferozmente a su madre.

—¡Quiere regresar!

—¿Qué podría hacerme feliz entre toda esa basura? Estoy empezando a pensar que no leímos la misma carta.

—No me digas.

—¡Molly Amanda!

—No estás siendo justa. Con papá.

Lexi giró a la izquierda.

—Léelo de nuevo, a ver si así podemos hablar de esto como mujeres.

En vez de eso, Molly le leyó la carta a Lexi, pronunciando cada palabra despacio y con cuidado, porque le había quedado claro que su madre no había entendido la sencilla carta la primera vez.

—«Querida Molly-Wolly,

»¿Te acuerdas de que solía llamarte así? De eso ya hace mucho tiempo y ahora ya casi te has convertido en una mujercita, pero yo aún sigo pensando en ti como mi niña y creo que siempre lo haré. Me figuro que estarás enfadada conmigo por haber desaparecido y no haberme contactado contigo durante tanto tiempo. Tal vez ni siquiera me recuerdes, no pasa nada. Es culpa mía».

—Molly, si es tu imaginación la que está hablando, eso no va a ayudar en absoluto.

—¡No lo es! —Y señalaba la carta con su dedo índice—. ¡Está justo *aquí*, y cuando te detengas en un semáforo te lo mostraré! *Sabía* que no la leerías. Diga lo que diga, no quieres que me reúna con él.

¿Qué podía Lexi responder ante aquello? Era cierto que una parte de ella deseaba mantener a Grant alejado de Molly, especialmente porque aquello llevaba a ese tipo de falsas esperanzas. Lexi le echó una mirada a su hija mientras continuaban. Molly sujetó la carta con ambas manos y se encorvó sobre ella.

—«Te debo algunas explicaciones sobre mi ausencia. Si tu madre me dejara, me gustaría sentarme y hablar contigo de eso». ¿Ves, mamá? Eso no es nada descortés. —Levantó la mano para que Lexi no pudiera responder—. «Aún no he tenido el coraje de ir a hablar con tu madre sobre esto, pero lo haré. Supongo que debería ver todo esto como un error, me refiero a hablar primero contigo. Es sólo que pienso que tu madre tal vez no quiera dejarme verte, y ésta podría ser mi única oportunidad de decirte que lo siento, Molly-Wolly. Lo siento, y espero que puedas perdonarme. Si eso no es posible, lo entenderé, pero de todos modos quería intentarlo».

Una tristeza que no había sentido desde que Grant se fue abrumó el corazón de Lexi. Su hija tenía las esperanzas puestas en un reencuentro con su padre que podía no tener lugar jamás, y estaba cambiando las mentiras de su padre para hacer de su deseo una realidad. ¿Por qué pensaba que podía salirse con la suya con esa fantasía? ¿Qué diantres la había poseído para intentar aquel truco después de haberle dado a Lexi la carta original?

—«Tu madre es una mujer encantadora y sabe exactamente lo que es mejor para ti» —leyó Molly—. «Ella nunca amó a nadie más de lo que te ama a ti, así que haremos lo que a ella le parezca correcto, ¿de acuerdo?» *La niña es lista, sí que lo es. Sus opciones de conseguir lo que quiere siempre aumentan cuando me pone en un pedestal.* «Si crees que te gustaría hablar conmigo, responde a esta nota y entonces me reuniré con tu madre. No tiene sentido ponerla nerviosa por algo que en primer lugar tú ya no quieres. Espero que esto funcione. Te quiere, papá. P.D. Puedes llamarme Grant si te es más cómodo».

Habían atravesado la corta longitud de la ciudad hacia el extremo opuesto, donde la biblioteca, el juzgado, el museo de minería y la oficina de Correos se alineaban firmes al otro lado de la calle donde estaba King Grocery. Lexi aparcó en doble fila en el aparcamiento de la biblioteca.

—Quiero hablar con él, mamá.

—Cariño, no estoy segura de que...

—¡Eres *tan* mezquina!

Lexi suspiró.

—Aún estás furiosa con él después de todo este tiempo. Estás furiosa y quieres que yo también esté furiosa.

—No, Molly, eso no es lo que...

—De todos modos voy a escribirle.

Lexi levantó las cejas.

—No puedes detenerme.

—Puedo castigarte. —De inmediato Lexi deseó no haber dicho aquello. Más que cualquier otra cosa, quería compartir la pena de Molly. Ella sabía un par de cosas sobre perder a un padre. Había tantas cosas sobre la crianza de los hijos que nunca había entendido...

—No me importa.

—Molly, dame la carta.

—No.

Abrió la puerta y salió, agarrando su mochila. La correa se enganchó en la manecilla de la ventanilla, y la carta se le arrugó en la mano mientras ella tiraba de sus cosas.

—Cariño...

Molly liberó su mochila y dio un portazo. Lexi suspiró en el espacio silencioso del coche.

Durante varios minutos su mente repitió una y otra vez la conversación. Deseaba poder volver atrás. Hacía sólo doce horas que había corrido a casa temiendo por la seguridad de Molly, inundada por la gratitud de verla metida en la cama, y ahora estaban allí, sin apenas saber qué decirse la una a la otra.

Lexi miró su reloj: las 15:18. Si no tuviera que estar en el trabajo a las cuatro... Entonces podrían hablar de esto mientras cenaban. Esperaba poder intentarlo de nuevo a la mañana siguiente, después de que ambas lo hubieran consultado con la almohada.

Aunque por ahora haría lo que fuera necesario para proteger a Molly. Sacó la tarjeta postal que le había escrito a Grant, caminó hacia la oficina de correos y la depositó en el buzón azul que había en la acera. Durante el medio segundo posterior a que el metal cerrara sus fauces y se tragara su decepción, deseó no haberlo hecho. ¿Mandar aquella tarjeta era lo mejor? Tal vez nunca lo sabría.

Pero Lexi estaba decidida: si Molly intentaba escribir una carta, también la interceptaría.

{capítulo 7}

En una prisión de alta seguridad a ciento sesenta kilómetros al sur de Crag's Nest, en un valle rodeado por una sinuosa cordillera de montañas, a Warden Pavo le autorizaban una visita de cinco minutos con Norman Von Ruden. Podía conseguir muchas cosas en cinco minutos. Un guardia escoltó al prisionero hasta el cubículo separado por un tabique de policarbonato donde Warden había esperado durante diez minutos.

En los últimos siete años, aquel hombre de negocios de cuarenta y seis años, ex hombre de negocios, había perdido la mitad de su cabello dorado y toda aquella compostura de hombre alto y seguro de sí mismo. El color bronceado del esquí se había mudado en el blanco pálido de una existencia sin sol bajo luces fluorescentes. Su ancho pecho se había angostado y caído, engordando ligeramente su cintura. Los brillantes ojos azules habían dado paso al color de un iceberg.

Claro que la transformación había empezado mucho antes de que empujara aquel cuchillo bajo las costillas de Tara Grüggen.

—Tienes buen aspecto —dijo Warden.

El hombre pestañeó como si quisiera disipar la niebla de su cabeza y se sentó con lentitud, con los ojos fijos en su viejo amigo.

—No esperaba verte.

Warden sonrió con un solo lado de la boca.

—Nadie lo está nunca.

Von Ruden frunció el ceño.

—No me imagino lo que te trae por aquí.

—Viejas historias. Y nuevas oportunidades.

—Ése el problema contigo, Pavo —su voz era lenta, fatigada—. Crees que eres un poeta cuando todo lo que has sido es un cuentista de poca monta.

—Ahora mismo estoy trabajando en una pequeña cancioncilla a la que yo llamo «La balada de Grant Solomon». Cuando la termine, tal vez cambies de idea.

—¿Eh?

La falta de entusiasmo del hombre irritó a Warden. Al parecer tendría que remover los sedimentos de la triste vida de aquel hombre.

—Solomon está fuera de la cárcel. Salió hace un mes.

—¿Ah, sí? ¿Por qué estaba encarcelado?

—Por nada de lo que te hizo a ti.

—Para ti eso es justicia.

—Él es el que se merecería estar en tu celda.

Von Ruden se encogió de hombros.

—Vamos, hombre, no es así como te sientes en realidad. La medicación que tomas es la que habla por ti, Norman.

Sus ojos brillaron.

—Aunque sea así, ¿qué representa Solomon para mí? Una vez que los has perdido aquí, los años ya no regresan. El mundo se trastoca.

—Y ahora tenemos la oportunidad de ponerlo en su sitio.

El alemán suspiró pesadamente.

Warden meneó la cabeza.

—Esto no está bien. Tengo que engancharte con algo para drenar esa fosa de alquitrán en la que tu cerebro está pegado. Hagamos que el viejo Norman vuelva al juego.

Una luz apareció en los ojos de Von Ruden por primera vez desde la llegada de Warden. Se hicieron una pregunta tácita, que Warden interpretó como *¿Puedes conseguirme lo que necesito?* Warden miró de reojo al guardia y asintió con solemnidad. Ambos hombres bajaron la voz.

—La próxima vez que venga —prometió Warden.

Von Ruden se llenó los pulmones con un suspiro de alivio.

—Ha llegado la hora de Solomon —dijo Warden—. Es tu turno con él.

—Dices eso como si yo fuera Al Capone. ¿Qué? ¿Mato a una persona y crees que tengo lo que necesito para ordenar un golpe desde mi celda?

Aquel era el Von Ruden que Warden quería ver.

Warden sonrió abiertamente.

—¿No preferirías hacerlo con tus propias manos? Estarás libre dentro de poco.

—Sólo es una audiencia. No hay garantías.

El preso se frotó los ojos y suspiró.

—Has sido un buen chico.

—Eso nunca importó en esta vida.

—Lexi Grüggen hablará a tu favor.

Un destello de remordimiento cruzó el rostro de Von Ruden.

—¿Grüggen? ¿Se ha vuelto a casar?

—Es su nombre de soltera.

—¿De qué va todo esto?

—Tal vez tengas la oportunidad de preguntárselo tú mismo.

El anciano prematuro suspiró.

—Lexi. Lo más probable es que ella ponga los clavos de mi ataúd.

—No. No. Lo sé de buena tinta. ¿Qué dices? Cuando salgas de este lugar con el viento de Lexi bajo tus alas podrás tener tu justicia.

Von Ruden no sonreía. Se inclinó hacia delante, ajustándose a la voz de Warden.

—A los asesinos nos les dejan en libertad condicional por la palabra de una buena chica.

—Verás cómo pasa —murmuró Warden—. Tienes tiempo para fantasear con las posibilidades.

Von Ruden se metió un dedo en la oreja.

—Aún no me has dicho qué te trae por aquí.

—Una meta común. Tú quieres justicia, ¿no?

—No estoy seguro de que exista en este mundo.

—No en los tribunales. Depende de nosotros —dijo Warden.

Su antiguo cliente tomó una gran bocanada de aire y pareció entender la idea, si bien con poco entusiasmo.

—Nunca hiciste nada por la bondad de tu corazón, Warden. ¿Qué representa Solomon para ti?

—Diez de los grandes. Y algunas monedas.

Von Ruden silbó.

—Deben de ser muchas monedas.

Warden se puso en pie y le hizo señas al guardia.

—Mi abuela siempre decía que si te ocupas de los peniques, no tendrás que preocuparte por los dólares.

—¡Qué dulce! Y quieres que me encargue yo para no tener que ensuciarte las manos mientras tú consigues tu dinero, ¿verdad?

—Éstas son las manos que pueden mantenerte vivo, ya lo sabes. Estaremos en contacto.

Cuando Molly se dejó caer pesadamente en el asiento delantero del Volvo, con un montón de libros en la mano, una fragancia cosquilleó la nariz de Lexi y estornudó. Dos veces.

—¿Qué es ese olor?

Creía que Molly vería la pregunta como una justificación más para llevar la contraria.

—Yo no huelo nada.

Pero Lexi sí, y el olor parecía provenir de su hija. Miró en su dirección y olfateó. Molly se movió para ponerse de cara a la ventanilla.

Su ropa apestaba a humo. Algo más fuerte que los cigarrillos y más dulce. El olor de una cerilla extinta.

Para cuando Lexi aparcó en su garaje el olor había desaparecido y pensó en llamar al trabajo para decir que estaba enferma. Molly la necesitaba, aunque ella lo negaría. Abrazando los libros de la biblioteca y caminando con los hombros caídos, la niña entró enfurruñada en el apartamento sin esperar a Lexi, como siempre hacía.

Los acontecimientos de las últimas doce horas pedían un serio descanso. Lexi pensó que si pudiera dormir un poco entonces tal vez podría decidir qué hacer respecto al papel de su madre en el fiasco de Grant, arreglar las cosas con Molly y sopesar la petición de Ward de testificar a favor de Norm.

Recogió el correo de camino al apartamento y encontró un aviso de vencimiento de la factura telefónica encima de la casi vencida factura de servicios públicos. No quería dejar a Molly rodeada de tantos cabos sueltos retorciéndose como si estuvieran vivos. Sin embargo, faltar al trabajo, especialmente en la noche más movida de la semana, podía significar la diferencia entre tener servicio telefónico y que se lo cortaran. Corrió por la acera al mismo tiempo que Mort Weatherby pasaba al pie de las escaleras adyacentes al edificio. Verle le inspiró una idea.

—¡Hola, Mort!

El alto fanático de los ordenadores del que Gina estaba prendada se detuvo y se pasó una mano por sus espesos rizos.

—Hola, Lexi. —Su sonrisa carecía de su habitual carisma—. ¿No está Red Rocks en la otra dirección?

—Hoy voy un poco tarde.

—Sucede en las mejores familias.

—¿Y tú? ¿Va todo bien?

Cruzó los brazos y apuntaló lo pies.

—Voy tirando. El gato de la señora Johnson ha muerto esta mañana, y a ella se le ha metido en la cabeza que yo y Travis tenemos algo que ver en ello.

—¿Julieta?

—Anoche me dejó lleno de arañazos intentando hacerla bajar del 10 C.

Le mostró a Lexi la parte interior del antebrazo.

—He oído algo de esa historia, Romeo.

Él sonrió abiertamente durante un instante.

—Sí. Tuvimos público.

—¿Qué ha pasado?

Mort se encogió de hombros.

—Esta mañana cuando he salido para ir a trabajar el gato estaba en el umbral de mi puerta, duro como una toalla helada. Lo llevé a la casa de la señora Johnson y empezó a chillarme. Tal vez debería haberme deshecho de él sin decirle nada.

—¿Por qué la señora Johnson piensa que...?

—Porque es una cascarrabias y piensa que Travis y yo le dimos un susto de muerte al bicho intentando ayudarlo. Ninguna buena acción queda sin castigo y todo eso.

—Todos sabemos que sois buenos chicos, Mort. Se le pasará. Tal vez hasta consiga un gato nuevo.

—Tal vez yo le *compre* un gato nuevo.

Lexi no se atrevió a decir que probablemente esa era una idea desastrosa.

—Eh, ¿puedo pedirte un favor?

—No si incluye una cita con tu compañera de piso.

No sonrió al decirlo.

—Confía en mí. Sabes que no volveré a hacer eso. Sólo me preguntaba si podrías echarle un vistazo a mi casa esta noche.

—¿Por qué? ¿Se van todos?

—No, pero me gustaría contar con un par de ojos masculinos en mi puerta delantera. Gina y Molly están en casa.

—¿Problemas de chicos?

—Desde la ventana de tu cocina puedes ver mi puerta delantera, ¿verdad?

Él siguió los ojos de Lexi a través del camino que unía sus módulos.

—Sí, supongo que sí.

Lexi dio dos pasos hacia la puerta delantera de su casa.

—Así, si vas tomar algún tentempié, o alguna bebida o lo que sea, puedes echar un vistazo.

—¿Qué debo buscar?

—No lo sé. Cualquier cosa que se salga de lo normal.

—Si aquí sucede cualquier cosa fuera de lo normal, será noticia de primera plana. Lexi esperaba que no fuera así.

Dentro del apartamento, Molly había levantado un campamento en la salita. Se rodeó con los libros de la biblioteca, de espaldas a la entrada. Los auriculares de un *Nanopod* «o algo por el estilo» tapaban sus oídos. Un regalo de Navidad de la madre de Lexi.

La copia en DVD de *Gobsmacked* que Lexi había pensado en alquilar reposaba sobre la mesa de la cocina. Gina iba en chándal y zapatillas y estaba preparando *ramen*. Lexi tomó la película, una comedia británica interpretada por adolescentes rompecorazones que provocaban el desmayo de las niñas de la edad de Molly.

—Había pensado que Molly y yo podríamos verla esta noche —dijo Gina.

—Sí. Ella lo mencionó. —Allí se acababa su plan del sábado por la mañana. Lexi suspiró y la dejó en su sitio, temerosa de que la amabilidad de Gina ensanchara aún más la brecha que se había abierto entre Lexi y su hija—. Estoy segura de que le encantará.

—A ella y a todas las demás niñas de cuarto grado del mundo. —Gina se frotó los ojos—. Es ideal para mí.

—Estás colorada. ¿Te encuentras bien?

—Sólo es un dolor de cabeza. Un día largo. Pero no puedo quejarme. Tu día acaba de empezar.

Habían pasado treinta y seis horas desde que Lexi descansara de verdad por última vez, y el día le parecía ya muy viejo.

—Gracias por limpiar la pintura esta mañana —dijo Lexi—. Seguro que te estarás preguntando...

—¿Qué pintura?

—Había pintura en la ventana de la cocina.

—¿Pintura de qué?

Lexi hizo una pausa, sin respuestas a su alcance.

—Esta mañana ya no estaba.

El cristal de la ventana estaba tan claro y brillante como siempre en el resplandor de aquella tarde de invierno. Gina removió la olla y miró de la ventana a Lexi y viceversa.

—No te creerás lo que me pasó anoche —dijo Lexi.

—Llegas tarde al trabajo.

—Debo contártelo ahora.

El volumen de la música que escapaba de los auriculares de Molly era lo suficientemente alto como para que Lexi lo escuchara, lo que significaba que la niña no oiría lo que su madre planeaba decir. Miraba a Molly mientras le contaba a Gina lo del Volvo, lo de Ward y lo de la diana pintada. Y lo del olor dulzón de humo de Molly.

La preciosa Molly.

Omitió las partes que trataban de Grant y de Norm.

Cuando finalizó, Gina dijo:

—Yo sólo noté olor a pescado frito.

Gina se había sentado a la mesa, y sorbía los espesos fideos del *ramen* con una cuchara grande. Sus ojos vidriosos le dijeron a Lexi que pensaba que la historia era inverosímil. O que tal vez no se encontraba bien.

—¿Has dicho que también había pintura en las cortinas? —preguntó.

—Y en la jamba. —Lexi se reclinó hacia el vestíbulo para mirarla de nuevo. Estaba limpia—. No puedo explicármelo.

—¿Y piensas que Ward fue el responsable? —el escepticismo teñía sus palabras—. ¿Por qué?

Deseando haber tenido argumentos más sólidos, Lexi enterró las manos en los bolsillos de su chaqueta. Su mano derecha se cerró alrededor de una bolsita de plástico llena de algo blando. La sacó.

La vida con Grant la había expuesto lo suficiente a la marihuana para reconocer aquellas hojas aplastadas parecidas al té. Gina también debió reconocerlas. La cuchara llena de fideos se detuvo en el camino hacia su boca, y entonces desvió los ojos hacia su bol. Al instante Lexi decidió no preguntar en voz alta de dónde había salido aquella bolsita. Aquello sólo empeoraría la situación.

—Has estado trabajando duro —dijo Gina, examinando su cuchara—. Ha sido un invierno muy largo. Creo que estás cansada, Lexi. Hoy cierras tarde, ¿verdad?

Lexi no pudo explicar por qué aquella respuesta le hirió los sentimientos, aunque deseaba que todos aquellos acontecimientos sin sentido no fueran más que el resultado de su percepción exhausta y retorcida.

—¿Por qué no me dijiste que ayer vino mi madre?

Gina removió la sopa.

—No pensé que fuera algo que valiera la pena contar.

—¿No pensaste que era raro que mi madre viniera justo cuando yo no estaba?

Gina habló con la cuchara en la boca.

—No sabía que le habías prohibido la entrada al apartamento.

—No le he *prohibido* la entrada. ¿Pero por qué no me lo dijiste?

—Porque sabía que no podrías dormir si te lo contaba.

—No eres la responsable de asegurarte de que duermo, Gina.

—Por supuesto que no. Pero intento ayudar.

Lexi reprimió el *No necesito tu ayuda* que se tambaleaba en su lengua. No tenía sentido salir de casa aquella noche habiendo roto las relaciones con Molly y con Gina.

—Mi madre no sabe cómo tomar decisiones que no hieran a la gente —dijo—. Le trajo a Molly una carta de Grant —Gina abrió la boca por la sorpresa—, y ahora a Molly se le ha metido en la cabeza que quiere conocer a su padre. Si mi madre empieza a meter las narices en la vida de mi hija, quiero saberlo.

—Entendido. Si esta noche viene, le diré que no hay nadie en casa.

—Esto es serio, Gina.

—De acuerdo, de acuerdo. Tranquila.

—Si Molly habla de Grant...

—Te lo diré por la mañana.

—Y por favor, asegúrate de que todo esté cerrado y...

—¡Lexi! ¡Llegas tarde al trabajo!

{capítulo 8}

Cuando Lexi llegó al Red Rocks Bar & Grill, aparcó en el lugar más cercano a la puerta trasera y tiró la bolsita de hierba en el contenedor de los escombros camino de la cocina. Confiaba en que el servicio de recogida de basuras se lo llevara antes de que nadie lo encontrase. La presencia de aquella bolsita era igual de inquietante que el resto de los acontecimientos que la habían sorprendido en las últimas horas. ¿Quién se la había puesto en el bolsillo? ¿Y cuándo? Había llevado puesta la chaqueta todo el día. Aunque la bolsita ya no estaba en su poder, ¿podía un perro olerla en el forro? Se preocupó por lo que aquello podría significar para ella. Para Molly.

El hilo de sus pensamientos la llevó directamente a Ward, el traficante que había atrapado a Grant y a Norm en sus redes todos aquellos años atrás. Estaba construyendo una nueva y pegajosa trampa para ella, al parecer, y por razones que Lexi no entendía.

El aire frío le puso la carne de gallina.

El gerente, Chuck, la miró mal cuando entró como un torbellino por la puerta de atrás diez minutos tarde, pero no dijo nada, así que Lexi fingió no darse cuenta. Colgó el abrigo y la mochila en el pasillo que usaban como armario y como despensa. Lexi jamás se había cambiado la mochila del instituto por un bolso, en parte por razones económicas y en parte porque tenía intenciones de volver a la universidad uno de aquellos días. La mochila era un recordatorio que la llenaba de esperanza.

¿Cuándo se había vuelto tan mugrienta y marrón? Durante un instante la miró fijamente y pensó que había llegado la hora de abandonar su sueño. Quizá hasta que Molly fuera mayor. En aquellos momentos Lexi necesitaba mucho más el dinero que un título. Era el pez que se mordía la cola: sin título, se ganaba menos dinero. Sin dinero para pagar le escuela, no había título.

Lexi suspiró. Se desplazaría a Riverbend antes de empezar su turno del sábado y rellenaría las solicitudes para los nuevos supermercados. Tal vez ella y Molly pudieran mudarse.

—¡Listo!

La llamada del cocinero hizo regresar a Lexi a la cocina. Se anudó el delantal, se metió una libreta de pedidos y un bolígrafo en el bolsillo delantero y sacó la cabeza por el comedor. El señor Tabor ya había llegado. Ella sonrió y le saludó con la mano. Él le devolvió la sonrisa, asintiendo con la cabeza del mismo modo lento y majestuoso de los reyes benévolos.

De un empujón Lexi dispuso un vaso de plástico rojo gigante contra el dispensador de hielo, lo rellenó con naranjada y se lo llevó al señor Tabor con una pajita.

—¡Bendita seas, Lexi, preciosa!

—¿Cómo está usted, señor Tabor?

La envejecida piel color café del hombre y su pelo blanco espumoso le recordaba a Lexi a un café moca corto coronado de nata montada. Era un alma cargada de años con un cuerpo frágil y un espíritu herculeo. Había sido abogado defensor hasta su reciente jubilación.

Se dio unos golpecitos en el estómago.

—Tengo un gran agujero aquí dentro que necesita ser llenado.

—Eso puedo arreglarlo. ¿Quién le acompañará hoy?

—Quienquiera que Dios ponga en mi camino.

—¿Quiere que vaya adelantando el trabajo y le sirva el sándwich Reuben o prefiere que espere?

Colocó la pajita en la bebida azucarada y tomó un largo trago.

—Será mejor que me alimentes, niña, si no quieres que me evapore.

Lexi se rió.

—Ahora no nos podemos permitir eso, ¿verdad?

—Oh, no. Serían muy malas noticias.

—Ahora mismo se lo traeré.

Lexi descubrió que su intercambio de palabras diario le servía de cálido consuelo en su rutina. Colgó el pedido de su sándwich favorito y después sirvió el acompañamiento de ensalada de col dulce en una taza de poliestireno, lo selló y lo depositó en una bolsa de papel. Al señor Tabor le gustaba llevárselo a casa y tomarlo como postre.

Unos minutos después estaba embutiendo un filtro de papel en la cafetera de tamaño industrial preguntándole a Dios cómo era posible que el asesino de su hermana pudiera obtener la libertad condicional pasados sólo siete años desde su muerte, cuando las campanillas de latón anudadas a la puerta principal tintinearon contra el cristal.

Otra camarera, Simone, le dio un ligero codazo. Lexi siguió sus ojos, que escrutaban el cuerpo del hombre más alto que Lexi hubiera visto jamás. También era ancho, y desde donde ella estaba, parecía demasiado grande como para haber pasado por la puerta frontalmente. Se sacudió las botas y se quitó los guantes.

A través de la hoja de cristal de las ventanas delanteras Lexi vio una camioneta estacionada en el polvoriento aparcamiento. Se fijó en ella por dos razones. Primero, porque era algo tan brillante y reluciente que parecía que tuviera tropecientos caballos y un motor más grande que su salita y una caja tan grande como para aparcar su escacharrado Volvo en ella. Tenía que ser suya, a juzgar por el tamaño. En segundo lugar, porque estaba pintada de un tono magenta oscuro, un color que ella no había visto nunca en ningún coche, y menos aún en el de un hombre.

—¿Mesa para uno? —le preguntó Simone resaltando su cadera hacia un lado.

Lexi se descubrió a sí misma mirando con curiosidad sus ojos claros y poco corrientes, que eran de un color verde rojizo, como el cobre oxidado. Era rubio noruego. Durante un segundo se lo imaginó vestido con ropa de franela a cuadros escoceses y con tirantes, derribando árboles en uno de esos concursos para descubrir al hombre más fuerte que echaban por las madrugadas en la televisión por cable.

—De hecho estoy buscando a alguien.

Dijo esto a Simone, pero estaba mirando a Lexi. Se molestó al sentir que se ruborizaba. Oyó que los granos de café golpeaban el linóleo a sus pies y se dio cuenta de que estaba llenando el filtro sin prestar atención. Volvió a su tarea.

—Está allí —le oyó decir—. Gracias.

Lexi empujó el cesto del café en su compartimento, apretó con fuerza el interruptor rojo iluminado y se giró para rescatar el sándwich Reuben de las lámparas de calor.

—¡Está para mojar pan! —canturreó en voz baja Simone mientras pasaba al lado de Lexi y entraba en la cocina.

El gigante rubio había tomado asiento enfrente del señor Tabor, pero era demasiado alto para poder encajar las rodillas debajo de la mesa. Apretujó su cuerpo en el banco de vinilo y dejó los pies en el pasillo. Lexi los esquivó.

—Lo siento —le dijo el hombre.

Ella pensó que su disculpa era innecesaria, pero la aceptó con una sonrisa y puso el plato caliente delante del señor Tabor, y después depositó el paquete con la ensalada de col al final de la mesa.

—Querida, eres un encanto, como mi dulce Beulah, descanse en paz. —Deslizó tres billetes de dólar debajo de la cuchara sin usar y ella fingió, como siempre, no darse cuenta—. Éste de aquí es mi amigo Michael.

—Todos los demás me llaman Ángelo —le dijo el desconocido.

Lexi se rió entre dientes y pensó en el Chevy de color personalizado.

—¿Es un artista de renombre o hay alguien en su familia con sentido del humor?

—Mi padre —dijo Ángelo—. ¿Y tú eres...?

El miedo que se apoderó de Lexi cuando él extendió su mano no podía haber sido más irracional o inesperado. La visión de aquella palma, tan grande como una ensaladera, lanzó una advertencia indescifrable a su estómago. El arrepentimiento le llenó la garganta por haber hecho aquella observación sobre su nombre. Aunque en su familia se impusiera el buen humor, su risita había sido deplorablemente inapropiada.

Se secó las manos en el delantal y dejó que él le estrechara los dedos entre los suyos. Él le apretó la mano con un movimiento firme.

—Lexi. —Ella retiró la mano, ruborizándose de nuevo—. ¿Le traigo algo?

—¿Qué te parece un poco de café y pastel de manzana caliente?

—¿Con helado?

—Por supuesto.

El señor Tabor se rió y dio palmadas en la mesa.

—Mejor deberías traerle toda la bandeja de pastel y un cubo lleno de helado. Una porción apenas le abrirá el apetito.

Ángelo sonreía.

Aturdida por no saber si el hombre mayor hablaba en serio, Lexi titubeó. Cuando Ángelo dirigió su mirada hacia ella, aún con aquella sonrisa radiante, se dio cuenta de que, si no osaba preguntar, él iba a dejar que ella lo adivinara.

—¿El café solo?

—Nunca.

—¿Tal vez le gustaría con una cucharada de helado, también?

Ángelo miró al señor Tabor, que se llevaba la carne en conserva y el chucrut a los labios.

—Vaya, ¿por qué nunca se me ha ocurrido eso?

—Porque ella es la inteligente en este trío, ¿verdad? —El señor Tabor mordió el sándwich.

—Eso parece.

Lexi se alejó, esquivando los pies de Ángelo y considerando cómo preparar su pedido.

Cuando regresó algunos minutos después con un tazón, una jarra, una porción de pastel, una cucharada de helado en el pastel y otra en el café, y una pastel entero (menos una porción) en una caja, el señor Tabor y Ángelo se rieron de buena gana.

—Eso es lo que llamo servicio —dijo Ángelo observando el festín.

—Se merece su sueldo, sí señor.

Ángelo se comió cuatro porciones de pastel durante las tres horas que él y el señor Tabor permanecieron sentados allí, hablando, y aunque no sabía por qué, su apetito la complació. Rellenó su jarra dos veces y se preguntó cómo podía parecer tan tranquilo después de lo que debían haber sido ocho tazas de café.

Cuando ambos hombres se fueron sobre las siete, Ángelo depositó la caja del pastel en las manos del señor Tabor, y después le dejó una propina a ella de la misma cantidad a la que ascendía la cuenta. Le vio subir a la camioneta y salir del aparcamiento mientras limpiaba la mesa.

—Te va a entrar un bicho en la boca si no la cierras —le dijo Simone al pasar junto a ella con un cargamento de platos humeantes.

Lexi desvió su mirada con brusquedad, avergonzada de que se le hubiera notado. Giró los ojos hacia Simone.

Por el rabillo del ojo atisbó a un cliente en la mesa once en la esquina más alejada, con la cabeza inclinada sobre su menú abierto. ¿Cuánto tiempo había estado esperando? No podía ser mucho, o de lo contrario Chuck ya le habría dado una patada a ella en el trasero. Ahora se acercaría a él si Simone aún no la había echado una mano.

Las puertas de cristal con marco de metal del restaurante se abrieron mientras Lexi apilaba los platos, y la lengua de león de marzo le lamió los tobillos. Dos personas entraron en el comedor.

Al verlos, se dirigió derecha hacia el respaldo de una silla que sobresalía de la mesa y estuvo a punto de perder la carga. La colisión hizo que el mueble y la cubertería repiquetearan. Mantuvo el equilibrio y previno un desastre. La pareja miró en su dirección.

Su madre, Alice Grüggen, estaba de pie delante de la puerta, flanqueada por dos mesas de vinilo rojo y eclipsada por una silueta lúgubre que la seguía. Grant Solomon, el marido separado de Lexi.

{capítulo 9}

Lexi y Grant se habían conocido en el instituto, se quedaron embarazados de Molly tan pronto como se graduaron y se casaron por obligación. Pero las drogas se interpusieron en su «felices para siempre». Primero fueron las drogas de Grant y después el asesinato de la hermana de ella, y el sufrimiento alcanzó a Lexi como un inevitable accidente de tráfico en cámara lenta. Dos años después de la boda siguió a Grant al exterior de su pequeña casa de una sola habitación, agarrando con firmeza a un bebé lloroso que ya empezaba a caminar, mientras su marido, que se dedicaba a cocinar meta, intentaba explicarle por qué no podía quedarse por más tiempo.

Hasta la fecha, ella aún no recordaba lo que él dijo.

Lo que sí recordaba era lo rápido que entendió que era la única Grüggen sensata que vivía y respiraba en aquella pequeña ciudad. El descenso de su padre a la enfermedad mental fue más como una caída libre, y su madre creó un pulcro mundo fantástico a su alrededor para negar lo que le estaba sucediendo a su familia de cuento de hadas. Alice huyó, asumiendo la vida viajera de una crítica gastronómica.

Lexi no había perdonado a su madre por abandonar a su padre, al igual que no había perdonado a Grant por abandonar a Molly. Si ambas fugas hubieran sido por ella, Lexi lo habría superado. Hubiera manejado la situación, o al menos le habría dado la espalda a la ofensa. Pero su padre, Barrett Grüggen, no se merecía el abandono de su madre. Y Molly... Grant debía haber pensado que la pequeña niña le olvidaría. Sin embargo, Lexi sabía la verdad de primera mano: una hija nunca, nunca olvidaba la necesidad de tener un padre, aunque ni siquiera pudiera recordar su rostro.

Y como Lexi también era hija, creía que Alice nunca debía haberle dado la espalda a Barrett, sin importar lo mucho que doliera verle cambiar. Él nunca había hecho nada para merecer aquello. El dolor de Alice no era culpa suya.

Lexi intentó mantenerlos unidos durante unos cuantos meses. Se repetía que no valía la pena revivir su fracaso. Con el tiempo abandonó. No había nada más que una hija (una esposa, una madre) pudiera hacer o ser. Se lo jugó todo a una carta llamada Molly y siguió visitando fielmente a su padre en Riverbend.

Que ella se las hubiera arreglado con todo, incluso con aquel mediocre y renqueante modo de vida, fue debido en gran parte a Gina. Y a Jesús. Gina y Jesús. Lexi pensaba que ambos iban juntos, como Ben y Jerry, como Fred y Ginger.

«Lexi y Jesús» no sonaba tan bien, pero al mismo tiempo suponía que era lo esperado. Gina le dio a conocer a Jesús el día que a Barrett le dieron la residencia permanente en el hospital psiquiátrico, el día que Alice ponía a la venta la casa donde Lexi había crecido, el día que Lexi tuvo que admitir que había fracasado. En todo. A Jesús no le importaba eso, dijo Gina. Él ofrecía segundas, terceras, cuartas y quintas oportunidades.

Lexi necesitaba otra oportunidad. Porque amaba mucho a Molly y a Barrett.

Lexi estaba convencida de que había sido ese mismo amor el que hoy le había hecho dar la vuelta para alejarse de Alice y Grant y la había empujado a la cocina, donde volcó su carga de platos sucios en la cubeta de forma tan poco cuidadosa que uno de los platos se desportilló. Respiró hondo, casi sin importarle si Chuck se daba cuenta.

¿Cómo se atrevían a venir aquí? ¿*Aquí*, donde ella trabajaba, en la noche más movida de la semana, donde suficientes testigos podían reconocer a Grant y mantener la fábrica de cotilleos trabajando a toda máquina durante meses?

¿Cómo se *atrevían*?

Decidió que fuera Simone la que les acomodara. Lexi regresó para atender al cliente que había estado esperando.

Fue imposible no verlos por el rabillo del ojo cuando entró de nuevo en el comedor. Lexi notó cómo la piel de la nuca se le calentaba. Aquellas caras, observándola como a un espécimen en un tarro, eran el retrato de la desfachatez.

—¿Le traigo algo para beber? —le murmuró al hombre de la mesa once mientras rebuscaba en el bolsillo la libreta para pedidos. Les echó un vistazo a Alice y a Grant, que parecían estar decidiendo si sentarse por su cuenta. Simone iba en su dirección.

—Me tomaré un Blue Devil —dijo el hombre.

La voz. La bebida. Lexi levantó su mirada hacia él con brusquedad.

—Ward. Warden.

Era lanzar una moneda al aire intentar saber si enfrentarse a su madre y a su ex hubiera sido más agradable que esto.

—Hola, Sexy Lexi.

—Sabes que odio eso.

—En el fondo no lo odias. Me alegra verte de nuevo.

Lexi resopló.

—¿Qué quieres?

—Todo lo que siempre he querido es a ti, ya lo sabes. —Se inclinó hacia delante, con el cuello estirado y la mandíbula hacia arriba, y entonces se rió de aquella broma que no lo era exactamente.

—Quiero decir para comer.

—Tu pequeña hija cocinó unos estupendos espaguetis anoche. ¿Tienes más?

Lexi se inclinó hacia delante y colocó las palmas de las manos en la mesa de Ward, más para sostenerse que para intimidarle, lo que era imposible.

—Mantente alejado de mi casa.

Warden se rió tanto que sus cejas desaparecieron debajo de su gorra de punto. Apoyó un brazo en el respaldo del asiento.

Ella se alejó de la mesa y escapó a través de las puertas batientes que llevaban al bar, intentando dar sentido a la tormenta que se avecinaba en el comedor. Tenía las palmas de las manos sudadas. Después de siete años de rutina, ¿cómo era posible que todo pudiera ser reducido al caos en sólo unas horas? Lo próximo sería que Norman Von Ruden irrumpiera y pidiera un cesto de patatas fritas.

Le transmitió al barman el pedido de Ward y se apoyó en la barra, fingiendo mirar la televisión, preguntándose cómo el amor podía desintegrarse en resentimiento. Hubo un tiempo en el que ella había sentido un cariño profundo hacia todos ellos: su madre, Grant, Norman, incluso Ward, al que nunca amó pero que una vez resultó ser un tipo decente. ¿Cómo podía ahora sentir tales emociones extremadamente opuestas hacia la misma gente?

La respuesta a aquello era fácil: *Porque ellos fracasaron. Espectacularmente. Me fallaron. Le fallaron a Molly.*

Por supuesto que ella se había equivocado muchas veces en su vida. Incluso le había fallado a la gente, pero aquello era lo que la diferenciaba de los adultos que había en aquel comedor: nunca le había fallado a nadie y después le había abandonado. Ella nunca les había fallado y después había intentado inmiscuirse en sus vidas como si supiera lo que era mejor para ellos.

Cuando Lexi se enderezó en la barra y miró cómo el barman mezclaba aquel extraño brebaje, la llegada de su madre y marido tomó otra dimensión. Si aún tenía alguna esperanza de cerrar la brecha que se había abierto entre ella y Molly tendría que poner a su madre y a Grant, a aquellos errores, en su sitio. Que no era aquel.

Sin embargo, Ward era un tipo distinto de animal. Lexi no sabía qué esperar de su reaparición. ¿La acecharía hasta que ella accediese a testificar? Se preguntaba si Grant se había apercibido de Ward.

Se preguntaba si se habían mantenido en contacto todos aquellos años.

Lexi depositó el vaso de tubo lleno de un remolino de alcohol azul en una bandeja redonda y la levantó con fuerza, regresando al comedor.

Empujó las puertas batientes con una mano y vio que Simone había acomodado a Alice y a Grant en la mesa más cercana, a la derecha. Algo le dijo a Lexi que ellos habían elegido aquel asiento, tal vez el hecho de que sus ojos estaban posados sobre ella cuando volvía. Grant, sentado de espaldas al bar, tenía que girar toda la cabeza hasta casi hacerla salir del cuello para echar un vistazo, pero estaba tan concentrado en Lexi como lo estaba su madre.

Se deslizó del banco, sujetando un par de guantes con ambas manos, y se puso justo en medio de su camino.

—Lexi —le dijo. Se miraba los pies, y ella se alegraba de que al menos tuviera la decencia de parecer avergonzado.

Ella hizo lo mismo, mirar a los pies.

—¿Qué estás haciendo aquí? No tienes ningún derecho. —Lexi contuvo su furia en un volumen bajo y discreto. El restaurante estaba lleno, aunque no hasta los topes, y ella no iba a montar ninguna escena. No allí. Miró a su madre—. *Tú* no tienes ningún derecho en enviarle a Molly una carta como aquella a mis espaldas.

Grant dijo:

—Intentaba explicar...

—¿La leíste, mamá? Se supone que tienes que protegerla, proteger*nos*, de ese tipo de veneno. Y tú —se giró hacia Grant— no tienes ni idea de cómo manejar el corazón de una niña de nueve años. ¿En qué estabas *pensando*? ¿Cómo pudiste hacerle aquello a Molly? ¿Qué pensabas que sucedería?

Grant parpadeó. Sus ojos apuntaban a Alice y volvían a Lexi. Ella vio el perfil de Molly en la forma de su mandíbula. Su ira se enturbiaba, pero su memoria rastreaba sus rasgos atractivos, sus ojos azul claro que contrastaban con su cabello marrón oscuro. Ella solía decirle que su complexión menuda y sus intensas expresiones le recordaban a un joven Sean Penn.

Grant acostumbraba a estar más erguido. Sus hombros fueron cuadrados una vez; ahora iba encorvado. Parecía más viejo y más delgado.

—¿Una carta «como aquella»? —preguntó Alice, y entonces suspiró—. Me preocupaba que esto sucediera.

¿Por qué seguía insistiendo en aquellos juegos?

—Tienes razón —dijo Grant—. No debería haber puesto a Molly en esa situación. Esta mañana llamé para intentar arreglarlo. Lo siento, Lexi.

Se quedó con la boca abierta ante aquello. Lexi necesitó de un buen rato para verbalizar su estado de *shock*.

—¿Has estado desaparecido durante siete años y te estás disculpando por esa carta?

—Te debo más disculpas de las que puedo contar —dijo él.

Ella bajó la voz hasta un susurro.

—Nos abandonaste, te nos quitaste de encima a pedradas, con cinco dólares en la cuenta corriente y un trozo de queso en la nevera, y piensas que...

—Lo siento. Por favor. Perdóname.

¿Perdonarle? ¿*Perdonar*le? ¿Así de simple? ¿Sin explicaciones, sin excusas, sin un «puedo hacer algo para compensártelo»?

—¿Esto es una broma? ¿Venir aquí y ahora? ¿Como si pudieras atraparme debajo de luces fluorescentes y hacerme un lavado de cerebro para perdonarte por... por... una carta llena de calumnias?

Grant se mostraba confuso.

—¿Calumnias?

Alice habló.

—Parece que fue sabio tener nuestro primer encuentro en un lugar público.

—Sí, ya veo cómo eso podría evitar un *asesinato*.

Su madre se estremeció. Alice se recobró con un:

—Como dije.

—Puedo sugerir una docena de otros lugares públicos en esta pequeña ciudad donde no estoy empleada.

—Y no creo que de hecho hubieras aparecido en ninguno de esos lugares, ¿verdad?

—No.

Alice puso la mano sobre su corazón y tomó una carta.

—¿Todavía preparan aquel pastel de carne al romero?

Lexi frunció el ceño y se mordió el labio, porque podía sentir cómo los ojos se le llenaban de lágrimas. Los ojos de Grant también brillaban, y ella no podía entender por qué.

—Por favor, vete —dijo.

—¿Cuándo puedo hablar contigo? —preguntó Grant.

—Ya has dicho todo lo que necesito saber. —Lexi se inclinó hacia su madre—. Y *tú tendrás* suerte si alguna vez dejo que te acerques a Molly de nuevo.

Alice hizo un ademán con la mano para sacudirse la amenaza

como si ya no tuviera tiempo para más dramatismo. Reducida al estatus de una niña inmadura, Lexi eligió actuar como tal, girando bruscamente para alejarse de la mesa.

—Lexi, por favor.

Grant estiró el brazo para detenerla.

Sus dedos rozaron el codo de Lexi y ella lo apartó de él con malas maneras. Sin embargo, él fue más rápido que ella, más desesperado. La agarró por la muñeca antes de que ella la apartara.

Grant nunca había sido un hombre violento. Incluso cuando su mente estaba completamente nublada por la meta, jamás había levantado más que su voz contra Lexi o Molly. Así que ella no sabría decir por qué su toque la hizo encogerse como si él fuera a golpearla. No tenía miedo de él de forma consciente. Pero cuando sus dedos se cerraron sobre su muñeca como unas esposas, su cuerpo reaccionó.

Ella sintió la ráfaga fría del viento de marzo de nuevo en sus piernas, como si la puerta delantera se hubiera abierto otra vez. Notó el olor de aquel humo dulce. Apartó los ojos, se encogió de rodillas y levantó el brazo contrario para cubrir su cara.

La bandeja en la que había traído el Blue Devil se inclinó, y el vaso golpeó la esquina de cromo de una mesa antes de rebotar y hacerse añicos en el suelo. La ginebra y el curasao azul, y quién sabe qué más, salpicaron todo lo que había en el pasillo. La pequeña bandeja circular salió disparada como una bola de nieve colina abajo, rodando sobre su borde mientras cruzaba todo el comedor, hasta que chocó de forma estrepitosa contra la pared trasera. El restaurante entero se giró para mirar.

Lexi se enderezó sin osar levantar la mirada.

Grant estaba agachado, recogiendo el vaso.

Simone, que nunca iba a ningún sitio despacio, ya estaba usando las toallas del bar para limpiar el desorden y contenerlo en la zona catastrófica.

—Gracias, Simone —musitó Lexi, encargándose de las toallas.

—¿Qué era?

—Un Blue Devil.

—Te traeré otro. ¿Dónde se supone que iba?

—A la mesa once.

Simone tardó un momento en contestar, y Lexi pensó que se había ido. Pero sus pies seguían allí plantados.

—¿Estás segura?

—Sí, lo estoy.

El suelo frío hería las rodillas de Lexi. Su madre seguía mirando la carta como si ninguno de ellos existiera. Grant se había apartado para dejar paso a Chuck, que apareció con una fregona y un cubo amarillo con ruedas.

—Bueno, echa un vistazo a tu alrededor, querida, y dime quién lo ha pedido. No ha habido nadie en la mesa once desde el fin de semana pasado.

—Simone... —Lexi estiró el cuello e hizo gestos hacia la mesa de la esquina de la sala. Estaba vacía.

Suspiró, se paró y miró por todo el comedor.

—Olvídalo —le dijo a Simone—. Debe de haberse ido.

—Tienes suerte. Chuck lo pondrá en tu cuenta, ya lo sabes.

Lo haría. Chuck miraba aquel desastre con el ceño fruncido. Esto era exactamente el tipo de broma pesada que a Ward le encantaba hacer. Lexi suspiró de nuevo y se levantó, y entonces se dirigió hacia la mesa vacía. La carta aún estaba encima de la mesa. Si Ward tuviera algún tipo de decencia, que no la tenía, le habría dejado unos cuantos dólares antes de marcharse. Era irracional por su parte esperarlo, y sin embargo lo hizo. Dejó las toallas del bar empapadas en un cubo debajo del dispensador de bebidas y después dio tres pasos hasta el número once y recogió la carta.

En vez de monedas había una foto. Lexi conocía bien aquella foto. Era de ella y su hija, una instantánea tomada en el té del Día de la Madre que la clase de Molly había ofrecido cuando ella estaba en primer grado. Otra madre se había prestado a sacarles la foto y les había mandado una copia. Lexi la guardaba en el Volvo, metida en el panel de plástico que cubría el indicador de velocidad.

Su mano tembló mientras la tomaba de la mesa. Ward había dibujado en la foto círculos concéntricos en color negro formando una diana. El blanco oscurecía el dulce rostro de Molly. Había un mensaje escrito en el círculo exterior, una línea manuscrita en letras mayúsculas.

—Ven por ella.

Lexi sintió que se le helaban los dedos. El mensaje no tenía ningún sentido, pero la letra...

La letra era suya.

Girándose, escudriñó el comedor una segunda vez, queriendo que Ward le explicara aquello. No había ni rastro de él. Guardó la foto en el bolsillo de su delantal.

Uno de los cocineros se asomó al comedor desde la cocina. Agitaba un receptor de teléfono inalámbrico por encima de su cabeza.

—Lexi, una llamada para ti.

Como una sola persona, su madre, Grant, Simone y Chuck se giraron hacia ella. El cocinero interpretó correctamente la expresión sorprendida de Lexi. Ella nunca recibía llamadas en el trabajo a menos que...

—Es una emergencia...

{capítulo 10}

Cuando Lexi tomó el receptor, la voz agitada de Molly se oyó por la línea.

—¡Mamá, voy al hospital! —anunció.

—¿Estás bien?

—Estoy bien, mamá, pero Gina está muy enferma.

—¿Conduce ella?

—No, conduce Mort. Me deja usar su teléfono.

Lexi intentó mantenerse calmada.

—Tendrás que empezar por el principio, cariño. ¿Qué ha sucedido?

—Mort vio llegar la ambulancia y ayudó.

—¿Una ambulancia? ¿Qué?

—Gina empezó a vomitar y estaba temblando, y no me respondía. No sé si podía oírme. Ella estaba en el baño, pero dejó la puerta abierta.

—¿Así que Gina está con los sanitarios?

—Llamé al 911.

—Hiciste bien, Molly. Reaccionaste muy rápido. Estoy orgullosa de ti. ¿Estás asustada?

—No —mintió Molly. Aún no había alcanzado la edad en que era buena ocultándole cosas a su madre, y Lexi se alegraba de ello.

—No te preocupes por nada, ¿de acuerdo? Van a cuidar de Gina. Saben lo que hacen. ¿A qué hospital van?

Ya casi estaba en el pasillo-despensa-armario-ropero, embutiéndose en su chaqueta. Molly apartó la boca del teléfono y le preguntó a Mort.

—El Saint Luke —dijo cuando regresó al aparato.

Lexi sólo se quedó lo suficiente para llamar a Debbie y suplicarle que le cambiara el turno, entonces salió por la puerta y condujo su torcido coche montaña abajo hacia el Saint Luke, que estaba a unos buenos treinta minutos, en Riverbend.

Con un poco de culpa, porque su alivio era a costa de Gina, Lexi sintió que había escapado de una situación peor.

De algún modo, llegó al hospital antes que Mort y Molly. Encontró a Gina, pero no le permitieron verla. La estaban estabilizando, le dijeron a Lexi, y haciéndole algunas pruebas. Eso fue toda la información que consiguió. Nadie le dijo si Gina se pondría bien o cuál era el problema, y Lexi acusó a un enfermero de ser un agente encubierto del servicio secreto evitando su acceso a los médicos.

Separada de Gina por una brigada de uniformes y diversas puertas de seguridad del hospital, caminaba por la sala buscando a Molly y a Mort, deseando haber tenido su número de teléfono móvil. No podía imaginar qué era lo que les demoraba tanto. Deberían haber llegado antes que ella, si no al mismo tiempo.

La administrativa que estaba sentada al frente de la admisión de pacientes de urgencias miraba a Lexi por el rabillo del ojo. Lexi formaba un paseo triangular alrededor de la sala, deambulando desde el mostrador principal hasta la puerta que la separaba de Gina y hasta la entrada de urgencias, esperando ver a su hija y a su amigo. Una luz fluorescente se apagó, convirtiendo la alfombra verde espuma de mar en un tono más oscuro de gris. Un hombre mayor, la única persona que había en la sala de espera, que no se había movido desde que ella había llegado, sostenía una taza de café que no se bebía y miraba un publirreportaje.

Pasaron veinte minutos, y la ansiedad de Lexi aumentó. Si Mort no aparecía en los siguientes cinco minutos, decidió, subiría a su coche y haría la ruta entre el hospital y su casa.

Su mente se fue hacia la gran camioneta rosa de Ángelo. En su mente no cabía duda, aunque ella no sabía nada sobre él, de no habría conducido encantado para buscar a Mort y a Molly. Lexi se imaginó que aquello era hacerse ilusiones y lo dejó.

En uno de sus paseos de vuelta de las puertas delanteras, una sirena la empujó al exterior.

Dos sirenas, que pertenecían a dos ambulancias cuyas luces destellantes abofeteaban su rostro y se reflejaban en las ventanas de urgencias. Las vio entrar en la zona restringida que estaba a seis metros a su derecha y aparcar una al lado de la otra.

Su llegada fue seguida por un carrera de expertos médicos, rápidos pero no desesperados, seguros de sí mismos, evaluando la información a una velocidad que superaba la mente cansada de Lexi. Dos camillas salieron de la primera ambulancia. Un médico de urgencias empezó a caminar hacia un enfermero mientras empujaban las camillas hacia las puertas batientes. Lexi pensó que era enfermero (enfermero, doctor, ayudante de médico, residente); Lexi no sabría decir la diferencia, al menos no más de lo que podía entender la jerga.

Las puertas traseras del otro vehículo se abrieron, y un ayudante de sheriff salió en primer lugar.

¿Un ayudante de sheriff?

Era casi tan grande como Ángelo, y ayudó a sacar la camilla de la parte trasera del primer vehículo con una sola mano.

Lexi cavilaba sobre la incongruencia de que hubiese un oficial en la parte trasera de una ambulancia cuando una pequeña voz encendió un fuego bajo sus pies.

—¿Está mi mamá aquí?

La voz de Molly. La voz de Molly, que venía de la camilla que estaba entrando en el hospital. *Querido Jesús, mi hija está en una camilla.*

Querido Jesús, no tenemos seguro médico.

Lexi se horrorizó por pensar en aquello, pero ahí estaba: la verdad de sus miedos se erguía antes de cualquier otra cosa. Con la misma rapidez, la realidad siempre presente de no tener nunca suficiente dinero para lo que era necesario se desvaneció y corrió, persiguiendo a aquella cama con ruedas hacia la sala de urgencias.

—¡Mamá!

La niña intentaba incorporarse y se las arregló para apoyarse sobre un codo. Llevaba una venda en la mejilla, pero parecía estar de una pieza. Ni siquiera sangraba. *Gracias, Jesús.*

Lexi agarró su brazo estirado y Molly sonrió, entonces empezó a sollozar. La persona que empujaba la cama tuvo la amabilidad de detenerse para que Lexi pudiera abrazarla. Ella miró fugazmente a la auxiliar, una mujer de mejillas suaves que probablemente podía acallar a los niños llorosos con aquella tierna mirada. Que ella fuera la que había estado con Molly fue un bálsamo para el angustiado corazón de Lexi.

—Esta alma valiente se ha roto el tobillo —dijo la mujer—, pero por lo demás está bien. Podría haber sido mucho peor.

—¿Qué ha sucedido?

Lexi no supo la historia de inmediato, sino poco a poco con lo que Molly le fue explicando y finalmente Mort, quien casi no lo cuenta. Era una historia increíble que Molly simplificó con su punto de vista infantil, en el que la vida pasa sin preguntas.

Lexi pensó que era difícil no cuestionarse la historia, aunque los testigos la confirmaban.

Después de que Molly llamara a su madre, le tendió el teléfono de vuelta a Mort cuando cruzaban una gran intersección a seis manzanas del hospital. Una llamada entró antes de que Molly hubiera soltado el teléfono, y Mort deslizó la tapa para abrirlo. No vio, aunque Molly dijo que ella sí, el Suburban con matrícula gubernamental que se saltó el semáforo en rojo y se les echó directamente encima.

Molly incluso afirmó haber visto al conductor, y se lo comentó a Lexi porque dijo que su cara larga y estrecha y sus pómulos hundidos le recordaron a Cruella de Vil conduciendo su automóvil a velocidades temerarias.

El Suburban chocó contra el lateral del utilitario de Mort justo en el asiento del conductor. Mort sufrió todo tipo de heridas, y los médicos dijeron que tardaría muchos meses en recuperarse, incluyendo la ruptura del bazo y de seis costillas, una de las cuales le perforó el pulmón.

Molly salió despedida del coche, lanzada a chorro como una uva saliendo de su piel por la ventana del lado del pasajero. Ella juró que llevaba el cinturón de seguridad, y el investigador que examinó el coche de Mort confirmó que la hebilla del cinturón estaba firmemente asegurada. Sin embargo, la correa del cinturón se partió por dos sitios, a la altura del hombro y por el regazo, desgastada como si un ratón la hubiera mordisqueado hasta partirla en dos.

El detective dijo que nunca había visto nada así en sus veinte años de carrera.

Aunque la misma fuerza que rompió su cinturón de seguridad también hubiera tenido que romper el cristal, la ventana de Molly se desprendió del marco de la puerta, libre de roturas, aunque estaba subida, ceñida a su pequeño y cuidado sello de goma contra el frío atardecer. Aparte de ser esto físicamente imposible, dijo el detective, el cristal de seguridad debería haberse hecho añicos cuando Molly lo golpeó. Ella debería estar seriamente herida. Sin embargo, los investigadores encontraron el cristal en la calle, entero, a unos veintidós metros alejado del punto de impacto.

Extraño todo ello, pero intrascendente comparado con lo que pasó después de que Molly saliera volando del coche.

Una camioneta que circulaba en paralelo al utilitario de Mort se aproximaba por el carril interior y estaba entrando en la intersección cuando el Suburban chocó. Ocurrió el impacto, Molly salió despedida por la ventana, golpeó el parabrisas de la camioneta que con el impulso se la llevó por delante, alejándola del desastre. La camioneta que la había apresado aceleró y se salió de la vía, mientras que el Suburban arrastraba el coche de Mort a través de los tres carriles contra el tráfico que venía en dirección contraria, donde un tráiler arrancó de cuajo el lado del pasajero como si fuera una piel de patata. El lado del pasajero. El lado donde Molly había estado sentada, donde había sido debidamente asegurada con el cinturón.

Cuando Lexi escuchó aquella historia vomitó en un cubo de basura. Había tantas maneras en que Molly podía haber muerto en aquel lapso de cinco segundos… El peso de todas ellas aterrizó como un virus en su estómago.

Lexi odiaba los hospitales. Odiaba el olor que desafiaba a la muerte, las habitaciones sin color y los suelos que chirriaban. Y especialmente odiaba los hospitales por la noche. Eran inquietantes como los muertos, con aquellas luces artificiales, los vestíbulos como criptas y el personal moviéndose alrededor como zombis.

La única cosa que odiaba más que los hospitales por la noche era estar en un hospital, de noche, con un ser querido. Dos seres queridos.

El viernes a las doce y media, más bien la madrugada del sábado, había estado sentada en la silla de plástico moldeado de la sala de urgencias durante horas, incapaz de dar crédito a la imposible cadena de acontecimientos que la habían llevado allí.

Lexi esperó a que entablillaran y dieran de alta a Molly, y entonces esperaron juntas noticias sobre Gina o sobre Mort. Agarradas de las manos, se sentaron en la desolada sala de espera con el mismo hombre solitario y cabizbajo hasta que finalmente Molly se durmió, respirando ruidosamente a través de la boca abierta, con el pie apoyado en la silla de ruedas.

La madre de Gina entró precipitadamente a las doce y cuarenta, con el pelo despeinado y una expresión enloquecida en los ojos. Abrazó a Lexi y prometió llevarle cualquier noticia que le dieran. A la una menos cinco regresó a la sala de espera y dijo que Gina recuperaba y perdía la consciencia.

—¿Podría ser gripe? —preguntó Lexi—. Cuando me fui no se encontraba muy bien.

La señora Harper sostenía el bolso apretado contra su pecho como si fuera una almohada reconfortante.

—Si es gripe, es el peor caso que he visto nunca.

—¿Qué dicen los médicos?

—No saben lo que es. No lo saben.

Lexi tomó la mano de la señora Harper.

—Me quedaré con usted esta noche.

—No, no. —Negó con la cabeza y apretó los dedos de Lexi, mirando después a Molly—. Lleva a esa pequeña niña a casa. Necesita descansar. Y te necesita a ti como Gina me necesita a mí.

Lexi asintió, aliviada pero también preocupada. La señora Harper volvió con Gina.

Molly se revolvió mientras Lexi se preparaba para irse, y un detective entró en la sala de espera. En su identificación se leía Reyes. Estaba haciendo un informe sobre el accidente y le preguntó si podía hablar con ella. Durante la conversación, el detective especuló que Molly se había roto el tobillo porque se le enganchó en el marco de la ventana de Mort cuando la camioneta la atrapó y se la llevó por delante.

Una camioneta Chevrolet.

Una camioneta Chevrolet de color magenta.

La camioneta de Ángelo.

Lexi se agarró al brazo de la silla de ruedas de Molly.

—Conozco esa camioneta —dijo ella. El detective Reyes y Molly parecieron sorprendidos—. Es la de Ángelo.

Reyes comprobó sus notas y se permitió media sonrisa.

—Michael.

—Sí. Justo le he conocido hoy, ayer. ¿Dónde está?

—Le dejamos en libertad en la escena. No está implicado más que en un poco de heroísmo —le guiñó un ojo a Molly.

—Mañana puedes llevarme al trabajo contigo para conocerlo, mamá —dijo ella.

—O puedes conocerlo tú misma ahora —dijo Lexi levantándose, porque con la misma puntualidad que había demostrado salvando la vida de Molly, Ángelo se acercaba a las puertas de la sala de urgencias, llamando su atención mientras él estaba aún fuera.

Él saludó con la mano y entonces se agachó ligeramente para entrar por la puerta sin golpearse la cabeza. Molly le echó a Lexi una mirada de «caramba» con los ojos bien abiertos.

Ángelo asintió a Reyes con la cabeza y le extendió la mano para estrechársela.

Lexi cruzó los brazos sobre su estómago dolorido, se aclaró la garganta y dio un paso hacia él.

—Creo que debería decir gracias —dijo, ansiosa por saber cómo había resultado estar en el mismo sitio que Molly justo cuando más se le necesitaba—. Sólo que parece inadecuado.

—No tienes que decir nada. ¿Cómo estás, Molly?

Ella sonrió, con una timidez nada característica. Tenía un morado en la mejilla derecha. Lexi miró de nuevo a Ángelo.

—Tengo un millón de preguntas...

Se detuvo a media frase, porque no se había dado cuenta hasta aquel momento que dos personas habían entrado en el hospital detrás de Ángelo y ahora estaban de pie a poca distancia.

Grant y Alice. Otra vez.

Su madre fue directamente hacia Molly, que alzó sus brazos para un abrazo. Grant no se movió.

—¿Qué están haciendo ellos aquí?

—Vas a necesitar su ayuda —dijo Ángelo.

—No tienes ni idea de lo que yo necesito —dijo sin pensar; después cerró los ojos, abrumada por la vergüenza—. Lo siento mucho. No quería hablarte mal.

—Lo entiendo.

—¿Cómo puedes entenderlo? Acabo de conocerte. Tú ni siquiera conoces a estas personas.

—Tu madre, tu marido —dijo él, apoderándose de toda la amabilidad y paciencia que el agotamiento le había robado a ella.

—Mi ex marido.

—Aún están casados.

—¡Cielo santo! ¿Cómo sabes eso?

Ángelo se puso los dos dedos índice en las sienes y cerró los ojos.

—Puedo leer las mentes —dijo. Abrió los ojos—. Claro que es mucho más fácil de hacer cuando la gente me dice lo que quiero saber.

Lexi no sabía si sentirse agradecida o enojada. Aquel hombre se estaba entrometiendo en sus asuntos. Sin embargo, teniendo en cuenta que era el héroe del día, y el hecho de que su gratitud se encontraba a un máximo histórico, no osó acusarle. No estaba segura de que tuviera derecho a hacerlo.

—Te lo ha contado Grant —dijo ella.

Ángelo asintió.

Deliberadamente evitó mirar a la gente de la que acababa de escapar. Molly agarraba la mano de Alice pero miraba a Grant, que era la pregunta más obvia en su mente. Lexi nunca le había enseñado fotos de él a Molly: las había quemado todas después de que se fuera. Se lo había intentado compensar preservando una imagen respetable de él en su mente.

—Tenerlos aquí, ahora, no me ayuda en absoluto —le dijo Lexi a Ángelo.

—Podrías llevarte una sorpresa.

Otro detective atravesó las puertas de seguridad para unirse a Reyes.

—He tenido suficientes sorpresas por un día.

Ángelo miraba las ventanas de urgencias, reflectantes como un espejo negro en la noche, cuando dijo:

—Entonces prepárate.

No hubo tiempo de preguntarle a qué se refería. De acuerdo con su identificación, el hombre que se había unido a Reyes se llamaba Matthas.

—Aún está inconsciente —le dijo Matthas a Reyes—. Podría pasar un tiempo antes de que sepamos su versión de los hechos.

—¿Mort está inconsciente? —preguntó Lexi. Cuando le había visto una hora antes estaba sedado, pero consciente.

—Él no —dijo Reyes—. El tipo del Suburban.

—¿El conductor?

La noche estaba empezando a resultar terrible. Lexi se hundió en su silla.

—El pasajero. El conductor está bien: un homenaje ambulante a los cinturones de seguridad y los airbags, lo que dice mucho de un transporte penitenciario.

—¿Un qué?

—El tipo es un delincuente —dijo Matthas—. Le estaban trasladando a la prisión del centro de la ciudad. Iba esposado pero no llevaba el cinturón. Rebotó por la cabina y se abrió la cabeza.

Lexi se encogió.

—No malgaste su simpatía en él. Como dije, es un convicto.

—Aun así...

—Un asesino —dijo Reyes—. Es posible que hace unos años oyera hablar de él.

—No sigo las noticias muy de cerca —murmuró Lexi, preparada para que todo el mundo excepto quizá Ángelo se fuera y la dejaran sola con su hija—. No tengo tiempo.

—Asesinó a una joven en un centro comercial —dijo Matthas. Ángelo llamó la atención de Lexi, y sólo su mirada la mantuvo erguida. Fue entonces cuando entendió que él lo había intuído—. Su nombre es Norman Von Ruden.

{capítulo 11}

Warden Pavo estaba en el exterior de la sala de urgencias mirando hacia dentro, furioso, su aliento cálido empañando el cristal.

¡Maldito Craven! Tenía que ser un accidente de coche. Si las lesiones corporales fueran su objetivo, debería haber mandado a Mort Weatherby a esquiar montaña abajo, o a la entristecida propietaria del gato muerto tras él con una escopeta. Aquel Don Nadie no tenía idea de con qué se estaba mezclando, ni idea de lo que había puesto en marcha.

Warden se arrancó la gorra de tela de la cabeza y se envolvió el puño izquierdo con ella, condenando a Craven con todas las viles maldiciones que sabía. No permitiría que el insignificante negocio de aquella criatura con Mort interfiriera de nuevo con sus propios planes.

Grant se apartó de la escena hospitalaria donde no era bienvenido y se quedó mirando fijamente su reflejo en el cristal oscuro de la sala de espera del hospital, fingiendo mirar al exterior. Durante muchos años Grant se había preguntado qué le habría contado Lexi de él a Molly. La vida en la jaula le había ofrecido más tiempo para pensar del que él quería. Se había pasado semanas enteras dándose golpes en la cabeza contra los bloques de hormigón intentando provocar el ruido suficiente para ahogar la verdad: que era un desperdicio de hombre. No importaban las cosas horribles que Lexi debía haber dicho sobre él, no podían ser peor que aquel hecho. No existía ningún modo de nombrar el tipo de hombre que era, el tipo de marido que le había fallado a su mujer, el tipo de padre que había defraudado a su única hija.

Una vez, intentó morir. Tomó la decisión relativamente fácil de dejar de comer, lo que, visto en retrospectiva, era ridículo. Cuando la inanición le debilitó más de lo que ya estaba, , ,todo lo que las autoridades tuvieron que hacer fue recogerle del suelo de la celda y alimentarlo mediante una sonda.

Al mismo tiempo, Grant creía que resucitar a un hombre muerto contra su voluntad era peor que la pena de muerte. Porque incluso en algo tan egoísta y sencillo como el suicidio, fracasó por completo. Y de nuevo había demostrado su idiotez dejando que fuera Alice la que le llevara aquella carta a Molly en vez de ir él primero a Lexi en persona.

Deseó que sus pensamientos estuvieran bajo control. Si los dejaba seguir corriendo así, sólo le llevarían derecho donde empezó: al fondo de un pozo de alquitrán que se lo tragaría para siempre la próxima vez.

Llevando cautivo todo pensamiento.

Aquello era lo que Richard había dicho, ¿verdad? Grant anotó mentalmente mirarlo cuando volviera a casa.

Llevando cautivo todo pensamiento. Richard debía saber cómo de estúpida le sonaría aquella directriz a un hombre encerrado durante cuatro años en la prisión de Terminal Island. Como si los pensamientos de Grant no estuvieran ya cautivos, aporreando como un motín los barrotes de su cabeza, exigiendo ser escuchados, maldiciéndole y condenándole a morir.

Richard decía que aquello no era lo que el dicho significaba. Debes tener el control de esos pensamientos, decía. Tú tienes la autoridad sobre ellos, no al revés, decía. Si no acorralas a esos tipos y los pones en su sitio, no serás capaz de distinguir las mentiras de la verdad nunca más, y entonces, ¿qué crees que va a pasar?

¿Qué creía Grant que iba a pasar? Nada peor de lo que ya había sucedido, eso seguro.

El sonido de la voz de Richard deseando acallar los pensamientos acusadores de Grant le hacía sonreír ahora. Pero entonces, Grant pensaba que aquel tipo sólo era otro loco, como él pero colocado con otro tipo de droga. La religiosa. Y Grant, desde luego, no podía ver que aquello fuera ninguna mejora respecto a su propia elección de la anestesia. Calculaba que la religión provocaba tanto daño, mataba a tanta o más gente y desencadenaba guerras mucho más grandes que lo que unos pocos cárteles pudieran nunca llegar a hacer.

Tal vez eso fuera cierto hasta cierto punto. Pero poco a poco Grant llegó a ver que aquello no tenía nada que ver.

Porque lo que iba a pasar era que Grant iba a morir. De un modo u otro, él iba a morir. Moriría si le dejaban libre al final de sus cinco años, porque regresaría a sus pipas, su hierba, sus papeletas, sus jeringuillas y fogones, y se echaría a perder. Y si no era así, si fuera tan fracasado que ni siquiera pudiera hacer aquello, moriría entre rejas, donde una segunda ronda de sobras frías de pavo harían lo que él era demasiado débil para hacer por sí mismo.

Grant decidió que prefería no morir solo. Richard estaba un poco ido de la cabeza, pero era un buen tipo y un oyente decente. Así que cuando llegaba a Terminal Island dos veces al mes con su raída Biblia rústica, Grant iba a escucharle hablar a la monótona sala donde iban llegando los convictos que no tenían nada mejor que hacer. Entonces, cuando terminaba y todos los hombres se habían ido, Grant le esperaba para tener a alguien con quien hablar, y Richard le escuchaba.

Se sentaban sobre una alfombra azul gastada desenrollada sobre el suelo de hormigón. La prisión no permitía sillas plegables, que sólo suplicaban a los hombres como Grant que las agarrasen y se las arrojasen los unos a los otros.

A veces Richard le señalaba fragmentos de las Escrituras que pensaba que podrían interesarle a Grant. A veces le había prestado a Grant el libro sagrado.

Era algo para leer.

Grant empezó a soñar con Richard entre sus visitas. Soñaba que ambos estaban en un cuadrilátero y que Richard era Triple H, aunque las únicas similitudes entre los dos hombres eran su largo pelo rubio y su peso. El combate nunca era justo, porque Grant ni siquiera se había clasificado nunca para la clase de lucha libre de peso ligero en el instituto. Richard golpeaba a Grant hasta que éste perdía la visión de un ojo, y entonces le levantaba por las axilas y le decía que luchara, que no podía hacerlo por él.

Tienes que luchar contra tus propios demonios, seguía gritando Richard.

Una vez Grant le contó a Richard este sueño recurrente y el pastor se rió. Eso sería un espectáculo, dijo, tú y yo en la WWF. Richard tenía casi sesenta años, al menos pesaba ciento cincuenta kilos y era barrigón, y medía diez centímetros más que Grant. Mantenía su pelo con entradas atado a la base del cuello.

Grant había querido saber qué significaba aquel sueño.

Richard le dijo que no lo sabía, pero quizá tenía algo que ver con cómo se sentía Grant respecto a sus encuentros.

No me siento como si quisiera pegarte, dijo Grant.

Bien, dijo Richard, porque si ni siquiera puedes hacerlo en un sueño, estás en un buen lío.

Aquella fue la primera vez que Grant se había reído en... bueno, la primera vez que él recordaba haberse reído desde que no estaba colocado.

Entonces le dijo a Grant que tal vez se estaba poniendo a punto para un combate mortal con la verdad. Aquellas fueron sus palabras: «Combate mortal con la verdad».

Grant cruzó los brazos y se tumbó sobre la delgada alfombra.

—En todos estos meses que hemos estado hablando, ¿me has estado escuchando? —preguntó Richard.

—Claro que te he estado escuchando.

—Me has estado oyendo, ¿pero me has escuchado? No, eso aún no ha sucedido.

—Le estás buscando los tres pies al gato.

—No, no. Te explicaré la diferencia: si tú oyes, puedes decirme de lo que he estado hablando. Si tú escuchas, haces más que eso. Te tomas en serio lo que digo. Crees que tal vez es verdad. Crees que tal vez deberías dejar de pelear con ello y darle una oportunidad.

—Bien, entonces tal vez aún no crea que sea cierto.

—Creo que estás acercándote a la idea.

—Soy un hombre difícil de convencer.

—¿Qué pasa si es verdad, entonces? ¿Qué pasa si todo lo que Jesús dijo es verdad? ¿Qué pasa si un hombre puede cambiar?

—Sin ofender a Jesús, pero no he visto muchas pruebas de esto ni en mí ni en nadie más.

Richard se rió a carcajadas ante aquello.

—Aún eres un niño. Ni siquiera has cumplido los treinta. ¿Qué sabes tú?

—Sólo lo comento.

—¿*Querrías* saber si pudieras?

—Tal vez.

—Bien, ¿*qué pasaría*, entonces? ¿Qué pasaría? Eso es todo lo que tienes que preguntarte.

—¿Y entonces qué? ¿Abracadabra? ¿Zas?

Richard sonrió.

—Eso sería el primer paso, o algo así.

—¿Y después de eso?

—¿Cuándo fue la última vez que tuviste contacto con tu esposa? —preguntó.

Grant se puso en pie y se fue. Se saltó la siguiente visita de Richard.

Lexi probablemente se había divorciado de él, debería haberse divorciado de él, por motivos de abandono. Aquella posibilidad se quedó al frente de la mente de Grant como un insecto aplastado en el parabrisas. Si ella aún no se había divorciado de él, lo haría cuando supiera por qué se había ido.

También existía la posibilidad de que su pequeña hija se hubiera convertido en la hija de otro hombre. No estaba seguro de cuál sería el fracaso peor.

Grant tuvo aquel sueño dos veces más antes de ver de nuevo a Richard.

La primera vez, Lexi y Molly, que aún gateaba, estaban de pie en la esquina del *ring* iluminado, viendo cómo Grant caía bajo los puños devastadores de Richard. Tienes que luchar contra tus propios demonios, seguía diciendo Triple H. Tienes que *querer* hacerlo.

Lexi levantaba a su hija, que escondía su rostro en el hombro de su madre. Lexi le esquivó la mirada, indignada, cuando Grant encajó un golpe en la ingle. Se despertó en su cama doblado, en posición fetal, sintiéndose humillado.

La segunda vez no fue para nada un sueño.

Un abrasador día de verano en el patio, donde Grant no tenía amigos, y, por tanto, sí muchos enemigos, se le echó encima un novato que tenía que probar algo para iniciarse en una banda. El chaval no era Triple H, pero de todos modos era más grueso que Grant y probablemente estaba allí por atraco a mano armada más que por posesión de drogas. Golpeó a Grant por detrás, apretándole entre los omoplatos e inmovilizándole los brazos. Grant cayó sobre su nariz, rompiéndosela. La boca se le llenó de sangre y de tierra seca amarilla. El tipo aterrizó sobre la espalda de Grant, le sujetó ambas muñecas con una sola mano y con la otra le agarró por el cabello, y entonces empezó a machacar el rostro de Grant contra el suelo.

Sintió más que vio que los hombres formaban un círculo a su alrededor en el patio.

Probó el cobre líquido mientras su sien iba formando un pequeño cráter en el polvo. Una niebla negra se desplegó ante el paisaje de su mente y se relajó. Aquel sería un buen modo de morir.

Pero Richard le estaba llamando.

Maldito Richard, ni siquiera entonces podía Grant sacárselo de la cabeza. A una sola voz, el motín jaleaba más fuerte que cualquier ovación de una multitud, aquel mezquino entretenimiento.

Pruébalo, pensó Grant. No estaba seguro de si hablaba consigo mismo o con Richard.

Grant liberó un brazo y rodó por debajo de su atacante, reteniendo la mano de aquel tipo y echándose sobre ella. Grant la mantuvo en el lugar y le dio una patada en un lado de la cabeza.

El chaval soltó una palabrota y cayó al suelo, arañando el cuello de Grant. Sus rodillas se dispararon como pistones y ambos hombres se revolcaron, una masa de sudor y dientes, y sangre de la nariz de Grant.

Grant aún no estaba seguro de cuánto había durado la pelea ni de cómo habían ocurrido los hechos desde aquel momento, pero cuando terminó, ambos hombres estaban en la enfermería, y el otro tipo se había dislocado un hombro y estaba llorando. A pesar de su tamaño, sólo era un chico, y estaba muerto de miedo por lo que había sucedido. Grant no estaba seguro de a qué consecuencias se enfrentaba con respecto a aquella pandilla, pero parecía suficientemente claro que el chico le tenía miedo.

Aquello era un cambio.

—Por favor, no me mate —lloriqueó—. Lo siento, amigo.

¿Matarle? Grant pensaba que había estado peleando para salvar su propia vida.

—Tranquilo —dijo Grant—. No voy a matarte.

Una enfermera le daba golpecitos en la nariz, y el dolor que le provocaba era como un cuchillo en los ojos. Grant le chilló y la agarró por la muñeca para liberarse de la presión de sus dedos.

Abrió los ojos y vio que era Molly la que estaba sobre él con una gasa y una expresión de calma en los ojos. La imagen creada en su cerebro de una Molly adulta, que se parecía mucho a Lexi el día que se casó con ella, mirándole como si él nunca fuera a fallarle.

—Tranquilo —dijo ella—. No voy a matarte.

El dolor le atravesó el cráneo.

—Lo siento —susurró él—. Lo siento mucho.

Y sucumbió ante aquel dolor insoportable.

La siguiente ocasión que Richard fue a la prisión, Grant le pidió ayuda. Ayuda sin que Jesús formara parte del trato. No estaba preparado para comprometerse con algo de lo que no estaba seguro al cien por cien. La verdad era que dudaba de la disposición de Dios para perdonarle. Había cosas demasiado malas. Demasiado grandes.

Richard pareció entenderlo, pero permaneció a su lado de todos modos. Diez meses más tarde, cuando Grant salió, Richard hizo los arreglos para la caravana en Riverbend y le consiguió tres entrevistas de trabajo y un coche usado.

Hoy, Grant aún no tenía respuesta a la pregunta de Jesús, aunque recientemente había tomado el hábito de orar: una especie de oración con los ojos abiertos y que era más bien una expresión de pensamientos inconexos. Una especie de «gracias Dios porque mi hija está a salvo».

Grant había reconocido a Molly en el instante en que la vio en el hospital, con el tobillo apoyado en aquella silla de ruedas. La habría reconocido en la calle. Era tan hermosa como su madre. La visión fue como un puñetazo en el estómago. El alivio lo inundó al saber que sus heridas no eran graves. Sintió una extraña combinación de orgullo, angustia, instinto de protección y vergüenza.

Ella también le vio, y él pensó que tuvo que saber quién era. No había odio en sus ojos, al menos él no lo vio. Era tan joven que pensó que tal vez podía reparar el daño que había causado sin provocar terribles efectos permanentes. Necesitaba algo en su vida en lo que no fracasara, y vio aquella gran esperanza en Molly.

Su madre era una historia distinta. Aun así, él también intentaría arreglar aquellos problemas. Lo intentaría una y otra vez.

Por mucho que hubiera querido decirle algo a Molly allí en el hospital, no era el momento apropiado. Lexi se interponía entre ellos, y entonces, por medio de aquel anuncio, Norman Von Ruden también estaba allí en la sala.

En el reflejo de la ventana oscura del hospital, Grant miraba cómo los oficiales hablaban con Lexi. Se giró al sonido del nombre de Von Ruden y vio que Lexi palidecía. Ella se colocó el cabello detrás de la oreja y después apoyó el dedo índice sobre sus labios, un gesto que él reconoció que pertenecía a un estado nervioso agudo. La noticia de que el asesino de su hermana estaba allí, aquella noche, sólo le añadía más estrés.

Sus ojos se encontraron con los de Lexi por un instante. El odio que había en su mirada en el restaurante había sido reemplazado por la ansiedad, pensó él, y se preguntaba por qué. Grant dio un paso hacia ella sin evaluar si debía hacerlo.

Ella se giró para alejarse de él y tomó la silla de ruedas de Molly.

—Tengo que llevar a mi hija a casa ahora —dijo, empujando con todo el peso de su pequeño cuerpo.

Alice dijo algo. Grant no oyó las palabras ni la respuesta seca de Lexi porque Molly le estaba mirando. Ella alzó un poco los dedos del brazo de la silla en un saludo casi imperceptible.

Grant le devolvió el saludo. Lexi no pareció darse cuenta.

{capítulo 12}

El sábado por la mañana Lexi se despertó con el brazo cruzado sobre el vientre estrecho y plano de Molly. No se había separado de su hija desde que le dieron el alta.

Oh, Dios. Gracias por protegerla. Gracias por no apartar a mi preciosa hija de mí. Por favor, dime qué hacer para que Ward no la toque.

El médico esperaba de nuevo a Molly para escayolarla cuando la hinchazón se redujera. Apoyaba su pie vendado sobre una almohada, y una tienda hecha con una caja de cartón rodeaba su tobillo para protegerlo del peso de las mantas. Roncaba.

Milagrosamente, Lexi había podido dormir unas pocas horas. Pero se despertó con la mente agitada de una mujer que no sabía cómo desenmarañar las sábanas de la cama que ella misma había preparado.

Se despertó pensando en Norman Von Ruden. Cuando Grant y Lexi llevaban un año casados y la atención de Grant se estaba alejando de ella y de Molly en una ola de metanfetaminas, Lexi tuvo una aventura con Norm, una aventura que nunca nadie descubrió, una aventura que ella nunca cortó.

Que él asesinase a Tara fue lo que hizo que finalmente todo terminara. No hubo nada de valiente en los actos de Lexi. Aquel sábado por la mañana se despertó sin más sentimientos hacia él que odio y hostilidad. Aquella mañana no marcó ningún cambio en lo que ella había sentido por él durante años, excepto que las circunstancias habían abierto su ordenado almacén de sentimientos como un melón podrido y fermentado. Él había destruido todo lo que ella amaba. Todo excepto Molly, y Grant ya estaba haciendo bastante en ese aspecto para hacer que Lexi tuviera ganas de soltar aquel fétido melón en su cabeza.

Hacía a Grant responsable de todo aquel desastre. Él fue el que metió a Norman y a Ward en su casa. Mientras Lexi sujetaba a Molly en su cadera, Grant le pidió que preparara algo de cenar para ellos mientras se ocupaban de algunos negocios.

Negocios. Los negocios de la muerte. Ward, como se vio después, era el proveedor de Grant para algo más que los ingredientes de la meta. Aunque ella no lo sabía en aquel entonces, Grant podía conseguir cualquier cosa de Ward. Cualquier cosa ilícita. Y aquel era el motivo por que el Norman, un prudente hombre de negocios con buenos ingresos, había salido de Riverbend para encontrar a Grant. Él necesitaba antidepresivos, que no habrían sido difíciles de conseguir si no hubiera sido porque él y su esposa estaban en trámites de adopción, y si él hubiera ido a un médico para cualquier diagnóstico que justificase tales pastillas, su solicitud hubiera sido puesta en la lista negra.

Lexi no supo nada de esto sobre Norm hasta después del juicio.

Era un mundo extraño y revuelto, pensó ella después; que Norman pasase por aquel sufrimiento en nombre de su familia y simultáneamente la hiciera añicos involucrándose con Grant y con ella.

Cuando Ward le dijo a Grant que podía proporcionarle a Norman algo más efectivo que el Prozac estándar, Norman decidió probarlo. Lexi nunca supo por qué. Y tampoco supo nunca por qué Ward accedió a encontrarse con Norman.

Lo que ella sí recordaba sobre aquella primera noche en que Grant los trajo a casa fue lo impresionante que era Ward. *Apuesto* no era la palabra adecuada. *Atractivo, imponente y perfecto* era lo que vino su mente. Era difícil para ella reconciliar aquel recuerdo de Ward con el del sabelotodo de pelo grasiento que apareció ante ella en el coche como un mozo desaliñado el viernes por la noche. Pero cuando por primera vez Grant le condujo al interior de su pequeña casa de una sola habitación hacía tantos años, Lexi miró fijamente a Ward demasiado rato.

—Eres una mujer preciosa —le dijo él cuando se dio cuenta, extendiendo su mano. Grant no les había presentado.

Lexi se sonrojó y le devolvió el apretón sin mirarle a los ojos, inexplicablemente avergonzada por su casa sencilla y sin muebles.

La mano de él era fría y seca. Ella no podía imaginar qué sacaría para alimentar a aquellos hombres. Mirando de reojo a Grant, se preguntó si no debería negarse.

Ward y Norman actuaban como profesionales de cuello blanco que de algún modo estaban fuera del nivel de Grant, todo cortesía y buenos modales. Molly empezó a inquietarse. Grant y Ward entraron en la salita.

Norman sonrió al bebé y le extendió la mano. Ella le encajó la suya.

—Le gustas —dijo Lexi, sujetando a Molly.

—Por ahora —dijo él. Miró a Lexi del mismo modo que ella pensaba que había estado mirando a Ward.

Él se puso a jugar con el dedo meñique de Molly.

—Los niños aman sin condiciones, pero no para siempre —dijo él—. Disfrútalo mientras puedas.

—¿Tienes hijos?

Él negó con la cabeza.

Ella se dio cuenta del anillo que él llevaba en su mano izquierda, y entonces se preguntó por qué había mirado.

—Es feliz —dijo como un hombre lleno de envidia. Por entonces la inquietud de Molly ya era un auténtico llanto. El suave balanceo Lexi no tenían efecto.

—Aparentemente no.

—No, quiero decir que se ve con sólo mirarla. Debajo de la queja. —Lexi no sabía a lo que se refería—. Debes de ser una buena mamá.

Ella se aclaró la garganta. Grant nunca le había dicho ni una palabra sobre sus cuidados maternales.

—Ruden —llamó Grant desde la salita.

—Sigue siendo una buena mamá —le dijo Norman antes de unirse a su marido.

Los recuerdos de Lexi sobre su extraña presentación fueron interrumpidos por unos golpes en la parte delantera del apartamento. Retiró las sábanas, esperando que quien fuera que hubiera llamado no despertara a Molly. Se puso una sudadera encima del pijama y se apuró en llegar al recibidor.

A través de la mirilla vio a su madre.

Lexi refunfuñó por dentro y abrió la puerta.

Alice pasó junto a ella y entró en la casa.

—Lexi.

—Mamá.

Llevaba una gran maleta, que apoyó contra la pared de la salita. Lexi echó un vistazo al exterior para ver si su seguidor se les había unido de nuevo. Sin embargo, esta vez no había ni rastro de Grant.

Alice Grüggen había empezado a vestirse de forma más elegante desde que se fue de Crag's Nest. El *look* de ropa por catálogo de L.L. Bean de ciudad montañosa era indigno de ella. Huyó de aquel sitio llevando zapatillas de deporte y pantalones chinos y había vuelto con pantalones acampanados y zapatos puntiagudos. Aquel día, remataba su apariencia con una cazadora vaquera. Se había cortado el cabello y el estilo corto y al aire le quedaba bien. Suavizaba las profundas arrugas de sus ojos de color marrón.

—Vas a necesitar ayuda con Molly —anunció.

Lexi cerró la puerta y se apoyó en ella.

—Nos las apañamos bien.

—¿Qué vas a hacer cuando tengas que ir a trabajar? Y también va a perderse unos cuantos días de escuela hasta que...

—Sí, lo sé. Aún no he tenido tiempo de planear eso, mamá.

—Pues déjame ayudarte. Me preocupo por ustedes dos. Y con Gina en cama, me necesitas.

—Te preocupas demasiado.

—Me he tomado un descanso. No voy a viajar durante un tiempo y tengo mi coche. Puedo llevarla a las visitas con el médico o a la escuela.

Todo lo que decía era cierto, pero a Lexi no le importaba. No quería necesitar a su madre. No ahora. Suspiró.

—¿Puedo prepararte un poco de café?

—He dejado el café.

—Bueno, yo sí lo necesito. —Lexi se giró hacia la cocina y encendió la luz. Involuntariamente sus ojos se posaron en la ventana. Aún relucía limpia—. ¿Qué clase de escritora gastronómica deja el café? —preguntó Lexi mientras alcanzaba el bote de café en grano del estante de arriba del armario.

—No tienes ni idea de cuantos sustitutos del café hay hoy en día. —Alice la siguió a la cocina—. Mucho mejor para ti, también, sin todos esos ácidos, ni cafeína ni química. Hay café de hierbas y yerba mate y diversas variantes distintas de achicoria y cebada...

Lexi pensó que beberse el agua del retrete hubiera sido más agradable.

—Estoy segura de que a Molly le encantará oír hablar de todos ellos.

—No es necesario ponerse insolente.

El tono defensivo de su madre la sorprendió. Mientras sostenía una cuchara llena de granos de café giró el cuello en dirección a Alice. Estaba de pie cerca de una silla de cocina de cromo y vinilo con una mano reposando en el respaldo, la otra manteniendo el equilibrio sobre su cadera, el mentón hacia delante y los ojos llenos de lágrimas.

—No tenía por qué venir aquí, ya lo sabes —dijo ella—. Me dejaste claro que no me quieres cerca. Pero esto no se trata de ti.

Lexi puso el café y miró a su madre a los ojos.

—Mamá, lo siento. Has sido muy amable al venir. Molly estará entusiasmada.

Alice le devolvió la mirada durante un minuto. Parecía muy triste. Lexi se la imaginó diciendo: *Hubo un tiempo en el que tú también habrías estado entusiasmada.*

La acusación tácita irritó lo suficiente a Lexi como para probar a su madre.

—Molly y yo vamos a ver a papá los sábados.

—Vayan, pues. Vayan. No dejen que yo los detenga.

Apartó la mirada y arrastró hacia sí la silla sobre la que se había estado apoyando.

—Tal vez te gustaría venir.

—Prefería no hablar sobre esto ahora, Lexi.

Como imaginaba: suspendida.

Pero la expresión dolida de Alice provocó que Lexi se preguntara si no era demasiado dura con su madre. En muchas ocasiones había intentado identificarse con la decisión de Alice de abandonar Crag's Nest y recorrer todo el mundo escribiendo artículos sobre crema fresca y pan tostado y todo lo demás que ella desease degustar. Había intentado imaginar cómo se comportaría ella si alguien matase a Molly y después perdiese al que fuera su amado esposo durante treinta años por una enfermedad mental. La parte del amado esposo era difícil de evocar para Lexi, pero no pensaba que fuera la única razón por la que juzgaba a Alice por abandonarle. Al menos, él estaba en un buen centro. Y de algún modo, Alice había pagado por él, aunque rechazó volver a verle más.

Lexi se había preguntado muchas veces si ver a Alice podría restaurar en su padre algo de lo que había perdido.

En cuestión de segundos la tristeza de Alice desapareció y fue reemplazada por la imagen alegre y segura de sí misma que había creado por el bien de los forasteros.

—Tal vez Molly quiera quedarse aquí conmigo hoy —dijo.

—Ustedes dos pueden hablar de eso, ¿de acuerdo? Estoy contenta por la ayuda. Pero tú y yo tenemos que despejar la atmósfera respecto a Grant antes de que Molly se despierte.

Alice cruzó las manos sobre la mesa.

—Nada nubla el aire aparte de tu propia tozudez.

La cafetera borboteó en sus últimos intentos de succionar toda el agua del depósito. Lexi se sirvió el café solo.

—Si dices en serio lo de pasar tiempo de calidad con Molly, no me presiones.

—No tienes muchas opciones, Lexi. No puedes permitirte una canguro. No tiene edad suficiente para quedarse sola. No puedes llevártela a...

—¡Mamá!

Alice miró a Lexi con las cejas levantadas, desafiante.

—Viniste a mi casa cuando yo no estaba, y le diste a mi hija una carta que me humillaba...

—No sé de qué estás hablando.

—Si vas a actuar así, la puerta está allí —señaló Lexi.

—No, me refiero a que no entiendo de qué modo te humilla la carta. Dijiste algo anoche sobre calumnias. Eso fue un poco exagerado, ¿no crees? Grant nunca...

—Estoy bastante segura de que sé de lo que Grant es capaz.

—La gente cambia, Lexi.

—La gente quiere que los demás *piensen* que han cambiado. Hace siete años, durante su juicio, Norman Von Ruden afirmó que había experimentado una conversión. Tal vez lo hizo, tal vez no. Eso no significa que yo deba ir y entablar amistad con él.

Había hablado demasiado. Deseó que su madre no leyera nada entre líneas.

Alice dijo:

—Tú experimentaste una conversión.

—Yo no tenía nada que ganar o perder en público de aquello. No como Norman. Todo lo que sé es que el daño está hecho. Y eso va especialmente por Grant.

—Pero su carta era perfectamente amable.

—¿Amable? ¿Dejó que Molly y yo nos las arreglásemos a nuestra suerte durante todos estos años y se supone que debo ceder porque él fue amable? Y por cierto, su carta *no* era amable en absoluto.

—Echémosle un vistazo.

—¿Qué?

—¿Dónde está? Leámosla juntas y entonces tal vez nos entendamos la una a la otra.

Lexi dejó su taza de café en la encimera con tanta brusquedad que el líquido se derramó. No tenía ni idea de dónde había ocultado Molly aquella carta. ¿Cómo había tomado su madre el control de la conversación con tanta eficiencia? Ahora estaban en un viaje fuera de la carretera, lejos del punto principal, que era que ella y Grant habían subvertido el papel de Lexi como madre de Molly.

Lexi no habría podido exagerar la ansiedad que sentía.

Revolvió la mochila que Molly había dejado en el sofá de la salita. No estaba allí. Entonces escudriñó los libros de la biblioteca que la niña había dejado esparcidos por todo el suelo. Un trozo de papel de libreta con el borde irregular asomaba de un libro sobre los indios Pawnee. Lo sacó de entre las páginas y regresó a la cocina dando zancadas y leyendo en voz alta.

—«Querida Molly-Wolly...». —Lexi leyó las primeras líneas de un tirón, entonces se dejó caer en la mesa de la cocina con su madre.

—«Me figuro que estarás enfadada conmigo por haber desaparecido y no haber contactado contigo durante tanto tiempo. Tal vez ni siquiera me recuerdes, no pasa nada. Es culpa mía. Te debo algunas explicaciones sobre mi ausencia. Si tu madre me dejara, me gustaría sentarme y hablar contigo de eso». —Hizo una pausa y releyó las palabras en silencio. No eran lo que ella recordaba. Alice observaba, el mentón apoyado en una mano.

—«Aún no he tenido el coraje de ir a hablar con tu madre sobre esto, pero lo haré. Supongo que debería ver todo esto como un error, me refiero a hablar primero contigo. Es sólo que pienso que tu madre tal vez no quiera dejarme verte, y ésta podría ser mi única oportunidad de decirte que lo siento, Molly-Wolly. Lo siento, y espero que puedas perdonarme...».

Escrutando la carta con rapidez, Lexi pudo ver que era la misma carta que Molly había leído en voz alta. No tenía sentido. ¿Dónde estaba la copia que Lexi había leído? ¿Por qué había dos versiones? Se frotó las sienes.

—Bueno, dime tus objeciones —dijo su madre.

Lexi aplanó la carta sobre la mesa.

—Mi objeción es que lo hiciste a mis espaldas.

—Lo siento por eso. De verdad, lo siento. —Señaló la carta—. Pero Grant fue correcto, ¿no crees? Tú no le hubieras dejado ver a Molly antes de esto, ¿verdad?

—Ese no es el tema. De todos modo, ¿por qué Grant te involucró en esto?

—Creo que pensó que aumentaría sus posibilidades.

—¿Cuánto tiempo hace que están en contacto?

—Un poco.

—Un poco. ¿Qué significa eso? ¿Dónde está él ahora?

—Ha estado viviendo en Riverbend.

—¿Desde cuándo?

—Una semana más o menos.

Lexi picoteó los bordes irregulares de la hoja de libreta y contó hasta cinco antes de volver a hablar.

—Seamos claras en esto, mamá. Si Grant va a reunirse con Molly, y aún no he tomado ninguna decisión al respecto, será según mis condiciones. Eso quiere decir que se encontrarán dónde y cuándo yo diga que pueden hacerlo, y yo estaré allí, y tú no tendrás nada que ver en todo ello. ¿Queda claro?

—Me haría feliz asegurarme de que...

—Cuando digo nada, quiero decir *nada*. Si no puedes respetar eso, no podré dejar que te quedes aquí. No podré dejar que tú y Molly salgan por ahí juntas.

Alice apretó los labios formando una línea y asintió una sola vez. Brevemente.

—Tu mente está rechinando buscando un vacío legal.

Ella frunció el ceño.

—No.

—No hay ningún vacío legal, mamá.

—Una niña necesita a su padre.

Lexi se levantó y dio tres pasos hacia la maleta de Alice, y entonces empezó a acarrearla hacia la puerta delantera.

—Está bien, está bien. —Alzó las manos de la mesa y miró alrededor—. Puedo dormir en el sofá mientras esté aquí.

Lexi devolvió la maleta a su sitio contra la pared, confiada en haber alcanzado su meta.

—No hay ninguna razón para que no uses la habitación de Gina. Ella insistiría.

—¿Cuánto tiempo estará fuera Gina?

—No creo que sepan lo que tiene aún. Llamaré al hospital esta mañana.

—Podría quedarme aquí un tiempo después de que ella vuelva a casa.

Lexi tomó aire para calmarse y esperó su explicación.

—Tengo pensado quedarme para la vista de Norman Von Ruden —dijo sin mirar a su hija.

Sus sentimientos hacia Norman eran una de las pocas cosas que ambas tenían en común. El pensamiento que cruzó la mente de Lexi fue que las lesiones de Norman tal vez pospusieran su vista. ¿Y entonces qué? Ella y Alice posiblemente podrían aguantar una semana en aquella pequeña casa sin tener que erigir una pared en mitad del apartamento. Después de eso...

—¿Oíste si fue herido de gravedad? —preguntó Lexi.

—No. Lástima que no muriera.

Parecía mejor no responder a eso.

—De cualquier forma —continuó Alice—, Anthony dice que ha estado ganando puntos por buen comportamiento.

Anthony había sido el fiscal en el caso de Norman.

—Los puntos no pueden hacerle *tanto* bien a un asesino convicto. ¿Anthony le ha pedido a otra gente que testifique contra él?

—Claro.

—¿Vas tú a testificar?

—¡Tan seguro como que tú vas a hacerlo!

Lexi le dio la espalda a su madre y llenó su taza de café hasta el borde.

—De hecho, estaba pensando en escribir una carta.

—No hay ninguna razón para que no honres a tu hermana presentándote en su vista en carne y hueso, Lexi.

Lexi negó con la cabeza, exhausta de nuevo y destrozada otra vez por las exigencias de Ward.

—Sí, está bien, mamá. Si tú te presentas para honrar a papá del mismo modo, yo me lo pensaré, ¿de acuerdo?

{capítulo 13}

Lexi estuvo a punto de no ir a ver a su padre. Era el segundo viaje que el Volvo hacía a Riverbend, y al paso que iba, se gastaría el presupuesto para gasolina en dos semanas en vez de cuatro. También estaba el hecho de que Molly accedió demasiado fácilmente a quedarse en casa con su abuela. Si Lexi no pensara que Molly necesitaba de verdad dejar reposar aquel tobillo, no habría dejado que aquello fuera una opción.

También cabía la posibilidad de que su padre no la reconociera aunque fuera. Algunas veces pensaba que era Tara o una completa desconocida. Con él era una lotería.

Aunque, si la presionaran para decir la verdad, Lexi no estaba preparada para pasar la mañana con su madre y su hija, dos contra uno en el asunto de cierto marido delincuente. El apartamento era demasiado pequeño para aquel tipo de dinámica.

Así que cuando empujó las puertas con paneles de cristal que daban acceso a la soleada sala común, con aquellos techos altos, de la Residencia de Salud Mental, vio a su padre vestido y echando una siesta en un sillón reclinable al lado de una alta ventana con paneles y estuvo contenta de haber venido. Su camisa abotonada y su rostro afeitado eran indicativos de un buen día.

Tomó asiento en el sofá de dos plazas delante de su sillón reclinable y sopesó si debía despertarle.

Barrett Grüggen sólo tenía cincuenta y nueve años y aún era apuesto. No encajaba con el estereotipo de una persona con enfermedad mental. Era esbelto y su cabello bien cuidado aún se parecía más al carbón que a la ceniza. Debería haber podido gozar de un montón de años en su sano juicio. Lexi culpó a Norm por robárselos junto con su hermana.

Su padre era la única persona aparte de Norm que sabía lo de su aventura. El último año ella finalmente se lo confesó, porque la

Biblia decía que ella debía confesar sus pecados a las demás personas y no sólo a Dios. Ella esperaba que su confesión encajara en aquel parámetro, porque no soportaría que hubiera nadie más que supiera de aquel fracaso moral en particular. Si hubiera sido una aventura con cualquier otro que no fuera Norm, se lo podría haber contado a Gina. O incluso a Simone.

Pero era Norman Von Ruden. De entre todas las personas.

Como Barrett no respondió a su confesión y nunca la mencionó, ella no podía decir con exactitud qué había entendido él sobre aquel asunto, y aquello era una caja de Pandora que ella eligió no abrir, sin mencionar parte de la razón por la que le escogió a él como su confesor. Él no era el responsable de perdonarla por aquel pecado; Dios lo era, y lo había hecho, estaba segura de ello, así que dejó el resto en paz.

Barrett dormía con las gafas puestas incluso por la noche, le dijeron las enfermeras. Las llevaba torcidas, así que se inclinó sobre él para ponérselas bien. Cuando terminó, ahuecó su mejilla con la mano del mismo modo que él solía hacérselo a Molly cuando ella dormía siendo un bebé. Él se removió y parpadeó un par de veces, y entonces levantó la cabeza.

Sus ojos se posaron en Lexi y brillaron.

—¡Tara! No sabías que hoy te dejarías caer por aquí.

—Hola, papá.

Él bajó el reposapiés del sillón.

—¿Dónde está tu hermana pequeña, eh? —Lexi pensó que se refería a Molly—. Ayer guardé la página infantil del periódico para ella.

Miró alrededor de la silla como si se le hubiera traspapelado. Sería la misma tira cómica que había estado leyendo y doblando de nuevo durante seis meses.

—Está con mamá. Aunque se la llevaré.

—Bien. Bien. La encontraré y te la daré para que te la lleves a casa. O... bueno... la guardaré hasta tu próxima visita. ¿Te pasarás por aquí mañana?

—¿Quieres ir a dar un paseo, papá?

—No, no, no. El sol que tengo aquí es suficiente para mí. Fui a dar un paseo ayer.

—¿En serio? ¿Cómo fue?

—Bien, muy bien. Tenía un amigo con el que hablar, y eso siempre conlleva un paseo más agradable.

—Cuéntame cosas sobre tu amigo. Me encantaría escucharlas.

—Un tipo grande. —Papá alzó sus manos por encima de la cabeza para demostrarlo. Lexi recordó su comentario sobre un celador con aspecto de defensa de fútbol que a veces le ayudaba a entrar y salir de la cama.

—¿Joe?

—¿A quién le importan ya los nombres, Tara? Joe, Moe, Schmoe. No me acuerdo.

—De acuerdo. ¿Dónde fueron a caminar?

—Al río.

Por lo que ella sabía, el río no quedaba a una distancia a la que se pudiera ir paseando desde la residencia, pero no tenía sentido decirlo.

—Hace mucho frío al lado del río —dijo ella.

—Ayer no lo hacía. Y él era lo suficientemente grande como para bloquear al viento. De todos modos se estaba bien. Empezamos a sudar sólo con hablar.

Aquello la hizo sonreír.

—¿Y sobre qué hablaron?

—De tu hermana pequeña. —Papá miró fijamente por la ventana y juntó las cejas—. Está perdida. No sé cómo vamos a encontrarla.

—No está perdida, papá. Está bien. Está con mamá, como ya dije.

—Pero lo está. Está deambulando. Ya sabes, ella siempre fue una chica lista cuando era una niña, a veces más lista que tú. —Él asintió mirándola—. No te ofendas. Sólo es la verdad. Pero después creció y pareció olvidar muchas cosas. Como me pasa a mí olvidando los nombres.

En aquel punto, Lexi no estaba segura de si hablaba de ella o de Molly.

—Bueno, ¿a quién le importan ya los nombres?

—Oh, a mí. A mí me importan. Él me dijo que ella iba a acabar en la cárcel si no encontraba el camino a casa.

—¿Quién te lo dijo? ¿Joe?

—La cárcel.

Lexi respiró hondo. Tal vez cambiar de tema ayudaría.

—Al entrar he visto que había pollo *piccata* en el menú de la cena.

Su padre se inclinó hacia delante y apoyó los codos sobre sus rodillas, y entonces le tomó las manos.

—El carcelero va detrás de tu hermana pequeña. Tienes que ayudarla a volver de nuevo a casa.

Una punzada de inquietud atravesó el corazón de Lexi. Las gafas de su padre aún se veían un poco torcidas, pero sus ojos eran más claros y perspicaces que su mente. Decidió seguirle la corriente y esperó poder acabar de una pieza cuando él terminase.

—Si ella ha hecho algo malo, tal vez debería ir a la cárcel —dijo Lexi—. Quiero decir, si realmente está perdida, como tú has dicho.

—¿Cómo puedes decir eso? ¿Quién desearía eso para su propia carne y hueso?

—Yo no lo *quiero*, papá. Nadie lo quiere. Pero es justo. Es así como funcionan las cosas. Es así como *deberían* funcionar las cosas, o de otro modo este mundo sería un desastre.

—¡Pero ha sido perdonada! ¡Ella confesó!

—¿Confesó qué?

—Estar perdida.

Él empezó a negar con la cabeza, temblando de miedo.

—Oh, papá.

Lexi se deshizo de la sujeción de las manos de su padre y le frotó los nudillos con los pulgares. Su piel era suave y más huesuda de lo que antes había notado.

—La encontraré, ¿de acuerdo? La encontraré y todo saldrá bien. No te preocupes más, por favor. No quiero que te preocupes.

—No hay sitio peor para estar que una cárcel.

Lexi le sonrió.

—No es el fin del mundo.

Él no respondió.

—Hablaré con Joe —dijo ella—. Tal vez él pueda ayudarme.

Su padre asintió con lentitud.

—Hazlo. Sí, eso sería una buena idea. Él sabrá qué hacer. De hecho, ve a pasear por el río. Eso aclarará tu mente. A mí me hizo bien.

Se recostó en su silla, apartando las manos del alcance de Lexi. Cerró los ojos de nuevo. Lexi interpretó aquello como la señal para empezar un monólogo.

—Grant apareció ayer cuando menos me lo esperaba. Y Molly quiere verle. No estoy segura de qué hacer al respecto. Ella tuvo un accidente de coche, pero está bien, aparte de que se rompió un tobillo y estará cojeando durante un largo periodo de tiempo...

Continuó así durante varios minutos, hasta que le pareció que su padre se había dormido. Por lo general, era en aquel momento cuando Molly y ella se iban. Sin embargo, aquel día Lexi tuvo ganas de quedarse.

Se le ocurrió que aquella clase de tranquilidad podría ser lo que Molly anhelaba en Grant. Incluso con nueve años, ella tenía que comprender lo que le faltaba. Lexi se lo preguntó. *¿Me atrevería a negarle una relación así? ¿Aun por su propio bien?*

Cuando una enfermera se dirigió hacia ellos con aspecto de alguien a punto de dar órdenes médicas, Lexi se levantó para marcharse. Se dobló sobre la figura en reposo de su padre y le besó en la mejilla; después se apartó.

Él levantó el brazo y tocó la mano de Lexi.

—Dile a tu madre que la quiero, Lexi.

Cuando salió de la residencia, Lexi aún tenía las mejillas húmedas por las lágrimas. Se detuvo en el pasillo cubierto, sin querer irse ni quedarse. Su mente le daba vueltas al sufrimiento en curso de sus relaciones más importantes: Molly, su madre, su padre. Quizá Grant.

Sintió dolor, pero los pensamientos concretos la esquivaron.

Se planteó ir a ver a Gina y a Mort. Tal vez se consiguiera algo para comer. Tal vez...

—¿Te importa pasear por el río?

Ella ahogó un grito y se giró de golpe. Ángelo estaba detrás de ella.

—Si crees que estás siendo encantador, estoy seriamente asustada. ¿Qué estás haciendo aquí?

—Siguiéndote.

—¿Bromeas?

—Te estoy tomando el pelo. ¿Cómo está tu padre?

Abanicándose las mejillas con los talones de sus manos para asegurarse de que estaban secas, Lexi se preguntó qué sabía él de todo aquello, y entonces empezó a caminar hacia su coche.

—No te conozco lo suficientemente bien como para decírtelo —le dijo a Ángelo.

—Parecía estar bien cuando le vi ayer. Le llevé a dar una vuelta.

Ella se detuvo y decidió quedarse cerca del edificio por si acaso tenía que salir corriendo para pedir ayuda.

—¿De qué conoces a mi padre?

—Cuando no estoy comiendo fuera, estoy aquí.

—Recibiendo tratamiento, querrás decir.

Él se rió.

—Trabajo aquí.

—¿Haciendo qué?

—Nada médico o profesional. Me necesitan por mi fuerza, no por mi cabeza.

—¿Cómo es que nunca antes te he visto?

—Tú sólo vienes una vez a la semana. Y los sábados sólo me quedo hasta el mediodía.

Ella tragó.

—Si estás aquí tan a menudo, tú deberías saber mejor que yo cómo está exactamente mi padre.

—Bueno, tal vez esa no fuera una pregunta justa. Quería saber cómo *tú* pensabas que él estaba.

Lexi levantó ambas manos como un oficial deteniendo el tráfico.

—No me siento cómoda con esto —anunció.

Él hizo una pausa.

—¿Con qué?

—Contigo. Esto... haciéndome todas estas preguntas personales. ¿Qué quieres de mí?

—No quiero nada de ti, Lexi.

—Entonces, ¿a qué viene este acoso?

Él soltó una risita, suficientemente amigable.

—En serio. No tienes por qué tener miedo de mí.

—Pues no eres muy bueno tranquilizando a la gente. ¿Fuiste tú el que empujó a mi padre a esta locura sobre carceleros y hermanas pequeñas perdidas? Porque eso fue desleal. Casi no he podido hablar con él.

—Tendrás que decirme qué ha dicho él.

—No. No tengo que hacer nada.

—De acuerdo. —El rostro de Ángelo se tornó grave, y Lexi pensó que su expresión era comprensiva—. Escuché que ayer recibiste una carta de Norman Von Ruden.

¿*Escuchó*? ¿Cómo? ¿De quién?

—¿Cómo sabes eso? —Ella levantó su mano y dio un paso hacia el aparcamiento—. No. No respondas a eso. No quiero saberlo. Realmente no quiero saberlo.

La verdad era que todo el mundo en Crag's Nest sabía lo de Norman Von Ruden y la pobre familia Grüggen, cómo se vinieron abajo y se disolvieron después de que la preciosa joven Tara Grüggen fuera increíblemente asesinada de modo tan salvaje en público. La tragedia fue noticia nacional el día después de que sucediera, y después fue olvidada en todas partes excepto en aquella pequeña y acogedora ciudad montañosa.

Tal vez aquel extraño gigante estaba al tanto de la historia.

Una opción escalofriante. El miedo que el día anterior se arremolinó en su estómago cuando él se presentó se encendió de nuevo.

—No quiero hablar de eso.

Y no lo hizo. Ni sobre los dos últimos días, ni sobre Norman Von Ruden, ni sobre cómo Ángelo sabía tanto como ella.

—Está bien —cedió él—. ¿Cómo está el tobillo de Molly?

—Me sorprende que aún no lo sepas. —Sonó grosero incluso para ella misma. Una brisa ligera barrió la parte delantera del edificio de piedra, cuya intención era parecerse más un balneario que a un centro de tratamiento, supuso ella. Se estremeció y se arrebujó la chaqueta encima del pecho—. Lo siento. Hago esto constantemente. ¿Cómo lo hiciste para estar justo donde ella necesitaba que estuvieras anoche?

Ángelo se rascó la cabeza.

Lexi asintió.

—Vale, ya lo veo. Eres Batman y no puedes revelar tu identidad secreta.

Él miró fijamente hacia el aparcamiento.

—Por alguna razón, no creo que a Batman le entusiasmase un Batmóvil de color arándano.

Lexi no sabía qué hacer con aquella respuesta fácil y autocrítica. Se relajó un poco.

—¿Qué pasa con el rosa?

—No es rosa, es color arándano. Y me encanta esa camioneta. Además, el trabajo de pintura no salió barato.

—Es magenta, fucsia.

—Me niego a que una mujer me arrastre a una discusión sobre colores.

Sonrió al decirlo.

—Llámalo como quieras. Es el Mary Kay de los esteroides.

—Los esteroides no son nada impropio de un hombre.

Lexi tuvo la clara convicción de que se estaba riendo de ella. Tal vez fuera por el modo en que las esquinas de sus ojos cobrizos se fruncieron. Ella dio un paso hacia atrás. *Menudo pájaro.*

—Tal vez deberías contarme la verdad.

—Ésta es: pensé que ahora mismo te gustaría un aliado.

—¿Sólo eso?

—En lenguaje sencillo.

El lenguaje sencillo era sumamente atractivo, pero también inadecuado, y expresado de un modo extraño.

—¿Por qué debería querer un aliado?

—Como dije, escuché que Norman Von Ruden vino para la libertad condicional. Sabía que tu padre estaba aquí, a diferencia de cuando se juzgó a Von Ruden. Tu madre ha estado fuera del país hasta hace poco, y deduzco que tu relación con ella no se encuentra en la mejor fase.

Fue difícil para Lexi no ofenderse ante aquello.

—¿Y cómo has deducido todo esto?

—Ella me contó algunas cosas antes de que contactáramos contigo en el hospital anoche.

Lexi negó con la cabeza, furiosa con la incapacidad de su madre de morderse la lengua.

—¿Cómo está Molly llevando todo esto?

—Lo siento, pero es que no veo por qué tú...

—Molly se está haciendo mayor. Lo suficiente mayor como para plantearse nuevas preguntas, darte nuevas preocupaciones. ¿Qué sabe ella de la muerte de su tía?

—No tanto como tú, estoy segura.

—Y además ahí está Grant, que casualmente sale de la prisión al mismo tiempo que...

Lexi buscó algo detrás de ella donde poder apoyarse, pero no encontró nada.

—¿Grant estaba en la prisión?

Ángelo la miró y dejó que aquella verdad se asentase durante unos segundos. Las noticias quemaron la garganta de Lexi como una enfermedad en ciernes. ¿Qué sabía Alice de aquello? ¿Y cómo encajaba en su campaña integral «la gente cambia»?

—Esto es una locura. Ya no hay nada privado. ¿Se lo contaste a mi padre? ¿Lo de Grant?

Se preguntaba si eso explicaría el inicio de sus comentarios sobre carceleros.

—Hablamos.

—No deberías preocuparle con ese tipo de cosas. Cuando no está lúcido se fabrica todo tipo de conexiones mentales irracionales.

—Eso ocurre con cualquiera de nosotros, ¿no crees?

Lexi le fulminó con la mirada.

—Debería huir lejos, muy lejos de ti ahora mismo.

Él esperó a que ella se fuera, y cuando no lo hizo, dijo:

—Pero podrías usar algún apoyo.

—Tenemos a Gina.

Tenían a Gina. Aunque estuviera bien, Lexi no se hubiera apoyado en ella con todo el peso de sus cargas.

—Cierto —dijo él, y Lexi tuvo la desconcertante certeza de que él estaba respondiendo a sus pensamientos más que a su declaración.

Ella se aclaró la garganta.

—Estás diciendo todo esto como si tuviera que creer en un altruismo pasado de moda.

—Así que tú eres de la opinión de que la caballerosidad ha muerto —dijo Ángelo.

—No, soy miembro del club del espray de pimienta.

Ángelo se rió otra vez, una sonora carcajada que cortó de raíz todo el miedo y cinismo de Lexi, incluso contra su voluntad.

—Me pediste que te dijera la verdad.

—Es más difícil de creer de lo que yo pensaba.

Él asintió.

—Casi toda la verdad lo es.

Ella se ablandó. Un poquito.

—Aún pienso que eres raro —dijo—. O que estás desesperado por una cita. O ambas cosas.

—No pondría objeción alguna a comer contigo.

—Había pensado en ir a ver a Gina —dijo Lexi.

—¿Puedo ir contigo?

Ella se lo pensó.

—Está bien. Pero sólo porque lo preguntaste. La próxima vez que aparezcas sin que nadie te haya invitado, me transformaré de nuevo en mi otro yo frío y desairado.

Él sacó sus llaves del bolsillo y las hizo tintinear en el aire.

—Te seguiré en el Batmóvil.

{capítulo 14}

Mort Weatherby, Hospital General Saint Luke, traumatología, edificio sur, cuarta planta, habitación 406.

Warden entró en la habitación del joven vestido con una bata blanca y con una foto plastificada de sí mismo prendida en su bolsillo. Aun con todo el escándalo sobre el incremento de la seguridad, descubrió que entrar en una habitación de hospital era una de las cosas más fáciles de hacer, siempre que no hubiera una enfermera fósil en el mostrador exterior que conociese el nombre de cada médico y cada paciente que había conocido en los últimos cincuenta años. Pero él llevaba tiempo haciendo aquel tipo de cosas.

Tenía el vial, tenía la jeringuilla, tenía el cuerpo.

Aquello sólo le llevaría un minuto.

Mort. Que nombre tan apropiado.

—¿Qué estás haciendo?

Craven ya estaba en la habitación. Sus ojos se ensancharon y se despegó de la pared donde se apoyaba encorvado.

—Aceptar tu invitación para unirme a la fiesta.

—¿Qué?

Warden llenó la jeringuilla y tiró el vial vacío en el cubo de la basura al otro lado de la habitación. Aquel era su método preferido: ocultar las pruebas a plena vista y casi nunca nadie las ve.

—¿No irás a *matarle*?

Craven, treinta centímetros más alto que Warden pero con la mitad de peso, estaba de pie a su lado, evitando sus ojos como un pobre fideo de instituto que no pudiera sostener la mirada del *quarterback* estrella. Tenía las mejillas sonrojadas y la nariz le goteaba. Se la secó con el talón de la mano.

Warden bajó la jeringuilla hacia la parte interior del codo de Mort.

—¡Presentaré una queja! —protestó Craven.

Warden levantó la aguja de la piel y le echó una mirada indiferente a Craven.

—No lloriquees. Tenías que haber previsto esto cuando involucraste a mi niña en tu pequeña escapada de ayer por la noche.

Los ojos inyectados en sangre de Craven estaban vidriosos.

—¿De qué estás hablando?

—De aquella niña pequeña que casi matas.

—Dijiste que la mujer Grüggen era tuya.

—Esa es su madre, imbécil.

El cacareo que salió de la garganta de Craven al oír aquello fue más irritante. Empezó en voz baja como un gato enojado y fue in crescendo hasta convertirse del todo en el cloqueo de un pollo. Warden había encontrado hienas con expresiones de placer menos agonizantes. Él contuvo su enfado. No tenía sentido malgastarlo en un gusano como Craven.

—Eso me habría gustado mucho —dijo Craven—. Que la pequeña hubiese fallecido.

Warden volvió a poner la aguja en la vena que latía débilmente bajo la piel de Mort, silenciando a Craven.

—No puedes matarle. Va contra las normas.

—Ni siquiera tú juegas según las normas.

Craven no era ligero, pero rápido. Su brazo atacó y golpeó con sus nudillos el interior de la muñeca de Warden, haciendo caer la jeringuilla de su mano. Ésta se deslizó por del suelo, girando, hasta justo debajo de la cama vacía al lado de Mort. Craven se lanzó de cabeza por ella.

Warden apartó la cama de ruedas de la pared, que rodó sobre de la mano extendida de Craven. Warden se sentó en la cama, inmovilizando la palma de su oponente contra el suelo. Craven gruñó. Aquella situación posiblemente no le dejaría herido, pero Warden estaba seguro de que al menos la encontraría incómoda.

La aguja reposaba en una nube de pelusa con forma de conejo, habiéndola apuñalado limpiamente en el corazón.

—Alguien debería decirle a Mort que este lugar no es higiénico —dijo Warden.

Con el pie extendido, la alejó del alcance de Craven de un puntapié mientras el hombre intentaba liberar su mano de debajo de las ruedas, maldiciendo como si Warden no estuviera ya maldito.

—Relájate —dijo Warden—. No voy a matarle.

Craven aún se retorcía, pero menos vigorosamente. Escupió sobre el zapato de Warden.

—No te creo.

—Por suerte, la fe no cambia los hechos. Claro que no voy a matarle. Necesito algo para mantenerte ocupado y fuera de mi camino. Si Mort muere, tengo el presentimiento de que te convertirías en una peste incluso mayor de lo que ya eres ahora.

—¿Entonces por qué has venido aquí?

—Para recordarte tu sitio.

Warden saltó de la cama, aterrizando sobre el antebrazo de Craven. Un hueso crujió, y Craven gritó, escupiendo y retorciéndose aún más. Con dos pasos, Warden se agachó para recoger la jeringuilla, con cuidado, sin derramar su pequeña muestra de bacterias por doquier.

Craven se abalanzó sobre su espalda, todo brazos y piernas y dientes. Se debatió y mordió y, a pesar del esfuerzo consciente de Warden, se las apañó para apartar el pistón. Éste repiqueteó hacia el suelo y rodó debajo del tacón de Warden mientras él intentaba quitarse de encima aquel pulpo a la vez que trataba de mantener la jeringuilla en equilibrio. Oyó el chasquido del plástico mientras su peso lo aplastaba.

Warden se imaginó lo que aquella escaramuza le debía parecer al querido Mort, allí acostado, pensando que estaba soñando. No pudo evitar que se le escapara una risita. Craven le dio un golpe en la cabeza con renovado brío.

Todavía sosteniendo la jeringuilla, Warden mantuvo la aguja en dirección al suelo para preservar el contenido del tubo. La cabeza tambaleante de Craven tomó contacto con el preciado cargamento, conduciendo la aguja como un clavo a la mano opuesta de Warden. Aquello le hizo reír más fuerte. La sensación de dolor, como aquella, era estimulante. Y ahora tenía bien sujeta la bacteria.

Tambaleándose ligeramente bajo de su furioso peso, Warden regresó a Mort. En el borde de la cama, levantó su brazo encima del apacible rostro de Mort y puso en vertical la jeringuilla separada en dos. El líquido cargado de gérmenes salpicó, mojando de lleno al paciente justo en medio de los ojos. Se estancó en los bordes y corrió hacia sus oídos, bautizando su nariz y su boca con un riego impío.

—Eso será suficiente —anunció Warden.

Se deshizo de Craven. La figura grasienta se deslizó de su espalda como si nada, aterrizando sobre sus pies, mirando fijamente a Mort.

—¿Qué es? —preguntó.

Warden agarró el tubo de plástico vacío y tiró de la aguja de su mano. Era una aguja fina, delgada pero fuerte, y aún estaba intacta después de la refriega. La agitó ante los ojos de Craven, desconcentrándole.

Después bajó su brazo con fuerza y la hundió en la espalda de Craven, en el suave tejido entre sus omoplatos y su columna vertebral. Aunque, dispuestos a adivinar, hubiera dicho que Craven no tenía columna vertebral.

Craven hizo una mueca de dolor e intentó agarrarla, pero estaba fuera de su alcance.

Warden hizo ademán de abandonar la habitación.

—Si tienes suerte —dijo Warden—, él vivirá.

Lexi y Ángelo llegaron al Saint Luke en diez minutos. Gina aún estaba en cuidados intensivos, aunque su pronóstico había mejorado de crítico a grave. Su habitación, que era la tercera de la izquierda en aquella sala del Saint Luke en forma de U de color blanco lejía, estaba dividida por una puerta de cristal corredera de modo que ella, al igual que cualquier otra cama de la planta, estaba continuamente a la vista del personal. Lexi no podría pasar a verla, dijo la enfermera de guardia, pero cuando la madre de Gina la vio a través del cristal, salió y aprisionó a Lexi en un abrazo de oso. Ángelo se rezagó, en un gesto que Lexi percibió como amabilidad.

—Dale a esa pequeña niña tuya este abrazo de mi parte —dijo la señora Harper al cabello de Lexi—. Estoy haciendo a Molly mi nieta honoraria. —Se echó hacia atrás para mirar a Lexi—. Me contaron lo que pasó. ¿Cómo lo lleva Molly?

—Está bien. No creo que ella sepa lo terrible que podía haber sido.

—¿Y tú?

—Yo estoy bien.

—Pregunté por Mort esta mañana. Gina siente algo por él, ya lo sabes. —Lexi sonrió. La señora Harper negó con la cabeza—. Dicen que ha empeorado.

La angustia por el hombre que sólo había querido ayudar a su familia llenó el estómago de Lexi.

—Oh, no. Pasaré a verle. ¿Cómo está Gina?

La señora Harper le soltó los hombros pero tomó las manos de Lexi. Negó con la cabeza.

—Un virus de alguna clase. Un germen maligno. Aún tienen que hacer muchas pruebas. Por lo que sé sólo acaban de empezar.

—¿No es alguna intoxicación alimentaria o algo básico como eso, pues?

—No. Descartaron todo eso muy rápido, no sé cómo.

Miró a Lexi.

—¿Se ha despertado?

—Va y viene —dijo la señora Harper. Las dos mujeres caminaron del brazo hacia la habitación de Gina sin entrar. Ella yacía en la cama al otro lado de la pared de cristal, insólitamente pálida pero en reposo. Tenía una vía intravenosa conectada a su mano—. Su oxígeno no es el que debería ser, ya sabes. Y su tensión arterial es baja. Pero son buena gente aquí. Están velando por su bien.

—¿Puedo traerle algo?

—No. El padre de Gina está viniendo hacia aquí y me trae mis cosas. Los dos estaremos bien.

—¿Qué hay de Gina? Tal vez podría traerle el pijama o algo.

—Eso estaría bien. Estoy segura de que a ella le gustaría.

—Entonces lo traeré la próxima vez que venga. Mientras tanto, ¿me hará saber cómo puedo ayudar?

—Ora, querida, y nosotros haremos lo mismo. —La señora Harper le sonrió a Ángelo, que seguía esperando en el puesto de enfermería, y dio unas palmaditas en el dorso de la mano de Lexi.

—Lo haré. Y Molly también. Supongo que tiene nuestro número de teléfono.

Cuando ella asintió, Lexi dijo:

—Por favor, dígale a Gina que no se quede abajo demasiado tiempo. Molly quiere aprender más chistes de rubias.

—La meteremos en cintura en cuanto se despabile.

—De acuerdo.

Lexi le besó la mejilla a la señora Harper y esperó a que estuviera de nuevo junto a Gina antes de girarse para marcharse.

Sin fijarse mucho en los detalles, sus ojos recorrieron las otras habitaciones de la sala. Probablemente no habría notado nada de no ser porque un celador con uniforme verde no cerró una cortina de privacidad en una de las habitaciones al otro lado de la unidad.

A través de la puerta de cristal corredera vio a un oficial de policía uniformado de pie en una esquina de la habitación y a un paciente con la cara amoratada acostado en la cama. Llevaba el brazo izquierdo enyesado y la cabeza envuelta en gasas por sobre su ojo derecho.

Un esbelto médico de la edad de Lexi, tal vez paquistaní o hindú, entró en la habitación absorto en una gráfica. El oficial salió y se apostó en la puerta.

El hombre de la cama giró su cabeza hacia el médico y al hacerlo atisbó a Lexi.

Norm.

Él sonrió. De ese tipo de sonrisas ligeras, informales, esquivas, que dicen «vaya día».

Aquella sonrisa, como una guadaña, partió el corazón de Lexi. Aquella sonrisa, que una vez la había dejado sin sentido, despertó en ella todas las flechas de fuego de la ardiente emoción que siempre había sentido por la muerte de su hermana. La noticia de su inminente libertad condicional la había enfurecido, pero aquel encuentro inesperado la transportó al día en que se enteró de que Tara había sido asesinada y que Norman había sido acusado del crimen.

El día más negro de su año más negro.

Tara había visitado a Lexi el día antes de su muerte. Llegó mientras Molly hacía la siesta, cargada con panecillos de canela y un termo de café recién hecho, porque sabía que ambas cosas eran la debilidad de Lexi. Se sentaron y comieron y rieron y se lamieron los dedos pegajosos, y ella esperó a que Lexi mordiera su segundo panecillo de canela antes de arruinar el clima.

Tienes que acabar con lo de Norman, le dijo. Tienes que cortar con él porque él tiene una esposa, y quieren un bebé, y él les necesita del mismo modo que tú necesitas a Grant. Norm no va a hacerte completa.

Vas a destrozar su familia en un millón de pedazos, dijo Tara. Y la tuya. Si tú y Grant no pueden mantenerse unidos, van a matar a Molly.

Lexi encontró que aquel último añadido una exageración. Grant es el que va a matar a Molly, replicó ella. La matará ignorándola o enganchándola a sus drogas, si no se mata antes él primero. Tara no tenía ni idea de lo que estaba hablando, le dijo Lexi. No podía saberlo. No estaba casada. Ni siquiera tenía novio.

Ni Tara ni Lexi cambiaron de opinión, Lexi porque era testaruda y Tara porque estaba en lo cierto. Lexi le pidió que se fuera con su termo pero se quedó con los panecillos que sobraron y los devoró en menos de una hora.

Se volvieron como una roca en el estómago de Lexi y se asentaron allí durante semanas, incluso meses, después de que entendiera que no volvería a ver a Tara nunca más.

Barrett fue el que llamó para darle la noticia. Estaba en el depósito de cadáveres y no pudo hablar ni un minuto entero después de que Lexi se diera cuenta de que era él el que estaba al otro lado del teléfono. Él sollozaba y ella se lo imaginó con su mano libre inclinando su frente para que su rostro se girase hacia Dios, gimiendo preguntas que no tenían respuesta.

—Tu hermana está muerta, Lexi. Un accidente inesperado y al azar. Han arrestado a alguien.

Lexi estaba en casa, encadenada al teléfono de la cocina por un cable demasiado corto como para alcanzar una silla, y para cuando él terminó, ella estaba de rodillas en el suelo frío y pegajoso, presionando su frente contra la puerta de un armario y agarrada al saliente de la encimera sobre su cabeza.

Grant llegó a casa en un sopor causado por las drogas. Encontró a Lexi en el suelo, aún sosteniendo el auricular del teléfono en su mano, que por aquel entonces repetía monótonamente un mensaje grabado sobre qué hacer si quería pedir una llamada. Molly estaba llorando, pero Lexi sólo se dio cuenta porque Grant le pidió que colgara e hiciera algo al respecto.

Y ahora ahí estaba, Norman Von Ruden, recibiendo los mismos cuidados médicos profesionales que estaba recibiendo su amiga. Lo que él se merecía era una infección de pulgas en las axilas en una clínica tercermundista de dudosa reputación.

No, ni siquiera se merecía aquello.

Ahí estaba, siendo remendado para que le liberasen apenas siete años después de que matara a Tara en un episodio de lo que los expertos creían que era un desorden bipolar no diagnosticado.

Ahí estaba, sonriéndole, después de soplar y soplar y derribar a su familia dejándola a ella en medio de los escombros.

¡Deberías haber muerto ayer por la noche! Los gritos de Lexi resonaban dentro de su cerebro. *¡No te mereces yacer en esa cama! ¡Deberían echarte a la calle!*

Ella se percató de una presencia al lado de su brazo derecho que le tocaba el codo.

¡Ni siquiera estando en la prisión puedes dejar a mi familia en paz! ¡Molly casi muere! ¡Es culpa tuya! ¡No mereces vivir!

La mano sobre su codo la agarró con fuerza. El médico de piel morena que estaba en la habitación de Norm se giró para mirarla. Una enfermera del puesto de enfermería observaba fijamente. El sheriff apostado en la puerta de Norm se encaminó en dirección a Lexi.

Su cuerpo temblaba. La sonrisa de Norm decayó. Ella oyó el sonido de su propia voz y se dio cuenta de que estaba gritando.

¡Te mataré! ¡Debería hacerlo ahora mismo!

El médico dio un par de pasos y tiró de la cortina de privacidad para cerrarla.

Ángelo arrastró con cuidado a Lexi fuera de la UCI antes de que el oficial les alcanzase.

{capítulo 15}

Los buzones de correos de color gris nuboso parecieron oscurecerse cuando Grant se plantó delante de su compartimento abierto y leyó la nota de su hija. No había esperado una contestación tan rápida, aunque la respuesta en sí no fue una gran sorpresa.

> Grant, gracias pero no, gracias. No te molestes en preguntarme de nuevo. Molly. (Sólo Molly.)

No fue el rechazo lo que le desanimó, sino el hecho de que lo hubiera escrito Lexi. No había hecho mucho por disimular su escritura, lo que hizo la imitación mucho más extraña. Nunca habría imaginado que ella usaría a Molly de ese modo. Nunca. Por ninguna razón. Grant tiró la falsificación de Lexi en un cubo de basura recién vaciado y se quedó allí durante un minuto, intentando determinar lo que aquello significaba para él.

—¿Puedo ayudarle?

Un trabajador de correos estaba de pie al lado de Grant. El hombre sonaba preocupado, y Grant no le miró. A veces Grant suponía que parecía un convicto, con sus ojos cansados y su cabello desaliñado, y era difícil para él decir si la gente que se le acercaba cuando estaba reflexionando sobre la vida estaban más preocupados por él o por su propio bienestar.

—Lo siento. No. Ya me iba. Gracias.

Grant empujó la puerta hacia la luz de la tarde y pensó que había visto, por el rabillo del ojo, al empleado inclinado sobre el cubo de basura donde había tirado la carta de Lexi.

Aquello que Grant encontró extraño en primer lugar se resolvió con una sencilla explicación. En algún momento había que vaciar los cubos de basura, ¿no?

Mientras apuntaba su oxidado Datsun hacia el aparcamiento de caravanas, Grant decidió actuar del modo más descabellado de todos. Decidió intentar ver a Lexi de nuevo en el bar. Estaba loco, seguro, pero llegados a este punto, ¿qué más podía perder?

Tomó el camino de vuelta a casa, virando despreocupadamente por encima de la doble línea amarilla de la carretera desierta de dos sentidos, sopesando sus opciones. Un miedo inesperado le hizo rezagarse en el lado incorrecto de las líneas. Si Lexi no le perdonaba, ¿qué esperanza podía tener de que Dios lo hiciera?

En el aparcamiento del hospital Saint Luke, Ángelo descansaba junto a Lexi en la puerta trasera abierta de su Chevy, mientras ella se calmaba. En aquel momento ella le encontraba como una especie de hombre ideal: permanecía a su lado y no intentaba hablar con ella. Metió las manos debajo de las piernas porque las tenía frías, y él fue a buscar su chaqueta al Volvo y se la trajo.

—No debería haberme sorprendido de verle —dijo Lexi al cabo de unos minutos—. Sabía que estaba aquí.

Era casi la una en punto y aún no había comido nada en todo el día. Tenía pequeños retortijones en el estómago.

—¿Dije todo eso? Quiero decir, ¿de verdad que estaba gritando? —Ángelo apoyó su enorme mano sobre el hombro de Lexi—. Deben pensar que estoy loca. Excepto... Supongo que aquí no podrán distinguirme de cualquier chica normal. Pero él *es* un convicto. ¿Saben quién es? ¿Lo que hizo? Me pregunto si para los médicos es difícil remendar a tipos que han matado a otra gente, sin importar lo que diga su juramento. —Lexi se quedó mirando el asfalto que había unos centímetros por debajo de donde sus pies colgaban—. Si hubiésemos estado solos, creo que lo hubiera hecho. ¿Eso me hace como él?

Lexi no quería que Ángelo respondiera a esa pregunta, y él no lo hizo.

La incomodidad de ocultar la verdad a otra persona la invadió en ese momento, entre su estúpida pregunta y la larga mirada de Ángelo.

Ella se zafó de su inquietud. Ángelo no podía haber tenido ni la menor idea de su pasada relación con Norman. Aun así, su silencio compasivo parecía juzgarla. Deseó que él hablara y así disipar aquella idea. Deseó que dijera cualquier cosa para hacerla sentir mejor.

—¿Qué habrías hecho tú? —preguntó Lexi.

—¿Qué habría hecho yo o qué habría hecho yo si fuera tú?

Lexi no estaba segura.

—Es terrible el modo en que las personas se hieren las unas a las otras —dijo él.

—Ese hombre hizo más que herir a mi hermana.

Ángelo asintió.

—Lo hizo.

—Tú puedes entender por qué me siento así.

—Sí, puedo.

Más que justificar su ira, su acuerdo removió un pozo de dolor en Lexi.

—Esa histérica fea y gritona no es lo que soy. No es el modo en que quiero ser.

—Claro que no.

—Pero su delito fue tan... grande.

—Te tiene agarrada de los pelos —dijo él.

—¿Qué?

—Su pecado. Te controla.

—No, no lo hace. —Aquel comentario no la enfadó, sino que la confundió—. He hecho bien prosiguiendo con mi vida desde que sucedió. ¿Sabes que mi marido me dejó el mismo año? ¡Vaya doble revés! Pero dejé aquello a un lado. Tenía que hacerlo. Si no hubiera sido así, probablemente habría perdido mi trabajo y a Molly y quién sabe qué más. No creo que eso me controle. Es sólo el estrés por todo lo que ha pasado en estos últimos dos días. Estoy cansada. Perdí los nervios. Eso es todo.

Lexi retuvo esa afirmación durante unos segundos. ¿Acaso no era suficientemente malo haber vivido el asesinato de Tara y el abandono de Grant? ¿Por qué añadir la posibilidad de que Norman y Grant aun tuvieran alguna influencia psicológica sobre ella? Una imagen espontánea del puño de Norman agarrándole el cabello desde las raíces hizo que Lexi se estremeciera.

—Cualquiera en mi lugar habría hecho lo mismo —dijo ella—. Es normal. —Lexi se deslizó para bajar de la puerta trasera—. Debería irme.

Ángelo la siguió a casa sin haberse ofrecido para ello, tal vez para evitar el riesgo de que ella lo rechazara. Mientras subían por la montaña entre Riverbend y Crag's Nest, Lexi reflexionaba sobre lo que aquel gesto protector querría decir. ¿Amor al prójimo o algo más? Intentó no analizarlo demasiado. Después de todo, ella le había invitado a comer, y aún no lo habían hecho.

Planeó invitarle a entrar. La presencia de Ángelo sería un parachoques entre ella y su madre. Quizá incluso entre ella y Molly, dependiendo de si Alice había fomentado la necesidad de Molly de ver a Grant. Lexi se preguntó qué habría estado diciendo su madre sobre eso en su ausencia.

Si Ángelo podía manejar esta dinámica, Lexi examinaría con detenimiento las ventajas de su amistad. Su visita sería como una especie de examen. No podía ser perjudicial tener a un hombre de esta talla y aparente devoción cerca, considerando las actuales compañías que ella parecía atraer. Por otro lado, si algo podía hacer que un hombre huyese era el efecto colectivo de Warden Pavo, Grant Solomon, Alice Grüggen y Norman Von Ruden.

Pensando en las tortitas que Molly había querido hacer, Lexi dobló hacia el supermercado Safeway de Crag's Nest para derrochar el dinero en medio kilo de arándanos mientras Ángelo esperaba en la camioneta al lado de su Volvo. Cuando Lexi estacionó en su plaza de aparcamiento en el complejo de apartamentos, las bayas que descansaban en el asiento del pasajero parecían un gesto insignificante. Esperaba que de todos modos Molly las aceptara.

Ángelo pareció contento por la invitación de entrar. Lexi le prometió un chocolate caliente, pero evitó mencionar las tortitas de arándanos hasta que hablase con su hija.

Cuando Lexi abrió la puerta delantera, las risas de Molly y Alice se desparramaron hasta la calzada. Ángelo sostuvo la puerta de rejilla metálica y ella se giró para sonreírle, contenta de empezar aquello con una nota positiva.

Pero él tenía el ceño fruncido.

Lexi se sintió confundida. Echó un vistazo alrededor de la entrada. El lugar estaba decentemente limpio, sin duda obra de Alice en ausencia de Gina. Nada olía mal. De hecho, el acogedor aroma del bacón flotaba desde la cocina. Su madre y su hija habían estado cocinando.

Lexi cruzó el pequeño recibidor y dio un paso hacia la cocina antes de darse cuenta de lo que estaba mal.

Warden Pavo estaba sentado en la mesa de su cocina.

Estaba riendo. Y Molly estaba riendo. Su cabeza estaba echada hacia atrás sobre el respaldo de su silla, y su cabello marrón bailaba al ritmo de su risa.

—¡Lexi! —dijo Alice con efusividad—. ¡Tenemos un invitado!

Ella estaba de pie ante la cocina, usando unas pinzas para girar el beicon. Molly estaba sentada con la pierna apoyada en una silla. Tenía un bol de hojas de espinacas ante sí, y un montón de tallos en una esquina de la mesa. Se enderezó cuando Lexi entró, y después apartó la mirada.

La sonrisa maléfica de Warden titubeó cuando vio a Ángelo, pero se recuperó con rapidez.

Alice dijo:

—Molly y yo estábamos preparando ensalada de espinacas cuando de repente llegó él, llamando a la puerta. —Su madre gesticuló señalando una fotografía en la mesa—. Cuando me dijo que era un viejo amigo tuyo, le invité a comer con nosotras. Supuse que llegarías pronto de todos modos. —Se percató de Ángelo y aún se animó más. Dejó las pinzas, se secó las manos en el delantal y le tendió los brazos mientras rodeaba la mesa.

—¡Nuestro héroe local! —anunció, y él se agachó para recibir su abrazo desmedido—. Ángelo, ¿verdad? Bueno, esto va a ser una comida feliz. Suerte que herví unos huevos de más. Podías haberme hecho saber que le traías a casa contigo —la regañó.

—No tengo teléfono móvil, mamá.

—Estoy segura de que a él no le hubiera importado que tomaras prestado el suyo —dijo ella.

Teniendo en cuenta el poco criterio de Alice permitiendo la entrada de un extraño en la casa, Lexi decidió que tenía derecho a ignorar aquel comentario.

—¿Esto son arándanos? —Su madre tomó el medio kilo de bayas de las manos de su hija.

—Son para Molly —dijo Lexi. Molly levantó la mirada, pero dejó que su abuela se quedara con los frutos.

—Nos los comeremos de postre —dijo Alice—. Con nata.

—No tengo nata —farfulló Lexi, agarrando la fotografía.

Resultó que había sido tomada varios años antes. Grant, Warden y Lexi estaban de pie delante de su minúscula casa de la calle Fireweed. Molly, que aún gateaba, se abrazaba al cuello de su madre. Los dos hombres la flanqueaban. Una versión más joven y más apuesta de Ward se entretenía poniéndole cuernos a Grant detrás de la cabeza.

Lexi no tenía el recuerdo de haber posado para aquella foto, pero no significaba nada. Se preguntaba si era Norman el que la había sacado. La volvió a tirar en la mesa.

Ward tomó la palabra.

—Tú eres la única de nosotros que no ha cambiado desde entonces. —Le asintió a Alice—. Es obvio de dónde sacaste tu belleza.

Alice se ruborizó. Lexi se encrespó.

—Me debes el dinero de la bebida que pediste anoche —dijo Lexi, colgando sus llaves en el llavero junto al teléfono.

—Oh, es cierto. Siento mucho lo que pasó. Me llamaron para una emergencia y me tuve que ir, y no pude encontrarte para decírtelo. —Rebuscó la cartera en su bolsillo trasero, sacó un billete de cinco dólares y se lo ofreció—. Por favor. Tómalo. Ya no estaré en deuda contigo.

—Pensaba que te fuiste cuando viste a Grant.

Ward se rascó el cuello.

—¿Grant está en la ciudad?

Ward era un mentiroso. Había puesto en práctica aquella habilidad suya de hacerse el tonto más de una vez en el corto periodo de tiempo en que él, Grant y Norman fueron un trío. Aquella obviedad ahora espantaba a Lexi. ¿Qué más sabía Ward sobre ella que él fingiera desconocer? ¿Desde cuándo lo sabía?

¿Cómo lo usaría en su contra?

Lexi intentó, sin éxito, encontrar la razón de por qué Ward, Norman y Grant habían reaparecido todos en su vida en apenas veinticuatro horas después de su deliciosa ausencia durante siete años. No podía ser una coincidencia.

Cuando Lexi no tomó el billete, Ward lo dejó encima de la fotografía rechazada.

Alice siguió mirando a Ángelo, que era un gigantón bajo el techo de aquel viejo edificio.

—¿No vas a presentar a tus amigos? —le preguntó a Lexi mientras retornaba al beicon.

Lexi se quitó la chaqueta encogiéndose de hombros y entonces hizo los ademanes apropiados.

—Warden, Ángelo. Ángelo, Warden.

Sin embargo, las presentaciones apenas parecían necesarias, porque Ángelo ignoró a Ward por completo, y a Ward no pareció importarle. Su postura se relajó ligeramente.

Ella lo fulminó con la mirada, le dijo tan fuerte como pudo con los ojos que no era bienvenido allí. La presencia de su madre y de su hija evitaron que lo vocalizara y expusiera su retorcido dilema. Ward levantó el vaso de té helado delante de él y lo alzó hacia Lexi, con un asentimiento de la cabeza, un brindis que la desafiaba.

—¿Cómo va el tobillo? —Ángelo le preguntó a Molly, tomando asiento entre ella y Ward.

—Me duele. Un poco.

—¿Eso es todo? Si ese fuera mi tobillo yo estaría diciendo que duele *mucho*.

Descansó los codos sobre sus rodillas para no destacar por encima de la niña. Ella respondió con una pequeña risita.

—La abuela me hace olvidar del dolor.

—Buena abuela.

—Echa una mano, Lexi —ordenó Alice mientras le sonreía a Ángelo—. Pela algunos huevos.

Con la cabeza señaló un escurridor lleno de huevos hervidos al lado del fregadero.

—¿Te importa si le echo un vistazo a esa tablilla? —Ángelo le preguntó a Molly—. Es todo un armatoste.

—Creo que se parece a la plataforma de lanzamiento de un cohete espacial —dijo ella.

—¡Y tu pierna es el cohete! —dijo Ángelo.

Lexi fue hacia el fregadero para lavarse las manos, sintiendo los ojos de Ward en su espalda.

Perfectamente podría la NASA haber fabricado aquella tablilla de alta tecnología, teniendo en cuenta lo que le iba a costar a Lexi. Sólo por esta vez, tendría que pedirle un préstamo a su madre.

Abrió el grifo del agua para lavarse las manos. El agua que salió era de color gris, como el agua que Molly escurría de una lata de olivas. Lexi esperó, pensando que se habrían acumulado minerales en las tuberías, aunque cuando eso había sucedido con anterioridad el agua salía de color marrón. En vez de aclararse, el gris se oscureció hasta un negro acuarela, y después espesó hasta la consistencia de las témperas que Molly y ella habían usado para un trabajo escolar.

Cuando la densidad fue la del aceite de motor y empezó a caer del grifo en forma de pompas burbujeantes, cerró el grifo y miró cómo el líquido grasiento se deslizaba por el sumidero.

—¿Problemas con el agua?

Lexi se estremeció al sonido de su voz. El espacio que compartían no estaba hecho para dos personas.

—No —dijo ella.

—Tienes otros problemas.

Su voz era queda. El aliento de Ward le acariciaba la nuca y olía a huevos. O tal vez era la olla que estaba sobre la encimera. El olor a humo de madera emanaba de sus ropas.

—Tú estás en lo alto de mi lista.

—Eso es cierto.

Por el rabillo del ojo Lexi vio cómo Alice sacaba el beicon y lo depositaba sobre papel absorbente. No parecía notar que Ward estuviera tan cerca. Molly y Ángelo seguían hablando.

Lexi no podía girarse en aquella abarrotada habitación y enfrentarse a Ward. Con tanta gente en el cuarto, él tendría que desistir pronto.

Le temblaban las piernas, a pesar de que mantuvo el tono de su voz.

—Si estás aquí por Norm...

—Una de tantas cosas.

—Te daré mi respuesta en unos días.

—Mmm... Necesitaría tenerla antes.

—¿Por qué?

—Cinco letras: M-O-L-L...

—Está bien. —Lexi le espetó, sosteniendo un huevo hervido. Los dedos de sus pies chocaron con los de Ward. El resentimiento hacia Norm se atascó en su garganta, pero el miedo por la seguridad de Molly lo superó. Diría cualquier cosa para que Ward desapareciera de su vida para siempre—. Testificaré —cuchicheó—. Intercederé por la serpiente.

—No lo harás.

La confusión hizo que Lexi frunciera el ceño.

—¿Qué quieres decir? Lo haré.

—Dices que lo harás. Dirás lo que quiero escuchar. Pero no es la verdad.

Lexi tragó. Lo haría realidad. Lo haría, sin importar lo desagradable que fuera. No sabía cómo, sólo que lo haría. No importaba lo que ella dijera sobre Norm en la vista, no tenía por qué sentirlo. Aunque necesitaría un modo de explicárselo a su familia.

—Haría cualquier cosa por Molly.

—Eso es lo que te gustaría pensar.

—Pero dijiste que querías que...

—Lo quiero.

Lexi miró fijamente a Ward. Hoy no llevaba la gorra de tela, pero su cabello se hubiera beneficiado con ello. Sus rizos negros y grasientos hacían que su frente brillara, y parecía que no se hubiera afeitado. La nariz de Ward era demasiado ancha para su estrecha cara, y sus ojos, que ella recordaba que habían sido azul claro en un marcado contraste con su pelo, eran como la medianoche.

Le apartó de su camino, alcanzando la salita y un lugar donde tomar cuatro grandes bocanadas de aire.

—¡Los huevos, Lexi! —exclamó Alice.

—Un minuto —dijo Lexi.

Ward la siguió, tal como ella esperaba.

—¿De qué estamos hablando en realidad? —le preguntó—. ¿Esto es sobre Norm, o sobre Molly, o sobre mí, o algo totalmente distinto?

—Sí.

Ward sonreía burlonamente.

Lexi se puso la mano en la frente, y después la dejó caer.

Ward dijo:

—Escuché que Grant te escribió una carta. Una carta repugnante. ¿O era para Molly?

—¿Esto es sobre Grant?

—Todo es sobre todo.

Sus labios formaron una línea presuntuosa.

—¿Qué sabes sobre la carta?

Él se rió, una risita entrecortada.

—Más que tú.

Ella se cruzó de brazos.

—Entonces no tengo ninguna necesidad de explicarte nada.

—Eso es cierto. Así que yo te explicaré unas cuantas cosas a ti.

—Por favor.

Lexi suponía que era posible que Grant y Ward hubieran preparado aquel regreso a Crag's Nest, que aún mantuvieran algún tipo de negocio juntos, pero, ¿por qué?

En su mente todo cobró sentido. Así que Grant quería obtener la custodia de Molly. O secuestrarla. O hacer algo igual de disparatado. Eso explicaría por qué Ward le exigiría que testificara a favor de Norm: ¡lo estaba haciendo a petición de Grant! Él debía haber descubierto la aventura. Grant obtendría su venganza: restregar en el rostro de Lexi su pobre juicio. Lexi sentía que su corazón latía con fuerza hacia sus sienes.

Ward dijo:

—Grant aún me debe dinero.

Lexi parpadeó. ¿Qué tenía eso que ver con aquello?

—Puedes estar seguro de que yo no lo tengo.

—Como ya he dicho, no tienes que pagarme en metálico.

—Cierra el pico, Ward. Yo no te debo *nada*.

—Tú y Grant aún están casados. Legalmente, sus obligaciones son tuyas.

—¿Desde cuándo te importa a ti la ley? —le desafió ella. Pero las paredes de la salita de Lexi parecían cercanas y gruesas. En la cocina, Alice estaba diciendo algo y Ángelo escuchaba, pero los ojos del gigante estaban posados en Lexi. Su mirada la envalentonó.

Él se levantó de su silla y le respondió a Alice. Ella se rió. Ángelo se giró, inclinando sus hombros para apoyarse en la pared que separaba la cocina del recibidor y de la salita, impidiendo que Lexi viera a su madre y a su hija. Y viceversa.

Lexi mantuvo la conversación a un volumen bajo.

—*Yo* no te debo nada —le repitió a Ward.

—Ese es un concepto erróneo que tiene la gente que me conoce.

—Es la verdad.

—¿Te has preguntado alguna vez, Lexi, por qué la ley no vino tras de ti cuando Grant se fue, por qué no se ocuparon de que Molly tuviera la opción de crecer en una casa más... privilegiada?

Ella se despegó de la pared.

—Porque yo no tuve nada que ver con el pluriempleo de Grant. De todos modos la «ley» nunca tuvo noticia de ello.

—¿Y nunca te preguntaste por qué? Es una ciudad pequeña, y tu nombre estaba en la escritura de ese pequeño y dulce hogar donde Grant construyó su laboratorio de meta.

—Era tu laboratorio.

—No es eso lo que ven los de fuera. *Yo* soy la razón por la que nunca fueron por ti.

—¿Y se supone que debo darte las gracias por eso?

—No te haría daño hacerlo.

Lexi le miró con hostilidad.

—Tal vez mi *marido* sería más agradecido.

—¿Aún es tu marido? ¿Después de lo que hiciste, Sexy Lexi? Quiero decir, supongo que aún tienes un trozo de papel que dice que eres una Solomon, ¿pero lo eres? ¿Te mereces ese tratamiento?

Se quedó sin palabras. Entonces el olor a humo de su ropa la golpeó de repente, y la voz de Molly contando un chiste alcanzó sus oídos. Lexi se puso en guardia.

Ward preguntó:

—¿Le viste hoy, cuando visitaste a tu amiga? ¿Viste a Norman?

—¿Has estado con mi hija?

—¿Mientras tú estabas con tu amante?

—¡Él no es...! —Lexi controló el volumen y cerró el espacio entre ella y Warden—. Aquello fue un error. Pasó hace años. Ya no importa en absoluto.

—¿Eso es una autorización para contarlo?

—¡Claro que no! —Sus pensamientos fueron directamente hacia Molly—. ¿De qué va todo esto?

—Grant me debe dinero, y tú vas a conseguírmelo.

El inconsistente cimiento sobre el que Warden basaba sus exigencias enfureció a Lexi. Ella no creía que pudiera hacerse con ese dinero más de lo que creía que Grant se lo debía a Ward.

—¿Quieres un vale o quieres efectivo? Porque tengo un pequeño problema para seguir el ritmo de todas las exigencias.

—Vas a darme ambas cosas.

—Consíguelo tú mismo.

—La razón por la que tú lo vas a conseguir por mí es porque Grant ha regresado a Crag's Nest por un motivo, y ese motivo eres tú. Y su hija. A ti te dará lo que él debe mucho más fácilmente de lo que me lo dará a mí.

—Es una mala idea trabajar con gente a la que no conoces bien.

—Me debe veinticinco mil...

—¡Él nunca te debió tanto!

—Los intereses se acumulan. A cambio de reunir ese dinero en mi nombre, tú podrás quedarte con tu hija. ¿Es que es tan difícil robar el dinero de un hombre al que ya de hecho desprecias?

—¿Te crees que puedo llegar y pedírselo, tal cual?

—Tienes hasta la vista de Norman Von Ruden para reunirlo.

El olor de los huevos hervidos y la confusión sobre lo que estaba pasando provocó una combinación nauseabunda en el estómago de Lexi. La frustración y la desesperación trajeron las lágrimas a sus ojos.

—Dile a Grant que estoy harta de esto —dijo Lexi—. Si quiere dinero, va a tener que conseguirlo de algún otro. Y si quiere restregarme el error de Norman en la cara, puede venir y hacerlo él mismo. No sé de lo que te habrá convencido o lo que crees que vas a sacar de ello. ¿Veinticinco mil dólares para repartir? Bien, son idiotas. No se le puede robar a alguien que no tiene nada.

—Tienes a Molly.

—Ustedes jamás volverán a acercarse de nuevo lo suficiente a mi hija para ni siquiera *tocarla*. Ninguno de ustedes.

—Yo ya he estado más cerca de eso —susurró él—. Ella es la clave de todo este desastre, ¿cierto? Ella es el premio, el precio y la trascendencia, todo en uno.

La piel de la nuca de Lexi empezó a cosquillear allí donde Ward le había echado el aliento.

—Nada de esto tiene sentido.

—Cuando los padres tienen una deuda, son los hijos los que siempre, siempre pagan. No me importa quién creas ser o cómo pienses que te las vas a arreglar tu vida, Lexi. Cuando es hora de ajustar cuentas, el dinero sale de los bolsillos de los hijos. De los bolsillos de Molly.

—Grant es el que tiene la deuda contigo.

Ward asintió con la cabeza, un gesto de falsa pena.

—Nunca voy a dejarte ir, Lexi. Estás en deuda conmigo hasta el fondo de tu alma. Sólo que aún no lo sabes.

{capítulo 16}

Ward se fue. Ángelo se quedó. Molly y Alice parecieron no darse cuenta del intercambio de Lexi con Ward, y su estómago le decía que los poderes de distracción de Ángelo eran los responsables de eso. Poderes de protección, pensó. Se preguntó entonces si tal vez él podía proteger a su familia de su pasado. De Grant. De Ward. Quizá era por eso por lo que él estaba allí, enviado por Dios, aunque él no lo supiera.

El odio de Lexi hacia Grant aumentó tras la marcha de Ward. Él la había metido en este lío abandonándola en su matrimonio aun antes de dejarla. Su animosidad hacia Norman también se intensificó. Le culpó por seducirla, y después el odio que sentía hacia sí misma también se expandió por permitirle hacerlo. Pasó la tarde en medio de una bruma, preguntándose qué podía haber hecho de forma distinta para evitar que Molly terminara en una situación tan peligrosa.

Descaradamente le pidió a Ángelo que se quedara con su madre y su hija mientras ella iba a trabajar. Pensar en Alice y en Molly solas, con Alice tan deseosa de meter a Ward en la casa, asustaba a Lexi. Ángelo reaccionó con entusiasmo, como si hubiera estado esperando que ella se lo pidiera porque temiera ofenderla si él se ofrecía primero.

—Al parecer, Ward es un asesino en serie —Lexi le susurró a su madre para que Molly no lo pudiera escuchar. Ángelo había salido de la habitación para lavarse las manos antes de comer.

Alice pareció escandalizada.

—No lo es —dijo—. Es totalmente decente.

La mente de Lexi se fue hacia Norman.

—Los asesinos en serie suelen serlo, ¿no te parece?

—Por todos los cielos, Lexi. ¿Qué sabrás tú de eso?

—Tú eres la que pasa todo el tiempo preocupándose por lo que va a salir mal, mamá. Sólo por esta vez, hubiera estado bien si hubieras sido una paranoica total.

—Está bien, dime qué va mal con Ward. Debe de haberme contado la verdad sobre ustedes, de que les conocía desde hace tiempo. ¡Tenía una foto! Cuéntame sus grandes y perversos secretos.

Lexi miró a Molly, que estaba rebuscando en su ensalada los trozos de beicon, escuchando a pesar de la voz baja de Lexi. En aquel momento no había ninguna buena razón que ofrecerle, ninguna respuesta que no llevara a la verdad del porqué de la muerte de Tara. Lexi no estaba preparada para sacar a la luz su propia culpa ante nadie. Tenía que haber otro camino.

—Es pájaro de mal agüero, mamá.

—Sí, eso ayuda. —Alice fue hacia el fregadero para lavarse las manos.

—Mamá, espera —dijo ella, temiendo de nuevo el cieno negro. Alice abrió la palanca del grifo. El agua salió clara.

—En serio, Lexi, estoy mucho más asustada de ese Ángelo.

—¡Tienes que estar bromeando!

—No lo hago. Es enorme. Monstruoso. Podría aplastarme con su pulgar. Y no es ni la mitad de apuesto que tu amigo Ward.

Lexi pestañeó. *Apuesto* y *Ward* no podían estar en la misma frase. ¿Aquella era su razón para confiar en él?

—Bueno, los hombres apuestos nunca han sido responsables de ningún mal en el mundo, ¿verdad?

Alice agitó las manos para secarse y alargó la mano para tomar un trozo de papel de cocina. El agua negra de las tuberías había desaparecido como la pintura en la ventana. Lexi estaba aprendiendo a marchas forzadas a no confiar en sus ojos más de lo que confiaba en Ward.

—No seas descarada. Si escuchamos nuestras corazonadas, Lexi, tengo que hacerle caso a la mía. Ese Ángelo me da escalofríos.

—¡Salvó la vida de Molly!

—Por casualidad. Mantén los ojos abiertos. Espero que no te hayas fijado en él.

—¡Mamá!

—¿Le conoces desde hace cuánto? ¿Dos días?

Lo confirmara o lo negara, tenía las de perder. ¿Desde cuándo conocía a Ward? ¿Hacía ocho años?

Molly las miraba y Lexi deseaba que no conociera el significado de «fijarse en alguien».

—¿Vas a salir con él, mamá? —preguntó Molly.

—¡No!

Lexi pensó que su respuesta había sido demasiado rápida, demasiado enfática, porque cuando Ángelo regresó del baño, Molly le frunció el ceño.

Medio kilo de arándanos no servirían para mucho.

—¿Tuvieron tú y Gina la oportunidad de ver la película antes de que enfermara? —preguntó Lexi.

Molly negó con la cabeza y pinchó una hoja de espinaca.

—Tal vez la podemos ver mañana por la mañana.

Eso significaría saltarse la iglesia. Hubo un tiempo en que todos los Grüggen habían acudido en tropel a la iglesia los domingos por la mañana, porque aquella era su rutina. En algún momento debieron decidir que preferían el periódico y el café a los boletines de la iglesia y los refrigerios. Honestamente, Lexi aún prefería el periódico y el café, y ella y Molly en aquellos tiempos no iban mucho a la iglesia Freshwater en High Country: las nueve de la mañana llegaban muy pronto tras acostarse a las tres de la madrugada.

Molly se encogió de hombros. Lexi suspiró.

Además de la posibilidad de que Ward regresara mientras ella estaba fuera, Lexi le había pedido a Ángelo que se quedara por si a Alice se le ocurría la idea de invitar a Grant. No serían necesarias muchas súplicas por parte de Molly para persuadirla de ello. Grant ya era suficientemente temible sin Ward en escena. Ahora que Lexi creía que ambos hombres nunca habían separado sus caminos, necesitaba ser mucho más precavida.

Mañana, si Molly dormía hasta tarde, Lexi pondría a su madre en el consabido banquillo de los acusados. Pensaba averiguar por qué Alice apoyaba tanto a Grant. Tal vez fuera porque él aún era tan atractivo.

Lexi lloró todo el camino hacia el trabajo. Y oró. Y cuando llegó al Bar & Grill Red Rocks, permaneció sentada en el coche en el aparcamiento hasta el último segundo antes de que su turno empezara. Tenía los ojos rojos a causa de las lágrimas y el agotamiento, pero no podía descansar. Si llegaba tarde dos días seguidos, Chuck podía despedirla.

El viento y la hierba estaban en calma aquel sábado por la tarde, y el cielo era de un azul tan prístino que Lexi deseó flotar y perderse en él.

Lexi nunca había pensado que fuera buena orando. No lo hacía con regularidad y dudaba que tuviese las palabras adecuadas. La mayor parte del tiempo suponía que Dios sabía lo que ella estaba pensando y lo que necesitaba sin tener que decirlo. Pero de vez en cuando ambos tenían conversaciones unilaterales.

Dios, ¿qué está pasando?

Él solía no responder, y ella pensaba que era porque él no tenía mucho que decir o porque ella no era una buena oyente. En cualquier caso, intentaba no ir con exigencias.

Gina me dijo que tú pondrías mi pasado detrás de mí cuando yo empezara de nuevo. ¿Así que por qué está a punto de atropellarme? ¿Por qué Grant, Ward, Norman y mamá están todos aquí y ahora, y todos quieren algo de mí?

Molly y yo sólo necesitábamos un nuevo comienzo. ¿Era eso mucho pedir? ¿Acaso ha sido sólo un apaño temporal?

El comentario de Ward sobre que Molly pagara por las deudas de Lexi asomó en sus pensamientos. Ningún hijo se merecía aquel peso en sus hombros. Aunque ella no le había confesado todos sus pecados a Gina, su amiga conocía unos cuantos de ellos, y Lexi estaba segura de que Dios sabía el resto.

Pensaba que todo eso de que tú me perdonabas significaba que no iba a ser castigada por mis errores por el resto de mi vida. No estoy diciendo que tenga ese derecho, pero agradecería mucho si me corrigieras con tanta dulzura como fuera posible.

Y si tienes alguna idea sobre cómo debería manejar a Ward y a Grant, también lo agradeceré.

Protege a Molly. Tienes que proteger a Molly. Por favor.

Haz lo que quieras conmigo, pero Molly no se merece este naufragio que está a punto de tener lugar.

Ella no veía ningún modo de evitarlo.

A las 3:59 cerró el Volvo con llave y con paso lento y pesado se dirigió a la cocina, cabizbaja. La pregunta de cómo conseguir veinticinco mil dólares seguía a la cuestión de si enfrentarse a Grant.

Lexi se detuvo un momento en el colgador de la despensa/ armario. ¿Por qué Ward le exigiría dinero a Grant si tenía la intención de repartírselo con él?

Se frotó los ojos sin conseguir una respuesta.

Había muchas cosas que necesitaba preguntarle a Ángelo y que aún no había tenido tiempo de hacer, empezando por cómo sabía él sobre la encarcelación de Grant. También quería saber lo que había pasado entre él y Ward en la casa. ¿Se conocían? Si era así, ¿de qué? ¿Cuál era su historia?

Lexi colgó su mochila y su chaqueta como había hecho el viernes por la noche, antes de que su vida empezara a desmoronarse. Echó una libreta de pedidos en el bolsillo de su delantal, que se enganchó con algo.

La manoseada foto que Ward había dejado en su mesa anoche, con círculos negros cubriendo el precioso rostro de Molly. La noche anterior, justo antes de...

Lexi se estremeció y metió la foto en su mochila. Entró en la cocina, intentando expulsar de su mente toda aquella confusión, y pasó junto a un cubo de zanahorias que Chuck esperaba que ella troceara si el ayudante de cocina tenía demasiado trabajo.

Por el momento, el señor Tabor era el único cliente en el restaurante. Estaba leyendo el periódico. Cuando ella le llevó su refresco de naranja, él dobló el diario y lo puso a un lado, sonriéndole. Aquella ancha sonrisa ancha y abierta era uno de los gestos más apreciados y auténticos de bondad humana que hubiera visto jamás.

Él se dio unos golpecitos en el estómago.

—¿Aún tiene ese agujero ahí? —le preguntó ella.

—Por supuesto que sí, niña. Parece un pozo sin fondo.

—Lo llenaré hasta el borde para usted, entonces. Al menos por un rato. ¿Quién va a unírsele hoy? —Se lo preguntó para que su respuesta la consolara.

—Quien sea que Dios ponga a mi camino.

Lexi se preguntó si Dios actuaba así en realidad, si ponía a cierta gente en las vidas de ciertas personas, o si en realidad en el mundo las cosas sucedían por azar. Por alguna razón, le gustaba que el señor Tabor creyera que Dios tenía in plan, aunque ella no lo creyese.

—Adelantaré trabajo y le pediré el Reuben.

Dio unas pocas órdenes y, unos diez minutos más tarde, recogió el sándwich del señor Tabor con una servilleta para platos calientes y se dirigió hacia su mesa. Había alguien sentado frente a él en el banco de vinilo. Lexi se maravilló. El señor Tabor nunca comía solo.

—Bendita seas, Lexi, preciosa —dijo el señor Tabor deslizando tres billetes de un dólar debajo de su cuchara—. Me traes la vida en un plato, como mi dulce dama solía hacer.

Era imposible no sonreírle a aquel hombre, sin importar lo amargo que fuera su estado de ánimo.

—Olvidé su ensalada de col.

—Todo a su tiempo. El postre no puede llegar ni demasiado pronto ni demasiado tarde, ¿verdad?

—Supongo que no.

Ella se giró hacia el otro cliente al mismo tiempo que el señor Tabor decía:

—¿Sería demasiada molestia pedirte que le traigas algo para beber a mi amigo aquí?

Sus ojos se cerraron con lentitud, pausadamente, como hacía cuando tenía que hacer uso de todas las reservas de sus fuerzas. Grant.

Abrió los ojos y levantó las cejas.

—Por supuesto.

—Sólo café. —Él no se cruzó con sus ojos—. Cuando vuelvas. No hagas un viaje expresamente.

Como no quería ofender al amable corazón del señor Tabor desatendiendo su mesa, Lexi regresó de inmediato con una jarra de café solo, una taza vacía y un puñado de envases de leche en polvo en el bolsillo de su delantal.

El señor Tabor estaba bendiciendo su sándwich, y Grant había inclinado su cabeza. Lexi no osó dejar la taza sobre la mesa hasta que terminaron. En todo el tiempo que había durado su breve romance y su matrimonio, ella nunca había visto a Grant inclinar su cabeza para orar.

Su cabello necesitaba un buen corte. Lo tenía ralo detrás de las orejas. Su camisa tejana estaba raída en los codos y aparentaba ser demasiado grande a la altura de los hombros, que se curvaban hacia delante bajo algún peso invisible. Él había llevado a Molly sobre aquellos hombros cuando estaba lúcido. Ella lanzaba los brazos alrededor de su cuello y se sujetaba como una capa mientras él volaba por toda la salita de su pequeña casa de la calle Fireweed hasta que se desplomaba, culpándola de asfixiarle hasta morir.

—Ese café va a enfriar en tus manos —dijo el señor Tabor con una sonrisa antes de tomar un bocado de su Reuben. Lexi salió de su trance y vertió el café sin disculparse. Grant no la miró.

Ella se fue.

Grant y el señor Tabor hablaron hasta una hora más tarde de lo que el señor Tabor acostumbraba a quedarse. Lexi no tenía idea acerca de lo que debatían e hizo sólo lo necesario como su camarera, retirando los platos y manteniendo el café y el refresco de naranja hasta el borde. Entonces, después de que el señor Tabor se fuera a las seis, Grant continuó sentado. Tenía la cuenta del anciano, pero no parecía tener prisa por pagarla.

Lexi echaba chispas. La única cosa buena de que él estuviera allí era que eso significaba que no estaba intentando visitar su casa. Se preguntaba dónde estaba Ward.

Sin mediar palabra, rellenó su taza dos veces antes de reunir el coraje a las seis y media para preguntarle si quería algo para comer. Cuando él declinó, ella le sugirió que dejase la mesa libre para los otros clientes que sí pagaban. Sin embargo, era un sábado flojo, y al menos tres mesas estaban desocupadas en aquel momento. Él permitió que sus ojos se pasearan por sobre aquellas mesas sin un solo comentario, y después sacó su cartera del bolsillo trasero y dejó un billete de cinco debajo de la cuchara que sujetaba la propina habitual de tres dólares del señor Tabor en su sitio. Ella se alejó sintiéndose enfadada y avergonzada a la vez.

A las siete pagó la cuenta y Lexi le devolvió el cambio. Entre aquel momento y las nueve cuarenta y cinco, él examinó la mancha que se había formado alrededor del interior del borde de su taza después de pedirle a ella que no se la llenara más.

A las diez, por iniciativa propia, ella le llevó un vaso de agua y el bol de sopa de almejas que debería haberse comido si hubiera tenido apetito. Lo dejó en su mesa sin decir nada. Cuando se alejó, vio cómo él depositaba un billete de diez dólares encima de los de un dólar del señor Tabor y del de cinco suyo. Deseó no haber dicho nada sobre los clientes que sí pagaban.

Sobre las once, el restaurante estaba vacío a excepción de unas pocas personas que probablemente se quedarían en el bar hasta su cierre. Algunos de ellos tal vez pedirían un bocado para comer. Ella había limpiado las mesas, barrido el suelo, rellenado los saleros y los pimenteros y reunido todos los botes de kétchup.

Lexi no pudo soportarlo más.

Se dejó caer en al asiento del señor Tabor.

—¿Qué quieres, Grant?

—Quiero hablar contigo.

—Pues habla.

Él puso sus manos boca abajo sobre la mesa.

—¿Cómo está Molly?

—Bien, después de todo.

—¿Cómo lleva el tobillo?

—Se lo rompió por tres sitios y se fracturó seis huesos del pie. —Lexi erigió una cerca de alambre de púas alrededor de su corazón para separar los hechos físicos de la peor verdad emocional: su hija estaba sufriendo y Lexi no podía rescatarla de su dolor—. No sabremos lo que eso significa realmente hasta que la inflamación disminuya. Como mínimo un par de meses escayolada. Tal vez cirugía.

—¿Pero puede moverse?

—No hay mucho que pueda detenerla.

—¿No?

Aquella fue la primera vez en la que ella fue consciente de que Grant no sabía nada en absoluto sobre la niña en la que se había convertido su bebé. Abrió la boca para contarle lo testaruda que era Molly y todas las formas en que era hermoso; pero después vaciló. Conocer a un niño de la forma en que ella conocía a Molly era un privilegio que Lexi se había ganado. ¿Por qué debería ella cortarlo en rebanadas y servírselo a Grant como si fuera uno de los exquisitamente preparados platos de Molly? Él no se lo merecía.

—Es una niña decidida —dijo Lexi. Sacó los recibos de la noche del bolsillo de su delantal y empezó a clasificarlos para tener algo que mirar.

—Se parece a ti.

—Es más bonita —dijo Lexi.

El silencio los detuvo durante medio minuto. Ella de daba cuenta de que se lo estaba poniendo difícil. Una parte de ella deseaba poder superarlo. La parte más fuerte insistía en que él rindiera cuentas por los problemas que había causado y le otorgaba el permiso de ser un estúpido.

—Imagino que tendrás algunas preguntas sobre por qué me fui —dijo Grant.

Ella ni lo confirmó ni lo negó.

—Te debo una explicación.

—No estoy buscando ninguna, Grant.

—Aun así.

—¿Realmente, qué va a cambiar una explicación? ¿Por qué pasar por esto? Por favor, no lo hagamos. No esta noche. Es tarde.

—Sin embargo necesito contártelo. Espero que... necesito que me perdones, Lexi.

—Tú lo *necesitas*.

Él exhaló sonoramente.

—*Tú* lo necesitas —repitió ella. Sus dedos se cerraron sobre una pila de papeletas—. Siete años sin pensar en mí o en tu hija...

—Eso no es verdad.

—...y las primeras palabras que me diriges son sobre lo que *tú* necesitas. —Lexi se deslizó del banco para salir, barriendo los papelitos blancos en un solo montón—. A mí no me sueltes palabras como *verdad*. Si quieres que te perdone, Grant, al menos voy a necesitar otra década.

Grant estiró el brazo pero no la tocó mientras ella se ponía en pie.

—Lexi, espera.

—¿Por qué?

—Por favor, escúchame.

—¿Sabes qué? No quiero. En un lapso de veinticuatro horas he sido asediada por mi hija (que está furiosa conmigo a causa de aquella carta que mandaste, por cierto), y por mi madre; y después descubro que tú sigues teniendo alguna especie de retorcida asociación con Warden Pavo y...

—¿Ward?

—Y Molly casi se muere y mi padre está enajenado y mi mejor amiga está en el hospital prácticamente compartiendo habitación con Norman Von Ruden.

—¿Ward está en la ciudad?

—Qué gracioso, él dijo lo mismo de ti, y justo un día antes ambos estuvieron en este mismo comedor a una distancia de un tiro de piedra. Él me contó por qué los dos están aquí y, sinceramente, no le veo la gracia. No me estoy riendo.

—Estás furiosa por la nota. De verdad que lo siento mucho. Fue una de las ideas más tontas que he tenido en mucho tiempo. Tu madre pensó que...

—Alto. Detente, Grant. Por una vez toma la responsabilidad de tus propias acciones.

Grant tragó saliva.

El enojo de Lexi se calmó, pero no abandonó la mesa. Buscaba un modo de convencerle para que se fuera, esta vez para siempre, a la vez que temía lo que podría pasar si él y Ward realmente *no* trabajaban juntos. ¿Ward seguiría adelante con su amenaza a Molly si Lexi no hacía el esfuerzo de reunir algo de dinero?

La posibilidad se alzaba demasiado grande como para que ella la ignorase.

Recogió la calderilla que él había dejado y la empacó en su delantal junto con los recibos.

—Ward me dijo lo del dinero. Lo de Molly. ¿Qué tienes que decir respecto a eso?

Las líneas de expresión entre los ojos azules de Grant se acentuaron. Negó con la cabeza.

—No sé a qué te refieres. ¿El qué sobre Molly?

—Bien. Hemos terminado. Eso es todo lo que necesito saber.

Él se levantó del banco y se plantó ante Lexi antes de que ella diera un paso.

—¿Está amenazando a Molly?

—¡Tú eres el que la está amenazando! —la voz de Lexi fue casi un grito—. ¡Estás intentando llevártela de mi lado, y estás usando a tu suegra y a un viejo traficante de drogas para conseguirla! De todas las bajezas que...

—Eso no es ni de lejos lo que yo... ¿Qué te dijo Ward?

Lexi abrió la boca, pero no pronunció palabra. El impacto de creer lo que él le decía fue lo que la silenció. Él siempre le había mentido, pero en aquel mismo instante ella creyó en la furia de Grant, paternal y protectora.

—¿Dónde está? ¿Cuándo llegó a Crag's Nest?

—Pensé que tú lo sabías.

—No he visto a ese estafador desde el día que te dejé.

Un dolor de cabeza desparramó los recuerdos de Lexi por su mente como por obra de un saqueador nocturno. ¿No había dicho Ward que él y Grant estaban juntos?

—¿Aún le debes dinero? —preguntó ella.

—Una cantidad considerable.

—Quiere que se lo devuelvas.

—Bueno, no lo tengo.

—¿Estás trabajando?

—Sí.

—¿Dónde?

—De empleado de la limpieza en Riverbend.

Probablemente Grant ganaba aún menos que ella. Si es que no traficaba con drogas. Lexi sopesó aquella posibilidad. El regreso de Grant al negocio podía ser la única razón por la que Ward pensara que podía cobrar su deuda. Si Grant tenía el dinero que podría sacar a Molly de una situación difícil, él se lo debía a ella.

¿Acaso Grant se lo ofrecería?

—Parece como si hubiera llegado la hora de que ambos resuelvan sus diferencias —dijo ella.

Grant recogió su cartera de la mesa y la metió de vuelta a su bolsillo. Las amenazas de Ward vinieron a la boca de Lexi, pero se mordió la lengua, insegura de si era lo mejor para Molly contarle a Grant lo que había en juego. Él podría usarlo contra ella, en particular su desliz con Norm, una razón para introducirse él en la vida de Molly en vez del dinero. Jugar el papel de héroe, de gran defensor.

Lexi miraba los recibos en sus manos, preguntándose por qué esperaba que Grant nunca descubriese lo de la aventura.

Él se fue sin decir adiós.

{capítulo 17}

Cuando Lexi llegó a casa, Ángelo estaba sentado en la silla donde Gina solía estudiar. La lámpara de lectura era la única luz encendida en la casa. Ella abrió la puerta y él se puso de pie, proyectando una corpulenta sombra por toda la habitación que llegó a sus pies.

—Gracias por quedarte —dijo ella.

—Me ha encantado hacerlo.

Lexi apoyó su mochila contra la pared.

—Eso me sorprende. Que te haya encantado hacer de canguro. Apenas te conozco.

Él asintió, como si comprendiese lo extraño de aquel hecho pero no lo encontrara raro en absoluto. A Lexi casi se le escapó que dormiría más tranquila si él se quedaba despierto en la salita toda la noche. En vez de eso, consciente de lo embarazoso que aquello resultaría, entabló una conversación con la intención de que él se quedase sin pedírselo.

—Me es muy difícil entender tu interés en mi familia. Tanto como lo agradezco.

—Eso está bien.

Ella pensó que él hablaría más, pero no lo hizo.

—¿Todos están bien? —preguntó ella.

—La inflamación del tobillo de Molly ya casi ha desaparecido.

Aquella noticia era desconcertante. El médico dijo que debía esperar que estuviera hinchado durante más de una semana, tal vez dos.

—Mis días están llenos de hechos inexplicables —dijo ella.

Ángelo sonrió y dio un paso hacia delante. Estiró el brazo para tomar la chaqueta de Lexi, y cuando ella se la dio, la colgó en el armario. Ella se sentó en el sofá y él regresó a la silla.

Lexi se sintió rara, como si se encontrara en la casa de él en vez de en la suya propia. Aquello le sentaba bien. Aquello la hacía sentir... relajada. Como si la responsabilidad de la vida no fuera toda suya.

—¿Estás bien? —preguntó él.

—Cansada. Pero sí. Estoy bien.

—Ward no parecía un amigo —dijo él.

Fin de aquel sentimiento confuso de calidez. La tensión reapareció entre sus hombros.

—Vas directo al corazón de las cosas, ¿verdad? Él es una de las muchas razones por las que te pedí que cuidaras de Molly y de mi madre esta noche.

—¿Qué te dijo?

—Oh, por favor, Ángelo, hoy ya me he aprovechado de ti. No quieras desperdiciar más tiempo en mis problemas.

—No es así.

—¿Cómo es, entonces?

—Cuéntame lo que él te dijo.

Ella quería hacerlo. Durante la siguiente hora se lo contó todo, encontrando seguridad en el hecho de que él fuera prácticamente un extraño. De algún modo, era más fácil abrirse a una persona a la que tal vez no vería nunca más que a un amigo cercano. Y allí estaba ella, contándole a Ángelo cosas que jamás le había mencionado a Gina. Quizá el dolor de su posible juicio era menos aterrador. La perspectiva de perderle a él era menos severa. El coste era más bajo.

Le contó a Ángelo lo de las drogas de Grant, lo de su implicación en la red de Ward, lo de la aparición de Norman en sus vidas, lo de la vía de escape que había encontrado en aquella distracción hasta que Tara murió. Lexi le habló del abandono de Grant y el descenso de su padre hacia un lugar mentalmente seguro, y cómo Alice le había abandonado del mismo modo que Grant la había dejado a ella, a pesar de que su madre lo negara. Le explicó cómo Gina la había vuelto a conectar con Dios y cómo, después de todo aquel tiempo, aún no comprendía qué quería Dios de ella. Cuando finalmente le contó a Ángelo lo de las amenazas de Ward contra Molly, estaba sollozando.

—No sé lo que hice para merecerme esto —exclamó ella—. He trabajado muy duro. Lo que Grant le hizo a Molly dejándola es... si me lo hubiera hecho a mí, habría sido distinto. Pero se lo hizo a su hija. Eso no tiene nombre. Eso es... No puedo dejar que se le acerque, ¿lo entiendes? Si la abandonara de nuevo eso la mataría. ¡Y ahora esto! Por dos frentes: Grant la quiere y Ward la amenaza. —Ella sacudió la cabeza—. Si también pierdo a Molly... si algo le sucediera, me moriría. Eso me mataría. No puedo dejar que le pase nada a Molly.

Ángelo se había acercado y puso su cálida mano sobre el hombro de Lexi, como había hecho después de que ella se viniera abajo en el Saint Luke. Intentó recordar la última vez que alguien la había tocado con esa amabilidad. Excepto por los abrazos de Molly, no podía recordarlo.

Dijo:

—¿Qué debería hacer?

—Desgraciadamente, soy mejor oyente que consejero.

Lexi se sorbió la nariz y se rió.

—En cualquier otro momento de mi historia hubiera preferido eso en un hombre.

Él soltó una risita. Ella intentó tomar una bocanada de aire para calmarse, pero se le atragantó en la garganta. Se tapó los ojos húmedos hasta que de nuevo respiró con regularidad.

—Molly me mostró la carta de Grant —dijo él.

Lexi negó con la cabeza.

—No lo tomes como un cumplido. Le dije que no podía ver a Grant y entonces te traje a casa conmigo. Te ve como la competencia.

—Eso es normal para una niña de su edad.

—No fue grosera contigo, ¿verdad?

—Claro que no. Está a la defensiva por su padre, eso es todo.

—Te refieres a su idea de padre.

—Eso es todo lo que tiene.

Lexi se recostó contra los cojines del sofá.

—Vaya carta, ¿eh?

Ángelo no le dio su opinión.

—Déjame preguntarte algo —dijo Lexi—. El viernes por la mañana leí esa carta, y después la leí de nuevo ayer por la mañana, y era una carta completamente diferente. ¿Cómo es eso?

—Probablemente era la misma carta todo el tiempo.

—¿Mis ojos me gastaron una broma, entonces? ¿O fue mi mente cansada?

—Basándome en la historia que me has contado, yo le echaría la culpa a un corazón cansado.

—¿Qué es eso?

—Has hecho mucho por Molly desde que a las dos las dejaron solas. Quieres protegerla y hacer lo que es mejor para ella. Entonces llega algo que entiendes como una amenaza, algo que crees que podría deshacer todo tu duro trabajo, y lo único que haces es leer problemas en ello.

—Eso no explica mis primeras impresiones sobre esa carta.

—Tal vez eso es todo lo que fueran: impresiones. Percepciones.

La teoría no era una explicación adecuada para Lexi. No le gustaba la idea de que tal vez no tuviera el control absoluto sobre su propia mente.

—El amor que tienes por Molly es muy intenso —dijo él.

—¿Qué puede hacer el amor contra hombres como Ward y Grant?

—¿Contra ellos?

—Ama a tus enemigos, ¿no?

—Supongo que aporrear a tus enemigos con amor podría funcionar en algunos casos. Pero no es eso a lo que me refiero.

Esperó a que él se explicara.

—El amor por tu hija te mostrará el mejor modo para protegerla.

—Ése es un pensamiento bonito, Ángelo, pero no es algo a lo que pueda aferrarme, ¿sabes? No es dinero que le pueda llevar a Ward o que pueda usar para comprar un billete de avión para salir de Riverbend.

—Tienes razón. Pero mira todas las emociones que compiten por tu mente ahora mismo: tienes ira, resentimiento, confusión y...

—Y odió —añadió ella.

ERIN HEALY

—Y amor —dijo él—. Extendió sus manos, con las palmas hacia arriba, en un gesto que la invitaba a escuchar con atención—. Deja que ése sea el que te informe. No los otros. El odio es especialmente peligroso.

Ella miró fijamente sus grandes manos, dudando.

—No puedo hacer que se vaya.

—Tal vez no ahora, pero mientras trabajas en ello, puedes consultar a cualquier otra emoción que quieras para pedir consejo.

—¿No puedo consultar a alguien de carne y hueso como tú, Dr. Ángelo?

—La carne y el hueso están empapados de imperfección.

—Y mis emociones no lo están.

—Sólo el amor no lo está.

—Yo no sé nada de eso. Me enamoré de Grant, ¿no?

Él bajó la voz y sonrió como un sabio hermano mayor.

—Enamorarse no es el Amor con la A en mayúscula.

—Está bien. Esta conversación se está volviendo un poco... ¡uf!, para esta hora de la mañana.

Ella sacudió los dedos. El gesto no le hizo cosquillas a Ángelo en el codo como estaba planeado.

—Entonces ve con la carne y el hueso, si te atreves. ¿Con quién vas a ir a hablar?

Aquello la silenció. Si no era con Ángelo, ¿entonces con quién?

—¿De dónde crees que viene el amor, Lexi?

Ella no podía pensar en una respuesta brillante.

—Vamos. Lo sabes. Toda dádiva buena y perfecta viene de arriba —dijo él.

—Te refieres a Dios.

—Sí.

—Tú y Gina hablan el mismo lenguaje —dijo Lexi.

—Tú también lo hablas.

—¿Estás sugiriendo que necesito orar más? —un tono defensivo se coló en su voz.

—Estoy sugiriendo que necesitas consultar el amor en este caso. Eso es todo.

—Tendré que estar de acuerdo contigo sobre lo de ser un mejor oyente que consejero —dijo Lexi.

—Lo siento —dijo él.

—No lo sientas. Estoy cansada. Tal vez tendrá más sentido para mí por la mañana. Bien entrada la mañana.

Ángelo sonrió ante su comprensión.

—La luz del día obra maravillas —dijo. Se levantó y sacó un trozo de papel del bolsillo de su camisa. Después de todo aquel tiempo, de repente se dio cuenta de que llevaba franela. Su leñador. Si no estuviera tan agotada le habría tomado el pelo al respecto.

—Alguien llamó mientras estabas en el trabajo —dijo él—. Pidió que le devolvieras la llamada.

Había dos números de siete dígitos en el papel.

—¿Quién?

Ángelo estaba tomando ya su propia chaqueta, tirada encima de una de las sillas de la cocina.

—El amor —dijo, sonriendo.

—Muy divertido. ¿Quién era?

—Sólo llama. —Se encogió de hombros para ponerse las mangas y sus brazos abarcaron el recibidor entero desde la cocina hasta la salita—. Tal vez él te pueda dar un consejo más claro que yo.

—Él.

—El número de abajo es el mío. En caso de que necesites algo.

No estaba preparada para que Ángelo se marchara.

Su brillante camioneta ya había salido del aparcamiento cuando ella se dio cuenta de que había olvidado preguntarle, al hombre más bueno que había conocido en su vida, por qué había sido tan frío con Ward.

Se estaban pintando dianas negras en la ventana soleada al lado de la silla de Barrett mientras Molly ponía billetes de cien dólares en una sartén que Ward después anudó con su llavero. El dinero se incendió. El brazo increíble de Ángelo arrojaba una envergadura de sombra que parecía las alas de un águila por encima del césped. Las sombras palpitaban y avivaban las llamas de Ward en un infierno. Grant caminaba a través del fuego hacia Lexi como el hombre oscuro en el horno ardiente de Nabucodonosor, invencible.

Lexi estiró el brazo hacia Grant y se despertó sudando.

Al final de aquella pesadilla agobiante, se sorprendió y agradeció abrir los ojos y ver en el fondo de su mente un recuerdo mucho más bonito. Uno que involucraba a Tara.

Cuando Lexi tenía nueve años y su hermana trece, Tara fue seleccionada por el profesor de baile en su estudio de danza para que la fotografiasen para los materiales de promoción de la escuela. La figura ágil y esbelta de Tara era muy distinta de la de la corpulenta Lexi. Lexi estaba hecha para la gimnasia, pero, asombrada por su hermana mayor, no quería otra cosa que seguir sus pasos, lo que era una locura. Dos años después Tara obtuvo el papel de Clara en *El cascanueces* y Lexi había abandonado la danza, demasiado mayor para las clases de iniciación y demasiado inhábil para avanzar. En aquel momento, sin embargo, sus padres permitían el comportamiento copión de Lexi y Tara lo toleraba, porque todos pensaban que al final, con la edad, ella superaría aquel anhelo estúpido.

Pero cuando Tara fue seleccionada para bailar frente a una cámara, Lexi insistió en que la incluyeran a ella, y se le negó. En vez de estar feliz por Tara, Lexi sintió el rechazo como algo personal. Tara tenía talento, y ella era torpe. Tara ya era mayor, y ella aún era una niña. Tara era bonita, y ella no. Como una niña de nueve años que no sólo era pequeña sino además inmadura para su edad, Lexi fue vencida por los celos.

La noche antes de tomarse las fotos, Lexi entró a hurtadillas en la habitación de Tara con unas tijeras de seguridad poco afiladas y con paciencia cortó cada mechón de pelo de color pardo brillante que sobresalía de su frente y de su almohada.

Lo que más le sorprendió a Lexi de su complot para bajar a su hermana de aquella nube fue que el horror de Tara no la hizo feliz. En vez de eso, ambas fueron desgraciadas.

La aflicción de Lexi duró más que la de Tara. Aquella mañana, después de ignorar a Lexi por completo, su madre llevó corriendo a Tara a su propio estilista en vez de a la peluquería infantil de siempre. Tara salió con un adorable corte estilo duendecillo que cautivó al fotógrafo y que se convirtió en el estilo de moda de todas las niñas de su clase de octavo grado. Tara nunca volvió a llevar el pelo largo.

Lo que era bonito de aquel recuerdo era lo que pasó tres días después. Lexi estaba sentada en el camino de cemento de la entrada de su casa, con las piernas extendidas ante sí, atrapadas bajo el peso de los patines que anclaban sus pies a la tierra (excepto cuando ella quería estar erguida). Le dolía el coxis.

Sentada en el porche, Tara había fingido no darse cuenta de la caída de Lexi. Tara no le había dirigido la palabra a su hermana pequeña desde «la fechoría», como lo llamó la familia, y Lexi la echaba muchísimo de menos. Normalmente Tara la sostenía sobre los patines. En aquel momento, Lexi dudaba de que Tara le tendiera de nuevo las manos alguna vez. Agachó la cabeza e intentó reunir el valor para disculparse de verdad, no de mala gana como había hecho cuando su padre se lo exigió.

Mientras Lexi aún miraba fijamente la superficie áspera del camino de entrada, Tara dejó el porche y se sentó a su lado.

—Siento estar tan enfadada contigo —le dijo—. Te echo de menos y espero que me perdones. ¿Puedo ayudarte para que te levantes?

Aun hoy, siendo adulta, era difícil para Lexi comprender el magnífico tamaño del corazón de Tara a una edad en la que los corazones parecen más propensos al encogimiento egoísta.

Lexi recordaba haberse lanzado a los brazos de Tara y abrazar sus hombros, demasiado abrumada para mirar a su hermana a los ojos.

El recuerdo fue precioso y devastador.

La puerta de la habitación que Molly y Lexi compartían estaba cerrada, y el cuarto se veía gris a la luz de la mañana filtrada por las finas cortinas. La radio musitaba en voz baja en la salita y el perfume de las Pop Tarts de canela flotaba encima de la cama. Molly sólo comía Pop Tarts cuando estaba melancólica. No eran dignas para cualquier otro momento. Lexi pensó que tenía que ir a ver cómo estaba su hija. Revisar su tobillo. Ver si la hinchazón había disminuido tanto como Ángelo había sugerido.

Pero primero, unos cuantos minutos más para dormitar.

Su cabello y su almohada estaban húmedos de sudor. Intentó ponerse cómoda de nuevo pero no pudo. Le dio la vuelta al cojín para buscar el lado fresco, y cuando posó su mejilla en el algodón gastado por miles de enérgicos lavados, encontró una bola de papel y un bulto pedregoso.

Lexi se incorporó y pasó sus dedos sobre la superficie de la funda de la almohada. Habían introducido algo en el interior. Girándose, hizo oscilar los pies por el borde la cama y puso el cojín sobre su regazo, entonces metió la mano y recuperó un pedazo de papel arrugado garabateado en una letra apenas legible.

No me obligues a llamar a la poli, decía.

Deslizó la mano de nuevo dentro de la funda. Sus dedos tocaron una pequeña bolsita de plástico. La sacó.

La bolsita, un cuadrado de apenas cinco centímetros, estaba llena de pequeñas esquirlas rosadas que parecían rocas de plástico.

Cristales de meta.

{capítulo 18}

Un hombre de dudosa condición social como Norman Von Ruden sólo necesita ser estabilizado, no sanado, antes de ser dado de alta en un hospital y readmitido en la prisión. Eso sucedió el domingo por la mañana, gracias a su constitución vigorosa. Warden estaba contento por ello, porque cuanto más tiempo estuviera Norman en el Saint Luke, mayores eran las posibilidades de que Craven tomara represalias por todo el episodio con Mort Weatherby.

El domingo, Warden apareció vestido como un miembro del equipo médico asignado por la prisión para acompañar a Norman a las instalaciones donde aguardaría su vista para la condicional. En otras palabras, Warden llevaría a Norm a donde se le había destinado a ir en primer lugar, antes del accidente. Aquella actuación era un poco más difícil que el montaje del «hombre con bata de laboratorio» que Warden había realizado en honor a Mort, pero no imposible. Warden tenía un don para hacerle ver a la gente lo que ellos querían ver: en aquel caso, un sustituto sumamente competente proporcionado por el estado para un compañero de trabajo que había llamado diciendo que estaba enfermo. Era muy extraño que Warden tuviera que forzar a la gente a ver lo que *él* quería que ellos vieran. A menudo, sus visiones coincidían. Aquello era lo que hacía su trabajo tan sencillo.

Él y Norman viajaban solos en la parte trasera de la ambulancia.

—Warden —dijo Norman, aún no totalmente nublado por un halo de analgésicos—. Me estoy imaginando que estás aquí.

—No estoy aquí. Sólo soy una de tus alucinaciones del Percocet —dijo Warden examinando la bolsa intravenosa. Aquellas cosas eran fantásticas, facilitando el acceso directo al torrente sanguíneo. A veces él tenía que ser más creativo cuando necesitaba colocarle a alguien un poco de algo.

Como aquella bolsita de mercancía que dejó para Lexi antes de que ella y el gigantón aparecieran en casa el día anterior. Warden pensó que era una lástima que realmente ella no lo consumiría. Tal vez algún día la convencería para que lo probara. O se las arreglaría para conseguir un modo de engancharla a una bolsa como la de Norman. Eso sería gratificante, pero menos gratificante que si ella decidía que quería colocarse por sí misma. En verdad, obligar a alguien a actuar no era el estilo de Warden. Él prefería ver a la gente hundirse y creer que el fracaso venía únicamente por sus propios actos.

Como había hecho Norman. Todas las apuestas de Ward sobre Norman Von Ruden habían sido pagadas años atrás. Warden no le necesitaría mucho más tiempo.

Los ojos de Norman estaban sobre la bolsa.

—¿Me has traído más? Porque lo que me están dando ahora es tan inútil el OxyCotin.

—Eso es porque no saben lo mucho que lo necesitas en realidad.

—Pónmelo, entonces.

—Paciencia, amigo. Sé lo que tengo que hacer. —Sin seguir ningún procedimiento de higiene, Warden introdujo una cánula en la intravenosa de Norm y vació el contenido—. He visto a tu novia.

Norman gruñó.

—La vi por mí mismo.

—¿En serio? —Warden sentía haberse perdido el encuentro—. Tiene que haber sido un reencuentro feliz.

—Me trajo rosas y besos apasionados. Y una amenaza de muerte.

—Y pensar que se separaron amistosamente.

—No era lo que esperaba de una chica que se supone que estará hablando a mi favor dentro de una semana.

—Ya conoces a las mujeres. Rara vez quieren decir lo que dicen.

—No sabes ni la mitad, Warden.

—Dime, ¿qué no sé? ¿Que la amabas como un loco? ¿Que fuiste un estúpido por encontrarte con su hermana? Hubieras hecho más progresos si en su lugar hubieras matado a su marido.

Norman profirió algunos insultos.

—Vamos. Tienes que darme un poco de margen para tomarte el pelo. Me provees de muy buen material. Es para lo que sirven los amigos, ¿no? ¿Qué es un hombre que no puede reírse de sí mismo?

Norman intentó inspirar profundamente, lo que no podía sentarle bien teniendo en consideración las costillas rotas y el pulmón perforado. Pero Warden notó que la morfina hacía su efecto. La agitación de Norm bajó un poco.

—¿Qué vas a decirle en la vista? —preguntó Warden dándole un codazo.

—Nada.

—Es tu ego herido el que habla.

—Ella me dio la espalda después del juicio y no ha contactado conmigo desde entonces.

—No podía. Ya sabes lo que habría parecido. Aún siente algo por ti. Tienes que saberlo.

Norman frunció el ceño en un gesto fugaz, lleno de dudas.

—Aunque no hubiera querido decir lo que dijo, ni siquiera un simio habría escuchado amor en sus palabras.

—No. No. Escucha. En siete años ella no ha roto su relación contigo...

—Tú eres ese hombre al que las mujeres les encanta odiar porque no entiendes la palabra *no*, ¿verdad?

Warden se rió, una sola vez, con un ladrido fuerte.

—¡Sí! Ese soy yo. Y te diré por qué funciona. Pero antes de eso, pongamos la verdad por delante. No tiene sentido hablar sobre estas cosas si no podemos hablar sobre la verdad.

—Magníficas palabras del mentiroso más descarado que jamás he conocido.

—Que es por lo que puedes confiar en mí. Ya sabes de qué voy. Así que ahí va: tú aún estás, después de todos estos años, locamente enamorado de Lexi Grüggen.

—Solomon. Ella nunca se divorció de él.

—¡Ajá! ¡Así que no lo niegas!

—Hacer una aclaración sobre su nombre no significa nada.

—Eres tú el que necesita aclararse. Ella es una Grüggen. No puede ayudarse a sí misma. Quiere vivir sin el bruto de su marido.

—Sí. Lo que sea. Si todo esto sale bien, tú y yo obtendremos nuestra venganza y ella tendrá lo que quiere. Grant, muerto. Todos felices.

—Ella también podría aceptarte de nuevo.

—Te lo estoy diciendo, ella no quiere que vuelva.

Warden se inclinó sobre Norm, forzando su contacto visual.

—Tienes que decírselo.

—¿Decirle qué?

—Que no fue culpa tuya, Norman.

Él apartó su rostro.

—La muerte de la hermana de Lexi no fue culpa tuya. Ella tiene derecho a saberlo.

Norman tiró de las correas que le mantenían sujeto a aquella cama de hospital.

—¿Y a ti qué te importa, Warden? ¿De qué estamos hablando en realidad? Porque mi caso no va a apelación, y no hay ninguna prueba nueva gestándose, y era mi cuchillo ensangrentado el que mató a aquella mujer. No hay necesidad de remover todo esto.

—Fue culpa de Grant. Fue culpa suya por darte aquellos placebos. Te usó para ganar dinero. Si hubieses conseguido lo que necesitabas para mejorar, si hubieses conseguido lo que yo le vendí...

—Cállate.

Warden se reclinó contra el asiento en movimiento de la ambulancia.

—Necesitas decirle que todo lo que sucedió es culpa de Grant.

—¿Por qué?

—¿Por qué protegerla? ¿Por qué mantener la farsa? La protegiste a ella y a su asqueroso marido durante el juicio. Podrías haber hundido a Grant si hubieses tenido lo que hay que tener para señalarle con el dedo e identificarle.

—¿Qué me habría hecho ganar eso? Nada: ni una reducción de la sentencia ni una acusación de complicidad...

—¿Es que *no* tienes ni pizca de imaginación? —Warden le dio un manotazo al adicto en la cabeza—. Podrías haberle pillado por ser el traficante infame, el marido celoso, el cerebro que te tendió la trampa para...

—Eso la habría matado a ella.

—Ella se merece saber la verdad.

—La *verdad* es que yo maté a su hermana.

—¡NO! ¡Grant lo hizo! ¡No lo ves! Grant es el único responsable, independientemente de quien sujetara el cuchillo.

Norman negó con la cabeza.

—Eres un tonto enamorado —dijo Warden—. ¿Cuánto más estás dispuesto a renunciar por ella? ¡Todos estos años!

—Pensé que si la protegía de que la vinculasen con el asesinato a través de Grant ella tal vez... volvería.

—Brillante. Tienes la paciencia de un *santo*, aparentemente. —Warden explotó con indignación—. Deberías haberle contado cómo Grant te echó a perder por completo. Cómo tú no estabas en tu sano juicio cuando accediste a encontrarte con Tara. Que si hubieses tenido la medicación que él te prometió, nada hubiera sucedido. Entonces, quizá ella ya se habría divorciado de él.

Norman parecía darle vueltas a aquel nuevo punto de vista. Warden le dejó un poco de espacio para que reflexionase.

—Tienes razón —farfulló.

—Sí, tengo razón. Siempre tengo razón. Tenía razón el día que te dije que pasaras de Grant y trabajases directamente conmigo. El intermediario te mató, Norman. Él aún te está matando, siete años después de haber olvidado tu nombre.

El ruido de la ambulancia en la carretera sonaba como un zumbido hipnótico.

—Lexi aún puede ser tuya —dijo Warden—. Puedes tenerla para ti y mantenerla fuera del alcance de Grant.

—Aún no sabes de qué estás hablando. —Pero el ritmo del corazón de Norman en el monitor se elevó unos cuantos latidos por minuto.

—Pídele que se reúna contigo.

—¿Qué?

—Dile a Lexi que quieres hablar con ella antes de la vista.

—¿Para que pueda gritarme un poco más?

—No, no. Para algo mucho más grande que eso.

Después de un silencio contemplativo, dijo:

—¿Para qué, entonces?

—Pídele que te perdone.

La ambulancia golpeó un bache e hizo que Norm se sobre-saltara. O tal vez fue por la sugerencia de Warden. Pero entonces empezó a reírse, una risa cínica provocada por el cansancio. Puso una mano sobre su pulmón herido.

—Si no es culpa mía, entonces no hay nada que perdonar, ¿no?

—Eh, no te pongas cínico conmigo. Eres un hombre con visión, Norman. Puedes entender adonde quiero llegar. Pídele que te perdone.

—No lo hará.

—Puede que sí. Y si perdonándote descubre que te ama, tú ganas. Pero aunque ella no te perdone, tú ganas. En el momento en que ella se niegue, será tuya.

—¿Cómo puede ser eso ganar? Eso no es amor.

—Yo nunca te prometí amor. Pero esa es la belleza de todo esto, ¿lo ves? Puedo prometerte obsesión, que es mucho mayor. Ella nunca te dejará ir.

La amargura, creía Warden, era la más impresionante de todas las emociones humanas. Tenía multitud de dimensiones, multitud de facetas, multitud de funciones. Era la emoción más efectiva a la que podía apelar en su trabajo, la emoción que le deparaba el mayor éxito.

—¿Qué quieres sacar tú de esto, Warden?

—La satisfacción de ayudar a mi amigo a obtener un poco de bien merecida venganza.

—No te creo.

—Tendrás poder sobre ella *para siempre* —susurró Warden.

—Nunca quise poder. Sólo felicidad. ¿Acaso eso era pedir mucho?

—En absoluto, amigo, en absoluto. Pero tomamos lo que pode-mos conseguir. Déjame contarte lo que he preparado.

{capítulo 19}

A Lexi le temblaron las manos cuando vertió los cristales de roca en el inodoro, arrojando también dentro la bolsita de plástico. Un poco de agua había salpicado en el borde, y lo secó con un trozo de papel higiénico. Descargó la cisterna, abrió la ventana, encendió el ventilador y descargó el agua dos veces más. El valor en la calle de aquel minúsculo paquete probablemente habría podido sufragar unas cuantas facturas, un pensamiento que enfermaba a Lexi casi tanto como la existencia misma de la bolsita.

Despedazó su habitación buscando más. Una llamada anónima a las autoridades era todo lo que necesitarían para peinar el lugar con perros y oler lo que ella no podía ver. Se los imaginó ladrando a las lámparas y a los conductos de ventilación del suelo y a los ventiladores polvorientos del techo, y recibiendo recompensas mientras sus cuidadores cerraban las esposas alrededor de sus muñecas y la arrastraban al exterior, lejos de Molly. Lexi se preguntaba cuánto tiempo tuvo ayer Ward para esconder más mientras Alice le dejaba deambular por el apartamento. Se preguntaba si podía permitirse esperar hasta que su madre se marchase o Molly volviese a la escuela antes de registrar las demás habitaciones.

Tenía poco menos de una semana, si Ward cumplía su palabra. Una semana para la vista de Norm, una semana para convencer a Grant de desembolsar veinticinco mil dólares. Aquella verdad la tranquilizó un poco. Warden sólo le estaba demostrando que iba en serio. Probablemente habría más drogas escondidas en el pequeño apartamento en lugares en los que ella nunca pensaría en mirar.

Por ahora, decidió, gastaría sus energías en conseguir aquel dinero.

Lexi se apoyó en el borde del lavamanos del baño intentando planificar los siguientes pasos. La exigencia de Ward de que consiguiera el dinero de Grant aún no tenía ningún sentido. ¿Cómo era que él pensaba que ella tenía más influencia que él sobre Grant?

Podía hacer una súplica directamente en nombre de Molly. ¿Acaso buscaba tener contacto con ella con tanta desesperación que estaría dispuesto a pagar por ello?

Las implicaciones de aquel acuerdo asustaban a Lexi.

La acusación de Ward correteaba por su mente. *Deberías haberme elegido a mí*. Tampoco eso tenía apenas sentido. Hasta donde recordaba, Ward nunca había tratado de conquistarla. A menos que ella hubiese estado tan cegada por su atracción hacia Norman que nunca se hubiera dado cuenta. Aquella posibilidad, en aquel momento, le pareció inconcebible, hasta repulsiva. Era evidente que durante aquellos meses había estado ciega frente a muchas más cosas. Aun así, a pesar de no poder entender el móvil de Ward, si es que era cierto lo que había dicho, él se esmeraría para dificultarle la vida, incluso más que Grant.

¿Cómo iba a persuadir a Grant para que le entregase los veinticinco mil dólares? Tal vez no hacía falta que todo viniese de él. Tal vez nada de aquello tenía que venir de él.

Estaba Alice.

Lexi suspiró.

Su madre. Lexi tendría que contarle algo de lo que estaba pasando. Por su mente cruzó el fugaz pensamiento de que podría convencer a Alice para que se llevara a Molly de Crag's Nest durante unos días. Si Molly tuviera un poco más de movilidad... Estaría más segura en cualquier otro lugar.

Lexi se dirigió al recibidor. Alice estaba sentada en el sofá, leyendo el periódico.

—¿Dónde está Molly?

—En la habitación de Gina. Estuvo levantada un rato y comió algo, entonces dijo que estaba cansada. Preferí instalarla en mi cama antes que molestarte.

Lexi detectó desaprobación en aquella información, como si hubiera tenido que levantarse con Molly más temprano.

—Te echa de menos —dijo Alice—. Está creciendo sin ti.

—Tengo que pagar las facturas.

—Hay otros trabajos. Trabajos que no te harían estar fuera hasta tan tarde. Es peligroso...

—La llevo a la escuela y la recojo. Estoy con ella durante el día los fines de semana. Hago lo que puedo.

—Cuando una criatura está enferma, su madre es la única que...

—Tenemos que hablar sobre Grant —dijo Lexi apoyándose contra la pared—. Hace siete años tú fuiste la primera persona en decirme que lo mejor era que él se marchase, que no era bueno para mí ni para Molly. Lo siguiente que sé es que le estás pasando a ella notitas suyas y cenando con él donde yo trabajo. Quiero saber de qué va todo esto, mamá, porque lo que en realidad está pasando con Molly ahora mismo no tiene nada que ver con mi trabajo o mis horas.

Alice dobló el periódico y lo dejó a su lado encima del cojín. Se quitó las gafas de lectura.

—Hace cinco años yo estaba en Los Ángeles cubriendo el Año Nuevo chino; tenían en marcha una feria gastronómica relacionada con el tema en Chinatown. Estaba degustando algo de un vendedor ambulante, ahora no recuerdo lo que era, cuando me di cuenta de un hombre que llevaba a una preciosa niña pequeña que era igualita a Molly cuando tenía tres años. —Alice señaló su pelo y su rostro—. Aquel tupido cabello color chocolate y aquella mejillas regordetas. Estaba llorando a lágrima viva y el hombre estaba intentando calmarla. Era Grant.

A menudo Lexi se había preguntado dónde había ido a parar cuando dejó Crag's Nest, pero nunca había pensado en Chinatown. Sin embargo, no era difícil imaginárselo siendo paternal, a pesar de lo que había hecho marchándose.

—La niña se había separado de sus padres, y él se quedó con ella en el mismo lugar hasta que la encontraron de nuevo. Le estuvo repitiendo: «Lo mejor para que te encuentren es quedarte donde estás. Ellos volverán. Yo no te dejaré».

Alice puso sus gafas de lectura en la mesita auxiliar. Aquella historia le dolía a Lexi. Molly fue una vez aquella niña pequeña. No tuvo edad suficiente para preguntar por su padre hasta dos años después de su partida. Entonces Lexi no se atrevió a sugerir que quizá él regresaría algún día, porque no estaba segura de saber lo que haría si él lo intentaba.

Todavía no lo sabía.

Alice negó con la cabeza.

—No sabía qué hacer con aquella escena. Después de lo que él hizo contigo. No sabía si hablar con él, y los padres de la niña regresaron antes de que tomara una decisión. La madre estaba histérica y el padre... no lo sé. Era evidente lo que Grant estaba haciendo, pero cuando los padres tienen miedo por sus hijos no piensan con claridad. —Brevemente miró a Lexi a los ojos, y después los bajó a su regazo—. En aquel momento pensé que el padre creía que Grant tenía algo horrible en mente. Arrancó a su hija de los brazos de Grant y le dio un puñetazo en la cara. Grant se desvaneció, creo. Todo mundo gritaba o lloraba. —Meneó su cabeza—. El hombre le dio la niña a su esposa y ella se fue corriendo. Después se abalanzó sobre Grant y le registró los bolsillos. Sacó la cartera de Grant, la vació y la tiró al suelo. ¿Quién quiere involucrarse en una situación como aquella? La gente miraba, incluida yo. Mucha gente se apartaba. Nadie quería interferir. No estaba claro lo que pasaba. Aunque alguien debió de llamar a la policía.

»Grant estuvo inconsciente durante unos segundos. Medio minuto como mucho. Cuando empezó a volver en sí, aquel hombre se puso de rodillas sobre él. Le inmovilizaba los hombros con su brazo, así, y sostenía algo sobre el rostro de Grant. Un fardo como una bolsita. Era blanco y estaba atado con un alambre doblado. El tipo estaba gritando. No hablaba en inglés. No sé qué idioma era. Algo eslavo».

—En Chinatown.

—No era chino.

—Grant no habla nada más que inglés.

Alice se encogió de hombros.

—De todos modos siguieron así hasta que la policía llegó, y cuando lo hicieron, aquel tipo cambió al inglés, dijo que era un detective privado que le había estado siguiendo el rastro a Grant y le había encontrado en posesión de cocaína: aparentemente eso es lo que había en la bolsita.

Lexi se frotó los ojos y tomó el asiento que Ángelo había ocupado, la silla de lectura de Gina.

—Acusó a Grant de intentar secuestrar a su hija —dijo Alice—. Yo pensé que el tipo estaba loco.

—¿Dijiste algo?

—Me avergüenza decir que no.

—¿Te avergüenza?

—No me mires con esa incredulidad. Fue algo horrible de presenciar, sin importar lo que te hizo a ti.

Lexi supuso que separar a las víctimas de los delincuentes a veces sólo era una cuestión de perspectiva. Pero era su madre la que estaba hablando. Lexi se las arregló para morderse la lengua.

—Tenía que haber dicho algo. En vez de eso averigüé a qué comisaría le llevaban y les seguí. No se sorprendió poco al verme.

Se calló, tal vez recordando, tal vez decidiendo cuánto más decir. Las preguntas se agolpaban en la cabeza de Lexi.

—Le pagué la fianza con la condición de que me contara por qué las dejó a ti y a Molly y lo que había estado haciendo en aquel tiempo.

—Es el mayor despilfarro de dinero que podría haber imaginado.

—No me dijiste que había estado traficando, Lexi.

Lexi se inclinó hacia delante en la silla.

—No tenía sentido contártelo. ¿Cuáles eran las opciones de que le vieras hundirse en un mal negocio? No conviertas tu elección de pagarle la fianza en culpa mía. Viste lo suficiente por ti misma. ¿Crees que el tipo que le derribó se lo estaba inventando todo? Después de lo que Grant hizo, mamá, ¿no podías creer que era capaz de cualquier cosa? Molly no lo sabe. No quiero que lo sepa nunca.

Alice extendió sus manos en un gesto que intentaba calmar a Lexi.

—No te estaba culpando. Yo oí cómo le hablaba a esa niña cuando pensaba que nadie le escuchaba. Él no estaba allí para llevársela. La estaba ayudando. Desde mi punto de vista, hay un cincuenta por ciento de probabilidad de que aquel supuesto investigador privado le hubiera tendido una trampa a Grant.

—¿Qué te dijo Grant?

—Que el hombre era un cliente, no un investigador privado. Habían concluido un trato aquella misma mañana, y fue una extraña coincidencia que Grant tropezara con su hija perdida aquella tarde. Cuando el hombre vio a Grant con ella, perdió la cabeza. Pensó que Grant iba a usarla como peón en algún tipo de asunto pendiente: no sé de qué iba todo aquello. De todos modos ya no importa.

—Si era un cliente, podría haber testificado contra Grant.

—No tuvo que hacerlo. Grant se declaró culpable de todo. Ni siquiera fue a juicio. Creo que quería ir a la prisión.

—Claro que quería. Pensión completa gratis y probablemente un mayor acceso a todas las substancias ilegales que quisiera.

—Lexi, detente —la voz dulce de Alice reprendió a su hija sin juzgarla—. Escúchate.

Ella se detuvo, aunque no se sentía menos justificada en su opinión de lo que Grant había hecho. ¿Por qué un criminal debía tener todas sus necesidades cubiertas en la prisión mientras sus víctimas se las apañaban en el exterior, apenas aunando esfuerzos para sobrevivir?

Lexi se preguntaba a cuánto debió ascender la fianza, pero no se atrevió a decirlo en voz alta. La cifra, no importaba cuán grande o pequeña fuera, sólo la habría disgustado más.

—¿Cuánto tiempo se quedó contigo?

—Tres días.

—Y esto fue tiempo suficiente para que cambiases tu opinión sobre él.

—Sí.

La respuesta creció en la silenciosa habitación. Lexi se sentía traicionada. Quería saber los detalles, y, sin embargo, sabía que la aplastarían. ¡Su propia madre, aliada con su marido traficante de droga!

Finalmente Lexi dijo:

—No deberías estar disgustada conmigo por no contarte que era un traficante, no después de todo lo que tú me has ocultado a mí.

—Su intención era que fuese una acusación, pero sonó más como una pataleta—. ¿Te has mantenido en contacto con él durante todo este tiempo?

—No, no todo el tiempo. Le condenaron a cinco años, y cuando entró, cortó los lazos conmigo. Intenté verle una o dos veces, pero él se negó. Y yo estaba trabajando. Viajando. Tenía la intención de regresar a Los Ángeles a tiempo para su liberación, pero salió antes. Allí todo está superpoblado, ya sabes. No mantienen a los delincuentes de poca monta tanto tiempo como el resto.

—Pensaba que a los traficantes de droga les caían sentencias más duras que a los asesinos —dijo Lexi—. Aunque supongo que Norman y Grant no son un ejemplo.

—Creo que eso está cambiando.

—¿Así que él te buscó cuando salió?

—Me encontró en Las Vegas hace unas cuantas semanas.

—¿Por qué? Te tocó el hombro y dijo: *Quiero a mi hija, ¿me ayudarás a conseguirla?*

—Primero quiso saber de ti. Si te habías casado de nuevo. Cuánto le despreciabas. Usó esa palabra, *despreciar*.

—¿Le dijiste que le daría la bienvenida con los brazos abiertos?

Alice se rió brevemente ante ese comentario.

—Primero le disuadí. Le dije que ni siquiera me dirigías la palabra a mí. Eso le dio que pensar. —Alice no la había mirado más que un par de veces durante el transcurso de aquella conversación. Ahora le dirigió a Lexi toda su atención—. Nunca he visto a un hombre más convencido de estar enamorado de alguien.

—Yo sí —dijo ella—. Papá siempre estuvo así contigo. Aún piensa que lo está.

Alice se puso en pie y caminó hacia la ventana delantera.

—Él no está en su sano juicio.

—Tal vez lo estaría si tú no hubieras huido de él como lo hiciste.

Lexi sabía qué palabras sacarían a la luz a la madre ofendida en Alice Grüggen, y las eligió como forma de vengarse por su increíble traición. Una vez que Alice se enfadara con ella, sería fácil terminar la conversación sin tener que asumir la responsabilidad. Lexi esperó su «cómo te atreves» o un «vigila tu tono de voz, jovencita».

Pero en vez de eso, ella se vino abajo.

—Lo hice. Le di la espalda a tu padre porque me dolía mucho ver lo que la muerte de Tara le había hecho. En lo que se había convertido. —Ella aún no osaba mirar a Lexi—. Sé que tú sientes que los perdiste a ambos, pero yo también, Lexi. ¡Y además tenerte a ti tan enfadada conmigo! Siempre pensé que no lo entendías, pero me doy cuenta de que sólo estabas pasando por la misma pérdida. Cuando Grant me encontró, me despertó. Allí estaba él, intentando encontrar el camino de vuelta hacia ti, y me di cuenta de que yo no era distinta de él ni de la forma en que se había escapado.

Se sorbió la nariz, pero parecía incapaz sin un pañuelo. Lexi se levantó y fue a buscar la caja de pañuelos a la cocina, sin saber cómo responder a esa faceta de su madre. La trasparencia le asustaba un poco. Lexi le ofreció la caja y Alice la tomó.

—La cuestión es que Grant... —Alice se daba toquecitos en las mejillas para secarlas—. Él ha cambiado. Le creo con todo mi corazón. Algo ha cambiado en él, y aquello me convenció tanto que le animé para que le escribiera a Molly. Pensé que ella sería más... más abierta que tú. Pero yo aún no he planeado cómo cambiar, Lexi. No sé cómo volver a tu padre.

—Él te aceptaría al instante —dijo Lexi, buscando algo amable que decirle para evitar que siguiese hablando. Ella cambió el peso de pie y miró por la ventana—. No tiene claro el sentido del tiempo. Probablemente no se da cuenta de cuánto hace que...

No valía la pena terminar aquel comentario tan poco convincente.

Ambas se quedaron allí de pie durante unos minutos.

—Estoy enfadada contigo por hacer las cosas a mis espaldas —dijo Lexi.

—Lo sé. Lo siento.

—No creo que Grant haya cambiado.

—No has pasado tiempo de verdad con él.

Estuvo a punto de decir: *Ni quiero hacerlo*. Pero Lexi pudo ver en ello una nueva discusión que se revitalizaba. Además, ya no estaba segura de lo que quería. En vez de eso, dijo:

—¿Cómo sabes que ya no está traficando?

Alice frunció el ceño.

—Grant se ha estado haciendo pruebas cada tres semanas para todo lo existente bajo el sol. Sólo para demostrármelo. Está limpio.

—¿Quién está pagando eso?

—Yo.

—¿Cómo?

—Tu padre se ocupó muy bien de mí antes de que Tara... era un buen planificador a largo plazo. Así es como estamos pagando los cuidados de papá, Lexi. Lo sabías, ¿no?

—¿Le has prestado dinero a Grant?

—Un poco.

—¿Te lo ha devuelto?

—¿Estás preocupada por la factura del hospital de Molly? Porque el estado se hará cargo de ella. Después de todo, el accidente fue por culpa suya. Pero aunque no lo haga, yo puedo ayudarte. Yo puedo...

—No, mamá. Quiero decir, tendré que ver a cuánto asciende cuando la reciba.

Si el estado de algún modo eludía su obligación, no había modo posible en que Lexi pudiera pagar la factura, no después de haber perdido horas el viernes por la noche, no mientras otras facturas más modestas estuvieran fuera del alcance de sus medios. El miedo que azotó a Lexi entonces fue la emergente verdad de que Grant tal vez no tuviera ni dos cuartos de dólar para darle para Ward. Y si él no los tenía, y ella no los tenía, y Alice estaba cuidando de todos los demás...

—Dale una oportunidad a Grant, Lexi.

No sabía cómo. No sabía si se atrevía. Después de todos aquellos años, su desconfianza no cedería.

—No puedo —dijo.

La voz de Molly salió de la nada.

—¿Qué es esto?

Alice y Lexi se sobresaltaron a la vez. Molly hacía equilibrios en el recibidor con las muletas. ¿Cuánto tiempo llevaba ahí? Parecía menuda y frágil y asimétrica por la tablilla que era casi del mismo diámetro que su cintura. Una postal blanca se desplomaba en su puño. Se la tendió a Lexi.

—¿Tú has escrito esto?

Lexi tomó el papel de su mano.

Grant, gracias pero no, gracias. No te molestes en preguntarme de nuevo. Molly. (Sólo Molly.)

Se le erizó la piel. Miró a su hija.

—Tú has escrito esto, ¿verdad?

¿Cómo había ido a parar a las manos de Molly? La mente de Lexi exploró diversas posibilidades en un instante.

—Molly, tienes que entend...

—Te *odio* —gritó. Tenía los brazos rígidos, con las manos apretadas convertidas en puños a ambos extremos—. ¡Te odio más que a nadie en el mundo!

{capítulo 20}

Fregar los baños en unas instalaciones donde la mayoría de la gente que los usaba había perdido el juicio no era la carrera a la que Grant aspiraba. Había estado en centros de desintoxicación en la cárcel que exigían menos esfuerzo físico. Pero era un trabajo.

Y un trabajo era lo que Grant necesitaba, especialmente después de su desastroso fin de semana. Si no pudiese venir aquí, sólo Dios sabe dónde estaría y lo que estaría haciendo. Así que intentó fomentar un poco de gratitud a pesar de la voz en su cabeza que le decía que él pertenecía a aquel lugar, entre aquellos estúpidos a los que se les caía la baba.

Sólo llevaba un mes trabajando en la Residencia de Salud Mental, de lunes a viernes, y después de la primera semana había adoptado un ritual un poco cursi que le habría parecido ridículo a cualquiera, pero que era significativo para él.

Cada día, en la sala común de los residentes, delante de una ventana de dos pisos orientada al sur, la luz de la mañana pasaba sobre una franja de alfombra descolorida por el sol. Y cada día, antes de empezar su turno, se quedaba de pie en aquel resplandor aislado durante un minuto, cerraba los ojos y deseaba que el calor le diera nueva vida a lo que fuera que debilitaba su determinación de seguir poniendo un pie delante de otro.

La mayoría de días pensaba en Molly y en lo que le llevaría volver a ser su padre de nuevo. Ahora que tenía un rostro para acompañar a su nombre, la posibilidad le parecía más real.

O menos, teniendo en cuenta sus encuentros con Lexi.

Aquel lunes en particular, sin embargo, después de pasar un deprimente domingo recluido en una caravana de la que no tuvo el valor de salir, el sol fracasó en resucitar algo en él.

Era un completo idiota. Menos que un imbécil. ¿Qué se había creído? ¿Qué Lexi le daría la bienvenida con los brazos abiertos y los abrazos llenos de lágrimas? ¿Qué él podía superar la suma total de la estupidez de toda una vida en un par de días?

Su única imagen mental de Molly (en una silla de ruedas en el hospital, con la mirada puesta en él) se disipó de los ojos de su mente como un efecto especial en una película de Hitchcock.

Una nube cruzó por delante de la ventana y se le puso la piel de gallina. Mantuvo los ojos cerrados, esperando que la imagen de Molly regresara.

No lo hizo.

Pensó en dejar aquella etapa de su vida atrás. Podía empezar de nuevo, limpio. Un nuevo trabajo, una nueva ciudad, tal vez una nueva esposa si alguien quisiera hacerlo. ¿Por qué seguir tornando a su propio vómito?

Grant se detuvo. Había regresado a Crag's Nest por su hija, no a arreglar nada. Habría vuelto por Lexi si ella se lo hubiese pedido. Que ella no lo hubiera hecho era desalentador. Era el tipo de desánimo que conducía a los alcohólicos de vuelta a los bares después de meses o años en abstinencia.

Su mente voló con rapidez hacia Ward y al porqué de su aparición en la ciudad.

Y a con qué podría enganchar a Grant.

Intentó sofocar aquel pensamiento con una técnica que le habían enseñado en uno de sus periodos de rehabilitación: reemplazar las malas ideas por buenas ideas. Conceptos falsos por conceptos verdaderos. Una interpretación positiva del consejo de «llevar todo pensamiento cautivo» de Richard, que no quedaba tan claro.

¿Dónde había ido su imagen de Molly? Deseaba que su mente la trajera de nuevo. Todo lo que valía la pena hacer en esta vida, valía la pena por ella.

No pudo lograrlo. Ella no estaba allí. Todo lo que podía ver era a Ward, irguiéndose con arrogancia en medio de aquella masa negra de fracaso que su vida representaba, con las palmas extendidas, ofreciéndole a Grant una dosis.

Grant abrió bruscamente los ojos y giró con rudeza su carrito de la limpieza. Lo empujó porque tenía que darle un empujón a algo, y el carrito estaba allí. Las ruedas se movieron medio metro y se atascaron, y el cubo de la fregona se derramó sobre la deslucida alfombra azul.

De hecho no se habían atascado. Se habían estrellado contra el zapato de alguien. Una enorme y portentosa monstruosidad que dejaba a Shaquille O'Neal como un duendecillo.

—Lo siento —dijo Grant—. Vaya, no puedo creer que hiciera eso. Deje, deje, yo lo limpiaré.

—Tranquilo, amigo, no voy a matarte.

Las amigables palabras le paralizaron durante medio segundo. Aquel estribillo seguía resonando en sus sueños, en una repetición sin sentido pero significativa. Miró el rostro del hombre.

—¡Cielo santo, eres tú! ¿Ángelo, verdad? ¿Trabajas aquí?

El gran hombre que había salvado a su hija, decían que de forma milagrosa, llevaba un enorme uniforme verde.

—Grant Solomon —dijo él—. Sí, trabajo aquí. Me alegro de verte.

Ángelo no parecía para nada sorprendido de verle. Grant le tendió un trapo limpio de su cubo.

—Apuesto algo a que esto nunca te ha pasado antes. Es difícil no verte.

Su risa fue queda y suave, pero su cuerpo entero se bamboleó con la broma, lo que alivió a Grant. Ángelo se inclinó para secar la pernera mojada de su pantalón.

—Oye, el otro día había tantas cosas en marcha que no te di las gracias como es debido —dijo Grant, mirando fijamente la parte superior de su cabeza. Durante una fracción de segundo se preguntó qué talla de sombrero debía llevar aquel tipo.

—No es necesario.

—Estuviste en el lugar correcto en el momento oportuno.

—Sucede de vez en cuando.

Ángelo le regresó el trapo pero sostuvo una de sus bordes un segundo más de lo necesario. Grant tuvo que tirar de él para soltarlo de sus dedos.

—Molly se está recuperando bien —Grant vaciló, inseguro de cuánto sabía o necesitaba saber Ángelo sobre él—. Eso he oído.

—Sí. La hinchazón está bajando con rapidez.

Aquella simple observación aguzó un puntito de envidia en Grant que él desconocía que existiera. ¿Molly había estado hablando con Ángelo? Claro que sí. ¿Por qué no debería haber entablado un poco de conversación con el hombre que había sacado un rescate digno de Hollywood de su sombrero mágico gigante? ¿Había visto Ángelo a su hija desde el accidente? Grant le odió y le idolatró en el mismo segundo.

Los ojos de Ángelo eran indescifrables.

—Tengo curiosidad —dijo Grant—. Cómo se dio todo aquello para salir bien. Cómo lo hiciste para estar justo allí, en aquel momento, circulando a la velocidad adecuada de modo que todo...

Sin previo aviso, se vio abrumado por las imágenes de todo lo que *podría* haber pasado si Ángelo no hubiese estado en el escenario en su momento, yendo a la velocidad exacta a la que iba, en el carril correcto.

Imágenes de Molly precipitándose por el cielo oscuro y golpeando el guardabarros de Ángelo en vez del parabrisas... Molly rompiendo el cristal de la puerta del pasajero del coche de Mort y cayendo de cabeza sobre el asfalto... Molly siendo partida por la mitad por la camioneta que rozó el todoterreno mientras cruzaba disparado en dirección contraria...

Todo aquello vino sobre Grant como si se volcase un cubo de agua para fregar, y se atragantó con su propia pregunta.

—De modo que todo... ya sabes.

—Algunas cosas son demasiado grandes para que la mente lidie con ellas —dijo Ángelo.

Grant exhaló y logró mantener la compostura.

—Sí. Un milagro es un milagro, ¿verdad? No tiene sentido diseccionarlo.

—Me refería a todos los «qué pasaría si».

Grant se encogió de hombros frente a la torpeza de su perspectiva.

—No paso mucho tiempo preocupándome por cosas que nunca sucedieron.

Ángelo asintió con la cabeza.

—Gracias, de igual modo. No es suficiente por lo que hiciste, lo sé. —Grant se aclaró la garganta—. No sé si sabes esto, pero antes del viernes llevaba varios años sin ver a Molly. Verla allí sentada con sólo un tobillo herido, fue algo... No puedo describirlo.

Estaba avergonzado por su propia muestra de gratitud. Y de nuevo se encontraba mal, incapaz de hacer volver a su cabeza la imagen de ella. Sólo estaba aquella oscuridad y Ward, y su ofrecimiento para adormecer el fracaso de Grant.

Extendió su mano, intentando poner fin al encuentro.

—Agradezco mucho lo que hiciste.

—No hay de qué.

Ángelo envolvió sus dedos con un apretón aplastante y le estrechó la mano con un único movimiento. Un dolor intenso cruzó el brazo de Grant igual que cuando se daba un golpe en el hueso del codo. En vez de disiparse en el hombro, sin embargo, le envolvió la clavícula y después siseó a lo largo de su columna vertebral y se dirigió directamente a su cabeza.

Y allí estaba, estallando justo enfrente de su mente con una claridad tan nítida que Grant pensó que su imagen quedaría allí marcada a fuego para siempre: Molly, riendo, más feliz de lo que nunca la había visto. Molly, con nueve años, riendo de corazón, del modo en que los niños deberían reírse toda su vida. Y él sabía que nunca antes había visto aquella imagen en la realidad. No era un recuerdo, sino una esperanza. No sabía qué otro nombre darle.

Molly-Wolly, desternillándose de risa, interrumpiendo algo que él había dicho, un sol resplandeciente con forma humana.

Grant pensó que debía parecerse una de aquellas pobres almas que eran tratadas en la residencia, allí de pie con la boca abierta y los ojos en blanco. Se aclaró la garganta y metió las manos en los bolsillos del pantalón, percatándose de que Ángelo ya había proseguido su camino.

El gigante pasó por delante de la ventana de dos pisos y Grant supo entonces que nunca podría contarle aquella historia a nadie: las nubes se separaron para Ángelo y la habitación entera se iluminó. La luz amarilla rebotaba en su cabello de oro blanco y calentaba a Grant allá donde él estaba.

Oyó a Molly riéndose en voz alta.

{capítulo 21}

Warden estaba de pie detrás de las pilas de libros de la adorable biblioteca de la escuela elemental y miraba a Molly, admirando su espíritu. Era joven, sin cicatrices y aún capaz de tener esperanza. Aunque por poco tiempo.

Estaba sentada en una mesa baja redonda haciendo un trabajo, esperando a que terminase la clase de educación física y el recreo, con su tobillo con forma de salchicha apoyado en otra silla. A excepción de los peludos y regordetes ratones de biblioteca con gafas de pasta que se colgaban de las estanterías, estaba sola. La bibliotecaria había salido para fumar un cigarrillo. No había podido evitar la tentación, Warden lo sabía, porque Molly era una niña responsable que rara vez necesitaba supervisión.

Sólo estaba un poco sorprendido de que Lexi no hubiese dejado a la pobre niña en casa, pero la mujer tenía que elegir sus males, ¿no? Ir al trabajo y arriesgarse a que Grant o él mismo se dejaran caer para una visita a la querida y anciana mamá y su hija, o mandar a Molly a la escuela, donde se suponía que los adultos no autorizados no tenían acceso.

Ella no podía saber que eso no detendría a Warden.

Molly estaba haciendo el trabajo que tenía que entregar ese mismo día, el que fue desbaratado por los acontecimientos inesperados del fin de semana, un trabajo sobre una tribu india. A ella se le asignaron los Pawnee, un retazo de información que amablemente le había ofrecido a Warden durante la visita a su casa el pasado fin de semana.

Él había ido allí a sugerirle un volumen que tal vez a ella le interesaría. Los libros a los que ella tenía acceso no entraban en detalles sobra su ceremonia favorita de los Pawnee, el ritual de la Estrella de la Mañana, porque los padres y los bibliotecarios que llevaban la

ropa interior demasiado pequeña creían que los niños no necesitaban saber los truculentos detalles de una práctica por tanto tiempo
abandonada. Aquella era la misma gente que prefería encubrir la
historia.

Sin embargo, la tradición era tan apropiada para las circunstancias actuales de Molly que Warden localizó un texto antiguo con
cautivadoras ilustraciones y pies de foto. Mientras hojeaba el viejo
libro se dio cuenta de que deseaba conocer al hombre que lo había
creado. Aquí, una joven doncella de, digamos, diez años, era captu-
rada por el enemigo Pawnee; aquí, la desnudaban y la pintaban de
color negro y rojo; aquí, mientras salía el sol, guerreros con garro-
tes sagrados le disparaban flechas que le atravesaban el corazón y
la apaleaban hasta la muerte mientras su sangre se derramaba sobre
la tierra.

Una historia fascinante para una niña de nueve años.

Se acercó a Molly con la pila de libros entre los brazos.

—Disculpa.

Ella se sobresaltó, pero reconoció a Warden y se relajó. Puso las
manos en el regazo y bajó los ojos. Recatada. Dócil.

—Hola, señor Warden.

—¿Cómo va tu trabajo?

La hoja rayada de la libreta que Molly tenía ante sí estaba escrita
nítidamente a lápiz hasta la mitad, con buena letra y con el borde
lleno de restos de goma de borrar.

—Bien.

—Encontré algo que tal vez pueda ayudarte.

Tomó el libro de la parte superior de la pila y lo depositó en la
mesa junto a su mano derecha. En la portada había un mapa de las
estrellas, el sol y la luna, el corazón de la religión Pawnee. En la ilustración, aquellos cuerpos celestes tenían rostro. Guerreros feroces y
llamativos, mujeres fuertes.

Molly sólo le echó un vistazo, pero a Warden no le preocupaba. Lo miraría después. Y no se lo enseñaría a su madre. En su
experiencia, los niños eran muy intuitivos sobre ese tipo de cosas.
La inocencia que había en ellos sabía bien cuándo estaba siendo

estrangulada. Sin embargo, eso era lo que ellos querían, un deseo perverso de crecer matando su propia infancia.

Warden apartó el asiento del otro lado de la mesa. Molly tamborileaba con la goma del extremo de su lápiz sobre un libro abierto, donde un guerrero cazaba un búfalo.

—No sabía que trabajabas aquí —dijo ella.

—Sólo estoy de voluntario hoy. ¿Has estado de voluntaria en alguna biblioteca antes?

Ella negó con la cabeza.

—Pruébalo alguna vez. Aprenderás más allí de lo que harías nunca en clase.

Ella se mordió los labios y miró a Warden a los ojos como si evaluara si le estaba mintiendo o no. Él decidió prepararse sus propias mentiras empezando con la verdad.

—Eres una niña valiente volviendo a la escuela tan deprisa después de un accidente como el que tuviste.

Él señaló con la cabeza al tobillo elevado.

—Quería quedarme en casa.

—Pero la autoridad paterna dijo que no, ¿eh? Sé que ahora no lo parece, pero lo hicieron porque te quieren.

Aquello fue tan poco convincente como él había previsto.

Molly frunció el ceño.

—Sólo es mi madre.

—¿Tu papá dijo que podías quedarte en casa? Vaya. Cuando le vi no me pareció de esa clase de hombres.

—Ese tal Ángelo no era mi padre.

—¿En serio? De acuerdo. Bueno, parecía buen tipo.

Ella sostuvo el lápiz en horizontal con ambas manos, mirando fijamente el libro que Warden había seleccionado.

—De hecho no conozco a mi padre.

—No me digas.

—Mamá dice que tengo su misma línea de la mandíbula. En realidad no sé qué quiere decir con eso, pero lo dice a veces.

—¿Y dónde está tu papá?

—Ni idea. Pero me escribió una carta.

—Qué bonito. ¿Qué decía?

—Que quiere reunirse conmigo.

—¿Y tú quieres reunirte con él?

—Sí, pero mamá no me deja.

Los ojos de la niña se posaron de nuevo en los Warden, pero esta vez él se percató de que estaban calculando si él podía serle de utilidad en aquel deseo suyo.

Sí, querida, por supuesto que puedo serlo.

—A mi madre no le gustas —dijo ella.

—No me conoce tan bien como piensa que me conoce.

—Mi madre no suele equivocarse con la gente.

—¿Está en lo cierto sobre tu papá?

De nuevo Molly se encogió de hombros. Pero esta vez le faltó definición.

—No habla mucho de él.

Warden se inclinó hacia delante como si fuera a susurrar un secreto, aunque habían estado hablando a un volumen bajo en decibelios todo el tiempo.

—A ella tampoco le gusta tu abuela, pero tú y yo sabemos lo equivocada que está respecto a eso.

Molly ladeó la goma del lápiz sobre la esquina de sus labios y presionó ligeramente, dándole a su boca una sonrisa torcida y sombría. Sus ojos no se habían apartado del rostro de Warden. Durante un fugaz instante le preocupó no haber logrado convencerla.

Sucedía de vez en cuando, en especial con los niños, lo que le molestaba un poco. Por otro lado, de vez en cuando podía permitirse algún fracaso. El riesgo valía la pena. Cuando alcanzaba el éxito, despojar el alma de los niños doblaba sus beneficios casi automáticamente.

—¿Tú conoces a tu papá? —preguntó ella.

—Sí.

—¿Te gusta?

—Sí.

—Algunos padres no son tan buenos.

—¿Cómo crees que debes clasificar al tuyo?

El pie ileso de Molly empezó a columpiarse debajo de la silla. El talón golpeaba la pata de forma rítmica.

—Su carta era muy bonita.

—Ahí está. Así que dime, Molly, por qué un tipo malo escribiría una carta tan bonita.

Una minúscula línea apareció entre sus cejas. Warden se zambulló en su momento de duda.

—Creo que podría averiguar dónde vive tu papá.

La línea desapareció y sus ojos se ensancharon.

—¿Podrías?

—¿Quieres que lo intente?

Ella asintió, pero después se refrenó.

—Aun así mamá no me dejará verle.

—Hablaré con ella sobre el tema. Veré si puedo hacerla cambiar de opinión.

—Está bien, pero me apuesto algo a que no lo hará.

—Déjame eso a mí, Molly. Te haré saber cómo va. —Warden empujó el libro hacia ella, avivando su curiosidad por las insólitas ilustraciones—. Tú ocúpate de lo importante, y yo me ocuparé de tu mamá.

{capítulo 22}

Los lunes y los jueves siempre eran los días más agotadores de la semana para Lexi, aquellos en que trabajaba de nueve a tres en King Grocery, recogía a Molly de la escuela, corría a casa para cambiarse de ropa y después servía mesas desde las cuatro hasta las dos en el Red Rocks Bar & Grill.

Desde las tres de la madrugada del domingo, después de su charla motivadora, no había vuelto a ver a Ángelo. Esperaba que él hubiese podido dormir un poco antes de irse a trabajar. Ni siquiera sabía qué turnos hacía en la residencia. El lunes, cuando llegaron sus diez minutos de descanso del mediodía, ya echaba de menos su presencia de leñador y la visión de aquella disparatada camioneta rosa. Ambas cosas la hacían sentirse a gusto de un modo que no había advertido hasta entonces, cuando llevaban ausentes más de veinticuatro horas.

Lexi colocó seis docenas de latas de sopa Campbell en el dispensador equivocado antes de decidirse finalmente a llamarlo. Tal vez podría convencerlo para cenar en el restaurante, si es que aún no había hecho planes de estar allí con el señor Tabor.

El papelito con su número de teléfono estaba en su mochila, en la sala de descanso, un cuartucho mugriento hecho de tableros de yeso de tres por tres pintado con humo de cigarrillo y suciedad. En una pared se alineaban los cinco casilleros que compartían todos los empleados que estaban de servicio. Encima del perchero, el tablón de noticias mostraba algunos anuncios amarillentos fechados casi diez años antes.

Lenny King, el propietario de King Grocery, no pretendía ser descuidado, sólo tenía algunas cosas más importantes que hacer.

La sala de descanso tenía un teléfono tan viejo como roñoso en la pared. El receptor estaba conectado a la base con un cable en espiral tan retorcido que sus casi dos metros de longitud se habían reducido a treinta centímetros. Pero servía para hacer llamadas locales, y a Lenny no le importaba que sus empleados lo usaran para ese propósito siempre y cuando mantuvieran la vista pegada en el reloj redondeado que había justo encima.

A las 12:02 Lexi entró en la habitación, se lavó las manos y se las secó en el delantal verde oliva que, puesto encima de la camisa blanca con botones y los pantalones caqui, era su uniforme. Levantó la solapa de su bolsa y metió la mano en el estrecho bolsillo que por lo general contenía su chequera y algunos chicles Trident. Sus dedos rozaron el pedazo de papel.

No fue hasta que lo sacó que no recordó que Ángelo había anotado el número de alguien más a quien ella debía llamar. A raíz del arrebato de Molly el domingo y su consiguiente castigo silencioso, lo había olvidado.

Lexi dudaba entre qué número llamar primero. No tendría mucho tiempo entre ambos trabajos. También tenía que llamar a la madre de Gina y comprobar cómo estaba su amiga. Aquel día su horario de trabajo le impediría acercarse al hospital.

Decidió llamar a Ángelo, la menos dudosa de sus opciones. Sacó una toallita antibacterias del dispensador que había sobre el mostrador y la usó para sujetar el auricular del teléfono.

¿Aquel era el número de teléfono de su casa o de su móvil? ¿Estaría en el trabajo?

¿Era una tonta por llamarlo, prácticamente un extraño aun después de aquel fin de semana extrañamente íntimo? Lexi hizo una pausa, intentando cuantificar si él sabía más cosas sobre ella que ella sobre él.

Marcó el número y sopesó dejar un mensaje o colgar cuando él no respondiera.

—¿Sí?

—Eh, ¿Ángelo?

—¡Lexi! Hola.

—Espero no interrumpirte.

—Estoy en medio de una cirugía a corazón abierto con sólo una tira de regaliz y una chincheta. Será mejor que sea importante.

Todo su nerviosismo por la llamada se desvaneció. Deseó que él pudiera escuchar su corazón aliviado y que entendiese que era el responsable. ¿Y entonces qué? Si sabía el efecto que tenía sobre ella, ¿saldría corriendo? Los hombres que ella conocía siempre salían huyendo.

—¿Cómo está hoy mi padre? —preguntó.

—¿Sabías que ese hombre puede zamparse tres sándwiches de mantequilla de cacahuete y mayonesa de un tirón? Lo vi con mis propios ojos.

—Me apuesto una comida baja en calorías a que despachó cada uno con un vaso de leche entera.

—¿Así que es algo que solía hacer en casa?

—Sólo cuando estaba de muy buen humor. Cuando llegue su hora, espero que muera comiendo algo como un *soufflé* de queso. Entonces sería el hombre más feliz del mundo.

—No creo que eso suceda pronto. Tiene el metabolismo y la presión sanguínea de un adolescente.

—¿Y cómo está su mente?

—Piensa que me llamo Angelina Jolie.

Lexi se rió.

—Me estás tomando el pelo.

—Sólo para oírte reír.

—Probablemente no debería estar riéndome a su costa.

—Tú más que nadie deberías de saber que él mismo estaría gastándote estas bromas si no tuviera mantequilla de cacahuete pegada en el paladar.

Lexi se apoyó en la pared.

—A Molly le daría un ataque si supiera lo que le gustar comer a ese hombre.

—¿Cómo estuvo ayer? —preguntó Ángelo.

Pensar en Molly la despejó.

—Su tobillo no es nada comparado con las heridas que yo le infligí. Me odia.

—Esa es una palabra muy fuerte.

—Es su palabra.

—Estoy seguro de que tú le dijiste lo mismo a tu mamá una o dos veces cuando eras una niña. —Ella pensó que también se lo había dicho de adulta, ahora que lo mencionaba—. No lo decías en serio.

Lexi tuvo que detenerse y pensar sobre aquello. Él tenía razón, por supuesto. Ella no lo decía en serio, al menos no de un modo eterno. Aunque había veces en que aquello era la más sucinta descripción del modo en que se sentía.

—Molly debería odiar a Grant si quiere odiar a alguien, pero ni siquiera puede hacer eso. Oh, vaya. ¿Dije eso en voz alta?

—Aún es una niña —dijo él.—Los niños son fantásticos en eso. Sus emociones son muy puras, pero imposibles de manejar. Todo este amor que tiene para ti está siendo amenazado por su amor hacia su padre. No sabe qué hacer con eso.

—Suenas como un psicólogo —le acusó ella. Estaba a la defensiva. ¿Estaba él diciendo que ella había amenazado a Molly? ¿Lo había hecho? No. Grant lo había hecho—. Quiero decir, un psicólogo realmente bueno.

—¡Y soy muy asequible!

—Entonces déjame corresponderte. Con una comida. Yo no cocino (y tengo la corazonada de que Molly no pensaría que es una buena idea tenerte a cenar ahora mismo), pero esta noche trabajo. ¿Vienes? Yo invito.

Ángelo titubeó el tiempo suficiente para que Lexi pensase que ella había malinterpretado su amabilidad, o que él no había comprendido su invitación.

De todos modos, ¿de qué iba su invitación?

Era un simple gracias, por todo el apoyo moral.

Era un ruego desesperado para no quedarse sola.

Era un deseo.

Se preguntó por qué no había pensado en pedirle a su madre y a Molly que vinieran a Red Rocks. Para el postre, si no para cenar. Le entristeció imaginar a Molly con actitud resentida inclinada sobre una porción deshecha de mousse de chocolate.

Amaba mucho a Molly. El amor debería ser el mensaje universal más fácil de enviar entre dos personas. Así que, ¿por qué no lo era?

—Último aviso —dijo Lexi, intentando darle a Ángelo la vía de escape que ella pensaba que necesitaba—. Lo entenderé si tú...

—Está bien. Estaré ahí. ¿Te importa a qué hora vaya?

—A cualquier hora.

—Nos vemos a cualquier hora, pues.

—De acuerdo.

Colgó antes de que el aturdimiento se apoderase de ella y entonces marcó el otro número escrito en el pedazo de papel. Le echó un vistazo al reloj, las 12:07.

—¡Hola y bendito seas hoy!

Conocía aquella voz, la escuchaba a diario.

—¿Señor Tabor?

—El único e incomparable, niña. Al menos en Crag's Nest. ¿Quién eres?

—Soy Lexi. Lexi Solomon. Alguien me dijo que intentó llamarme.

—Eso hice.

—Así pues, ¿qué puedo hacer por usted?

—Esa es la pregunta del día, ¿verdad? Recuerdas que fui abogado defensor durante cincuenta y dos años, ¿sí? Creo que te conté esa historia hace algún tiempo.

—Cierto. —No era una historia en sí misma, pero ella lo recordaba.

—He estado destinando un poco de mi tiempo libre estos pasados meses evaluando mi historia, preguntándome si debía ponerme ese traje de nuevo, Lexi. ¿Qué dices tú?

Ella habría dicho que estaba perpleja. ¿Por qué la había llamado él a su casa con aquella pregunta personal? ¿Por qué no había podido esperar a formularla a la entrega de su Reuben de las cuatro en punto?

—No me había dado cuenta de que estuviese buscando algo para hacer, señor Tabor.

—No, no. Tengo mucho que hacer. Pero sucede que acabo de encontrar justo lo que buscaba en Riverbend, algo que no se aleja mucho de mi vieja línea de trabajo. Hace unas seis semanas decidí

convertirme en lo que aquí llaman un abogado defensor de presos.
—Lexi se puso tensa—. Así que aquí estamos. Es un programa bastante nuevo, y supongo que veremos lo que se necesita a medida
que avanzamos. Pero hoy me estoy dirigiendo a ti de forma personal, como un amigo. Mira, niña, estoy llamando en nombre del tal
Norman Von Ruden.

Lexi buscó a tientas la silla mugrienta más cercana y se lanzó
sobre ella.

—A él le gustaría solicitar un encuentro contigo.

—No tengo ninguna razón para encontrarme con ese hombre.

—Estoy seguro de que no sé si la tienes o no, pero parece que él
creía que tú dirías eso. Me pidió que te dijera que posee información
que tal vez tú quieras tener. Algo sobre tu marido, Grant, que tal
vez quisieras saber. Por el bien de Molly, dijo.

—Señor Tabor, si está llamando como amigo... usted sabe lo
que ese hombre le hizo a mi familia. Tiene una vista para la condicional dentro de poco. No puedo encontrarme con él.

—No voy a decirte lo que puedes o no puedes hacer.

Algo en su tono dejó helada a Lexi. No era hostilidad, sino complicidad. Como si Norm le hubiera contado lo de su relación. La
gente mayor a veces reaccionaba de aquel modo ante tales noticas,
pensó ella. La línea que separaba la sabiduría del conocimiento era
muy delgada.

Lexi habló con cautela.

—Usted pasó varias horas con Grant el sábado por la noche.
Tal vez debería reunirme con él.

—Si crees que eso podría ser de ayuda...

—¿De ayuda para qué?

—Lexi, niña, aquí no soy un abogado. Tampoco soy un consejero, sólo un viejo con dos oídos totalmente honrados para escuchar
a la gente hablar sobre sus congojas. Y lo que entra en estos receptáculos alojados a ambos lados de mi cabeza casi nunca sale de mi
boca. Así que no vas a escucharme hablar de más. Pero me parece
que tú y el señor Von Ruden podrían tener algunas cosas que hay
que aclarar antes de la vista.

—¿Él me está amenazando?

—No con tantas palabras, querida Lexi. Es lo que no está diciendo lo que ha hecho que me preocupe por ti. Aquellos silencios son lo que le diferencian. Pensé que tú le conocerías lo suficientemente bien como para leer entre líneas, si entiendes lo que quiero decir. En especial si él está hablando sin rodeos de tu pequeña.

Su pequeña estaba despierta cuando Lexi llegó a casa, aunque fingiera estar dormida. La caja de cartón que recubría el tobillo roto de Molly le hacía imposible girarse de lado. Cambiaba de posición cuando Lexi entró de puntillas en la habitación. Bajo el brillo de la luz nocturna de la lámpara de lava vio a su hija ponerse el brazo sobre los ojos. Las lágrimas humedecían sus mejillas.

—¿Cómo está tu tobillo? —susurró Lexi. Molly no respondió, pero su respiración no era la de alguien dormido—. ¿Te duele, cariño?

Ella negó con la cabeza. Alice le habría dado algo para el dolor antes de irse a la cama. La próxima visita con el doctor estaba programada para el jueves, lo que aún parecía muy lejos.

Lexi empezó a desvestirse en la oscuridad. Arrojó sus ropas grasientas en la cesta junto a la puerta y entonces se puso una camiseta y unos pantalones cortos de algodón antes de meterse en la cama. Se tumbó boca arriba mirando al oscuro techo.

—¿Cómo te ha ido hoy en la escuela?

No hubo respuesta.

—¿Pudiste terminar tu trabajo?

Molly sollozó.

—Sé que aún estás furiosa conmigo, cariño. Ojalá pudiera explicártelo todo de un modo que tuviera sentido para ti.

—No soy estúpida, mamá.

—Claro que no. No quise decir eso.

—¿Qué quisiste decir, entonces? Ya casi tengo diez años. Sé un montón de cosas que tú no sabes.

Aquellos eran los momentos en los que las palabras reprobaban a Lexi como progenitora, cuando coincidía que Molly era más sabia de lo que Lexi sería nunca y tan inocente que le entraban ganas de rodear a su hija entre sus brazos y sostenerla para siempre. La realidad más dolorosa era que las palabras no podrían jamás revelarle aquella verdad a Molly.

—No deberías haber escrito esa nota —la acusó—. Menos mal que papá no la vio.

Lexi se preguntaba si lo había hecho. ¿Cómo había llegado a las manos de su hija desde aquel pequeño buzón azul de la biblioteca? Si Grant la hubiera recibido, aunque se la hubiera dado a Alice, ella no se la habría mostrado a Molly. No aquella nota.

A menos que Molly hubiera fisgado en las cosas de su abuela.

O...

Ward.

Aunque aquello no explicaba cómo Ward la había conseguido.

Molly giró la cabeza hacia el otro lado. Lexi extendió el brazo para tomarle la mano que estaba a su lado. Sostenía un trozo de cartulina que apartó bruscamente del alcance de Lexi.

—¿Qué es eso?

—Nada.

—Molly, enséñamelo.

Ella no se movió.

—Enséñamelo, por favor.

Su brazo volvió a Lexi describiendo un arco, y una esquina del papel golpeó a su madre en la mejilla. Molly lo soltó. Era una foto, doblada por el centro y humedecida por sus dedos.

Lexi, Molly, la diana negra.

—¿Dónde has encontrado esto?

—En el cajón de mi pijama. Donde lo dejaste.

—Yo no hice esto, Molly.

—¿Por qué no te limitaste a cortar la foto en dos, si así era realmente como te sentías?

—Molly, te quiero. Yo *no* hice esto.

Con el temblor, el miedo y el enojo trabajando conjuntamente en su mente, Lexi se levantó y tiró la foto a la basura.

Lexi se arrodilló junto a Molly en su lado de la cama para mirar a su hija a los ojos, silenciosamente pidiéndole a Dios que le mostrara una salida. El consejo de Ángelo, «consultar el amor», le vino a la mente, sin ninguna claridad acerca de lo que quería decir realmente. Hubiera preferido unas instrucciones en tres pasos.

—Te amo. —Si Lexi lo repetía suficientes veces, ¿penetraría?

—Lo sé —su voz se suavizó—. Papá también me ama.

—Sí. Creo que sí.

A su extraña manera.

—Pero escribiste la nota.

—Estuvo mal de mi parte escribirle esa nota a tu padre. Lo hice por muy buenas razones, pero fue un error.

—El error más grande del mundo.

Si ella supiera...

—Fue una mentira tremenda, seguro. Lo siento.

—Lo sé, mamá.

—¿Vamos a estar bien?

—Sí.

—¿No vas a recriminármelos? ¿Mis tontos errores?

Molly negó con la cabeza, se sorbió la nariz y se secó la cara.

—¿Así que vas a dejarme verle?

Lexi puso su mano sobre el corazón de Molly. En la mente de los niños todo era muy sencillo. Todo estaba conectado y claro.

—Me lo pensaré, ¿vale? Eso es todo lo que puedo prometerte esta noche. Necesito un poco de tiempo.

Molly se puso tensa y se giró.

Lexi no pudo hacer nada para acercarse a ella.

{capítulo 23}

Lexi nunca había estado en una prisión antes de visitar a Norman Von Ruden. Su noción de ellas incluía pequeños cubículos, teléfonos monitorizados, mamparas de cristal, sillas de plástico naranja y cámaras de seguridad en cada esquina de la sala.

Excepto por las cámaras de seguridad, no hubo nada más en la visita de Lexi a la prisión de Riverbend que cumpliese sus expectativas. Era un centro de mínima seguridad, un lugar donde normalmente no retenían a los asesinos convictos salvo que la ley por los derechos de las víctimas en el estado exigiese que las audiencias públicas para la libertad condicional tuviesen lugar en un radio de ciento cincuenta kilómetros de la residencia de las víctimas o supervivientes próximos, o en las instalaciones más cercanas, que era el motivo por el que habían transferido a Norman allí. El señor Tabor le explicó todo aquello durante su cena del lunes.

A Norman no se le consideraba en riesgo de fuga, dijo el señor Tabor. Sólo había cometido un delito, y el desorden bipolar que se creía que era el responsable de su crimen (el asesinato de su hermana) estaba siendo «tratado con éxito». Con su posible libertad condicional tan cerca, estadísticamente no era probable que hiciera algo que pusiera en peligro sus oportunidades. Y luego estaba el hecho de que tendría lugar unas pocas semanas antes de que recuperase su estado de salud habitual. El accidente de coche le había pasado factura.

Nada de aquello le importaba a Lexi, aunque escuchó la información pacientemente.

Cuando llegó a la prisión el martes por la tarde, entregó todas sus pertenencias en el mostrador de recepción y la registraron en busca de armas o contrabando como si fuera a pasar por un control de seguridad aeroportuario. Encontró todo el proceso incómodo e innecesario, como si enfrentarse a Norm después de todos aquellos años y todo lo que había sucedido aún no fuese lo suficientemente vergonzoso.

Lexi siguió a un guardia hasta una habitación de hospital. Norman tenía la suya propia, como ella suponía que pasaba con los convictos heridos más graves. No sería bueno para los prisioneros meterse en una escaramuza en un lugar donde se suponía que se estaban recuperando.

Era igual que cualquier otra habitación de hospital a excepción de la falta de mobiliario y por el hecho de que la puerta se cerraba con llave desde el exterior. Tampoco olía igual. No había nada antiséptico en el aire. Nada que oliese a sangre o a vendas o a bacterias. El único olor era a tierra y a una ligera humedad, el mismo olor que desprendían sus respiraderos cuando la caldera se ponía en marcha por primera vez al final de un cálido verano.

El guardia trajo una silla barata de madera para Lexi y después se marchó.

Ella no se sentó de inmediato. En vez de eso, miró fijamente a Norman, cuyo rostro aún estaba morado y ligeramente abultado desde el accidente. Uno de sus ojos estaba cerrado por la hinchazón. Él la estudió con el otro, entrecerrándolo. La habitación estaba oscura, con las cortinas corridas sobre una ventana pequeña y las luces tenues.

Era extraño, pensó ella, que ahora no sintiera aquel arrebato que había crecido dentro de ella en la UCI. Las emociones dentro de ella se habían peleado bajo la superficie, el enojo lanzándole puñetazos al dolor, soledad provocada por un ruido apenas perceptible que ella reconoció como un anhelo muerto mucho tiempo atrás. Algo que una vez fue amor. O un impostor del amor.

En la mente de Lexi se formuló una plegaria silenciosa demandando claridad. Una súplica para escapar de cualquiera que fuera el peligro en el que había caído.

—¿Dónde está tu abogado? —preguntó él.

No era la pregunta que ella había pensando que él haría en primer lugar, no después del alboroto que ella había causado la última vez que le vio. Lexi agarró la silla que había detrás de ella y se sentó, atenta a la guerra entre ella y la amenaza desconocida que la había citado allí. No era que no hubiese pensado que debería llevar un abogado, sino que pagar a uno era totalmente impensable.

—¿Dónde está el tuyo? —preguntó ella.

—No estará aquí hasta la audiencia. Él me habría aconsejado en contra de este encuentro si lo hubiera sabido, pero no estoy preocupado por ti.

—¿No lo estás? Podría golpearte hasta la muerte con esta silla.

Norm sonrió.

Dijo:

—¿Realmente deseas que estuviera muerto?

Su voz era suave, la voz que ella había amado una vez, la voz que no había cambiado aunque su cuerpo fuera más viejo y estuviera herido y cansado. Lexi no pudo ordenar sus múltiples y conflictivas respuestas a su pregunta, así que no respondió.

Él dijo:

—Dejaré que tu silencio alimente mi esperanza.

—Sabes que no es eso lo que quería decir.

—Acláramelo, entonces.

—El señor Tabor dijo que necesitabas contarme algo.

—Lexi, cariño...

—No.

Él se pasó la lengua por los labios.

—Tengo mucho que decir.

—Si no sabes por donde empezar, tal vez debería regresar en otro momento.

—No, por favor. Por favor, quédate. Lexi, tú eras lo único que me mantenía con vida cuando mi mundo se desmoronaba.

—Obviamente no tuve ninguna influencia sobre tu capacidad para mantenerlo unido.

—Tú y yo éramos más fuertes que lo que sucedió. Podríamos haberlo hecho. Aún podemos.

—Sin embargo no lo hicimos, así que no le veo sentido a revivir aquello.

—La verdad te hará libre, dicen siempre. —Lexi se encogió ante aquella, una cita de la Biblia saliendo de la boca de Norman. Estaba bastante segura de que la interpretación de Norman no era exactamente lo que Jesús tenía en mente—. Estoy hablando de poner los hechos sobre la mesa. De empezar de cero, tú y yo.

—Nada puede reparar lo que hiciste.

—¿Porque ya no quieres lo que teníamos o porque no crees que podamos alcanzarlo y recuperarlo por nosotros mismos?

Lexi vaciló antes de decir:

—Ambas cosas.

—No sabes lo que pasó en realidad. Lo que salió en el juicio es sólo la mitad de la historia.

—Mi hermana murió. Tú la mataste. ¿Qué más necesito saber?

—No fue culpa mía.

—Un jurado dijo que sí.

Norman levantó las manos de las sábanas.

—Todos estos años he necesitado que alguien creyera en mí, Lexi. No estoy hablando de lo que merezco. Sé que merezco este castigo. Me pasaría veinte años tumbado en un lecho de brasas si eso sirviera para compensarte.

Nada podía servir para compensar nada en aquel asunto, y no era necesario decirlo. Ella podía ver en sus ojos que él ya sabía eso.

—Déjame tocarte, Lexi. Déjame sostener tu mano.

Ella permaneció quieta.

Él suspiró y bajó el brazo.

—Esperaba que me escribieses una carta de despedida después de la sentencia. ¿Por qué no lo hiciste?

—Nadie conocía lo nuestro. Si te hubiese escrito, alguien podría haberlo descubierto.

—Y no queríamos eso, ¿verdad?

Un filo se deslizó en su voz, advirtiéndola. Intentó dirigir el curso de la conversación cuidadosamente.

—Tú tenías una esposa y un hijo.

—Sólo una esposa. No nos aprobaron para la adopción. Probablemente no hacía falta decirlo. De todos modos ella me dejó. Poner al descubierto una aventura no habría cambiado nada.

Sus palabras revelaron el egoísmo de Lexi.

—Gracias por protegerme durante el juicio. Y a Molly.

—Lo hice porque te amo.

Lexi se agarró las manos como si orara, deseando que aquel encuentro terminara, preguntándose si debía retirarse.

Él repitió:

—Lo hice porque te amo. ¿Aún me amas, Lexi? Creo que sí, de alguna manera, aunque hayas intentado enterrarlo. Creo que te has quedado aquí en Crag's Nest porque no puedes dejarme atrás. ¿Es cierto?

El pánico revoloteó en el pecho de Lexi. No era cierto, ¿verdad?

—Si no puedes decirme que me amas, dime que me odias. Dilo en voz alta y te dejaré en paz.

La seguridad dentro de ella flaqueó.

—Ya lo dije. En la UCI.

—No, no. Estabas conmocionada por verme. Yo lo entendí. ¿Me perdonas? ¿Por favor? Nunca tuvimos la oportunidad de hablar sobre lo que sucedió.

Ella no pudo contestar.

—Por supuesto que estarías enfadada. Es natural, en especial si has reprimido nuestra relación todos estos años.

—Sólo un loquero diría eso.

—Pero no lo maté todo, ¿verdad? Por favor, si me pudieses perdonar...

¿Qué significaba aquello exactamente? ¿Qué ella podía decir *claro* y obtendrían una segunda oportunidad? ¿Acaso su petición era una disculpa? Y si lo era, ¿podía ella aceptarla? Tal ofensa la hizo adoptar un aire despectivo. ¿Cómo podía él pensar en hacer las paces de aquel modo?

Norm dijo:

—Creo que tu amor aún es...

—Detente. Por favor, para.

—Nunca pusiste fin a nuestra relación porque no querías que muriese.

Lexi no había examinado de forma consciente su amor por Norman desde el día que le condenaron. Lo había envuelto en un fardo de resentimiento y lo había enterrado hondo en una caverna intocable de su alma. ¿Seguía aún allí, golpeteando rítmicamente como un hombre enterrado vivo, desesperado por que le salven antes de que se le acabe el oxígeno?

No. En absoluto.

Ella echó toda la tierra que pudo sobre aquella tumba abierta con toda la rapidez que le fue posible.

—Tienes un minuto para decirme por qué me has pedido que venga aquí hoy —señaló hacia la puerta—, y entonces me iré y nunca volveré a dirigirte la palabra.

El aliento de Norm salió en forma de risa displicente. Canturreó:

—*Llamé sólo... para decirte... que te quiero.*

A Lexi le empezaron a sudar las palmas de las manos. Se levantó tan rápido que la silla arañó el suelo frío y golpeó la pared cercana. Dio dos pasos hacia la puerta y levantó el puño para golpearla.

—Molly —dijo Norman, recuperando su tono de voz.

Ella se giró.

—Te he pedido que vengas aquí porque sé cómo te sientes acerca de Molly. Puede que me ames o no me ames, pero harías cualquier cosa por tu pequeña.

—Escúpelo.

—He oído que Grant ha vuelto a la ciudad, que quiere un trocito de ella.

Lexi cruzó los brazos sobre el pecho.

—Tú no vas a dejar que él la consiga, ¿no?

—Tampoco ningún tribunal.

—Sólo porque un hombre sea ex convicto no significa necesariamente que pierda su derecho de jugar a ser papá cuando él quiera. Al menos no en este estado.

—No estoy preocupada por Grant. ¿Por qué tú sí?

El ojo bueno de Norm se oscureció cuando lo movió para mirar a Lexi bajo la tenue luz.

—¿Cuánto tiempo más crees que se mostrará paciente antes de lanzarse en picado y arrancarla de tu mano? ¿Qué tiene él que perder?

Ella se estremeció.

—¿Qué tienes *tú* que *ganar*?

—Amor, Lexi. Amor verdadero. —Él bajó la voz y le hizo señas a Lexi para que se acercara a la cama. Ella les permitió a sus pies regresar—. Necesitas a tu caballero con armadura reluciente.

—No, no lo necesito.

—Sé algo sobre Grant. Él fue el que mató a Tara.

—No me insultes.

—Está bien, lo diré de la forma más sencilla que pueda. Grant no sólo era un traficante, sino un traficante deshonesto.

—¿Y qué tengo ante mí?

—Fui a él por las medicinas que necesitaba para cuidar de este valioso órgano mío. —Se dio unos golpecitos en el cráneo con el dedo índice—. Yo sabía lo que iba mal. Sabía que era un peligro para todo el mundo menos para ti. Tú, Lexi, eres mi único y verdadero estimulante.

La comida se revolvió en su estómago como si hubiese empezado a fermentar. Los modales tranquilos de Norm, sus precisas palabras tajantes, pertenecían a un extraño. El hombre con el que ella había tenido una aventura nunca fue tan arrogante. Se preguntó si era la medicación o la enfermedad lo que había afilado sus bordes.

—Me dijo que me estaba dando el cóctel que yo le pedí, un cóctel para suavizar mis cambios de humor. Muy elástico para evitar que mi mente se quebrara. —Juntó sus manos con una palmada y Lexi se acobardó ante aquel fuerte sonido—. ¿Sabes lo que realmente conseguí por mis buenos dólares? Placebos. Píldoras de azúcar. Un ungüento barato.

Al principio Lexi no quiso trazar aquella línea entre Grant y la muerte de su hermana. Inmediatamente después se preguntó si eso absolvería su propia culpa. Entonces su culpa se hizo más profunda a causa de aquel pensamiento.

—Yo no estaba en mi sano juicio el día que tu hermana me pidió que nos encontrásemos.

—Eso ha sido obvio durante mucho tiempo.

—La verdad, sin embargo, es que no fue culpa mía. Yo pensaba que estaba bien, que tendríamos una agradable conversación de adultos, pero... —Levantó las cejas y ladeó la cabeza—. Estas cosas vienen sin avisar. Ni siquiera recuerdo el momento.

Lexi agarraba con fuerza la barandilla de la cama.

—Todo lo que necesitaba era la medicación correcta. Pero tu marido necesitaba unos cuantos ingresos extra. —Meneó la cabeza—. Grant no es un hombre al que debas querer cerca de Molly.

—Lo has notado —murmuró ella.

—Creo que no me estás oyendo. Sólo voy a decirlo una vez. Warden dice que vendrás el viernes y hablarás a mi favor en la vista. Lo harás, ¿verdad?

Ambos se quedaron mirando.

—Diles que te has reunido conmigo y que has visto por ti misma que todo lo que mis médicos van a decir es cierto: yo no soy el hombre que mató a tu hermana. Estoy reformado. Soy... un excelente, honrado y medicado ciudadano. Haz eso por mí. Dale a nuestro amor una segunda oportunidad. Cuando esté fuera, me ocuparé de Grant. No va a causarte esta confusión nunca más. Ha llegado la hora de su castigo.

—Vas a ocuparte de...

Daba igual lo que ella hubiera pensado que Norman podía prometer, no era aquello. Incluso en su sano juicio, él seguía siendo un criminal. Se apartó de la cama.

—No lo haré. No puedo hacerlo. De hecho, les diré lo que tú...

—Si haces eso, haré pública nuestra aventura. Les contaré todo, incluyendo que tú estabas asociada con tu amado esposo. He oído que has seguido adelante sin él.

Las drogas colocadas por Warden para inculparla se le aparecieron ante los ojos.

—Te implicaré en la muerte de Tara —siguió él. Los músculos que unían su mandíbula con su oreja se flexionaron—. Les daré una razón muy convincente de por qué he necesitado protegerte todos estos años. Y les diré que aún operas. ¿Cómo piensas que afectará todo esto a tus inútiles esfuerzos por darle a Molly una buena vida?

Ella ahogó un grito.

—¿Por qué harías eso?

—Porque puedo. Y porque tengo apoyo. Warden también tiene los ojos puestos en Molly, ¿verdad?

—¿Pero por qué? No lo entiendo. Tú... nosotros...

—He cambiado en los últimos siete años —dijo él.

Ella se esforzó en busca de las palabras.

—Nunca te creerán —consiguió farfullar finalmente—. Esto es sobre Grant. ¿Por qué yo? ¿Qué he hecho para que te vuelvas contra mí?

—Tú te pusiste en mi contra primero, ¿recuerdas? Te alejaste de lo que teníamos.

—¡Asesinaste a mi hermana!

—No me pongas a prueba con esto, Lexi. Siempre he sido un hombre de palabra. Es una de las razones por las que te enamoraste de mí al principio.

Lexi se dio la vuelta y golpeó la puerta con el cuerpo entero, y entonces la aporreó con ambas manos hasta que el guardia la liberó.

{capítulo 24}

El Volvo inclinado llevó a Lexi directamente a la Residencia de Salud Mental, a pocos kilómetros de distancia. No hacia su padre, sino hacia Ángelo. Aún no eran las seis. Pensó que estaría a punto de acabar su turno. El sol invernal se había ocultado detrás de las montañas momentos antes, transformando el mundo en sombras de color lila y gris.

Lexi dudaba de que el amor formase parte de cualquier solución que Ángelo pudiera ofrecerle para su último dilema. Se rió en voz alta en el coche. Estaba a punto de contarle a un hombre en el que estaba interesada todas las maneras en las que ella había hecho naufragar cada una de las relaciones que alguna vez le habían importado. Lexi dudaba de que Ángelo fuera a estar interesado mucho más tiempo en su vida acuciada por la crisis, ¿pero a quién más podía recurrir?

¿Cuándo tendría que decirle a su madre que había tenido una aventura con el hombre que mató a Tara? ¿Qué pasaría cuando Grant y Molly lo descubrieran?

Cuándo. No si, sino cuándo.

Darse cuenta de que temía lo que Grant pudiera pensar le dio una tregua.

No importaba que la relación extramatrimonial fuera de corta duración y hubiese sucedido hacía casi una década. Lexi había esperado que aquel momento del juicio final nunca llegase. La cárcel la había separado de Norman; su enfermedad mental había invalidado su vínculo. No tenía ninguna prueba de que él hubiera estado alguna vez en su sano juicio, o de que lo estuviera ahora. ¿Cómo podía él culparla de algo?

Una pregunta retórica.

Sus remordimientos por la aventura florecieron.

Molly. Molly. Molly. El nombre de su hija era la única oración de la que era capaz. Confiaba en que Dios supiera exactamente por qué estaba suplicando.

Tal vez Ángelo no tendría ni idea de lo que debía hacer. Ella no le culparía si él se esfumaba de su círculo familiar roto tan súbitamente como había entrado. Aunque lo lamentaría mucho. La hacía sentirse a salvo. Pero si no iba a ser un elemento integrante definitivo en su vida, pensó que sería mejor saberlo más pronto que tarde.

¿Podría alguien llegar a estar seguro de eso alguna vez? ¿Qué importaba, considerando que su matrimonio aún era legalmente válido, aunque estuviera destruido?

Dios odiaba el divorcio, le habían dicho, y para Lexi aquella obviedad era una justificación distorsionada para su inacción contra Grant, y un repelente para otros desastres relacionales. La protegía de todo aquello a lo que nunca quiso enfrentarse.

Incluyendo su fácil atracción por Ángelo. Accedió al aparcamiento de la residencia. Su camioneta se erguía al final, cerca de un fresno pelado. Decidió aparcar a su lado.

¿Era masoquista? Debía ser eso. Aparcó en el espacio y agarró con fuerza el volante con ambas manos como si éste pudiese dirigir el curso de su vida y ella pudiese controlarlo. Y entonces lo soltó.

Le vino a la mente el miedo que Ángelo le había provocado la primera vez que le vio. Aquello debía ser algo instintivo, o espiritual. Una advertencia.

Lexi lo ignoró y salió del coche. Lo empujó hasta el fondo de su mente y atravesó el oscuro aparcamiento, dirigiéndose hacia las luces de la residencia.

La extensa instalación, un monumento a los dólares de las aseguradoras y al trabajo del *lobby* de la salud mental, estaba construida en una propiedad densamente boscosa, de una belleza deslumbrante. Había sido donada al estado por un anciano que había perdido a su esposa en manos de la demencia en aquellos tiempos en que sus únicas opciones de atención médica eran más medievales que modernas. El edificio que servía de entrada a los visitantes había sido una vez su hogar.

Se acercó al camino principal, una amplia franja de adoquines.

Un minúsculo gruñido, del tipo que emitiría un lanzador al soltar la pelota de béisbol, le llamó la atención y giró la cabeza hacia la línea rosada del horizonte al oeste del edificio. Un orbe negro apuntando a su cabeza desencadenó todos los reflejos de Lexi. Ahogó un grito. Se echó las manos a la cabeza. Apartó lo ojos.

—¡Ay!

No vio el proyectil que le acertó en el pómulo hasta después de que éste cayera al pavimento y rodara hasta detenerse casi un metro más allá. Con una mano en un lado de la cara (que tenía mojada y pegajosa, pero no con sangre) se inclinó y vio una manzana pequeña, con la marca blanca de un mordisco en un costado. La piel que lo rodeaba se había partido con el impacto, supuso ella.

¿Alguien le había tirado una manzana?

Un residente que deambulaba por allí. Aquel fue su primer pensamiento. Las sombras no dibujaban una forma humana.

Buscó a tientas su mochila y su espray de pimienta, pero la visita a Norman la había alterado tanto que había olvidado ambas cosas en el Volvo.

Manteniendo la cabeza girada en dirección a donde le habían lanzado la manzana, se encaminó hacia el edificio, que parecía más lejano de lo que estaba hacía un momento. El cielo azul se había oscurecido hasta el púrpura. Si alguna vez había habido un momento para que Ángelo hiciera una aparición inesperada, pensó Lexi, habría sido aquel.

Después de dos pasos rápidos, colisionó con un cuerpo. Un cuerpo larguirucho, como un árbol, pegado a una de las cabezas más feas que alguna vez se hubiesen abierto paso desde un acervo genético. Su cara tenía forma de bombilla. Los ojos eran bizcos y mezquinos; la nariz, pequeña y de cerdo; las mejillas, huesudas y hundidas.

—Lo siento —murmuró ella levantando las manos para separarse de él.

Él le sujetó el brazo con unos dedos que parecían garras. Su tacto era ardiente, caliente a través de la manga del jersey de Lexi como una fiebre terrible, y sudoroso. Con su mano libre él le metió otra manzana en los labios, apretándolos contra sus dientes.

—Come —dijo él.

Ella se revolvió, pero no pudo liberarse de sus garras.

Al no abrir la boca para dejar paso a la fruta, él empezó a golpearle la parte superior de la cabeza con la pieza mientras la mantenía erguida. Los golpes deberían haberle dolido, pero la manzana estaba blanda, como si el calor de la palma de su mano la hubiera cocido.

—¡Socorro!

—Come, come, come, come... —canturreaba él.

Las manos alborotadas de Lexi se enmarañaron en su pelo grasiento. Sus uñas arañaron el rostro del hombre. Después de una docena de golpes, el zumo empezó a correr sobre su cuero cabelludo, y la pulpa magullada resbaló de sus dedos. Ella la oyó chafarse contra el asfalto del aparcamiento.

Él liberó su brazo y agarró del pelo por la nuca en una fracción de segundo. Su cabeza retrocedió bruscamente, siguiendo el dolor. Levantó a Lexi de tal modo que ella tuvo que sostenerse de puntillas. Se tambaleó.

Sin saber cómo, él tenía otra manzana, y ella se imaginó los bolsillos de su enorme chaqueta militar llenos de ellas. Ella le agarró por el cuello de la ropa, tanto para equilibrarse como para mantener la distancia. Él sostuvo la fruta cerca de su boca y de su nariz mientras se inclinaba sobre su rostro.

—Nos dejamos el uno al otro tranquilos —murmuró él. Lexi cerró los ojos contra su cálido aliento, su aterradora repugnancia y su parloteo—. Tranquilos para existir. Yo, yo mismo. Sin interferencias. Eso es todo lo que pido, hacer mi trabajo en paz. Pero él no puede mantenerse al margen de nada. El único nosotros es yo y mío, en el que tú *no* estás. Él *no* está.

¿De qué estaba hablando? Lexi estaba midiendo su propio aliento, hiperventilando alrededor de la cercana fruta de dulce perfume. Su forma de agarrarle el cabello a Lexi le paralizaba el cuello. Le dio un rodillazo en la ingle, pero él no pareció notarlo. El tobillo que soportaba su peso se tambaleó.

—Tú no eres mi asunto, y él no era su asunto. No interferimos en nuestro trabajo mutuo. Come. *¡Come!*

—¡Socorro!

Ella tosió y jadeó, abriendo su boca lo suficiente para que el hombre le metiera a la fuerza una manzana del tamaño de una pelota de tenis. Ella la apartó con un golpe. Él bloqueó su brazo y sus dientes desgarraron la fruta involuntariamente. Ella la escupió, dio un tirón brusco con la cabeza y sintió como su cabello se liberaba en la parte superior de su espina dorsal.

Él pellizcó la mandíbula de Lexi, apretando la carne de sus mejillas entre los molares.

—Él tiene que irse. Si te quito de en medio, él tendrá que irse.

Cuando soltó la cabeza y el rostro de Lexi, la apartó de un empujón y ella cayó de espaldas, con el coxis golpeando el suelo en primer lugar, después los talones de sus manos, apuntalándose para no caer más bajo. Él agarró una de sus muñecas de debajo de su cuerpo, retorciéndole el hombro. Ella se giró en la misma dirección para protegerse, y rodó pidiendo ayuda a gritos mientras él la llevaba a rastras a través del asfalto. La rugosa superficie le rasgó la piel de la cadera. Los dedos ardientes del hombre eran como esposas huesudas.

—Cierra la bocaza —le ordenó él.

El cuerpo de Lexi rebotó sobre un bordillo y se encontró con la hierba seca de invierno. Las ramas muertas de un arbusto se le enredaron en el pelo y le arañaron el rostro. Con su mano libre intentaba protegerse de las abrasiones. Le quemaba el antebrazo por los rasguños. La hierba se arrancaba allí donde él arrastraba a Lexi, y se le metía por dentro de la cintura de sus vaqueros.

Ella seguía gritando.

La oscuridad se cernía con rapidez sobre las montañas, y aquel loco la estaba arrastrando hacia la oscuridad más profunda de un lugar de hoja perenne en el lado este de la residencia. Retorcidos pinos y ponderosas se encorvaban como hombres viejos y aburridos. La nieve caída dos semanas atrás aún reposaba bajo los árboles; en aquel lugar el sol no brillaba ni siquiera de día.

Soltó a Lexi y un costado de su cabeza se sorprendió con una roca, enviando centellas rojas y moradas detrás de sus ojos. Ella se escurrió, deteniéndose en un parche de hielo que le proporcionó un breve y extraño alivio. Rodó sobre su espalda, respirando con dificultad y gritando, arañando el suelo. Él la dominó sentándose a horcajadas sobre sus costillas mientras rebuscaba algo en los bolsillos. Dejando caer sus rodillas sobre los brazos de Lexi, la inmovilizó en el suelo. Si hubiese pesado unos cuantos kilos más, le habría roto los huesos.

Dios, por favor, ayúdame.

Él aprisionó sus labios con una mano y se sacó un puñado de algo del bolsillo. ¿Más manzanas?

No, algo más pequeño. Unos caramelos rompemuelas, duros, espinosos e incomibles. Los apretó en su puño y un sonido como el de los granos de maíz aterrizando sobre el aceite atravesó sus dedos. Los objetos que sujetaba en su mano empezaron a silbar.

Uno de ellos restalló. Después otro.

Él le tapó la nariz y, cuando ella luchó por conseguir aire como un pez con la boca abierta, él empezó a llenársela con aquellas cáscaras con apariencia de araña. Le hicieron un corte en la tierna piel interna de sus mejillas.

—Yo y yo y mío y no él, no, no él o tú...

Lexi movía la cabeza violentamente de lado a lado, intentando evitar que él le metiera las cáscaras en la boca. La golpeó en la sien, en el mismo sitio donde se había golpeado con la roca, aturdiéndola y haciéndola callar. Sus pulmones se convulsionaron, necesitando toser. No podía respirar. Inhalaría y se rebanaría la garganta con las extrañas piedras.

Estaban calientes y secas.

—Si tienes suerte, él vivirá —dijo él—. Si tienes suerte. Bueno, yo tengo suerte. Más suerte. Y lo suficientemente listo para saber cuándo hay que matarles. Tú morirás despacio mientras que mi hombre vive despacio. Justicia.

Los pulmones de Lexi exigían aire. La cabeza le zumbaba como si estuviera a punto de apagarse. Pero en vez de eso, el peso se marchó de su pecho. Algo levantó a su atacante de encima de ella. Ni empujado ni placado o arrancado, sino levantado. Levitado. Una ráfaga de aire frío se abatió sobre las ropas de Lexi, enfriando todos los síntomas de su cuerpo.

El frío le hizo abrir los ojos y le vio, suspendido sobre ella, haciendo muecas y maldiciendo, intentado pegarla furiosamente, dando patadas con sus huesudas rodillas y pies. Uno de sus brazos soltó una coz como una serpiente al ataque. Sus uñas, parecidas a colmillos, no la alcanzaron por apenas unos centímetros.

Dentro de la boca de Lexi una de las resistentes cáscaras de abrió y expelió algo duro hacia el interior de su garganta. Entonces ya no pudo evitar toser. Rodando hacia un lado, tuvo arcadas y escupió, vaciando el contenido afilado de su boca sobre la blanca nieve: cáscaras duras, abiertas y cubiertas de espinas rizadas; pequeñas semillas jaspeadas, negras y hermosas. La lengua le sabía a sangre.

El hombre que la había atacado estaba chillando tan fuerte que ella se llevó las manos a los oídos.

Y entonces se cayó. Desde apenas un metro y medio, chocó contra el suelo como si fuera un paracaidista cuya tela no se hubiera abierto. Los gritos estridentes cesaron. La lógica le dijo a Lexi que la tenía que haber aplastado a ella, sin embargo él se estrelló a su lado, esparciendo una capa de agujas de pino muertas. El demoledor impacto podría haberle matado.

Podría haberla matado a *ella*.

Su cuerpo reaccionó bruscamente adoptando una postura enrollada, defensiva, encogida. Le oyó gruñir y miró.

Él estaba, inexplicablemente, en pie. En cuclillas, a la defensiva. Sus dedos esqueléticos se abrían y cerraban rítmicamente. No le prestaba atención.

Lexi sopesó si fingir que estaba muerta o escapar.

Sus rodillas se enderezaron debajo de ella. Las plantas de sus pies empujaron el frío suelo, y ya estaba corriendo, tambaleándose ciegamente mientras se alejaba de la escena. Una rama la alcanzó en el borde del ojo mientras se abría camino zigzagueando, desequilibrada. Cuando su pie aterrizó sobre un grueso montón de agujas de pino muertas, la tierra desapareció bajo sus pies. Lexi se agarró a una rama mientras caía y eso evitó que se desplomara por completo, pero bajo la mareante luz grisácea aún estaba desorientada.

Cerca se oían insultos y gritos, el siseo de los improperios deslizándose entre dientes. Entonces los alaridos comenzaron de nuevo.

Oyó el sonido de unos pies pesados viniendo en su dirección.

El árbol al que se había aferrado, un sinuoso pino con ramas como escobillas, empezó a inclinarse.

Al principio pensó que se estaba desmayando, o cayendo, o mareándose. Pero cuando la rama fue arrancada de su mano y se encontró aún erguida, se apresuró a deducir una explicación completamente distinta. Las palmas le quemaban por las agujas punzantes.

El árbol crujió y la tierra se abrió, dejando paso a las raíces. Terrones de tierra y nieve llovieron sobre el suelo, pero el pino se zarandeó y se quedó quieto cuando estaba sólo a mitad de camino. A tres metros, una figura abandonaba su forma doblada y se agachaba de nuevo. Lexi sintió cómo el calor se escapaba de aquel cuerpo.

Se giró y deshizo corriendo el camino por el que había venido.

Cualquier la hubiera tomado por una borracha. No era capaz ver hacia donde iba y no hubiera podido seguir una línea recta ni aunque hubiese brillado en la oscuridad. Así que cuando se estampó contra una masa sólida no fue una gran sorpresa.

Pero cuando la masa la rodeó con unos brazos corpulentos y la levantó como si no pesara nada, ella empleó todas las fuerzas que le quedaban en luchar para liberarse. Dio golpes, patadas y puñetazos. Hundió sus dientes en lo que estaba delante de su boca.

—Colabora conmigo, Lexi. Deja de luchar.

Ángelo. *Ángelo.*

Gritó, asustada, aliviada. Lanzó los brazos alrededor de su cuello, dándole una bofetada en la mandíbula en el proceso, y se agarró con fuerza al cuello de su camisa con los puños. Tendría que cortárselo si quería que ella lo soltara.

Los aullidos desgarradores del acechador de Lexi dividían la oscuridad en dos.

—¿Qué está pasando? —gritó ella jadeando—. ¿Se ha escapado de la residencia?

—Espera —dijo Ángelo.

—¿Dónde están los de seguridad?

No había tiempo para preguntas estúpidas.

Ella apretó el rostro contra su hombro. Ángelo tenía una mano en su cintura. No sabía lo que estaba haciendo con la otra. Apartando ramas de árboles mientras se hundían en las profundidades de la boscosa propiedad tal vez. No le importaba.

Le pareció que corría durante horas; durante apenas unos segundos. Sin embargo, cuando se detuvieron, estaban en una colina por encima de la residencia. Reconoció el lugar.

Un sendero serpenteaba a través de un claro ondulado en la parte inferior de la ladera. A su padre le encantaba salir a aquel lugar.

Ángelo la depositó en el suelo y sus zapatillas deportivas hicieron crujir una capa helada de nieve vieja.

Ella seguía aferrada a su camisa de franela.

—Suéltala —ordenó él.

Ella no pudo desobedecer aquel tono.

El cuerpo de Ángelo estaba vuelto hacia el este, en alerta.

No preguntó qué era lo que esperaba.

Llegó a través de los árboles como una bala, demasiado rápido para ser visto, más que para ser notado: una masa gruñona y saltona que se abalanzó contra la garganta de Ángelo. Se enzarzaron en una pelea que resultó anormalmente silenciosa.

Lexi se echó al suelo sólo unos centímetros más allá, buscando a tientas rocas para tirar o una rama pesada con la que defenderse. Su mano se cerró sobre una piedra tan pesada como un pisapapeles, y apartó su mirada de la enrevesada lucha para desenterrarla de la tierra comprimida.

El silencio de la contienda le cedió el paso a un sucinto vocerío.

—¡Mía mía mía mía mía! —chillaba el hombre.

—No tienes ningún poder aquí —declaró Ángelo.

—Mía mía mía...

Los alaridos cesaron poco a poco.

Las yemas de los dedos de Lexi se oscurecieron mientras cavaba en la fría tierra. En tres segundos, tal vez cuatro, tuvo aquella masa en la palma y la levantó sobre su hombro para lanzarla. Sus ojos se centraron en su objetivo.

Pero dejó que la roca cayera al suelo detrás de ella.

En la ladera cristalina, Ángelo estaba doblado sobre su cintura, con las manos en las rodillas, jadeando, aun en pie pero agotado.

A unos cincuenta metros colina abajo, en la depresión cubierta de hierba que había entre Ángelo y el camino, todo lo que quedaba del hombre que la había atacado era una chaqueta militar hecha jirones, tendida sobre un círculo de nieve derretida y una nube de vapor que se elevaba.

{capítulo 25}

Grant acabó tarde su turno gracias a un cuarto de lavandería anegado, y salía por la puerta de servicio de la cocina cuando Ángelo subió las escaleras exteriores con Lexi. Su mujer sujetaba la mano de Ángelo. Se aferraba a ella con ambas manos. Bajo las cejas fruncidas, tenía los ojos muy abiertos.

No pareció darse cuenta de que Gran estaba allí. Tenía la sien abultada debajo del nacimiento del pelo, su ropa estaba mugrienta y su precioso pelo castaño enmarañado. Había sangre en sus labios.

Grant retrocedió para mantener la puerta abierta.

—¿Qué ha pasado?

Lexi registró el sonido de su voz y volvió la cara hacia él, mirando aturdida. A Grant se le ocurrió entonces que había olvidado mencionar *dónde* estaba trabajando de conserje.

—¿Puedes traerle un poco de hielo? —preguntó Ángelo.

—¿Es grave?

—Estoy bien.

—No está bien.

Grant fue rápidamente al congelador que había en la parte trasera. Cuando regresó a la cocina, Lexi estaba apoyada en una mesa de acero inoxidable mientras Ángelo examinaba el corte que tenía en la cabeza.

—Me ha atacado un maníaco.

Ángelo se apartó y dejó que Grant le pusiera la compresa de hielo que había hecho con un paño de cocina. El miedo que le desgarraba era desconocido para él. ¿Y si hubiesen matado a Lexi? ¿Qué habría supuesto eso para Molly?

¿Qué habría supuesto para él?

Grant le mantuvo la parte posterior de la cabeza con una mano y aplicó la compresa con la otra. La cabeza de Lexi era cálida, su pelo tan sedoso como siempre. Podía oler el aroma de la loción sobre su piel, la misma marca barata de droguería que, una vez, le pidió que comprara junto a un paquete de pañales.

Olía a almendras. Aquella dulzura le trajo buenos recuerdos. La felicidad del recién casado.

Los hombros de Lexi se relajaron.

Grant carraspeó.

—¿Alguien de la residencia?

Ella y Ángelo intercambiaron una mirada que no fue capaz de interpretar.

—Eso parecía —respondió ella finalmente.

—Te llevaré al hospital —dijo Grant.

—No.

Ángelo se puso de su parte:

—Sí. —El enorme ordenanza abrió la mano sobre la mesa brillante y dejó caer varios objetos que parecían virus de ciencia ficción cuyo tamaño real se hubiese ampliado un millón de veces.

—¿Qué es eso? —Grant se inclinó mientras seguía presionando la cabeza de Lexi. Algunas de aquellas cosas duras, con forma de cáscara de nuez, estaban enteras. Un par se habían partido en dos. Entre ellas se habían mezclado tres semillas negras.

—Tenía estas en la boca —dijo Ángelo. Las empujó con el dedo índice.

Grant hizo una mueca y miró de nuevo a Lexi. Se estaba limpiando la sangre de los labios.

—¿Te han cortado? ¿El interior de la mejilla? —Intentó mirar.

—No es nada del otro mundo —contestó girando el cuello para apartarse.

—Sí que lo es —dijo Ángelo señalando una de las semillas negras. La sostuvo para que ella pudiera verla—. Semillas de ricino.

—Semillas de ricino. —Con una débil sonrisa—. Entonces, creía que era un médico... pero de hace unos cien años.

—O un asesino —dijo Ángelo—. El aceite es un remedio aceptable para algunas cosas, pero estas semillas son una de las plantas venenosas más mortíferas que existen.

Lexi palideció.

—¿Cómo de mortíferas?

—¿Cuántas te has tragado? —preguntó Ángelo.

—Ninguna. No me he tragado ninguna. —Examinando con la lengua el interior de su boca.

—Las vainas se abren al calentarse —dijo Ángelo—. Normalmente en verano. Una o dos ya son lo suficientemente mortíferas.

Parecía que hablaba consigo mismo, examinando las cáscaras. Introdujo el pulgar en el agujero de una de ellas y desprendió las espinas que había en la parte externa.

—Debe haber métodos más eficaces de matar a alguien —dijo Grant, arrepintiéndose inmediatamente de haberlo hecho.

—Hay métodos más rápidos —dijo Ángelo.

—No me he tragado nada —repitió Lexi, tal vez para convencerse a sí misma.

—Abre la boca —ordenó Grant. Dirigió la mandíbula hacia una luz que había sobre sus cabezas y esta vez ella obedeció. Era difícil ver nada. Después de un segundo, Lexi sacudió bruscamente la mandíbula para zafarse de sus manos sin mirarle a los ojos.

—Debería verte un médico —dijo Grant.

—No. Nada de hospitales. —Se dirigió hacia la puerta pero, al ver que ni Ángelo y ni Grant la seguían, se detuvo y se cruzó de brazos. Entonces, miró fijamente el felpudo de goma que tenía bajo los pies.

—¿Podemos limpiarlo de alguna manera? —le preguntó Grant a Ángelo—. ¿Un lavado con agua salada o algo así?

Ángelo levantó las cejas y Lexi se tapó bruscamente la boca con la mano.

—Vale. Es una idea estúpida.

—Puede que el suero fisiológico funcione —dijo Ángelo—. Sé dónde puedo conseguir un poco. Quédate con ella.

Salió de la cocina, llevándose consigo las extrañas y pequeñas semillas de ricino y sus cáscaras. Un destello momentáneo de enfado sobrevino a Grant. ¿Cómo podía un hombre como él competir con un chico diez como ese? Era Hades contra Hércules.

Lexi siguió evitando sus ojos, con la mano aún sobre la boca. Grant se metió las manos en los bolsillos. Un cubito de hielo que empezaba a calentarse se resquebrajó en el fardo que habían dejado sobre la mesa.

Él fue el primero en hablar, desesperado por comunicarse con ella:

—Me alegro de que no te haya herido. Más de lo que estás.

Ella asintió.

El viejo reloj analógico que había sobre el fregadero hacía tictac.

—¿Has informado a seguridad? Sobre lo del... —dijo Grant.

—Aún no. Acaba de ocurrir.

—¿Dónde está ese tipo?

Lexi sacudió la cabeza.

—¿Y si aún está...?

—Ya no —contestó. Grant esperó una explicación. Ella no le dio ninguna.

—Lexi...

—No me dijiste que trabajabas aquí. —Aquella acusación sacó de quicio a Grant.

—Tú no me dijiste que tu padre era uno los pacientes.

Lexi lo miró con rabia.

—Lo siento —dijo Grant. Suspiró. El frigorífico zumbaba—. ¿Venías a visitarlo esta noche?

Lexi miró hacia la puerta por la que había salido Ángelo. Grant lo comprendió al instante. Parecía que iba a tener que seguir allí, encajando los golpes uno tras otro.

Y además, los merecía todos.

—Hoy he visto a Norman Von Ruden —dijo Lexi.

Norman Von Ruden. ¿Norman Von Ruden? El único hombre del mundo al que Lexi probablemente odiaba más que a Grant.

—¿Por qué?

—Me lo pidió.

—¿Por qué?

—Tenía... novedades para mí. Sobre ti.

— ¿Y las tenía?

Los ojos de Lexi eran cuchillos.

—Dice que las medicinas que le vendiste antes del incidente eran placebos.

— ¿Qué?

—No te hagas el sordo.

No se estaba haciendo el sordo. Su pregunta era una reacción ante el pasado, que se le acercaba sigilosamente por la espalda y le daba un mordisco en el cuello.

—No sabe de qué habla —farfulló Grant.

—Te culpa a ti de lo de... de Tara.

—No irás a creerle.

— ¿Por qué no debería?

— ¡Porque le declararon culpable! ¡Lo tenían grabado en una cinta por estar gritando! ¡El jurado tardó menos de una hora en decidir el veredicto!

—No digo que él no... que no fuese él quien... —vociferó—. ¡Su cabeza no estaba bien, y eso fue culpa tuya!

— ¿Cómo podía ser culpa mía?

— ¿Qué le vendiste?

—Exactamente lo que me pagó.

— ¿Qué significa eso? ¿Qué pago por pastillas de azúcar?

Grant se dio cuenta en ese instante de que había sido arrastrado a un razonamiento que llevaba siglos elaborando: que él no tenía la culpa de nada, que la vida de los demás no era responsabilidad suya. Su única razón para volver a Riverbend era demostrar que podía dejar de pensar de esa manera. La pregunta de Lexi le suplicaba que fuese fiel a la promesa que se había hecho a sí mismo de encontrar la manera de hacer las cosas bien. Así que, al ver a Lexi ahí, dolorida y golpeada e incapaz de creer sus gastadas excusas, todos los argumentos de le escaparon de las manos.

—Sí —respondió.

Ella pestañeó, y sus labios se separaron.

—¿Por qué? ¿Qué creías? ¿Qué no se daría cuenta? ¿Qué en realidad no las necesitaba?

Grant no era capaz de recordar lo que pensó en aquel momento. Lo que ahora creía es que todo el mundo se automedicaba con cosas que no curaban sus enfermedades. Un hombre que salía a la calle para encontrar la ayuda que podía haber obtenido en la consulta de un médico, probablemente buscaba algo que nadie podía darle. En ese sentido, no, Grant diría que Norman no necesitaba aquellas pastillas.

Pero, si lo dijera, Lexi lo malinterpretaría.

—Por eso me fui.

—¿Qué?

—Cuando salió el tema del trastorno maniacodepresivo en el juicio... cuando dijo que no se lo habían diagnosticado ni tratado... imaginé que me señalaría a mí. A nosotros.

—No había un *nosotros* en tus planes.

—No, no lo había. Pero si me hubiese quedado... tú y Molly... es un pueblo pequeño.

Lexi dejó caer los brazos a ambos lados.

—¿Nos abandonaste por algo que nunca ocurrió?

Grant carraspeó.

La frialdad de Lexi regresó.

—Podías habernos llevado contigo.

—No habrías venido.

—Habría...

—Lexi, no deberíamos seguir mintiéndonos.

Las lágrimas empañaron los ojos de Lexi y apartó la mirada.

—Yo era el único que mentía —confesó Grant—. No sabes ni la mitad de todo en lo que estaba metido. Cuando tu hermana murió, todo lo que me había dicho a mí mismo, que mis negocios con Ward eran inofensivos, dinero fácil... yo fui el estúpido. Pensé, ¿qué habría pasado si hubiese tropezado contigo? ¿Y si lo hubieses visto y te hubieses parado para ser amable con él, y te hubiese atacado? Tara era una completa desconocida para él. Fue una coincidencia muy extraña.

Lexi estaba de perfil con la cabeza inclinada y las dos manos agarradas por detrás del cuello. Tenía los ojos cerrados. Grant no debía haber sacado el tema de su hermana, pero tampoco sabía cómo podía haberlo evitado. Se dio prisa en decirlo todo antes de arrepentirse.

—Ahora parece que todo está mal. Irme estaba mal. Quedarme estaba mal. Al menos, quedarme mientras traficaba, pero no sabía cómo salir. He tardado años. Lo hice al fin, y resultó ser un ambiguo don. Todo el tiempo del mundo para enfrentarme a mis errores. Quizá tu madre te lo haya dicho.

Lexi no se movió.

—No espero que me disculpes por ser un idiota. Pero en aquel momento, creí sinceramente que las estaba protegiendo, a Molly y a ti. Lo creí. Lo siento. No puedes imaginar lo mucho que lo siento y hasta qué punto quiero compensarte.

Lexi sacudió la cabeza. Grant no supo cómo interpretarlo.

—Estoy completamente limpio, Lexi. Desde hace dos años. —Sonaba patético, así que dejó de hablar.

Sonó el tictac de un largo minuto por encima del fregadero.

—Puedes compensarnos —dijo al fin Lexi.

—¿Cómo? Dímelo. Lo que sea.

—Ward quiere su dinero.

Grant no veía la relación, pero dijo:

—Estoy trabajando para eso.

—Lo quiere el viernes.

—Bueno, pues tendrá que esperar.

—No va a esperar.

—¿Qué quiere decir eso? No lo tengo. Se tarda un tiempo en ahorrar diez mil dólares si trabajas con un salario mínimo.

—¿Diez mil?

—Le debo diez mil dólares. Puede que no parezca mucho, teniendo en cuenta el dinero que pasaba por nuestras manos todos los días, pero si se trata de dinero ganado legalmente es difícil de...

—Él dice que son veinticinco mil.

Cinco años atrás, Grant se habría echado a reír y a maldecir. Al ver la expresión de Lexi, sin embargo, le dio un vuelco el estómago.

—Eso es el doble de lo que... ¿por qué te habla a ti de lo que yo le debo?

—Quiere a Molly.

Grant sacudió la cabeza. Era imposible seguir el hilo de aquella discusión.

—Quiere que me des el dinero a cambio de la seguridad de Molly.

—No tiene ningún sentido.

—¿A quién le importa el *sentido*? —subió el volumen de su voz—. ¡He criado a mi hija a pesar de ti; he sido su madre *y* su padre durante siete años, y aún seguimos pagando tus estúpidas y absurdas decisiones! Dime si eso tiene sentido, Grant.

—¿Por qué iba a querer a Molly?

Lexi alzó las manos.

—La cuestión es, ¿la quieres *tú* realmente? O, si eso significa que tienes que pagar, ¿va a resultar que tu plan de papá querido es una farsa?

—¡Eh!

—No te hagas el ofendido.

—Mira, la fastidié. He intentado pedir perdón. No conozco más formas de decir que lo siento. Pero si Molly y tú no me importaran, no estaría aquí. Tienes que saber lo duro que es esto para mí.

—No me importa lo duro que sea para ti. Si quisieras a Molly...

—¡La quiero! No sabes nada de lo que yo siento. Quiero a Molly más de lo que nunca... —Apretó los dientes y exhaló lentamente.

—Más de lo que nunca me has querido a mí —concluyó ella.

No había nada que decir al respecto. No importaba que él nunca hubiese dejado de amar a Lexi, que ahora la amara más que cuando se marchó, ahora que tenía una idea clara de lo que había dejado atrás. Cuando se trataba de una esposa, ninguna palabra podía gritar más alto que las propias acciones, y la historia de Grant era muy, muy ruidosa.

—¿Qué te ha contado? —preguntó Grant—. ¿Qué te ha dicho Ward que va a hacer?

—Dice que se la llevará.

—¿Y ya está?

—¿No es suficiente? ¡No me ha explicado sus planes, Grant!

—¿Dónde está ella?

—Con mi madre.

—Tu madre podría llevársela a algún sitio hasta que resolvamos esto.

—¿Resolver qué? O tienes el dinero o no lo tienes.

—Ward es un negociador.

—Molly no puede viajar en este momento.

—¡Si no hacemos algo se irá de viaje con Ward!

Lexi se puso la mano en la frente. Parecía que estaba a punto de perder el equilibrio. Grant se adelantó para sujetarla del brazo, pero ella se soltó y se puso fuera de su alcance.

—Querrás decir si *tú* no haces algo —gruñó.

Todas las viejas disputas que Lexi y Grant habían vadeado, no lo prepararon para enfrentarse a la intensidad de aquel enfado. De alguna forma, separado de ella durante tanto tiempo, había logrado la sorprendente hazaña de minimizar su furia. Los recuerdos de su rabia eran variados: suplicándole que se quedara en casa, sometiéndolo al castigo del silencio cuando estaba realmente molesta o, por encima de todas las otras imágenes, de pie y muda en el espejo retrovisor, con su niña pequeña en brazos, cuando él se alejó en coche por última vez. Pero nunca peor que eso. Los años que habían transcurrido desde entonces la habían convertido en una leona feroz que mataría por proteger a su hija, y Grant era su enemigo más odiado.

—Conoces a Ward mejor que yo —dijo Lexi—. No eres tan distinto a él. ¿Crees que no la matará, si es eso lo que quiere?

—No mataría por tan poco dinero —contestó Grant.

Pero no quedó muy convencido. No podía negar que había una posibilidad. De la misma manera que no podía negar su responsabilidad en el hecho de que su mujer y su hija estuviesen en esa situación. Había hecho caer un enorme dominó hacía años y no podía impedir que las fichas siguieran derrumbándose. Y al final de la cadena: una niña preciosa, el único ser del planeta cuyo amor tenía la oportunidad de recuperar, estaba a punto de ser aplastada.

Ella, también, estaba fuera de su alcance.

Grant se tapó la cara con las manos. Sus hombros empezaron a temblar. Y, en el baño de sales que él mismo produjo, aquellas lágrimas lavaron la suciedad de los pliegues de su mente y revelaron de forma precisa lo que tenía que hacer.

{capítulo 26}

Al destartalado Datsun que Richard le había proporcionado a Grant le costó alcanzar los noventa kilómetros por hora y empezó a traquetear a los cien. Consiguió ponerlo a ciento cinco y recorrió con estrépito la carretera que atravesaba Riverbend de norte a sur pasando por el centro, seguro, de una forma irracional, de la guarida en la que encontraría a Warden Pavo.

Riverbend, con ciento cincuenta mil habitantes, formaba parte del condado de Rawson. Era lo suficientemente grande como para sustentar a su propia banda de narcotraficantes y camellos, pero demasiado pequeña para que los contribuyentes pudieran mantener un cuerpo oficial dedicado por entero y exclusivamente a este tipo de delitos. Al departamento del sheriff de Riverbend se le atribuía el dudoso honor de tener que lidiar con una ciudad que presentaba el segundo índice de asesinatos per cápita más alto, sólo por detrás de Detroit. Por lo que Grant sabía, eso no había cambiado durante los años que había estado fuera.

Warden Pavo había tenido un gran éxito en esa región durante la época en la que Norman y Grant hacían negocios con él. Había muchas posibilidades de que Warden todavía fuese el rey en los lugares de negocio habituales.

Lo que no tenía sentido, sin embargo, era que intentara sacarle el dinero a Lexi. Warden podía haber ido tras él fácilmente. ¿Qué dificultad podía haber en encontrar a un ex presidiario que había vuelto a casa?

El Datsun se estuvo quejando durante todo el camino hasta llegar al extremo sur de la ciudad, donde Grant entró a toda velocidad en el aparcamiento del club nocturno Blue Devil y dio una vuelta a todo el edificio. La ausencia de luz en la parte trasera era intencionada y le recordó una interpretación más siniestra de un lugar donde no brilla el sol.

Grant salió del coche y cerró dando un portazo tan fuerte que uno de los tapacubos traseros se desprendió.

Recorrió el camino hasta las habitaciones del sótano de memoria, más que de vista. Doce zancadas hasta la barandilla de metal, diecisiete peldaños de cemento hasta la rejilla que cubría el alcantarillado. Tres escalones y, a continuación, a través de la puerta hasta el vestíbulo a modo de búnker que resplandecía con una luz dorada.

Dentro, un gamberro flacucho vestido con traje de chaqueta dio la bienvenida a Grant. Se hacía llamar Rayban, como las gafas de sol. Estaba sentado detrás de un escritorio oxidado y comía de tres recipientes de comida china para llevar. Rayban habría visto llegar a Grant por las cámaras de seguridad de visión nocturna y podría haber cerrado la puerta si hubiese querido.

—Han pasado unos cuantos años, Solomon —dijo con la boca llena de *noodles*.

—He venido a ver a Warden.

—No estoy seguro de que quiera verte. —Sorbió los fideos chinos.

El tipo apenas pasaba de los veinticinco y no medía más de metro y medio. El traje le hacía parecer un niño con la ropa de su padre. Sin embargo, Grant no iba a ponerlo a prueba; era repugnante como una rata.

—Me verá —dijo Grant.

Rayban señaló las puertas del ascensor en la pared que había detrás de él.

—No dejes que te detenga.

No habría podido, esta vez no, aunque Grant se alegró de que no se lo hubiese puesto difícil.

Grant subió al ascensor y presionó el botón que le llevaba al nivel más bajo. El descenso duró casi medio minuto. Las puertas se abrieron y pasó a la sala.

Allí el aire era sorprendentemente más cortante que el oxígeno de la montaña en el exterior; oxigeno del que se había visto privado durante los años que pasó en Los Ángeles. Grant recordó su primera visita a aquella sala y la sorpresa de entonces por lo llamativo del lugar, al más puro estilo Las Vegas. Era el Casablanca de los clubes nocturnos, un lugar donde aquellos que habían sido invitados por amigos de otros amigos podían burlarse de los míseros clientes del Blue Devil, que bebían cerveza a ras del suelo, y podían simular durante unas pocas horas que no vivían en una pequeña e insignificante ciudad de las montañas Rocosas.

Esa noche, sin embargo, al entrar en la sala, la fetidez del humo, que no sólo procedía de los cigarrillos sino también de otras sustancias, y la apariencia desgastada de todo aquel *glamour* lo pillaron desprevenido. Había mucha luz, los pasillos se camuflaban bajo las alfombras, y las paredes cubiertas de espejos eran borrosas. Los ojos de los invitados que se molestaron en mirar a Grant estaban vagamente aturdidos. Uno de ellos sostenía una pipa de opio en la mano izquierda.

Ward no dirigía aquel lugar, pero conocía a los que lo hacían. Al menos eso fue lo que le dijo a Grant años atrás.

Grant echó un vistazo por la sala buscándolo y, como no dio con él, pasó por entre las mesas hasta llegar a un vestíbulo que se encontraba al otro extremo. Una cortina de cuentas negras separaba la barra de las habitaciones donde el negocio se gestionaba de forma privada. Durante la época en la que Ward tenía proveedores con los que Grant se reunía, solían dirigir el negocio allí.

Las cuentas repiquetearon cuando las apartó y entró en el pasillo de color rojo intenso. Había seis oficinas, por llamarlo de alguna manera. Tres a cada lado. Cada puerta marcaba el blanco de una diana negra. Los anillos de la diana formaban un arco por encima de las puertas y se solapaban con las líneas contiguas.

Grant abrió de golpe y sin avisar cada una de las puertas. Vacía. Vacía. Vacía. Ocupada.

Dos hombres que intercambiaban fajos de billetes y cocaína le lanzaron una mirada feroz. Grant levantó una mano a modo de disculpa y cerró la puerta.

En la quinta habitación, Ward estaba sentado solo. Los pies, cruzados a la altura de los tobillos, descansaban sobre una mesa cuadrada de cristal. Tenía la silla apoyada sobre las dos patas traseras. Mascaba el extremo de un cigarrillo liado a mano sin encender.

—Pensé que quizá te dejarías caer por aquí, viejo amigo —dijo.

Grant dio dos pasos hasta el interior de la habitación y se apoyo en el otro extremo de la mesa de cristal. El hecho de que Warden pareciera estar aguardándolo lo confundió. Él esperaba interrumpir un intercambio.

—¿Por qué has ido a pedirle a Lexi el dinero que quieres de mí?—preguntó Grant.

—No quiero que tú me des el dinero. Ergo, Lexi.

—¿Por qué le dijiste que me lo pidiera, entonces?

—No me importa de dónde proceda.

—Soy yo el que te lo debe.

—Tengo lo que necesito de ti, Solomon.

Grant frunció el ceño. Admitiría de buena gana que le debía a Ward diez mil dólares. Por el bien de Molly, estaba deseando hacer un trato para pagarle a Ward lo que quisiera, incluso veinticinco mil si era necesario. Aquella desestimación de la deuda de Grant era totalmente inesperada.

Ward le extendió el cigarrillo casero.

—¿Por los viejos tiempos? —invitó.

Grant se lo tiró de la mano.

—Explícame eso. Lexi no te debe nada. Y usar a Molly como moneda de cambio es demasiado rastrero incluso para ti.

—Ah, nada es demasiado rastrero para mí. —Ward se balanceó sobre la silla inclinada y movió los dedos de la mano derecha como un mago. Cerró el puño, hizo un giro de muñeca y un cigarrillo recién hecho apareció entre sus dedos.

Grant sacudió la cabeza.

—No me distraigas.

—Ya lo he hecho.

Otro rollo de tabaco apareció en la otra mano de Warden. Unió los extremos de los dos cigarrillos, y ambos empezaron a arder. Cuando las puntas brillaron con un color naranja, las separó y le pasó uno a Grant. Un hilo de humo salió de debajo de sus ojos, haciéndolos arder. El vapor olía como las hojas de otoño en descomposición.

Grant lo tomó y, a continuación, lo arrojó al suelo, aplastándolo bajo la parte delantera de sus desgastadas zapatillas de *cross*.

—Vamos a solucionarlo, Ward. Deja en paz a Lexi y a Molly. Es todo lo que te pido.

—Eso es muy generoso por tu parte, Grant. Estoy conmovido, realmente lo estoy. Pero también es irrelevante.

—¿Qué quieres de ellas?

—Dinero. Pecados. Almas.

Grant lo miró fijamente hasta que continuó.

Ward bajó la silla hasta el suelo y se apoyo sobre la mesa, hablando lentamente.

—Lexi tiene dinero. Lexi tiene pecados. Lexi tiene un alma muy, muy negra, y tengo derecho.

—¿Derecho a *qué*?

—A *ella*, imbécil. Tengo derecho a *ella*.

—No es una propiedad.

Ward se rio al escucharlo.

—Llámala mi aval, entonces.

—¿Y, entonces, qué tiene que ver Molly con eso?

—Molly es lo único que Lexi tiene y que no quiere perder.

Grant apretó la mandíbula.

—La deuda es *mía* —dijo entre dientes.

—Créeme, ella tiene la suya propia. Y también tiene capacidad para pagarla.

—¿Cómo?

—De la misma manera que lo hiciste tú, viejo amigo.

La palabra *estupefacto* no bastaba para definir lo que Grant sintió ante aquella afirmación de que Lexi había entrado en el podrido mundo de los camellos y los traficantes.

—Lexi no trafica. Me odiaba a mí por hacerlo.

—Llevas fuera mucho tiempo, hermano.

—Nunca lo creeré. No mientras tenga a Molly.

—Todos debemos enfrentarnos a nuestras desilusiones.

Grant dejó caer la mano con fuerza sobre la mesa, golpeándola con toda la palma.

—Sólo si están basadas en hechos.

Ward se encogió de hombros.

—Pues hazle una visita. Tiene guardado buen material por todo su hogar dulce hogar.

—¿Cuál es su valor en la calle?

—Lo suficiente para saldar la deuda.

Grant comenzó a maldecir y dio la vuelta alrededor de la mesa.

—¡Entonces, si es cierto, permite que te pague y déjala en paz! —Gritó—. Llévate el material. No tiene dinero. Nunca lo tuvo, y lo sabes. ¿Qué sentido tiene hacerle pasar por todo esto por lo que yo hice?

—Ningún hombre es una isla —dijo Ward. Se reclinó sobre su asiento, esta vez con las cuatro patas de la silla apoyadas en el suelo—. Nunca cargamos solos con nuestros pecados.

El puño de Grant se precipitó sobre su hombro, después giró en forma de arco hacia la mandíbula de Ward. Este bloqueó el golpe fácilmente, agarrando con fuerza el antebrazo de Grant. La facilidad con la que realizó el movimiento despejó a Grant en un instante.

Ward no lo soltó.

—Deja que sea dueño de lo que te debo —dijo Grant—. Deja que también me haga cargo de lo que Lexi debe, aunque estoy seguro de que te lo estás inventando todo. Encontraré la forma de pagarte por los dos.

—No.

—¿Por qué no, tío? ¡Dime cuál es tu precio!

Ward le tiró del brazo hasta que casi se lo desencajó. La cabeza de Grant se fue hacia atrás bruscamente, y después hacia adelante hasta quedar nariz con nariz con la de Ward.

—Mi precio es el precio de la inocencia, Solomon, y tú ya has pagado hasta el último centavo. No tienes nada que me interese, ya no. La única persona que conserva algo de valor es tu querida y pequeña Molly.

En aquel momento, Grant se abalanzó sobre él. Lanzó todo su peso contra el pecho de Ward, golpeándole de lleno y haciéndole caer de nuevo sobre la silla. Ward apretó y retorció con más fuerza el antebrazo de Grant, quemándole la piel.

Cayeron por encima de la silla. La garganta de Ward retumbó con una carcajada desmedida. Grant fue consciente de que nada de lo que iba a suceder a continuación estaba en su mano. Todo lo ocurrido en aquella habitación, antes y después de su llegada, era simple y llanamente para divertir a Ward.

Ward permitió que Grant le diera unos cuantos puñetazos en la oreja, unas cuantas escupiduras frustradas. Cuando hubo acabado con la oreja de Ward, trató de alcanzar su pelo grasiento y lo agarró, esperando llevarse consigo unos cuantos mechones gris marengo.

Se alejó con las manos vacías.

La habitación se dio la vuelta y desde su nueva posición, debajo de Ward, Grant le dio rodillazos en las costillas y, después, patadas en la rótula.

—¿Has acabado? —se burló mientras Grant le golpeaba las espinillas con todas sus fuerzas. Una vez, hacía tiempo, cuando Grant era un interno de Terminal Island, le rompió la pierna así a un tipo.

Grant siguió golpeando, plenamente consciente de su extraña impotencia en el terreno de Ward, tratando de despejar su mente y revaluar sus debilidades.

¿Qué le iba a pasar a Lexi? ¿Y a Molly?

Se soltó con los tres miembros que tenía libres. Dio vueltas y se retorció por la cintura, se dobló por las caderas, dio cabezazos.

Ward retorció el brazo de Grant hasta que este comenzó a gritar y cayó sobre el estómago. Ward presionó el puño que trataba de revelarse entre los omóplatos agitados de Grant. El olor a hojas de árbol muertas le taponaba la garganta.

—Me toca —dijo Ward.

Grant creyó que Ward lo soltaría suavemente. Acabó con la mandíbula hinchada y un esguince de muñeca, la nariz sangrando y más cardenales de los que después sería capaz de contar. Ward le rompió dos dedos y le dislocó el hombro. Grant se desmayó del dolor. Cuando volvió en sí, estaba tumbado boca arriba, jadeando, mientras Ward encendía otro cigarrillo. Ni siquiera respiraba con dificultad.

Ward se inclinó y sopló el humo en la nariz de Grant, provocándole un ataque de tos.

—No hay nada que puedas hacer para salvar a tu hija —dijo—. Tuviste tu oportunidad, hace años. Hiciste tu elección. Ahora le toca a Lexi.

Grant escupió a Ward en la cara y erró el tiro por completo. La gravedad tenía un sentido de la justicia perverso.

—No puedo admitirlo —gruño.

—No hay nada que yo pueda hacer al respecto —dijo Ward. Agarró el brazo retorcido de Grant y volvió a tirar de él. Grant gritó. El hombro volvió a encajarse en su hueco.

—Ahora, escúchame con atención, viejo amigo. La única cosa que te queda, por la que merece la pena vivir, es la vida que te habría gustado tener. Y, si esto no te satisface demasiado, serás bienvenido si decides unirte a mis invitados del club nocturno de ahí fuera, que viven por la misma razón, borrachos y aturdidos en sus propias fantasías. Únete al grupo. Aliviará el dolor del arrepentimiento. ¿Me entiendes?

Grant no entendía una palabra de aquello, pero no podía decirlo. Ward había puesto su enorme mano sobre la boca y la nariz de Grant y presionaba, dejándolo sin aire. La lucha abandonó su cuerpo, pero no su mente.

—Hablemos un poco del arrepentimiento. Perdiste a tu mujer hace siete años. ¿Sabes quién te la arrebató de debajo? Norman Von Ruden. Hasta ese extremo eres un hombre débil. Y eso es lo poco que ella te respeta.

Parecía que el pecho de Grant iba a sufrir un colapso. ¡Todas esas mentiras! Lo que Ward tenía reservado para Lexi iba más allá de la imaginación de Grant. Necesitaba su ayuda. Tenía que conseguir que Lexi lo escuchara antes de que...

—Ese es el error que ustedes, las personas, cometen más que ningún otro que yo haya visto —dijo Ward—. Creen que tienen más tiempo. Tiempo para amar, tiempo para hacer las cosas bien. Ignorantes. ¿Y Molly? Para empezar, nunca la tuviste. Así que sigue adelante, hermano. Y no mires atrás. Porque, cuando lo hagas, seré yo el que esté resoplando en tu cuello hasta que mi aliento hirviendo abrase cada nervio de la superficie de tu piel. Si quieres pasar por eso, es cosa tuya. Al menos, cuando haya acabado contigo, ya no sentirás nada más.

El cierre hermético que ejercía la mano de Ward se tensó. En aquel club del sótano, donde el oxígeno le había parecido tan puro una vez, Grant se sintió sofocado.

Ward gruñía. El hambriento cerebro de Grant vio afilados incisivos tras sus labios negros, y una lengua bífida.

Sus ojos se cerraron.

El sueño que siguió fue un alivio.

{capítulo 27}

Lexi se chupaba la sangre del dedo en el pasillo de los cereales de la tienda de comestibles King, cuando Alice la encontró el miércoles por la mañana. Había estado descargando cajas de cereales y se hizo la madre de todos los cortes con el cartón ondulado del embalaje de los Rice Krispies.

El corte también provocó lágrimas. No porque le doliera, sino porque le demostró lo impotente que realmente era. Tenía que estar ahí fuera salvando a Molly, consiguiendo dinero, diciéndole al sheriff que Norman la había amenazado, encontrando las drogas que Ward había sembrado por su casa, huyendo del estado con lo que quedaba de gasolina en el depósito de su coche y los veintiséis dólares de su cuenta bancaria.

En su lugar, se encontraba paralizada dentro de la rutina, trabajando porque, de todas las opciones, parecía la única que podía comprar tiempo para pensar. Faltaban dos días para la vista de Norman. Tenía dos días para comprender cómo los planetas, que eran Norman, Grant, Ward y su preciosa hija, se habían alineado de forma tan rápida y catastrófica. Dos días para decidir cómo iba a salvar el mundo de Molly.

La imagen de Grant llorando por Molly había descolocado a Lexi. Su desconsuelo la afrentaba. Sus lágrimas la humillaban. Creía que estaba arrepentido por todos los errores que había cometido.

¿Había derramado ella alguna vez lágrimas de esa manera? No. Había convertido sus arrepentimientos en una actitud defensiva. Grant no podía haber sabido que le inquietaba su propio papel en el peligro que Molly corría. No podía haber sabido que Ward quería a Molly como una venganza por celos contra Norman y contra ella. ¿Cómo iba a decírselo? ¿Qué haría si Ward se lo contaba antes? El llanto de Grant se agotaría rápidamente cuando descubriera qué parte del desastre de su familia era responsabilidad de Lexi.

Por primera vez desde que Grant se marchó, se planteó si sus propios errores eran más ofensivos que los de Grant. Pero, ¿y si él la había empujado a cometerlos? ¿Seguía siendo esa una excusa válida? ¿Lo había sido alguna vez?

El dedo de Lexi no dejaba de sangrar.

El ruido firme de unos tacones altos distrajo su atención del corte. Alice se acercaba por el pasillo, con un traje de sastre color berenjena que le daba un aire de dura. Lexi volvió a meterse el dedo en la boca.

—Déjame que busque una Band-Aid para eso —Alice sacó un kit de viaje de primeros auxilios que llevaba en el bolso y le puso la tirita.

—¿Qué haces aquí? —preguntó Lexi—. Me prometiste que hoy te quedarías con Molly.

—Aguanté cinco minutos. ¿Qué alumno de cuarto grado puede soportar tener a su abuela sentada detrás en clase? No podía torturarla de esa manera.

—Pues entonces ve a recogerla al colegio. Llévala a casa. De todas formas, no debí mandarla a clase esta semana.

Alice apoyó las manos en las caderas.

—Tú misma dijiste que el colegio es el mejor sitio en el que podría estar ahora, con todo lo que está pasando. Estoy de acuerdo. La mantiene distraída...

—Por favor. Ve a recogerla. —La única decisión que Lexi había sido capaz de tomar hasta ese momento era que no debían dejar a Molly sola, aunque estuviese rodeada de una multitud de amigos y profesores. Los rasguños en la cara de Lexi eran demasiado reales, los cortes dentro de la boca producidos por las semillas de ricino, demasiado salvajes. El ataque que sufrió pudo haber sido una coincidencia (su padre solía decir que los problemas nunca vienen solos), pero aún no estaba dispuesta a creerlo.

—Lexi, tenemos que hablar.

—Aquí no, mamá.

—No hay otro momento mejor.

—Esta tarde.

—Quiero hablar contigo sobre Molly. No cuando estén las dos juntas en casa.

Lexi agarró dos cajas de cereales y las colocó en el estante. Una de ellas se volcó y golpeó el suelo. Suspiró.

—¿De qué quieres hablar?

—No es ella misma.

—Claro que no. Ninguno de nosotros lo es, no después de una semana así.

—Tienes que permitirle que vea a su padre.

Recogiendo el envase, Lexi apartó la cara.

—¿Y de qué va a servir eso, mamá?

—Deberías darle una oportunidad a Grant —dijo Alice—. No digo que debas cederle la custodia, ¿vale? Sólo digo que veamos lo que pasa. Molly no entiende todas tus razones, y no debería, pero necesita saber que estás de su parte.

—Y lo estoy. No hay nadie que esté *más* de su parte que yo.

—Tú no eres la única.

Lexi tomó aire, le pasó a Alice una caja de Chex y señaló el estante.

—Ward vino a casa el otro día porque Grant le debe dinero —dijo Lexi—. Lo quiere.

—¿Y por qué acude a ti?

—Porque Grant no tiene dinero.

—Ni tú tampoco.

—Pero yo tengo a Molly.

El rubor de Alice se aclaraba a medida que sus mejillas palidecían.

—No puedes hablar en serio.

—No, mamá, me lo estoy inventando.

—¿Está amenazando a *Molly*?

—No me pidas que te lo explique.

Una mujer con una niña pequeña sentada en asiento del carrito del supermercado se detuvo cerca de ellas y tomó una caja amarilla de Cheerios. Lexi colocó dos paquetes más de Chex. La mujer siguió adelante. Alice bajó la voz.

—¿De cuánto dinero estamos hablando?

—Veinticinco mil.

—¡Dios santo! Quizá pueda reunir toda esa cantidad.

Lexi carraspeó, apurada de vergüenza.

—¿Cuándo podrías tenerlo? —No podía mirar a su madre.

—No lo sé. Está en bienes, no en efectivo. ¿Una semana o dos?

—Lo necesitamos el viernes.

Alice se puso la mano en la garganta.

—Iremos a la policía.

—No puedo. Todavía no.

—¡Por el amor de Dios! ¿Por qué no?

—Para empezar, Ward no existe para la policía. Es un traficante fantasma. Lleva traficando con drogas no se sabe cuántos años y nunca lo han pillado. ¿Crees que es porque nadie ha intentado traicionarlo?

—¿Para empezar? —murmuró la madre sujetando aún la caja de Chex.

—Ha escondido droga en mi apartamento. *Si* me voy de la lengua, y *si* lo encuentran, puede decir que nada de lo que digo es cierto, que soy una socia rencorosa. De hecho, no hace falta que arresten a Ward para que lance ese rumor. Sería bastante fácil que las autoridades lo creyesen, teniendo en cuenta mi historia con Grant, ¿no crees?

Alice se quedó boquiabierta.

—Parecía un hombre tan amable. ¡Cariño, esto es horrible! —Enderezó los hombros—. Llamaré a mi contable. Y primero encontraremos la droga. Destrozaremos la casa si es necesario.

—Anoche me pasé toda la noche buscando.

—Conozco a un hombre que tiene un perro...

—Mamá... —Lexi tocó con sus dedos callosos la mano suave de Alice—. Me quitarán a Molly. Iré a la cárcel.

—Tú no has hecho nada.

—No, es cierto, pero va a ser difícil demostrarlo.

Mientras, en el mostrador de la carnicería, Lenny King anunciaba a voz en grito que el medio kilo de paletillas de cerdo estaba a noventa y nueve centavos.

Alice subió la voz.

—Digo que pueden huir.

Un hombre que pasaba al final del pasillo miró hacia ellas. Lexi volvió a la tarea de rellenar los estantes con energía renovada.

—Este no es el lugar idóneo para tener esta conversación

—Tampoco parece que la podamos aplazar. Tengo amigos, Lexi. Ward se olvidará de ti. ¿Qué son veinticinco mil dólares para un narcotraficante, no crees? —Alice parecía esperanzada—. ¿Tienes hasta el viernes?

—Exacto.

—Entonces, tienes dos días de ventaja. El viernes... ah, la vista es el viernes, ¿verdad? Bueno, puedes perdértela. Lo entenderé. Sería una locura que te quedaras por eso.

Lexi examinó todos los embalajes llenos que abarrotaban el pasillo.

—Tengo que estar allí el viernes —dijo.

—Yo puedo ir por las dos.

—No será suficiente.

—A veces eres la chica más irritante del mundo, Lexi. Suéltalo ya. Por favor, explica por qué ahora tienes que estar, si me dijiste que no irías.

No podía seguir evitándolo. Se colocó el pelo detrás de la oreja y se llevó el dedo a los labios durante un instante. El corazón le latía a toda velocidad.

Su madre la odiaría por aquello. La odiaría. Y, entonces, Lexi habría perdido más de lo que sería capaz de soportar.

Le tembló la voz.

—Norman Von Ruden y yo tuvimos una aventura. —Carraspeó—. Antes de que Tara muriera.

Alice miró fijamente a Lexi durante unos segundos, quemándole el corazón. Después, miró la caja que sostenía y la devolvió al estante como si fuese frágil.

—Lo siento —dijo Lexi.

Alice subió la cremallera del bolsillo de su bolso.

—Molly no tiene que saberlo.

Lexi negó con la cabeza. Le ardían los ojos, pero los levantó hacia la cara de su madre.

—No lo entiendes, mamá. Tara intentó decirme que estaba cometiendo un gran error. Intentó detenerme. No la escuché. Y fue a ver a Norman...

—¿Quedaron?

—Esa noche, por primera vez.

—¿Norman la conocía? —Lexi dejó que Alice enlazara los hechos sin interrumpirla. El cuerpo de Alice se tensó y Lexi pensó que estaba controlándose para no gritar, o quizá para no arremeter contra ella—. Tara estaba allí por ti. Murió por ti. —Colocó una mano temblorosa sobre la correa del bolso, por encima del hombro—. Mataste a tu hermana.

Un sollozó explotó de la garganta de Lexi.

—No, mamá. —*Norman mató a mi hermana*, quería decir. *Y si no aparezco el viernes, los últimos hilos que me atan a la vida tal y como la conozco se cortarán con la más afilada de las tijeras.*

Las lágrimas de Lexi formaban pequeños ríos y humedecían su camisa blanca alrededor del cuello.

Alice apartó los ojos. Miraba fijamente las cajas de trigo y arroz y copos de avena. Lexi podía oír su respiración.

—Lo siento mucho —susurró Lexi—. Por favor, perdóname. Por favor. No tenía ni idea de lo que iba a hacer. —Le pareció que sonaba como Grant. Su marido, el hombre al que había amado. El padre de su hija—. Por favor —repitió Lexi suponiendo que la respuesta de Alice no sería distinta a la suya.

—No mereces a Molly —dijo Alice. Y se marchó.

El martes por la noche, después de enviar a Grant de vuelta, Warden comenzó a acalorarse.

No ardía desde hacía décadas. Le había llevado años perfeccionar su control. Era demasiado fácil caer en la furia en ocasiones así, y la furia nunca terminaba bien. Pensó en lo que le había ocurrido a Craven. Ese renacuajo incompetente no debía haberse molestado tanto por algo tan insignificante como la bacteria de Ward. Si hubiese tenido más autocontrol, Mort Weatherby no estaría ahora desatendido.

El mismo Warden, sin embargo, estaba demasiado acalorado y no pudo vestirse hasta última hora de la mañana de miércoles, cuando por fin consiguió que su temperatura bajara lo suficiente como para que su cabeza no despidiera vapor al salir al aire helado de la montaña.

¿La razón de su rabia? Una revelación. Una revelación espantosa, espiritual y humillante, de esas que dan un vuelco a la vida. Un giro de ciento ochenta grados. Grant Solomon y Lexi Grüggen habían tenido demasiado de aquello en los tres últimos días.

Decidió adelantar su agenda. Tenía que intervenir, antes de que su plan fracasara. La decisión ayudo a que le bajara la temperatura, y cuando llegó al colegio de Molly ya se sentía de nuevo casi frío.

Era la hora del recreo y ahí se encontraba Molly, tan decepcionada por sus incautos padres que estaba demasiado triste como para que sus amigos la aguantaran. La habían dejado en un banco que había contra el muro, en el lugar donde la valla del patio se unía al ladrillo rojo. Se acercó como un gato confiado.

—Se está curando bien —dijo.

Ella se sobresaltó y agarró las muletas apoyadas a su lado, para evitar que cayeran al suelo.

—Me has asustado —dijo.

—¿Y qué es la vida sin unas cuantas sorpresas?

Molly sonrió sin gana. Como siempre debió haberlo hecho.

—Te traigo buenas noticias —dijo Ward.

Levantó la cara hacia él. Ward había descubierto que los niños siempre estaban ansiosos por recibir buenas noticias. De cualquier tipo.

—¿Qué?

—Encontré a tu padre.

Molly giró todo su cuerpo sobre el banco. Puso el tobillo vendado delante de ella, encima del asiento.

—¿Dónde está?

—Bueno, ahora mismo está trabajando, pero dentro de un rato tiene un descanso para comer y he pensado que podríamos quedar con él.

—¿En serio?

—Le conté que te has convertido en una cocinera estupenda. En realidad, hoy no hay tiempo para cocinar nada, pero tal vez podrías organizarle una comida. Para la próxima vez.

Molly se mordió el labio inferior.

—Y ahora viene la mejor noticia de todas: tu mamá nos da permiso para ir a visitarlo.

Seguía sin sonreír.

Warden suspiró y simuló haber sido descubierto.

—No se te escapa nada, ¿eh, pequeña Molly? No deberías haber nacido tal lista.

Fue capaz de darle una expresión compungida a su cara como un actor cualquiera.

—Lo siento, cielo. Pero estoy seguro de que entiendes lo que está ocurriendo.

Ella bajó la mirada. ¡La niña no se daba cuenta de nada!

—¿Tú mamá y ese tipo que al principio pensé que era tu padre...? ¿Cómo se llama?

—Ángelo.

—Da un poco de miedo, ¿no crees? Da igual, lo siento, no hace falta ir por ahí. Pero él y tu mamá...

Las cejas de Molly se juntaron, tratando de unir las piezas que él había colocado delante de su mente.

—Tu papá no va a conseguir volver a formar parte de tu familia, Molly. Y creo que es una verdadera lástima. Pero si hacemos esto bien, quizá tu papá y tú puedan volver a ser amigos de todas formas. ¿Quién necesita al viejo Ángelo? Mira. —Introdujo un trozo de papel entre el barrote de la valla y los ásperos ladrillos—. Tu mamá escribió una nota autorizando que vengas conmigo. En realidad, la escribí yo. Está bastante bien, ¿no crees?

Molly leyó la nota, escrita en una hoja de un bloc de una gasolinera que Lexi guardaba junto al teléfono. Warden fue precavido y arrancó unas cuantas hojas durante su última visita. La letra era de Lexi. Había practicado bastante.

Ve y recógela, para empezar. Esa le había llevado muy poco tiempo.

Pero esta otra decía: *Por favor, deje que Molly salga hoy a la hora de comer por un asunto personal de familia. Nuestro amigo Warden Pavo la recogerá. Atentamente, Lexi Grüggen.*

—¿Y la abuela? —preguntó Molly.

—Hoy no puede venir a comer, pero dice que deberías pasar un buen rato con tu papá.

—¿Tú también vas a comer con nosotros?

—Qué va, yo sólo soy tu chófer. Te llevaré a Riverbend y, después, de vuelta a casa. Tu mamá querrá que estés allí cuando ella salga de trabajar, ya sabes.

Mamá estaría ocupada después del trabajo con otros asuntos que Ward pondría en marcha en una hora, cuando Molly estuviera a salvo con él. ¡Ja! A salvo con él. Sólo haría falta un chivatazo anónimo para sacar a la luz la doble vida de una madre soltera muy trabajadora. Warden dio una palmada de satisfacción.

—Va a ser divertido, ¿a que sí?

Molly parecía insegura.

—No deberías preocuparte por nada, Molly-Wolly. Los papás quieren a sus hijas con locura, y tú te has convertido en la hija más preciosa del mundo. Es imposible que no te quiera.

Al final, se vio recompensado con la blanca dentadura de su sonrisa. La verdad, en definitiva, dependía de que el eje más complejo que engrasa una rueda de mentiras pudiera seguir girando. Y este giraba a la perfección.

{capítulo 28}

Visiones de serpientes con colmillos que le golpeaban los ojos despertaron a Grant. Les gritó y las golpeó. Las serpientes se transformaron en brazos y puños veloces como rayos. Triple H lo machacaba contra la lona.

—¡Eh! ¡Cálmate! —ordenó Triple H.

La voz pertenecía a Richard, un viejo amigo de Grant de Terminal Island. Grant abrió los ojos. La coleta rubia del hombre colgaba por encima de uno de sus hombros sobre la cara de Grant.

En cuestión de segundos, retrocedió arrastrándose para ponerse fuera del alcance de Richard, empeorando así el esguince de su muñeca. Sus manos golpearon la base hueca de unos endebles escalones de metal. ¿Dónde estaba Ward?

¿Dónde estaba él?

En casa.

Aquellos escalones conducían a la puerta de aluminio de la caravana que Richard había preparado para Grant cuando consiguió el trabajo en la residencia. Había una docena de caravanas destartaladas en ese parque polvoriento, y ninguna estaba a la sombra. Grant estiró el cuello para lograr ver la mole de Richard. El Datsun estaba allí, con dos ruedas sobre la franja de asfalto y las otras dos sobre lo que se suponía que era un parterre de flores. No era más que un empedrado colmado de hierbajos. ¿Cómo había llegado hasta allí?

¿Qué hacía Richard allí?

Grant se relajó lo suficiente como para sentarse.

—Estás muy lejos de Los Ángeles, Richard.

—La conferencia en Riverbend. Empieza esta noche. ¿Recuerdas? Tú y yo íbamos a comer algo.

¿Ah sí?

—Lo siento.

—No importa. —Richard estaba agachado, con los codos apoyados en las rodillas. Señaló la cara hinchada de Grant—. ¿En qué andas metido?

Su encuentro con Ward le vino a la cabeza al instante. La mayoría de ellos, de hecho.

—Ojalá pudiera acordarme. —Grant se pasó la mano por su barba matutina.

—Eso no es bueno.

—No es lo que crees.

—¿No?

—Me hacen un análisis cada tres semanas, Richard. Llevo limpio desde antes de salir. Le puedes preguntar a mi agente de la condicional. —Puso los ojos en blanco—. Y a mi suegra.

El sol ya estaba tan alto que hizo que Grant entornara los ojos. Se puso de pie lentamente y entró en la caravana saltándose los dos escalones inferiores. Richard lo siguió levantando las manos.

—No estoy aquí para mantenerte a raya. Sólo soy un amigo que se presenta sin avisar en casa de otro amigo, ¿está claro?

A Grant le iba a estallar la cabeza. Le dolía la mandíbula y el hombro. Le dolía todo el cuerpo. Entró en el cuchitril que servía de baño y rebuscó entre las cosas que había sobre el estante hasta que encontró el bote de aspirinas. Se tomó tres sin agua y apoyó las manos sobre el lavabo, mirándose al espejo.

Tenía la mejilla morada y del tamaño de una ciruela. Había sangre seca en sus labios. Agarró un trozo de papel higiénico y lo humedeció bajo el grifo, después empezó a pasárselo suavemente por la cara.

Richard estaba apoyado en el marco de la puerta.

—¿Con quién diablos te has peleado para acabar hecho semejante desastre? —preguntó.

La palabra *diablos* activó algún resorte en el cerebro de Grant. Bajó el papel y miró a Richard en el espejo.

—¿Qué harías si alguien ha estado mintiendo sobre ti? —preguntó Grant.

—Depende de la mentira. En la mayoría de los casos, es mejor ignorarlas. Según mi experiencia, la verdad habla por sí sola. ¿Quién ha estado contando mentiras sobre ti?

—No son sobre mí. O tal vez sí. No tengo ni idea de lo que le ha dicho a ella.

—Vas a tener que ponerme al día, amigo.

—Mi antiguo jefe. Dice que mi mujer está traficando.

Richard asintió.

—También me ha dicho que tuvo una aventura. Hace mucho tiempo, con un amigo nuestro. Alguien que... olvídalo. Es una larga historia. De todas formas, nada de eso es cierto.

—¿Y cómo es que te ha costado un labio hinchado?

—Porque su lucha es conmigo, no con ella. Intenté hacérselo ver, pero... es extraño. ¿Por qué iba a usar una vieja rencilla conmigo para ir detrás de ella? ¿Por qué no ir directamente al origen?

—Sobre todo si puede derribarte tan fácilmente —musitó Richard.

No tenía gracia.

—Ha metido a Molly en esto, Richard.

—Tu pequeña.

Grant arrojó el papel húmedo manchado de sangre a la basura.

—Está claro que no sé lo que está ocurriendo, ni qué mentiras tienen que ver con nada de eso pero, tal y como yo lo veo, lo cierto es que tú sigues siendo el marido. Sigues siendo el papá.

—¿Y qué tiene eso que ver con nada?

—Pues, si tu mujer se ve obligada a asumir tus viejos errores, sería mejor que lo remediaras.

—Ya te lo he dicho, él no va...

—Él no, ella. ¿Cómo se llama la chica? ¿Alexis?

—Lexi. No quiere mi ayuda.

—¿Sabe que la necesita?

Grant iba a decir *por supuesto*. Lexi fue quien le contó las exigencias de Ward. Pero sus palabras se atascaron en la afirmación de Ward acerca del inventario que Lexi guardaba en casa. Si no era ya bastante escandaloso que Lexi estuviera metida en el negocio, más ridículo aún era que guardara el material tan cerca de Molly. Grant no creía que una persona pudiese cambiar *tanto* en siete años.

Pero, por otro lado, *él* esperaba haberlo hecho.

¿Qué era lo que sabía?

La mentira de Ward acerca de la aventura de Lexi con Norman Von Ruden había llegado a remolque de esa afirmación. ¿Por qué molestarse en empeorar las cosas, a menos que esperara poner a Grant en su contra?

Era la primera vez que Grant encontraba sentido a algo en mucho tiempo. Ward quería enfrentarlos a él y a Lexi. Cargaría sobre Lexi las deudas de Grant y haría que se sintiera molesta con él. Ward se inventaría cualquier historia sobre una aventura para que Grant se echara las manos a la cabeza.

¿Por qué?

Grant pensó en ello. ¿Por qué? ¿Por qué se iba a tomar Ward tanta molestia?

Para que ella fuese sólo suya.

Ese pensamiento le hizo soltar una carcajada... ¡Tan disparatado era que Lexi aceptara a Warden Pavo, como que se fuera con Norman Von Ruden! Ángelo era más de su tipo. Grant se preguntaba si eran pareja oficial. ¿Podía culparla? Sí. *Sí.* Él y Lexi seguían casados, y le daba igual lo que alguien dijera al respecto. Ella era su *esposa.*

De hecho, su matrimonio era razón suficiente para que Ward los tuviera en el punto de mira. Dividir y vencer. Y evitar que Grant se hiciese el héroe. Ward debía estar enfadado con Lexi por algo más que los celos.

¿Qué mejor forma de hacer daño a los padres que haciendo daño al hijo? ¿Y qué mejor manera de hacer daño a un hijo que interponiéndose entre sus padres? Peor aún, ¿qué le pasaría a Molly si Ward convenciera a las autoridades de que Lexi no estaba metida en nada bueno? ¿Y si había colocado la droga en casa de Lexi y ella no lo sabía?

Una madre traficante y un padre ex presidiario. Un abuelo en una institución mental y una abuela que viajaba por el mundo con unos ingresos bastante inestables.

Se la llevarían.

Grant no estaba seguro de que Lexi le necesitara, pero Molly sí. Apartó a Richard al salir del baño y buscó su teléfono inalámbrico. Estaba en la cocina, encima de un montón de propaganda.

Marcó el número de móvil de Alice Grüggen.

—¿Dejamos lo de la comida para otro momento? —preguntó Grant a Richard.

—Claro. Parece que ahora tienes que ir a trabajar.

—No, hoy no.

Alice no contestó.

Era casi medio día. A plena luz. Grant miró hacia la puerta delantera del apartamento de Lexi y la vio como su única oportunidad de hacer las cosas bien. Porque si lo estropeaba, si Ward no había escondido droga allí, si Lexi y Molly no necesitaban que las protegiera de nada, la propia Lexi llamaría a la policía para que fueran por él.

Por supuesto, todo podía ser una mentira. Ese era el riesgo, ¿no? Decidió que prefería arriesgarse él mismo a poner en peligro a Molly.

Lexi no era de esas que guardan una llave de repuesto en ningún sitio excepto, tal vez, en la guantera de su coche. No obstante, Grant lo comprobó. Escudriñó las piedras del jardín que había bajo las ventanas de la fachada. Pasó los dedos por encima del marco de la puerta. Golpeó el revestimiento en busca de un panel suelto o hueco.

Lexi compartía paredes con vecinos a ambos lados, así que cuando Grant agotó su búsqueda en la parte delantera, tuvo que correr unos cuantos metros por la acera antes de encontrar un acceso que condujese a las áreas comunes traseras. Contó las viviendas hasta llegar a la de Lexi. Había dos sillas de plástico sobre una losa de cemento de unos dos metros cuadrados bajo un pequeño toldo. Detrás de las sillas, una puerta corredera de cristal conducía al dormitorio principal.

Las cortinas estaban descorridas, la puerta con el cerrojo echado en el picaporte y atornillada por las juntas. En el riel había un rabo de escoba cortado.

La ventana de la segunda habitación estaba a dos metros de altura. Grant puso una de las sillas debajo para poder mirar mejor.

Estaba abierta unos siete centímetros. Lexi nunca la habría dejado abierta, pero Alice... Esa debía ser la habitación en la que se había instalado. Bueno, pensó Grant, si no era el héroe del día, había una pequeña posibilidad de que Lexi se enfadara más con su madre por proporcionarle esa vía de acceso, que con él por el allanamiento de morada.

Utilizó la llave de su coche para hacer un agujero en el mosquitero, luego metió la mano para empujar la ventana y abrirla. Levantó las láminas metálicas de la persiana y se deslizó hasta el interior.

En cuestión de segundos, Grant estaba sobre la cama de Alice. Cerró la ventana y examinó los otros apartamentos desde los que se podía ver el de Lexi. No había nada que le hiciese pensar que lo habían descubierto. A mediodía en mitad de la semana, era posible que hubiese tenido suerte. O que todo el mundo estuviese en el trabajo. En cualquier caso, tenía que actuar con rapidez.

El tamaño del apartamento jugaba a favor de Grant. Sesenta y cinco o setenta y cinco metros cuadrados. También tenía a su favor el hecho de que esconder droga era algo muy trillado para él. Podía dar por sentados unos cuantos hechos:

Primero. Ni Lexi ni Ward esconderían drogas en ningún lugar donde Molly pudiera encontrarlas accidentalmente. El lavadero, descartado. El vídeo y el reproductor de DVD, descartados.

Segundo. Si Ward hubiese escondido el material sin que Lexi lo supiera, lo habría repartido, reduciendo las posibilidades de que ella lo encontrara todo. Grant, sin embargo, conocía al menos algunos de los escondites favoritos de Ward.

Tercero. Uno de los inconvenientes era que no había forma de que Grant supiera la cantidad exacta que debía reunir para deshacerse del alijo.

Comenzó por la habitación de Alice, que no parecía compartir con Molly. Alguien más vivía ahí. La ropa y los zapatos del armario eran demasiado grandes para una niña de nueve años y demasiado juveniles para una escritora de viajes de casi sesenta. Grant revisó los tacones de los zapatos y también las plantillas. Cacheó todas las prendas de ropa que tenían forro y miró en todas las cajas de los estantes. Buscó esquinas sueltas en la moqueta. No había nada en las lámparas, ni en las cajas de los programas de ordenador, ni en los libros del estante que había sobre la cama.

Descolgó las fotos enmarcadas de las paredes y comprobó los dorsos. Una de las fotos era de Lexi con su vieja amiga Gina. Quizá todas las cosas eran suyas. Abrió dos fotos enmarcadas colocadas sobre el escritorio (dentro no encontró más que cartulina y fotos). Repasó todos los cajones del tocador. Había una maleta de pie (imaginaba que era de Alice) en la esquina de la habitación, y Grant palpó cada centímetro de las superficie interna y externa, buscando algún relleno delator en el forro.

Durante quince minutos de búsqueda en esa pequeña habitación, no había encontrado nada. Grant empezó a plantearse si era aún más estúpido de lo que Lexi había imaginado.

Sus ojos repararon de nuevo en la ventana y en las láminas de la persiana que la cubría. Estaban un poco estropeadas y el cordón que sujetaba la parte izquierda estaba desgastado. El cordón del centro estaba completamente deshecho. Grant estiró de la cuerda para subir las láminas. La fricción la arrastró.

El metal de las láminas estaba oxidado, pero las placas de la caja se movieron fácilmente cuando las levantó por ambos extremos y retiró la persiana de la ventana. El tubo por el que pasaban los cordones estaba hueco. O debía haber estado hueco. Grant hizo su primer hallazgo: una bolsa de plástico de mariguana, tal vez setenta u ochenta gramos.

Este pequeño descubrimiento reavivó su sensación de urgencia, y se trasladó a otras partes de la casa. No recordaba a qué hora salía Lexi de trabajar. Si Alice se presentaba allí, sería más comprensiva.

En media hora, Grand encontró bolsas de mariguana, metanfetamina y cocaína en el baño y en la habitación de Lexi: en el pie de una lámpara, en el codo de un respiradero del suelo, en la cisterna del retrete y en el tubo con resorte del soporte del papel higiénico. En la parte inferior de la cabecera de Lexi, pegada con cinta adhesiva, había más.

Al final, Grant pensó que podía tener unos tres o cuatro mil dólares en mercancía (o más, si la coca no estaba cortada). Si verdaderamente había veinticinco mil dólares en ese lugar tan pequeño, le quedaba mucho por desenterrar, pero no faltaría tanto para que alguien lo encontrara allí.

Se concedió dos minutos para revisar un sitio más. Sacó la navaja que llevaba, desplegó el destornillador y retiró la tapa del interruptor de la luz de la habitación de Lexi. Había otra bolsa de piedras metida en la pared.

Cuando repitió el proceso con los enchufes del dormitorio, el descubrimiento también se repitió. Grant comenzó a sudar. Tardaría horas en revisar toda la casa de esa forma. Si él hubiese escondido todo aquel material, dudaba que pudiera acordarse de todos los lugares que había utilizado... y de momento sólo había revisado los dormitorios y el baño.

Grant había acumulado un buen montón de mercancía en el suelo del dormitorio. Estaba seguro de que bastaría para convencer a Lexi de que le dejara volver y acabar con la búsqueda más tarde. Se daría cuenta de que intentaba ayudarla, ¿no?

Agarró una almohada de la cama y le quitó la funda; después arrojó todo lo que había encontrado dentro de la improvisada bolsa.

Alguien llamó a la puerta principal.

Empezó a brotar sudor del nacimiento del pelo de Grant.

—¿Señora Solomon? Somos del departamento del sheriff. ¿Podemos hablar con usted?

Aquellos tipos no eran demasiado listos si creían que iba a estar en casa y no en el trabajo. O tal vez, pensó Grant, él era el cabeza hueca y Lexi había salido del almacén hacía tiempo. O un vecino lo había delatado.

Miró por la puerta corredera. No había polis en la parte de atrás.

Al otro lado de la estrecha franja de césped marrón que cubría el patio común de los residentes, otra puerta corredera se abrió. Una mujer corpulenta de mediana edad apareció con medio sándwich en la mano. Se sentó en un escalón de cemento junto al recipiente para el agua de una mascota y le dio un bocado al pan. El nombre de Julieta estaba pintado en el lado del plato.

Una lápida de unos treinta centímetros de altura sobresalía de la tierra cerca de los pies de la mujer.

Opciones: correr con el alijo y pasar por delante de un testigo. A riesgo de que lo pillaran. Tirar la mercancía. Tardaría un rato en tirar por el retrete todo aquel material. A riesgo de que Lexi no lo creyera. A riesgo de que Ward lo hiciera bien la próxima vez. Dejar allí la mercancía y decirle a Lexi dónde encontrarla. A riesgo de que los agentes entraran con perros.

¿Es que nada podía ser fácil?

Era una ciudad pequeña. Lo más probable era que aquellos tipos se marcharan y volvieran más tarde, o que vigilaran el lugar. Pero si tenían una orden de registro (y Ward les podría haber dado lo suficiente como para conseguir una, de alguna manera) no descartaba que tiraran la puerta abajo con el fin de buscar y confiscar. Aunque no parecían ni sigilosos ni equipados para llevar a cabo esa clase de intervención.

Si no tenían una orden de registro, cabía la posibilidad de que Lexi les invitara a pasar, segura de su propia inocencia.

No había forma de saberlo.

Grant fue de puntillas hasta la cocina, en la parte delantera del apartamento, con la cabeza por debajo de las cortinas de cuadros que sólo cubrían la mitad inferior de las ventanas. Dos policías estaban hablando al final del largo camino entre la puerta principal de Lexi y la entrada con gravilla. Tal vez iban a esperarla después de todo.

El fregadero tenía un triturador de basura. Grant levantó el grifo e hizo girar el motor, luego vació la funda de almohada sobre la encimera y comenzó a tirar lo que pudo. Pasaron varios minutos valiosísimos.

Tiró a la basura ataduras de alambre y gomas, con la esperanza de que, llegado el momento, ninguna unidad canina intervendría en el registro de la casa de Lexi.

Un problema aún mayor era qué hacer con las bolsas de plástico. Podían acabar atascando las tuberías fácilmente.

Grant se quitó las zapatillas de *cross* y sacó las plantillas de un tirón, apiló las bolsas dobladas en el fondo de los zapatos y volvió a colocar el forro. El material se movió bajo su peso. No era un escondite infalible, pero podía hacerle ganar algo de tiempo.

Volvió a colocar la almohada en el dormitorio y regresó a la puerta corredera. El patio trasero estaba desierto.

En ese momento, Grant se preparó para salir disparado. Su agente de la condicional iba a solicitar que le reasignaran cuando se enterara de aquello.

Tuvo problemas para sacar del riel el palo de escoba. El pestillo de la cerradura inferior de la puerta se atrancó. El resbalón del picaporte estaba roto. Se preguntó si Lexi abría alguna vez esa puerta.

Cuando la puerta se soltó por fin, chirrió.

Pidiendo silenciosamente disculpas a Lexi por no haber podido cerrar la puerta desde el exterior, Grant salió, dejó caer la cortina tras él, y echó a correr.

Chocando de lleno contra un corpulento sheriff con camisa marrón.

{capítulo 29}

A mediodía, por hábito más que por hambre, Lexi fue al mostrador de comidas preparadas y echó unas cuantas cucharadas de ensalada de pasta en un envase de plástico. Quince minutos no eran suficientes para comer, pero Lenny dejaba que se sirviera de las ensaladas más baratas porque nunca se echaba demasiado.

Lexi miró fijamente la pasta amarillenta y no pudo imaginar comérsela.

Tú mataste a tu hermana. Tú mataste a tu hermana.

La voz de su madre no la dejaba en paz. Lexi se planteó gastar unas horas de su permiso por enfermedad e irse a casa temprano.

Una atractiva pareja estaba pidiendo sándwiches en el mostrador. Tenían la típica cara bronceada de mapache de los esquiadores y reían juntos. Ella pasó el brazo por el hueco del codo doblado del chico y se apoyó. Él era alto y rubio.

Los pensamientos de Lexi volaron hasta Ángelo que, por un lado, era prácticamente un extraño y, por otro, el mejor amigo que había tenido en mucho tiempo. El término *mejor amigo* no era del todo correcto. Se parecía más al marido que nunca tuvo. El protector que necesitaba. Un hacedor de milagros.

Fue un milagro la forma en que se deshizo del residente enloquecido que la había atacado. Ángelo no había dicho ni una palabra sobre el incidente, negándose a responder las preguntas de Lexi sobre su opinión acerca de lo que había ocurrido, especialmente sobre cómo el lunático se había escapado tan rápido. Ella habría dicho que se desvaneció, pero no tenía sentido. No conseguía quitarse de la cabeza la imagen del vapor que salía de aquella chaqueta deshecha. Incluso ahora, se estremeció.

Cualquiera que fuese la explicación, ahora Lexi le debía a Ángelo su propia vida, además de la de Molly.

Alguien gritaba su nombre desde la sala de descanso. Rachel, pensó, la encargada de caja.

—Tienes una llamada —gritó. La tienda de comestibles King era como un pequeño pueblo, un sistema de megafonía en versión negocio familiar. Lexi rodeó rápidamente el mostrador y corrió por el pasillo hasta la parte trasera del almacén. Allí estaba Rachel extendiéndole el viejo cable a través de la puerta que tenía detrás.

—¿Novio nuevo? —susurró moviendo las cejas.

Lexi debió parecer tan perpleja como se sintió, puesto que no había salido con nadie desde hacía casi una década, porque Rachel dijo:

—Tendrás que presentármelo, ¿vale?

Lexi frunció el entrecejo y extendió la mano. Rachel colocó en ella el auricular.

—¿Hola?

—¿Cómo estás, Sexy Lexi?

En aquel momento, deseó poder evitar a la última persona a la que quería ver, en la que quería pensar o con la que quería hablar.

—¿Qué quieres, Ward?

Rachel movió los labios, ¿*Ward*? Lexi le dio la espalda.

—¿Qué has decidido acerca de la condicional de Norman?

—Creí que tenía hasta el viernes para decidirme.

—No te engañes, Lexi. Ya sabes lo que vas a hacer. La mayoría de la gente lo sabe y nunca cambia de opinión, sin importar cuánto tiempo lo piensen.

—Necesito tiempo.

—Has tenido siete años. Un par de días más no van a cambiar nada.

Lexi dejó caer el recipiente de plástico con ensalada de pasta dentro del gran cubo de basura que había debajo del teléfono.

—He oído que ayer fuiste a ver a tu antiguo amor —dijo Ward—. ¿Qué tal está?

—¿Cómo sabías que...?

—¿Está listo para llevarte a bailar tan pronto salga de la trena?

—Ya basta.

—Eres una rompecorazones, Lexi —dijo Ward—. Probablemente, has hecho que Grant vuelva a su miserable pasado. Tú y Norman, tú y Ángelo... estaba destrozado.

—Se lo contaste. —Quería decirlo como una pregunta pero lo pronunció como un hecho. Lexi tenía la esperanza de que Ward sólo estuviera provocándola.

Probablemente no. Se preguntó si a Grant le había hecho daño la noticia.

Hacer daño a Grant, vengarse de él por sus hirientes acciones, debería haberle hecho sentir bien en cierto modo. Y entonces, ¿por qué no lo hacía? Se dio cuenta de que no quería volver a hacerle daño. La rabia que había sentido hacia él en la residencia era lo que se había obligado a sentir, pero ya no era lo que quería. Los dos habían sufrido bastante.

—Claro que lo hice. No te habrás ablandado con tu viejo maridito a estas alturas, ¿no? —El tono agresivo de la voz de Ward atrajo su atención—. Es tu amargura lo que hace que tengas ventaja, Lexi. No querrás perderla, ¿verdad?

La cautela se deslizó por los rincones de su mente. ¿Qué ventaja?

—Ward, ve al grano o cuelga.

—Lo que quiero decir es que no necesitas hasta el viernes.

Lexi agarraba el auricular con tanta fuerza que los nudillos se le pusieron blancos.

—Tú ya sabes, por ejemplo, si vas a dejar que el asesino de tu hermana quede en libertad o si vas a proteger tu propia reputación. ¿Qué vas a hacer, zorra?

Lexi necesitó valor para contestarle:

—Aún no lo he decidido.

—Lo sabes. En lo más profundo de tu corazón, lo sabes.

—¡Por el amor de Dios, Ward, sé directo!

—¿Directo? ¿Directo? Todo lo que sé es retorcido, Lexi. ¡Los retorcidos y pequeños senderos de tu retorcido y pequeño corazón, y tú haciendo como si dibujaras el mapa de tu vida con una regla! Dejémoslo ya y hablemos de lo que está *torcido*, ¿por qué no?

Sus labios estaban pegados al teléfono. Lexi podía oír su respiración.

—Hablemos de todas las formas en las que podías haber salvado a tu hermana de morir.

—¿Qué sabes tú de eso?

—Todo lo que necesito saber. La muerte de Tara fue culpa tuya.

—No.

—Puedes echarle la culpa a quien quieras. Ella no habría quedado con él si tú no hubieses ahogado sus súplicas en su garganta y si no la hubieses despreciado. No habría intentado salvar tu matrimonio si tú no te hubieses prostituido con...

—¡No fue culpa mía! Norman estaba... No puedo creer que esté teniendo esta conversación. Se acabó. Ahora.

—Sí, hemos acabado.

—No vuelvas a llamarme antes del viernes.

—Tranquila, no volveré a llamarte, Sexy Lexi. Ha sido un placer conocerte.

Lexi parpadeó. ¿Qué estaba diciendo?

—¿Qué? ¿Y qué pasa con...? ¿Grant te ha dado el dinero?

—Se suponía que *tú* me ibas a dar el dinero. Pero, ya es demasiado tarde para eso. Ahora ya tengo lo que necesito de ti.

El ritmo de su corazón se aceleró como si estuviera corriendo.

—No lo entiendo.

—Creía que habíamos acabado la conversación.

—¿Quieres el dinero o no?

—Como te he dicho, *no*. He conseguido algo mucho más valioso. Un aval mucho mejor. Estamos en paz, ¿de acuerdo?

Dios mío, por favor, Molly no... Su mente no podía elaborar un pensamiento más coherente que aquel. Los ojos de Lexi empezaron a arder. Gritó sin pensar:

—¡Warden Pavo! ¡Esto no era lo que dijiste que pasaría!

Rachel se quedó helada con una taza de café, mirando fijamente a Lexi desde el fregadero de la sala de descanso.

—¿Quieres que sigamos hablando? Hablemos de todas las formas en las que no podrás salvar a tu hija de morir.

—¡Eres un monstruo! ¿Dónde está mi hija?

—Está conmigo.

—*Tú* me la vas a devolver, Ward.

—El que la recuperes dependerá de ella, de verdad. Pero te prometo una cosa: cuando la encuentres de nuevo... *si* la encuentras... no será la misma Molly que conoces y amas hoy.

Lexi alargó el brazo para apoyarse en una taquilla.

—¿Qué quieres?

—De ti, nada más. Ya lo tengo.

—Tienes que querer algo. Dime el precio.

—Ella es el precio.

—¿Pero qué pasa con el dinero?

—¿No lo pillas, Lexi? Esto nunca tuvo que ver con el dinero.

Su mente daba vueltas a la lógica retorcida de Ward. No era capaz de desenredarla.

—Siempre ha tenido que ver contigo —dijo Ward—, y con lo que tú debes a los demás. Por traicionar a Grant. Por matar a Tara. Lo que de verdad mereces por todos tus pecados.

—¿Y qué es? —Su voz era un susurro.

—Lo mismo que crees que los demás merecen. Grant, Norman, yo: justicia.

—¿Y por qué tiene que pagar Molly por mis pecados?

—Todos los niños lo hacen.

—Mis pecados no son contra ella. Ni contra ti.

—Eso es cierto. Ella no es más que un testigo inocente. Yo sólo soy la justicia de la paz.

—¿Y quién te da derecho?

—Autoridades más poderosas que tú y que yo. Así funciona el mundo, Lexi.

—No serías capaz de reconocer la justicia o la paz, ni siquiera si las tuvieras delante.

—¡Ja, ja! Tienes sentido del humor en una situación de crisis. Lo admiro.

—Llamaré a la policía.

—Por mí, no hay ningún problema. Llevo esquivando a la policía más tiempo del que tú llevas viva.

—¡Te encontraré!

—Hazlo. Conviérteme en tu objetivo en la vida. Será la única cosa que merezca la pena después de esto.

—Ward.

—Warden. Dilo.

—Warden. —Su nombre fue una súplica en sus labios.

—Así se hace.

—Tienes que querer un rescate de algún tipo.

—No lo quiero.

—Ella es todo lo que tengo.

—Eso es lo que la justicia reclama, ¿no? Que pagues lo que debes con lo que tienes. Llegado el momento, nadie quiere pagar. Por eso no puedes perdonar a Grant por haberte abandonado. Por eso quieres que Norman siga en la cárcel. Alguien tiene que pagar, y no crees que debas ser tú.

—No, no creo que deba ser *mi hija*.

—Escúchame atentamente y quizá algún día lo entenderás: castigo a los hijos por los pecados de sus madres. El año de mi jubileo, cobro todas las deudas. Molly es tu deuda.

—¡Déjame hablar con ella!

—No hay tiempo para eso.

—¡Déjame que vea que está bien!

—Pero no lo está. Realmente, no está bien.

{capítulo 30}

Cuando Lexi se dio cuenta de que Rachel intentaba preguntarle qué había pasado, estaba hiperventilando y gritando:

—Tiene a Molly. Tiene a Molly.

—¿Quién tiene a Molly? ¿Ese tipo? ¿Ward?

—¡Llama al sheriff! Necesito al sheriff. —Lexi seguía sujetando el auricular del teléfono como si el hecho de colgarlo fuera a desconectarla de su hija para siempre. Le temblaban tanto las manos que no podía marcar el 9-1-1. Golpeaba una y otra vez las teclas del 8 y el 9 a la vez.

Rachel pulsó el gancho para colgar, después marcó el número por ella. Los gestos lentos y deliberados de la cajera hicieron que Lexi volviera a centrar su atención, aunque no podía dejar de temblar.

—Teléfono de emergencias. ¿Qué emergencia tiene?

—¡Tiene a Molly! ¡Va a matar a Molly!

—¿Quién es Molly, señora?

—Mi hija. ¡La ha raptado y me ha dicho que va a matarla!

Rachel ahogó un grito.

—¿Su nombre?

—Lexi Solomon.

—¿Y conoce a la persona que se la ha llevado?

—Warden Pavo. Es un viejo... amigo. *Lo era*. Por favor, dese prisa. ¡Active una de esas alertas!

—¿Dónde vio por última vez a su hija?

—Estaba en... fue esta mañana... estábamos... se la ha llevado del colegio.

Su madre nunca debió haberla dejado sola. Nunca. Nunca.

—¿Qué colegio, señora?

—La escuela primaria Wasson.

—En Crag's Nest.

—¡Sí!

—¿Dónde está usted ahora?

—¡En el trabajo! En la tienda de comestibles King.

—¿En Crag's Nest?

—*Sí*, ya se lo he dicho. ¿Ha mandado ya al sheriff? ¿Va a...?

—¿Cuánto tiempo hace que ha desaparecido?

—No lo sé. No he llamado al colegio...

Dios mío, ¿y si ya estaba muerta?

—¿Tiene razones para pensar que su hija corre un peligro inminente?

Lexi comenzó a gritarle a aquella operadora, cuyas preguntas duraban ya demasiado.

—¿Qué es lo que significa para usted *matarla?* ¡*Sí!* Va a morir si no...

—La policía va de camino al colegio, señora. ¿Cuánto podría tardar en llegar allí?

—Segundos. —Probablemente, podría llegar antes que el sheriff. Lexi colgó y pasó volando por delante de la atónita Rachel. No había tiempo para contárselo a Lenny.

Se metió al Volvo de un salto y salió disparada sin ponerse el cinturón de seguridad.

¿Dónde se la habría llevado Ward? Lexi no conocía ninguno de sus escondites. Ni siquiera sabía si había estado en Riverbend todos estos años o simplemente había vuelto desde que dejaron en libertad a Grant.

Por favor, Señor, cuida de mi hija. Tienes que devolvérmela.

Le pareció que el trayecto de dos kilómetros hasta el colegio de Molly duraba horas.

Sin previo aviso, tres hombres responsables conjuntamente de destruir la vida que había deseado hacía tantos años, resurgían a la vez de sus nidos de ratas. Las consecuencias de su llegada eran demasiado dramáticas, demasiado profundas, como para que no hubiesen sido... ¿qué? Planeadas. Calculadas.

Le dolía la cabeza. El delantal de la tienda estaba cubierto de manchas húmedas por las lágrimas caídas.

Dobló la última esquina de camino al colegio de Molly sin reducir la marcha y sobrepasando el límite de velocidad en veinticinco kilómetros por hora. Se subió al bordillo. Lexi rodeó el aparcamiento y estacionó sobre la acera más cercana al edificio de administración.

Al irrumpir en las oficinas del colegio, se dio cuenta de que esperaba encontrar a Molly sentada en una de las sillas pegadas a la pared. Pero su hija no estaba allí y, al ver a una de las compañeras de Molly, volvieron a brotar lágrimas de los ojos de Lexi. La niña balanceaba las piernas y examinaba las puntas abiertas de su larga melena pelirroja.

Lexi descargó su miedo sobre la mujer que había detrás del mostrador.

—¿Qué le ha pasado a Molly? —preguntó.

El tono de voz de Lexi hizo que sus manos dejaran de moverse sobre el teclado. Miró a Lexi por encima del monitor del ordenador. La placa que había al frente de su mesa decía Sue Jacobs.

—¿Dónde está mi hija?

Sue se levantó sin apartar los ojos de Lexi, con el temor dibujado en las líneas fruncidas entre sus ojos.

—Usted es la madre de Molly Solomon.

—¡Por favor, dígame que ha habido un ridículo malentendido y que está todavía en clàse!

Un mostrador separaba a las dos mujeres. La pequeña pelirroja miraba fijamente, con todo el cuerpo paralizado.

Sue Jacobs sacó una carpeta verde de tres anillas de debajo del mostrador y la abrió. Se lamió el dedo corazón y pasó unas cuantas páginas. Su silencio ahogaba a Lexi.

Se detuvo en una página con nombres, fechas y horas escritos a mano, y deslizó el dedo por la lista. Sacudió la cabeza.

—Firmó la salida de Molly hace media hora —dijo.

Lexi agarró el libro y lo miró.

Molly Solomon. *Hora de salida: 11:40. Hora de entrada*: en blanco. *Firmado: Warden Pavo*. Esto último con una cara sonriente en la *O*. Lexi analizó la firma. Era su propia letra. *Razón: pecado imperdonable*.

¿Pecado imperdonable?

Sue había estado leyendo el libro al revés.

—Dijo que era una urgencia familiar —añadió, y parecía tan perpleja como Lexi por lo que él había escrito. Lexi sacó un pañuelo de la caja que había sobre el mostrador y se lo pasó por la cara húmeda y mocosa. Sue carraspeó y fue hacia un mueble con archivos.

—Molly tenía una nota. Habría jurado que la escribió usted.

—¿Dónde está? —gritó Lexi—. *¿Dónde está?*

A través de la hilera de ventanas al otro lado de la oficina, Lexi vio que la patrulla del sheriff se detenía detrás de su coche. Había dejado la puerta del conductor abierta.

Lexi salió corriendo de la oficina sin esperar a Sue.

El sheriff Dawson y su ayudante, Crystal Ames, estaban aún bajando del sedán cuando los alcanzó. Se movían tan despacio que deseó inyectarles algo de adrenalina. ¡A este paso Molly estaría muerta antes de que Crystal sacara su portafolios del asiento trasero!

¿Por qué nadie podía entender lo urgente que era aquello?

El sheriff Dawson saludó con la cabeza a Lexi, con los ojos entornados porque nunca llevaba gafas de sol, sólo un sombrero de vaquero con un ala que no era lo suficientemente grande como para protegerle del despiadado sol del clima desértico. Tampoco vestía nunca de uniforme, sino que llevaba unos pantalones vaqueros azules, una camisa negra de paño, y aquella estrella plateada. Su cara cuadrada lucía un bigote gris y un pelo canoso y ondulado que casi le llegaba por los hombros. Si no hubiese creído necesario traer consigo a Crystal, probablemente habría aparecido con su bicicleta de paseo.

Crystal era lo bastante joven como para ser su hija. De la edad de Lexi, pero con la piel blanca, el pelo cobrizo, y malvada como una víbora.

—Lexi —dijo el sheriff mirando el Volvo—. Llevo tiempo sin pasar por la parrilla. Imagino que iré pronto a comerme un filete de pollo frito de los de Chuck.

—Molly lleva desaparecida más de media hora —dijo Lexi—. Tenemos que darnos prisa.

—¿Quién se la ha llevado? —preguntó él.

—Warden Pavo. —Crystal lo anotó.

—¿Algún conocido?

—De hace mucho tiempo. Él y Grant... trabajaban juntos.

—Vaya. ¿No te parece interesante? —le dijo a Crystal.

—¿Qué? ¿Qué es interesante?

—Parece que Grant ha vuelto a la ciudad —contestó el sheriff.

Lexi asintió.

—Está trabajando en Riverbend.

—Parece que hoy no.

A Lexi no le interesaba el paradero de Grant. Sólo que la última vez que lo vio, estaba visiblemente afectado por la amenaza de Ward hacia Molly.

—Le debe dinero a Ward —dijo ella.

—¿Crees que es por eso por lo que ese tipo, Ward, se ha llevado a Molly?

—Me ha dicho que no quiere el dinero.

Crystal dejó de escribir. Arqueó las cejas por encima de sus gafas oscuras.

—¿Ward se ha puesto en contacto contigo? —preguntó el sheriff Dawson.

—Me ha llamado al trabajo. Hace unos ocho o diez minutos.

—¿Por qué a ti y no a Grant si se trata de dinero?

—No lo sé. Pero como acabo de decir, me ha dicho que...

—¿Qué pide si no es dinero?

—Nada. Ha dicho que no quiere nada.

—Tal vez tengas otra cosa que él quiere —farfulló Crystal. Su tono hizo que Lexi se sintiera como una sospechosa en la desaparición de Molly.

—Por favor, tengo que encontrarla.

—¿Alguna idea de dónde puede haberla llevado?

Lexi gimió y negó con la cabeza. No tenía ni idea.

El sheriff Dawson se cruzó de brazos y se plantó con los pies separados.

—Crystal, ¿por qué no tienes una charla ahí dentro con la gente del colegio? —hizo un gesto con la cabeza hacia las oficinas—, y después iremos a hacerle una visita al señor Solomon.

Crystal caminó por la acera como un perezoso. Lexi dio unos golpecitos en el suelo con la punta de los pies.

—No sé donde vive Grant. Tendré que llamar a mi ma...

—Grant está en la comisaría —dijo Dawson—. El ayudante Garrison lo ha recogido hace unos cinco minutos.

—¿Lo ha recogido?

—En tu casa, creo. ¿Hay algo que quieras contarme al respecto?

Ward agradecía la simplicidad de los niños. Para ellos, el mundo era un lugar pequeño y ordenado regido por deseos básicos (conocer al papá de uno, por ejemplo). Sólo por ese motivo, perturbar sus vidas debería haber sido trabajo fácil para él. Y sin embargo, eran demasiado inocentes como para perturbarlos fácilmente.

Ahí estaba el reto. Tenía que admitir que le divertía.

Estaba sentada en el asiento del acompañante de su coche.

Ward imaginaba que disponía de un par de horas antes de que siguieran la pista de Molly hasta la zona de restauración del centro comercial Bedrock. Todo dependía del tiempo que el sheriff tardara en poner en orden los detalles de la operación de reparto de Lexi y del secuestro de su hija. A Warden le emocionaba el límite de tiempo que se había impuesto.

Apenas unas horas para arruinar la mente, el corazón, y el alma... de una niña pequeña. Solía llevarle meses.

—A una niña tan sofisticada como tú, tal vez no le guste la comida del centro comercial —le dijo.

—No pasa nada.

—¿Cuánto tiempo hace que no comes una hamburguesa grasienta?

Molly arrugó la nariz.

—Vamos, chica. Tienes que vivir un poco. ¿Cuál es la comida que más te gusta y que tu madre no te deja comer?

—Eh... ninguna.

—¿Ninguna? ¿Te deja comer todo lo que quieres?

Molly parecía confusa.

—¿Y qué me dices del postre antes de la verdura? ¿Te sales con la tuya en eso?

Entonces sonrió, un poco nerviosa.

—No.

—Pues vamos al Dairy Queen. Y también tienen hamburguesas grasientas por si después te apetece una.

—Creo que papá debería decidir dónde comer.

—Por supuesto. Pero probablemente llegaremos allí antes que él.

—¿Hay muchas opciones?

—Millones.

—Nunca he estado en el centro comercial.

—¡Eso es un crimen! ¿Por qué no?

—Mamá dice que allí no hay nada que merezca la pena ver.

—¿En serio? Bueno, ¿y qué sabrán las madres? Hay una fuente preciosa justo en medio de la zona de restauración.

—¿Tiene peces dentro?

—Sólo centavos. Y monedas de veinticinco para los deseos que cuestan más. ¿Quieres unas monedas de veinticinco?

Molly se encogió de hombros.

—¿Qué es lo que deseas? —preguntó Ward.

Ella volvió a encogerse de hombros y bajó la mirada.

—Me lo puedes contar.

—No pasa nada.

Ward se echó a reír.

—¿Qué apuestas a que lo adivino? —Molly lo miró—. Desearías que tu papa y tu mamá volvieran a estar juntos.

—Puede ser.

—¿Qué? ¿Crees que si lo dices no se va a cumplir?

—¿No es como con los deseos de cumpleaños?

—Sí, claro. Si tienes cuatro o cinco años. Pero tú ya eres mayor, jovencita. Esas reglas ya no te sirven.

Molly reconstruyó aquello en su cabeza, intentando decidir quizá si era peor tener cuatro o cinco años o que le hubiesen cambiado las reglas sin avisar.

—¿Quieres decir que aunque cuente los deseos se van a cumplir?

—No, no, no. Quiero decir que los deseos ya no se van a hacer realidad. Cumples seis años, y si te he visto no me acuerdo. Los deseos no merecen las monedas de veinticinco que pagas por ellos.

Molly lo miró como si le hubiese dicho que su papá no iba a venir a comer.

No iba a hacerlo, pero Ward se lo diría más tarde.

—Te estás burlando de mí. —Era una pregunta.

—Ojalá, pequeña. Pero decir la verdad forma parte de crecer y de ser responsable. ¿Sabes qué otra cosa desearía yo? Que las mamás y los papás contaran siempre la verdad a sus hijos, para que no tuviese que seguir haciéndolo yo en su lugar.

Molly parpadeó.

—¿Sabes qué te digo? No vamos a dejar que algo tan insignificante como unos deseos tontos nos arruinen el día. Te voy a compensar. Cuando lleguemos a la fuente te diré la verdadera razón por la que nunca has estado en el centro comercial, y te daré cien dólares para que los tires a la fuente sólo porque sí. Confía en mí, hará que te sientas mejor.

{capítulo 31}

Grant sabía que podían pasar años antes de que las investigaciones sobre tráfico de drogas llegaran a algo, así que se sintió casi afortunado porque esa era la primera visita del sheriff a la casa de Lexi. Y más afortunado aún porque no habían encontrado las bolsas que cubrían el fondo de sus zapatos. Por otro lado, el hecho de haber cometido allanamiento de morada les daba permiso para entrar en el apartamento y echar un vistazo.

Grant no sabía si habían encontrado alguna razón para seguir vigilando la casa de Lexi hasta que ella llegó a su celda. Era la última persona de la que esperaba visita. Durante una fracción de segundo temió que también la hubiesen arrestado. El sheriff, un hombre bigotudo con camisa negra, los observaba.

Lexi se agarró a los barrotes a la altura de la cara. No llevaba esposas en las muñecas.

—Lexi, ¿qué haces...?

—Ward se ha llevado a Molly —susurró.

Grant tragó saliva.

—¿Cómo?

—Del colegio.

—¿Por qué?

—No lo sé. Debí hacer algo. —Empezó a llorar.

—No. No habrías podido. —A Grant le vino a la cabeza su visita al Blue Devil—. ¿Qué quiere?

—No me lo ha dicho. Nada, dice.

Grant puso las manos sobre las de Lexi, que apoyó la frente en la reja. Alargó los brazos fuera de los barrotes y le acarició el pelo. Lexi le dejó. Los mechones brillantes cayeron sobre sus dedos. Tocarla lo llenó de confianza.

—La encontraremos a tiempo —dijo Grant.

—¿Cómo?

—Puede que sepa dónde empezar a buscar.

—¿Dónde? —Lexi se irguió y se secó los ojos con la parte posterior de la mano.

Grant miró al sheriff.

—El Blue Devil. Un club nocturno de Riverbend. En el extremo sur de Parker Avenue. Él tiene un lugar en el sótano.

—Lo sé —dijo el sheriff.

Grant describió la forma de entrar en el negocio de Ward desde la parte trasera del edificio. También mencionó el ascensor interior por si la puerta de atrás estaba cerrada. El ascensor estaba situado en el piso principal, detrás de un panel corredero cerca de los servicios.

—Puedo mostrártelo —se ofreció Grant.

—Puedes quedarte aquí —dijo el sheriff. Grant ocultó su frustración por el bien de Lexi—. Lo comprobaremos. Hemos conseguido un par de pistas más en el colegio. Y un aviso de alerta Amber en el que dicen haber visto su coche dirigiéndose hacia el norte. Esas pistas van primero.

La dirección contraria al club nocturno.

—Me han dicho que forzaste la entrada de mi casa —dijo Lexi. Pero no parecía enfadada.

El sheriff avanzó un paso hacia Lexi; simulando animarla para que se fuera con él. Sin embargo, Grant creyó que su intención era escuchar con disimulo, así que no dijo nada.

—¿Qué estabas haciendo? —pregunto Lexi.

—Necesitaba dinero —mintió, y sus ojos se cruzaron por un instante con los de Lexi. Siempre había creído que ella era más inteligente que él y tenía la esperanza de que aquel momento no fuese una excepción. Podrían serle más útiles a Molly si los dos estaban juntos afuera. ¿Era Lexi consciente de eso? ¿Creería que él quería más a Molly que a su propia vida?

—Pero si te di una llave —dijo ella para que el sheriff pudiera oírlo.

El corazón le dio un brinco.

—La perdí.

—No dijiste nada de una llave —añadió el sheriff.

—¿Me habrías creído?

Lexi miró al agente.

—Me dijiste que les dieron un chivatazo sobre droga.

El hombre asintió una vez.

—¿Han encontrado algo? —preguntó ella.

—Aún no —respondió, sin dejar de observar a Grant.

Lexi dejó de apretar los barrotes lo suficiente como para que las puntas de los dedos adquiriesen de nuevo un color rosado. Volvió la mirada hacia Grant, y sus labios se entreabrieron. Algo parecido a un confuso entendimiento se cruzó entre ellos. ¿Sabía Lexi que Ward había sembrado su casa de mercancía?

—Claro que no han encontrado nada —dijo ella—. ¿De dónde venía el chivatazo? ¿Del mismísimo Warden Pavo? ¿No te parece extraña la forma en que está sucediendo todo esto, Dawson?

—Más de lo que imaginas.

Aquella insinuación sorprendió a Grant.

—¿No creerá que he tenido algo que ver con la desaparición de Molly? —preguntó Lexi.

—En este momento, cualquier cosa es posible.

—Cualquier cosa menos eso —dijo Grant.

—Apuesto a que ese aviso sobre el coche de Ward es falso —soltó Lexi—. Quiere que creas que...

—Lexi, déjanos hacer nuestro trabajo —contestó.

Ella apretó los labios, y Grant se dio cuenta de que no le importaban los planes del sheriff.

—No quiero denunciar a Grant.

—Puede que eso no importe.

—Podría ayudarnos a encontrar a Molly.

—¿Ayudarnos?

—No puedes impedir que vaya al Blue Devil.

—No obstaculices mi investigación, jovencita, o te encerraré a ti también. —Pero le sonrió.

—Deja que mi marido se vaya. —*Mi marido*. Grant inspiró hondo, esperanzado—. Le prometo que no se irá de la ciudad mientras Molly siga desaparecida.

—Ni después de que la encontremos —añadió Grant.

—Primero hay que hacer el papeleo —dijo Dawson.

—¡Hazlo después! —dijo ella—. ¡Nuestra hija está ahí fuera!

—Sigo las normas. ¿Por qué crees que me siguen reeligiendo?

—¡Le necesitamos! ¡Él sabe adónde se dirige este tipo! ¡Y cómo piensa! Tenemos que buscar en todas partes.

—Y lo haremos. Pero tenemos un personal limitado y un tiempo limitado. Seguimos las pistas más calientes primero.

—Has llamado al FBI, ¿verdad? —preguntó Grant—. ¿Cuánto tardarán en llegar?

—Un par de horas.

—¿A qué te refieres con lo del tiempo limitado? —preguntó Lexi. El sheriff frunció el entrecejo.

—Quiere decir que cada minuto es importante —contestó Grant, temiendo que se refiriese a algo más.

—Quería decir algo más —dijo Lexi mirando a Dawson—. ¿Cuánto tiempo?

El sheriff la miró a los ojos.

—Estadísticamente, los secuestradores que pretenden matar, lo hacen en un periodo de tres horas —dijo. La habitación se quedó sin aire—. ¿Vienes? —preguntó a Lexi.

—Ve —le dijo Grant—. Yo iré en cuanto pueda. —Agarró la mano de Lexi cuando ella se alejaba—. No vayas al Blue Devil sola. Deja que el sheriff haga lo que tiene que hacer, pero no te quiero allí sola. Espéralo.

—No puedo esperar —contestó.

—Entonces, al menos, ve con Ángelo. Llévatelo a él.

Ella asintió.

—Lexi, lo siento mucho. Por todo. Si pudiera cambiarlo...

Ella dejó caer el brazo a un lado.

—Te perdono —dijo Lexi.

—Te quiero.

Lexi no contestó.

{capítulo 32}

Lexi no habría gastado tiempo en ir a buscar a Ángelo, pero las advertencias de Grant la asustaron. La residencia estaba situada exactamente entre la oficina del sheriff y Porter Avenue. Si Warden no estaba dispuesto a entregar a Molly tal y como le pedían, la fuerza bruta de Ángelo sería más convincente.

Aparcó en las instalaciones como lo había hecho en el colegio de Molly, ocupando esta vez una plaza reservada para minusválidos en lugar de un trozo de césped. Echó a correr por el camino de adoquines y entró en el despampanante vestíbulo (la única parte del edificio que había sido construida para impresionar con su jardín interior con tragaluz, sus fuentes, y sus muebles de roble macizo).

Sus pies pasaron corriendo por delante del mostrador de recepción y por el ala norte hacia la sala de enfermería. Ellos sabrían dónde estaba Ángelo.

Lexi abrió de golpe la puerta de cristal adornada con pavos reales y se abalanzó sobre la enfermera más cercana, que llevaba una taza de café a su mesa.

—¿Dónde está Ángelo? ¡Es una emergencia!

Abrió los ojos de par en par.

—¿Con uno de nuestros residentes? Tenemos pro...

—¡No! Lo necesito para otra cosa,

Un hombre con uniforme de enfermero, que estaba escribiendo en un ordenador, habló sin apartar la vista de lo que estaba haciendo.

—Ángelo se fue a comer hace más de una hora. Ya debería haber vuelto.

—¿Dónde podría estar?

El hombre miró la puerta que había al fondo de la sala y señaló.

—Prueba en el comedor. Ahora tienen que estar en el tercer turno. Al bajar las escaleras, la segunda puerta a la derecha.

Lexi abrió de un empujón la puerta antes de que acabara, bajó las escaleras en cinco zancadas y llegó estrepitosamente al piso inferior, armando tanto jaleo como un elefante en una cacharrería.

Que esté ahí por favor, que esté ahí por favor...

Había mucha gente en el comedor, que le recordó a la cafetería de un instituto.

Ni rastro de Ángelo. ¿Estaría sentado?

Sólo había tres filas de mesas y dos pasillos. Lexi los recorrió a toda velocidad, buscando la gran coronilla de mechones rubio platino.

Se le acababa el tiempo. ¡Ojalá Grant hubiese podido ir con ella!

Lexi divisó a su madre. La imagen de Alice la golpeó como un coche.

¿Aquí?

Estaba sentada junto al padre de Lexi y miraba fijamente su plato de comida, con la cabeza inclinada como para oírlo mejor en aquel lugar tan ruidoso y las manos cruzadas sobre el regazo. Él tenía las mejillas sonrosadas tras las gafas, y su comida estaba sin tocar. Sonreía y hablaba, animado como nunca Lexi lo había visto desde antes de...

Alice levantó la vista y vio a su hija, forzó una débil sonrisa.

A Lexi se le iban ocurriendo preguntas mientras se dirigía a la mesa a toda prisa, pero no podía entretenerse. Y aunque pudiera, les habría arruinado su momento.

—¿Han visto a Ángelo? —les preguntó Lexi inclinándose sobre el asiento del banco.

Alice se giró hacia su bolso y levantó la tapa.

—Después de que trajera a tu padre de su paseo. Sí.

No miraba a Lexi a los ojos. Seguía enfadada por su confesión, pensó Lexi. Sacó un trozo de papel doblado del bolsillo lateral.

—Angelina Jolie me ha llevado hoy de paseo —dijo Barrett—. Un día precioso. Precioso como tu madre.

—Mamá, tengo que hablar contigo.

—Puede esperar.

—Es Molly, mamá. Ward se la ha llevado.

Entonces Alice la miró.

—Tengo que encontrar a Ángelo. Puede ayudarme a encontrarla.

—Tenía que irse. —Le pasó a Lexi la hoja que había sacado del bolso—. Me pidió que te diera esto.

—¿Qué es?

—No lo sé. No lo he leído. ¿Qué está haciendo el sheriff?

—Buscarla, por supuesto.

Lexi desdobló el papel. Una nota escrita a mano.

Lexi, no estaré aquí cuando más me necesites, pero todo esto cobrará sentido después. Escucha: cuando la otra noche te dije que tienes que consultar al amor acerca de Molly, no creo que entendieras a qué me refería. El amor todo lo sufre, todo lo espera, todo lo soporta. El amor nunca deja de ser.

No escuches a Warden Pavo. Escucha al amor, que no guarda rencor. Elige el amor y él te salvará incluso ahora. Igual que a Molly.

Ángelo

Barrett añadió:

—Te dije que tuvieses cuidado con aquel carcelero —y hundió la cuchara en una montaña de puré de patatas.

Los ojos de Lexi se dirigieron bruscamente hacia él. Había olvidado el parloteo de su padre durante la última visita.

—¿Se ha llevado a tu hermana pequeña? —preguntó—. Está perdida.

—Papá, ¿estás hablando de Molly?

¿Cómo era posible que Ángelo y su padre supieran lo del secuestro antes de que sucediera?

—¡Claro que no! Tonta. Molly es tu sobrina. He dicho claro como el agua que me refería a tu hermana pequeña. Lexi, querida. ¿Se ha llevado a Lexi?

Lexi sacudió la cabeza lentamente, preguntándose si debía estar asintiendo. Barrett imitó su movimiento. Eran el vivo retrato de una honda preocupación.

—Bueno, él llegará a tiempo. Está perdida, ¿sabes?, y nadie la está buscando.

Alice puso las manos sobre las de él, y sus ojos brillaron.

Antes de abandonar la residencia, Lexi le contó a su madre lo de Grant y le hizo prometer que se pegaría a los talones del sheriff Dawson hasta que acabara el papeleo y Grant pudiera quedar en libertad. Alice apretó su teléfono móvil contra la palma de la mano de Lexi e insistió en que se lo llevara. Dijo que compraría uno de prepago y llamaría tan pronto tuviese novedades con respecto a Grant. Lexi le contó adónde se dirigía y prometió llamar cada veinte minutos.

Sentada en el coche, intentó llamar al teléfono móvil de Ángelo tres veces. No contestó.

Lexi había sacrificado quince minutos cuando salió de la residencia con la nota de Ángelo arrugada entre la palma de la mano y el volante. La había leído cuatro veces y seguía sin entenderla. ¿Es que nunca podía hablar claro?

Por primera vez, estaba enfadada con él. La vida de su hija dependía de la rapidez y la claridad. ¿Era eso mucho pedir?

Necesitaba a su marido libre y ayudándole lo antes posible.

Su marido.

Llevaba años sin pensar en él de esa manera. Hacía años que él no actuaba como tal. Hasta hoy. Lexi sabía que no estaría en libertad buscando a Molly si Grant no hubiese intervenido en el intento de Ward por incriminarla como traficante.

Tenía muchas preguntas: cómo se había enterado Grant de que estaba en apuros, por qué se había molestado en sacarla de ellos, cómo supo dónde buscar lo que Ward había escondido, cómo se había deshecho de todo. ¡Si lo hubiesen pillado en posesión de aquello, le habría costado caro!

Cuando dijo que lo lamentaba, cuando dijo que la quería, fue muy fácil creerle. Las cosas que antes le habían impedido perdonarlo, no eran nada comparadas con aquello a lo que se enfrentaban con la posible pérdida de su hija.

Lo perdonó, porque tenía que hacerlo. Tenía que liberarse de toda su ira contra Grant porque seguir aferrada a ella consumía demasiada energía. Privaba a su corazón y a su mente de la agilidad que necesitaría para salvar a Molly. No podía permitirse sentir rencor en este momento.

¿Convertía eso el perdón de Grant en un acto de egoísmo? Tal vez. Sólo tal vez.

Forzó su Volvo al máximo y llegó al Blue Devil a la una y diez. El aparcamiento estaba vacío.

El edificio, largo y de poca altura, tenía un tejado empinado de madera y un revestimiento de tablas mal acabado y de color marrón. No había ventanas. Un reclamo pintado con aerosol directamente sobre las paredes del club anunciaba *¡Chicas! ¡Chicas! ¡Chicas!* y, la Noche de Mujeres de los martes, dos bebidas por el precio de una. La *D* de plástico del letrero luminoso estaba hecha añicos y dejaba las bombillas al descubierto.

Grant les había indicado que miraran detrás del edificio. Lexi lo rodeó y condujo hasta la parte trasera buscando las escaleras. Escalones de cemento y una barandilla de hierro que descendían, había dicho.

Al no ver nada, hizo un cambio de sentido y retrocedió con el coche, cerca del edificio, inclinada sobre el asiento del acompañante.

Nada.

Lexi sintió náuseas. ¿Le habría mentido Grant?

Salió del coche. Había una puerta en la parte trasera del club que no tenía pomo en el exterior. Y un contenedor Dumpster, solo, a tres metros de la puerta. Encontró una pila de cajas de botellas de whisky y un montón de manchas pegajosas en el asfalto a lo largo de todo el edificio. Ninguna escalera.

Intentaría encontrar el ascensor dentro.

Lexi rodeó corriendo el edificio hasta la parte delantera y probó con la entrada principal. Se abrió.

El interior estaba oscuro y apestaba a olores poco agradables. Empezó a respirar por la boca. Una música ensordecedora, procedente de una gramola conectada a un equipo de alta fidelidad, vibraba a través de sus órganos internos.

Sus ojos se acomodaron a una escena de bar bastante típica. Sillas y mesas pequeñas. Una pista de baile. Un escenario. Una barra con luces de neón y espejos en la parte trasera.

El camarero estaba secando vasos y la observaba. La música estaba demasiado alta para hablar. Vio el indicador de los servicios y señaló que iba a usarlos, sobre todo para evitar que le siguiera e hiciera preguntas.

Lexi accedió a un vestíbulo estrecho y se golpeó el codo con el teléfono público. Las paredes estaban empapeladas de arriba abajo con carteles sujetos con grapas: pósteres, publicidad, llamativos anuncios de conciertos, fotos de mujeres ligeras de ropa con bigotes y cuernos garabateados y direcciones de páginas web, anuncios escritos a mano sobre artículos en venta, marcas de cerveza. Entre el servicio de hombres y el de mujeres, buscó uno que Grant había descrito: «¡La emoción no murió con Elvis! Amantes del riesgo, presenten su solicitud aquí».

Grant había dicho que cubría el botón del ascensor.

Había demasiados. Demasiadas hojas de papel que impedían que Lexi encontrara a su hija. Pasó las manos por aquel desorden, intentando centrar su atención en cada uno de los carteles.

—¿Te ayudo a encontrar algo?

Su latido dio un vuelco y después se recuperó. El camarero estaba tan cerca que podía tocarla. Pelaba cacahuetes y dejaba caer las cáscaras al suelo.

—A *alguien* —contestó, metiendo la mano al bolsillo donde llevaba el teléfono móvil—. Warden Pavo.

—Nunca he oído hablar de él.

—Nos conocemos desde hace tiempo.

El camarero hablaba y masticaba a la vez.

—Me parece muy bien.

—Me dijeron que podría encontrarlo aquí. Que lleva una especie de... negocio extra en la planta de abajo.

—En este edificio no hay planta de abajo.

—Claro que no —dijo Lexi, con la esperanza de hacerle ver que podía guardar un secreto.

—Y ahora que ha quedado todo claro, ¿te pongo algo de beber? —Le alargó un cacahuete que sujetaba entre el dedo pulgar y el índice. Lexi volvió a girarse hacia la pared abarrotada.

—Cuando encuentre a Ward, pediré algo para los dos —dijo ella. Puso la mano sobre el póster más grande y lo arrancó de la pared de un tirón. Estaba mugriento. El papel se rompió en dos.

El camarero se echó a reír.

—¿Crees que está escondido debajo de ese revoltijo? Se le habrán clavado unas cuantas grapas.

Lexi agarró papeles con ambas manos y arrancó todo lo que pudo de una vez, con la intención de que el camarero se cabreara lo suficiente como para mostrarle lo que estaba segura de que encontraría siendo destructiva.

—Deja que te traiga un cubo de basura —dijo él.

Lexi lo siguió de regreso a la sala principal, con los puños llenos de papeles rotos.

—Por favor. Realmente no me importa lo que tú y Ward tengan entre manos aquí. Puedes confiar en que voy a estar completamente ciega, sorda y muda. No soy policía, sólo soy una madre. Tiene a mi hija pequeña y quiero que me la devuelva. Eso es todo. Lo juro. Me la llevaré y nunca volverás a ver mi cara. Pueden seguir haciendo lo que sea que ustedes hagan.

La miró por encima del hombro y siguió avanzando hacia la barra. A continuación, levantó la parte con bisagras del mostrador que le permitía pasar al otro lado, se inclinó y desapareció debajo de la barra, salió con un pequeño cubo de basura forrado y se lo pasó a Lexi, que lo miró fijamente.

—La gente que habla así suele necesitar algo bastante fuerte. ¿Seguro que no puedo hacerte recapacitar?

—¿Qué habla cómo?

El camarero apoyó los codos sobre la barra y sacó unos pocos cacahuetes más de un recipiente que tenía delante. Lexi metió los papeles dentro del cubo.

—Sé escuchar. Y parece que has pasado una época bastante difícil con tu hija. Tal vez pueda ayudarte.

—De la única manera que puedes ayudarme es llevándome ante Warden Pavo.

—Nunca he oído hablar de ese tipo, de verdad.

—Sé de buena fuente que es cliente habitual aquí.

—¿Puede que utilice otro nombre?

Lexi cerró los ojos y se mordió el labio para evitar venirse abajo. Entonces dijo:

—Un tipo esquelético. De un metro setenta y cinco, o metro ochenta. Con el pelo moreno y grasiento, un poco largo de más. Y la mandíbula prominente.

—Alrededor del cincuenta por ciento de mi clientela es así.

—Lleva tatuado un llavero en el brazo izquierdo.

—¡Ah! ¿Una llave maestra? ¿Cómo un antiguo carcelero?

—¿Entonces ha estado aquí?

—No. —La palabra fue como un martillazo—. Pero no eres la única que ha venido preguntando por él.

—Podrías haberlo dicho antes.

—¿Cómo se suponía que iba a relacionar yo el nombre con el tatuaje?

—¿Quién lo buscaba?

—Un tío desagradable. Tenía la cara como un extraterrestre, con un montón de arrugas en los ojos. Como una calavera. —El camarero imitó su cara y entornó los ojos, echó los hombros hacia delante y levantó las manos en forma de garra. Puso una voz aguda y entrecortada—. He oído que este es el territorio de Warden. ¿Lo han visto? ¿Dónde está Warden? —Volvió a su tarea de aplastar cacahuetes y señaló hacia el final de la barra—. Dejó corazones de manzana mordisqueados por todos lados.

El hombre que le había atacado en la residencia. ¿Conocía a Ward? ¿Lo había encontrado? Si Lexi no podía encontrar a Ward, tal vez podría encontrar a ese tipo. Se estremeció ante la posibilidad de volverlo a ver.

—¿Cuándo?

—Domingo. Lunes.

A ella le había atacado el martes.

—¿Ha vuelto a venir desde entonces?

—No, sólo aquellas dos noches.

—¿Estuvo aquí dos veces?

—Quejándose todo el rato, por eso sé que el tipo del llavero al que buscas no estuvo aquí.

—Mencionó el tatuaje.

—Estaba desvariando, no paraba de dar la tabarra con Romeo y Julieta.

El nombre de la pareja despertó en la mente de Lexi un vago recuerdo que nada tenía que ver con Shakespeare.

—¿La obra?

—Lo dudo. Dijo que Warden intentó matar a Romeo. «Julieta está muerta», gesticulaba entornando otra vez los ojos. «Romeo era mío. Si Romeo muere, Warden también muere». Yo casi cateo inglés, pero estoy completamente seguro de que morían los dos. Y no recuerdo a ningún Warden. A lo mejor se refería a tu carcelero, ¿no?

Lexi no tenía nada más con lo que continuar.

—En cualquier caso, el tipo era un chiflado. Obsesionado con la muerte. Cuanto más bebía, más alto hablaba. Lo eché cuando empezó a gritar no sé qué de un mortecino.

¿Un mortecino?

Mort, a las puertas de la muerte el fin de semana pasado. La gata muerta Julieta. Romeo.

Era el único y endeble hilo conductor al que Lexi podía aferrarse.

Molly llevaba dos horas fuera del colegio. Desde el Blue Devil, Lexi se dirigió a toda velocidad al hospital, a la única conexión que podía ver entre ella y Warden Pavo.

{capítulo 33}

La presencia de su suegra resultó de gran alivio para Grant durante el tiempo que estuvo esperando que el sheriff Dawson acabara con el papeleo.

Grant recorrió los tres pasos que había desde una de las paredes del calabozo en el que estaba encerrado, giró, y dio otros tres pasos, repitiendo lo mismo durante un buen rato, a la vez que pasaba la mano por los barrotes. *Tan, tan, tan, tan.* Alice estaba sentada en un banco fuera de la celda y lo escuchaba sin pedirle que parara y sin parecer molesta por aquella inquietud propia de un tigre.

Cuando el reloj de la pared marcó las 2:17, Grant golpeó los barrotes con la parte inferior de la palma de la mano. ¿Qué hacía él allí encerrado, si su hija y su mujer estaban ahí fuera? Era la historia de su triste vida.

Al menos Molly tenía un padre en el exterior derribando puertas por ella.

Grant golpeó de nuevo su jaula. Tenía que salir.

—¡Ley de pueblo! —murmuró Alice entre dientes. Salió de allí durante un instante y después regresó con dos tazas de café solo requemado.

Sorbieron el amargo brebaje mientras transcurría otro minuto.

—¿Tú sueles orar? —le preguntó Grant.

—Solía. ¿Por qué?

—Llevo intentándolo un tiempo. En realidad, no sé cómo hacerlo. Pero creo que deberíamos. Creo que Molly necesita que lo hagamos.

—Lo haría si creyera que mis oraciones van a servir para algo —le confió Alice.

—¿Estás segura de que no sirven?

Ella se encogió de hombros.

—A las pruebas me remito.

Esa fue la primera vez que Grant se dio cuenta de que Alice había envejecido durante los últimos siete años. Los surcos alrededor de su boca eran más profundos. Las raíces de su pelo estaban blancas. No hablaba mucho de Tara, o de su marido, Barrett, ni siquiera de lo que había estado haciendo desde que él perdió la cabeza.

Grant dijo:

—Richard no deja de repetirme que sí sirve, incluso si no obtenemos la respuesta que queremos. Estoy indeciso, pero probablemente sea el momento de tomar una decisión. Haría cualquier cosa por Molly y por Lexi. Quiero decir, ¿y si...?

—¿Y si? Me hago esa misma pregunta cien veces al día.

Grant se llevo el café a los labios. Alice tenía la mirada fija en la negrura de su taza.

—¿Y si hubiéramos salido de Crag's Nest cuando las niñas eran pequeñas?

—¿Por qué no lo hicieron?

—Barrett. Manejaba el negocio de los seguros aquí.

La amargura de su voz disuadió a Grant de decir algo.

—Llevaba una correduría clandestina. Vendía seguros de impago de deuda. Ahí es donde estaba el dinero de verdad.

—Supongo que no entiendo mucho de eso.

—Pues la mayor parte de lo que hacía no era ilegal en aquella época, pero debería haberlo sido.

—¿La mayor parte?

Alice miró a Grant.

—No eres el único hombre de este mundo que ha querido más de lo que podía tener.

Grant asintió.

—Así que, es el sudor de la frente de gente honrada lo que ahora está pagando los gastos de su salud mental —dijo ella—. ¿Y si lo hubieran pillado?

—Pero no lo hicieron.

—Y no estoy muy segura de que eso fuese lo mejor. —Alice volvió al banco y se sentó—. Lexi no sabe nada de lo de su padre.

—No creo que se lo hubiese tenido en cuenta.

—Ya nunca lo sabremos.

Grant carraspeó.

—Lexi dice que me perdona.

Alice refunfuñó.

—Bueno, al menos tú lo mereces, Grant. Has cumplido tu condena, pagaste el precio. Has intentado enmendarlo.

—¿Crees que lo decía en serio?

—¿Qué? ¿Tan en serio como para que se den otra oportunidad? No lo sé.

—Creía que eso era lo que deseabas para ella. Para nosotros.

—Lo era.

—¿Lo era?

—Si le pasa algo a Molly, puede que desee que mi hija se hubiese arrojado por un precipicio.

—Lo que ha ocurrido no es culpa de Lexi.

La risa de Alice estaba marcada por el sufrimiento.

—Todos somos culpables de algo.

—Si hay algún culpable de haber traído a Ward a esta familia, soy yo.

—¿Seguro? —Su tono desafió a Grant.

—Sí. Razón de más para darnos un respiro, ¿no crees?

—No. No lo creo. En mi opinión, algunos errores son peores que otros.

—¿Qué ha hecho Lexi que esté tan mal? Ha sido capaz de mantener dos trabajos y un techo sobre su cabeza. Ha criado una niña preciosa. —Un nudo se formó en los músculos de la garganta de Grant.

—Tal vez fue ella, Grant, quien te falló primero. —Inclinó la cabeza hacia atrás para descansar contra la pared de bloque.

—¿Cómo?

—Tuvo una aventura. —Abrió los ojos para ver cómo encajaba él aquella noticia—. Con Norman Von Ruden.

—Eso es lo que dijo Ward. ¿Te lo contó él? Es lo más ridículo que he oído nunca. No confiaría en él ni para que me leyera el periódico.

—Me lo dijo Lexi. Se estaba viendo con él cuando Tara fue asesinada. Tara intentaba detenerlos. Por Molly. Por ti. —Grant agarró los barrotes con ambas manos y agachó la cabeza. ¿Había pasado todo aquello delante de sus narices? Por supuesto, entonces estaba tan colgado que apenas sabía cuál era su casa, y mucho menos cuál era su mujer.

Pero eso no lo hacía menos doloroso.

¿Cuánto tiempo había durado? ¿Continuaba aún? ¿A escondidas? ¿Sus sentimientos por Norman habían llegado a cambiar alguna vez?

Alice sacudió la cabeza y de nuevo dio un sorbo al café.

—Y si, y si... Te diré algo: ¿y si te hubieses casado con Tara y no con Lexi?

Grant le lanzó una mirada de advertencia.

—O, ¿y si Lexi hubiese hecho lo correcto? Mi hija aún estaría aquí, ¿verdad?

—Norman Von Ruden es un enfermo. Podría haber hecho cualquier cosa.

—Ella debería haberlo sabido. Debería haber visto lo estúpida...

—Era joven. Todos lo éramos.

—¡Deja de excusarla! —Alice estaba de pie, agitando la taza vacía—. ¿Nada de esto te enfurece? No hay nada en todo lo que está ocurriendo que Lexi no podía haber evitado.

Por supuesto, no había forma de saberlo. Además, el dolor que Grant sentía por todo lo que creía que él podía haber evitado lo asfixiaba. El complicado revoltijo de sus pecados y los de Lexi les había separado de su hija. ¿Realmente importaba quién era el culpable? Empezaba a pensar que no.

—Necesito que llames a un amigo mío, por favor —le dijo a Alice—. Se llama Richard. Vendrá. Orará por Molly.

Grant le pediría que orase también por ellos.

{capítulo 34}

Alice telefoneó cuando Lexi entraba en el aparcamiento del hospital.

—¿Estás con Grant? —preguntó Lexi.

—Sí. Seguimos esperando. El sheriff Dawson dice que el aviso sobre el coche era una pista falsa.

—Igual que el Blue Devil.

—¿El qué?

—Dile a Grant que sólo es un club nocturno. Nada más. No conocen a Ward.

La voz de Alice se alejó del auricular. A juzgar por el tono de Grant, su respuesta era de incredulidad.

—Quiere ir allí él mismo cuando acabemos aquí —dijo Alice.

—¿Cuánto falta para que lo dejen en libertad?

—Quién sabe. El sheriff dice que no perdamos la esperanza.

—¡Sería más fácil si dejara que Grant se fuese!

—Se refería a que están llegando muchos avisos de la alarma Amber. Más que de costumbre.

—Vale, ¿y qué te hace pensar eso?

—¿Qué quieres decir?

—¿Más que de costumbre? ¿Cuántos avisos puede haber en un lugar pequeño como Crag's Nest y Riverbend?

—Algunos de ellos serán falsos, claro, pero...

—Mamá, ¿no tienes la sensación de que parte de lo que está pasando es como un número de magia?

—No tengo ni idea de lo que estás hablando.

—De magos. Juegan con las percepciones. Engañan a los ojos para que veas cosas que no son... reales. Como aquella carta que Grant escribió para Molly. La leí dos veces. Las dos veces era distinta.

—¡El número de la desaparición de mi nieta me parece bastante real!

Por supuesto que lo era. Tan real como la llamada telefónica de Ward. Tan real como el corazón acelerado de Lexi y su tensión por las nubes.

—No me refería a eso.

—¿A qué te referías entonces? ¿Qué tiene esto que ver con trucos de magia?

Lexi pensó en Ángelo, que la rescató de forma milagrosa cuando le atacaron. Pensó en el horrible agresor, que desapareció con un soplo de viento dejando atrás su ropa vacía. ¿Cómo podía explicar nada de lo que había sucedido?

—Tal vez nada. Simplemente siento que alguien está jugando con nosotros... conmigo, eso es todo.

—Bueno, deja eso para más tarde, ¿entendido? En este momento, sólo hay tiempo para lo absolutamente cierto: tenemos que encontrar a Molly. ¿Adónde te diriges ahora?

—Al Saint Luke. Hay una posibilidad de que Mort Weatherby sepa dónde está Ward. O un amigo de Ward.

—¿Quién es Mort?

—Un vecino. Conducía el coche en el que iba Molly la noche del accidente. No importa. Llámame cuando Grant salga.

Lexi se detuvo en el mostrador de recepción del hospital y preguntó sin aliento el número de las habitaciones de Gina y de Mort. Tal vez Mort conocía al amigo de Ward. Gina, la alumna de estudios religiosos, quizá podía aclararle a Lexi qué quiso decir Ward cuando escribió «pecado imperdonable» en el registro de salidas del colegio.

Cualquiera de los dos, con suerte ambos, podían mostrarle el camino para llegar a Molly. Lexi se aferraba a todo lo que pasaba por su cabeza.

Una voluntaria con aspecto de duendecillo consultó en el ordenador.

—No están en este edificio —dijo.

—¿Cómo? ¿Dónde están?

—En la Unidad de Enfermedades Infecciosas. —La chica arrancó una hoja del bloc de notas de su escritorio y comenzó a dibujar un mapa—. Estamos aquí. —Señaló un cuadro en el margen inferior derecho del papel—. La UEI está justo aquí. —En un cuadro que parecía estar lo más lejos posible de «aquí»—. Conduzca hasta pasar estos tres edificios, gire a la derecha, y busque el aparcamiento a la izquierda. Después, tome el camino por este corredor...

Lexi tardó diez valiosísimos minutos en llegar.

A primera vista, el edificio parecía más un laboratorio que un hospital. Ocupaba una de las plantas de un edificio más grande y no parecía tener muchas camas. Mort y Gina estaban en una especie de habitación de aislamiento, separados del resto del mundo por cristal y plástico y un sistema de intercomunicación. La madre de Gina había acampado fuera, en una silla de vinilo almohadillada, y estaba tejiendo cuando Lexi apareció. En la silla de al lado había una revista de pesca. Quizás del señor Harper. Tras la ventana, Mort dormía y Gina estaba leyendo un libro.

—No esperaba esto —dijo Lexi refiriéndose a los dos vecinos reunidos en aquellas extrañas circunstancias.

—Es una infección bacteriana, me han dicho —explicó la señora Harper dejando a un lado su labor de punto y levantándose para mirar con Lexi la habitación a través del cristal—. Ha aparecido lo mismo en sus análisis de sangre, un tipo de cepa nueva que nadie conoce. Les preocupaba que fuese una superbacteria, claro, y tuvieron un gran debate sobre si valía la pena probar con los antibióticos habituales o era mejor pasar directamente al último recurso.

—¿Y cuál es?

—Un tipo de antibiótico muy fuerte. No es algo que les guste usar muy a menudo. No recuerdo cómo se llama. De todas formas, eligieron el método más tradicional, y Gina salió de peligro ayer, lo que significa que Mort debería salir pronto si no aparecen complicaciones del accidente.

—¿Habla?

—Claro que sí. Cuando está despierto. Es un cielo ese chico. No me extraña que a Gina le guste.

—Tengo que despertarlo.

—Se acaba de quedar dor...

—Es una emergencia. —Lexi toqueteó los botones del interfono—. ¿Podemos pasar ahora que están mejorando?

La señora Harper negó con la cabeza.

—Por precaución.

Gina dio un salto al oír un pitido electrónico agudo, por lo que Lexi dedujo que había pulsado el botón correcto.

—Eh, rubia —dijo Lexi tratando de sonreír.

Gina bajó el libro y sonrió.

—¡Eso lo serás tú! ¿Has venido a sacarme de aquí?

Lexi miró con segundas a Mort.

—No parece que estés sufriendo por falta de buena compañía.

—No habla mucho pero, por otro lado, no me puedo quejar. Toda esa belleza en una sola habitación. Si necesita un riñón, aquí estoy yo.

—Me alegro mucho de que estés bien.

—No tanto como yo. No quieras tener esta bacteria. Recuérdalo la próxima vez que estés en un baño público. ¿Dónde está la pequeñaja? Mamá dice que tu madre se va a quedar para ayudarles... debe ser interesante.

—Gina, necesito hablar con Mort.

La sonrisa de su compañera de piso quedó reducida a un gesto de preocupación.

—¿Qué ocurre?

—Han raptado a Molly. Creo que Mort puede ayudarme.

Gina se sentó erguida en la cama.

—¡Dios mío! Y no te creí cuando intentaste contarme todas las cosas extrañas que estaban sucediendo.

—No pasa nada. Estabas enferma.

—¿Qué sabe Mort de...?

—Puede que nada. No lo sé.

—¡Mort! —Gina agarró una taza Dixie de papel de la mesita, la arrugó y se la lanzó. Aterrizó en su pecho—. ¡Mort, despierta! —Lo siguiente que le arrojó fue una caja pequeña de pañuelos. La caja se deslizó sobre la almohada.

—¿Qué dia...?

—Mort, alguien se ha llevado a Molly y Lexi necesita que...

—¿Quién?

Lexi tenía la esperanza de que Mort no estuviese con más medicación que los antibióticos.

Presionó el botón del interfono y dijo:

—Mort, tengo que hacerte unas preguntas sobre la gata.

—¿Por qué todo el mundo dice cosas sin sentido? —Se tocó el caballete de la nariz y se examinó los dedos como si pudiese haber sangre.

—La gata de la señora Johnson. Julieta. ¿Cómo murió?

Mort tomó la caja de pañuelos y se la lanzó de nuevo a Gina, que la agarró en el aire.

—No tengo ni idea, y tampoco me importa.

—¿Es posible que alguien la matara?

—Al parecer, eso piensa la señora Johnson.

—¿A quién crees que le podría interesar que ella creyese que lo hiciste tú?

Mort sacudió la cabeza y cerró los ojos.

—¿Y por qué es importante eso?

—Porque creo que quien mató a la gata conoce al hombre que se llevó a Molly. Tengo que encontrarla y no me queda mucho tiempo.

—Ojalá pudiera ayudarte, Lexi, pero no tengo ni idea. Y la última vez que me pediste ayuda, las cosas no me fueron muy bien.

—Deja ya el complejo de mártir, Mort. Hay una niña pequeña desaparecida que necesita tu ayuda —dijo Gina.

Pero lo que había dicho era cierto. El hecho de que Lexi le pidiera que vigilara a Gina y a Molly fue lo que le llevó hasta el coche que acabó destrozado. La descripción que dio Molly del conductor que llevaba a Norman, como el malvado ladrón de perros de Ciento un dálmatas, y el encontronazo de Lexi con el paciente psiquiátrico de la residencia se fusionaron en su mente.

—¿Y del accidente? ¿Me puedes contar algo?

—No recuerdo mucho.

—El conductor del otro coche... ¿lo viste? —Tal vez la policía había realizado un informe. Lexi sacó el teléfono de Alice del bolsillo del delantal (se dio cuenta de que aún llevaba puesto el uniforme de la tienda de comestibles) y llamó al teléfono de prepago de su madre. Alice podía pedirle al sheriff Dawson que lo investigase.

—No vi nada —dijo Mort.

—¿Y si su objetivo era Molly y no Mort? —preguntó Gina.

Esa posibilidad golpeó a Lexi bajo las costillas.

—¿Su objetivo? ¿Cómo si no hubiese sido un accidente?

Gina no contestó.

Si Ward y el otro psicópata estaban compinchados, ¿cuál era el papel de Norman en todo aquello? Casi había olvidado que él iba en el vehículo que chocó contra el coche de Mort.

Alice no contestaba al teléfono. Lexi cortó la llamada esperando que ella se la devolviera.

—¿Quién se llevó a Molly? —preguntó Gina.

—Warden Pavo.

—¿El tipo que quería que testificaras?

Lexi asintió.

—Increíble. ¿Y Grant no sabe dónde...?

—Si lo supiera, no estaría aquí, Gina.

Lexi empezó a caminar. La señora Harper, que había estado escuchando todo aquello con los ojos como platos y la mano en la garganta, retomó su labor de punto.

—¿Qué es lo que pide? —quiso saber Gina.

Lexi se llevó las manos a la cabeza.

—¿Por qué todo el mundo piensa que quiere algo? —Nadie contestó.

—Lexi, no puedo oírte sin el interfono.

Volvió al box dando zancadas y golpeó con la palma de la mano el botón rojo.

—No quiere nada. No hay ningún rescate, sólo acertijos. Está castigando a Molly por mis pecados, dice. Me está haciendo pagar una deuda que ni siquiera sabía que tenía.

—¿Eso es lo que te dijo?

—Claro que es lo que dijo, Gina. —Suspiró—. No pretendía hablarte así.

—No pasa nada. ¿Pero qué es exactamente lo que dijo? Soy buena con los acertijos.

Lexi se restregó los ojos. ¿Sería capaz de acordarse con exactitud? ¿Acaso importaba?

—Eh, dijo: «Castigo a los hijos por los pecados de sus madres». Y algo sobre una fecha límite para cobrar la deuda. Se refería a Molly. ¿Un año de jubileo? Algo así. ¿Qué es el jubileo?

—Es una antigua tradición judía. Cada cincuenta años todos tenían un año de descanso, un gran año sabático.

—Creía que era cada siete años —dijo Mort.

—Siete ciclos de siete años —informó Gina.

—Pues eso son cuarenta y nueve años —concluyó Mort.

—Cuarenta y nueve, cincuenta, no sé cómo lo calculaban. El tema es que era un año para empezar desde cero. Borrón y cuenta nueva. Para devolver las cosas a su estado original. Los arrendamientos de tierras se cancelaban y la propiedad volvía a manos de su dueño original. Nadie plantaba nada, para dar un descanso a los campos. Se liberaba a los esclavos para que volvieran con sus familias.

—Eso no suena como un castigo —dijo Lexi.

—No lo era. Con los años, el jubileo pasó a referirse a un momento en el que los pecados se perdonaban y las deudas se cancelaban, no se cobraban. Sea lo que sea de lo que ese tipo hablaba, es lo contrario a lo que tradicionalmente significa el jubileo.

—Eso no sirve de ayuda.

—Quizá sí. Lo de castigar a los hijos por los pecados de las madres... eso también está mal.

—¿Cómo que está mal?

—La versión bíblica es que los hijos son castigados por los pecados de sus padres.

—No entiendo por qué hay que castigar a los hijos —dijo Lexi—. Sus acertijos son cada vez más confusos.

Tras unos segundos de silencio, Gina dijo:

—Parece que está distorsionando la verdad.

—Eso son suposiciones.

—No si crees en la Biblia.

—Puede que sea un problema que no conozca mejor la Biblia.

Gina se encogió de hombros.

—Siempre hay piedad, Lexi.

—¿Hay piedad para Molly?

—Especialmente para Molly. —La sonrisa de Gina fue un rayo de esperanza.

El reloj de la mente de Lexi restaba tiempo a la terrible situación de Molly, pero no tenía adónde ir, ni ninguna pista que seguir. Se le partía el corazón. Lexi buscaba algo a lo que aferrarse, cualquier cosa que pudiera arrojar luz sobre lo que Ward quería y dónde podía estar.

—Si está distorsionando la verdad, ¿por qué? ¿Qué crees que significa?

—Me recuerda al momento en el que el diablo tentó a Jesús. Para hacerlo, Satán citó las Escrituras.

—Eso es absurdo. ¿Acaso no iba a conocer Jesús las Escrituras mejor que él?

—Exacto. Y Jesús utilizó ese conocimiento para derrotar a Satán.

—Yo no soy Jesús.

—No, pero tal vez ese tipo, Warden, cree a ciencia cierta que tú no sabes la verdad... que puede retorcerla y pasearla por delante de tus narices sin que te des cuenta, que puede hacerte creer que sabe algo que tú no sabes.

—¡Sabe todo lo que yo no sé, empezando por dónde está mi hija!

—Escucha, Lexi. Quizá me esté aventurando demasiado, pero escúchame un minuto. Él dice que quiere cobrar tus deudas... pero tus deudas ya han sido perdonadas. Dice que va a castigar a tu hija por tus pecados.

—Pero mis pecados ya han sido perdonados.

—Exacto.

—¿Entonces de qué habla?

Gina suspiró y se mordió el labio.

Entonces Lexi recordó el principal motivo por el que quería hablar con Gina.

—Ward escribió algo en la hoja de registro de salidas del colegio de Molly. Dijo que la razón para llevársela era un pecado imperdonable. ¿Qué es eso?

—Rechazar a Cristo.

—Pero yo soy cristiana. Yo no he rechazado a Cristo.

—Lexi, si Warden está jugando con las Escrituras, es probable que no quisiera decir eso literalmente.

—¡Eso no ayuda nada! —Lexi se metió los puños a los bolsillos. ¡Quería golpear algo! En su lugar, la nota de Ángelo le golpeó los nudillos.

La sacó y se la leyó a Gina.

«No escuches a Warden Pavo. Escucha al amor, que no guarda rencor. Elige al amor y él te salvará incluso ahora. Igual que a Molly».

—Eso es del Libro 1 de Corintios.

—¿El qué?

—La parte del amor. Todo lo sufre. No guarda rencor. Se me ocurre una idea sobre todo esto.

—Pues suéltala antes de que me desmaye aquí mismo.

—Jesús contó la historia de un tipo que le debía a un rey un montón de dinero. El hombre no podía devolvérselo, así que el rey ordenó que vendiesen a su familia y todas sus pertenencias. El hombre suplicó al rey que le concediera más tiempo. Bueno, ¡pues el rey sintió tanta lástima por aquel fracasado que canceló toda la deuda! Y le dejó marchar.

—Como el jubileo.

—Después de eso, el hombre salió y se tropezó con un amigo que le debía sólo un poco de dinero. Como el amigo no le pagaba, el hombre lo golpeó e hizo que lo metieran en prisión. Entonces, el rey se enteró de aquello y se puso hecho una furia. Le dijo: «Te perdoné por completo cuando me lo pediste... ¿por qué no podías hacer tú eso por alguien que estaba en la misma situación?» Así que hizo que metieran al hombre en la cárcel y permitió que el carcelero lo torturase hasta que pudiera pagar su deuda original, hasta el último centavo.

El carcelero. Warden.

—Eso no es justo. ¿Cómo vas a pagar una deuda si estás entre rejas?

—¡Ya lo sé! ¡Y torturado! El hombre no iba a encontrar precisamente un trabajo remunerado en la cárcel, de eso puedes estar segura.

—No veo la relación —dijo Lexi, aunque algo de entendimiento empezaba a tomar forma.

—Ward quiere cobrar una deuda, pero tú ya has sido perdonada. Ángelo dice que el amor no guarda rencor.

—Eso es.

—Lexi, ¿de quién son los pecados que *tú* consideras imperdonables?

{capítulo 35}

Warden maldijo entre dientes.

¿Te *perdono*?

¿*Te* perdono?

La onda expansiva de las palabras que Lexi nunca debió haber dicho a Grant golpeó a Warden de lleno detrás de las rodillas y lo arrojó al suelo reluciente del centro comercial Bedrock. Se recuperó rápidamente y volvió a maldecirlos suficientemente alto como para que Molly lo oyera.

Estaba apoyada sobre la pierna sana, inclinada sobre la barandilla del balcón con vistas a la zona de restauración. Se giró al escuchar sus blasfemias, pero apartó sus ojos preocupados y echó un vistazo a las mesas de abajo. Buscando probablemente a su papá para que la rescatara del gran lobo malvado.

¿Cómo había podido pasar aquello? Las percepciones distorsionadas eran su especialidad. Warden Pavo podía urdir cualquier tipo de mentira... mentiras para la boca, para los oídos, para los ojos. Especialmente mentiras para los ojos. Y para el corazón. Pocas emociones humanas eran más poderosas que el resentimiento, y explotando aquel hecho había ascendido hacía más de novecientos años, pasando de tratar con paganos a tratar con mojigatos.

Él, entre los miembros de una reducida élite, había triunfado mientras sus compañeros caían como moscas cada tres semanas. ¿Por qué? Porque no le interesaba el espectáculo. No necesitaba martillos pesados y cataclismos, ni mascotas asesinadas y espectaculares accidentes de coche. En su lugar, empleaba la confusión para machacar los puntos débiles del alma humana. La gente no sólo no lo veía venir, sino que, cuando llegaba, jamás pensaba que estuviese en juego otra cosa que no fuese la justicia.

Engaña y divide. *Siempre* funcionaba.

Había funcionado con Barrett y Alice Grüggen. Su apellido significaba *rencor*, por eso los había elegido, y a los padres de Barrett antes que a ellos. La gente hacía honor a su nombre porque no sabía cómo crearse una nueva identidad. ¡Lexi ni siquiera podía casarse por eso!

Y aún así, las dos palabras mágicas de Lexi habían cambiado... no todo, pero lo suficiente. Lo suficiente como para impedir que se recrease allí todo lo que le habría gustado con el fin de garantizar la confianza y la lealtad de Molly.

Tendría que bastar con anular su capacidad para confiar en la gente que realmente la quería.

Warden hizo que su furia se redujese a irritación y se reunió con Molly en la barandilla.

Sobre ellos, los tragaluces filtraban los rayos ultravioleta y hacían que el agujero de comida rápida que tenían debajo pareciese apetecible. Ahí abajo, a los pies de una escalera mecánica, una fuente diseñada para simular una cordillera atravesaba todo el vestíbulo y dividía en dos la zona de comidas. El agua descendía desde las cumbres como si se tratase de los rápidos de un río, salpicando las plantas naturales que había a ambos lados.

Los aromas procedentes de pasteles fritos y del agua clorada de la fuente se mezclaban con el hedor de la comida china repleta de almidón y del oxígeno rancio y reciclado.

—¿Qué te había dicho? Fantástico, ¿verdad?

—Huele raro.

—Deja de quejarte.

Molly bajó la barbilla hasta el pecho.

—Presta atención, pequeña. Tengo muchas cosas que contarte y no mucho tiempo para hacerlo. Mira allí. ¿Lo ves? —Warden señaló un banco adosado al lateral de la fuente. La losa de piedra gris estaba atornillada a la roca artificial y flanqueada por álamos temblones dispuestos con precisión.

Molly miró el dedo de Warden.

—El banco.

La cara de la niña era un interrogante.

Él se situó detrás de ella y colocó las palmas de las manos a ambos lados de su cara, forzándola a girar en la dirección del asiento.

—¿Ves ese banco?

Cuando ella asintió, la soltó.

—Ese banco es la razón por la que tu madre nunca viene a este centro comercial.

—¿Por qué?

—Ahí es donde murió Tara. Un cuchillo clavado justo en las costillas —Warden hizo un movimiento enfático con el brazo derecho—, y pumba, se fue. Sin última cena, sin últimas palabras, sólo un resbaladizo charco de sangre y unos cuantos compradores navideños un poco molestos porque sus regalos se habían manchado.

Molly miraba el banco con el ceño fruncido.

—¿Quién es Tara?

—¿Qué quién es Tar...? ¡Ajá! ¿Quién es *Tara*? Oh, esto es maravilloso. —Con una sonrisa de oreja a oreja, Ward apoyó los codos sobre la barandilla e inclinó la cabeza dentro del campo visual de Molly. Ella se mordió el labio inferior—. Tu tía. La hermana de tu madre.

—Mamá no tiene hermanas.

—No, ya no.

Las cejas de Molly formaron un pico de preocupación.

—Yo estaría triste si tuviese una hermana y ella muriese.

—Piénsalo, Molly. ¿Por qué no está triste tu mamá?

—A veces lo está.

—Hay una razón para que no supieras que tenías una tía.

Molly inclinó la cabeza y volvió a mirar el banco vacío.

—Tu mamá la mató.

Los ojos de la niña volvieron a mirar a Warden bruscamente:

—Estás *mintiendo*.

—No. La razón por la que tu madre nunca te habló de ella, y la razón por la que nunca está triste, es que *ella lo hizo*.

—No te creo. Mi mamá nunca haría algo así.

—Eso no cambia la realidad.

Molly se cruzó de brazos y fulminó con la mirada a Warden. Alzó la voz:

—Eres un auténtico mentiroso.

—Pregúntaselo tú misma.

La hija de Lexi resopló.

—Pregúntaselo, pequeña. Ya verás. Pero piénsalo: si fue capaz de asesinar a su hermana, irse a casa, lavarse toda aquella sangre y no volver a pensar nunca en ella... ¿qué crees que hará cuando descubra que lo sabes?

Los ojos de Molly no se apartaban de los de Warden, pero empezó a flexionar la rodilla de su pierna sana (doblar, estirar, doblar, estirar), en un veloz impulso nervioso que hacía que la articulación golpeara el muro.

—¿De qué crees que iba aquella foto? ¿La que tenía el blanco de una diana?

—¿Cómo sabes eso?

—¿Te lo explicó?

—Dijo que ella no lo había hecho.

—¡Claro que lo dijo! ¿Y qué te contó sobre el porqué no te deja ver a tu padre? ¿Quieres saber la *verdadera* razón? Porque está enamorada de otro hombre.

Doblar, estirar, doblar, estirar.

—En realidad, se ha enamorado de un montón de hombres —continuó Warden—, que es como tener cinco mejores amigos a la vez. Bueno, algo así. ¿Sabes lo que es una aventura? ¿No? Se parece mucho a un asesinato, en lo que al tema asqueroso se refiere.

La expresión de Molly era la viva imagen de la confusión. Ward rodeó a la temblorosa niña con un brazo y se inclinó cerca de su oreja, bajando la voz hasta un susurro mientras explicaba la sórdida verdad de lo que significaba ser una esposa infiel. Molly quedó paralizada como si sus movimientos pudieran impedir que oyera cada una de sus deliciosas palabras. O quizá la paralizó la vergüenza. Para Ward, cualquiera de las dos opciones servía.

Cuando Warden acabó la historia sobre los morbosos hábitos de Lexi, Molly era una estatua, con los ojos clavados en sus zapatos.

—Tu tía Tara intentó detenerla, y ella no quiso —dijo Warden. Se irguió pero dejó su cálida mano izquierda sobre el hombro de Molly. Como habría hecho un padre—. Por eso tu madre la mató.

Molly no se movió. Dijo algo al suelo.

—Habla alto, niña.

—¿Cuándo va a llegar mi padre?

—Pronto. —Warden comprobó su reloj—. Se le está haciendo un poco tarde, ¿no? Espero que no lo haya olvidado. —Hizo un puchero dedicado a Molly pero ella seguía sin mirarlo.

—No se olvidará —murmuró Molly sin demasiada convicción.

—Es un hombre ocupado. Quiero decir que... pasar siete años ocupado puede distraer a cualquiera. Yo lo entendería si se le olvidara este pequeño almuerzo. O a lo mejor... a lo mejor estaba demasiado avergonzado para venir. ¿Sabías que estuvo en la cárcel? No lo mencionó en la carta, ¿verdad? —Ward silbó—. Claro, imagínate. Tu mamá se acuesta con cualquiera y acuchilla a su hermana y no pasa ni un solo día entre rejas... no me atrevo a imaginar lo que debe haber hecho tu padre.

Molly se apretaba la cintura, mirando por encima del hombro en busca del hombre que simplemente no estaba destinado a llegar.

—Vamos a comer. Y hablamos un poco más. ¿Qué me dices? Le daremos el tiempo que se tarda en comer un cucurucho doble y, si aparece, comeremos otra vez.

—Quiero irme a casa.

—Imposible. Tu madre aún no ha salido de trabajar.

—Mi abuela estará allí.

—¿Qué problema tienes? Te estoy ofreciendo la oportunidad de comerte primero el postre, un hombre sobre el que llorar, respuestas a todas las preguntas que te hayas hecho jamás, aquí mismo, en bandeja de plata. ¿Para qué quieres ir a casa?

La barbilla de Molly se arrugó.

—Quiero a mi mamá.

Warden sintió cómo su irritación se convertía en algo más grande de lo que debía haber sido.

—Te aguantas. No puedes ir a casa. Lo mismo le da por matarte que por prepararte el desayuno, a esa mojigata...

—No me importa.

—Claro que te importa. Tu papá no te quiere y tu mamá nunca quiso a nadie, salvo a sí misma.

—Ella me quiere.

—No te quiere.

—Sí me quiere —Molly levantó la cara y suplicó—. Quiero ir a casa.

—No *tienes* casa; es lo que estoy tratando de decirte.

—Eres un mentiroso.

Warden estaba tan cerca de escupir fuego que la saliva de su boca chisporroteaba y se evaporaba. Apenas podía controlarse pensando en lo que le ocurrió a Craven cuando perdió su sangre fría.

—Parece que no dejamos de repetirnos —dijo. Warden se puso las manos en las rodillas y bajó la nariz hasta la de ella, deteniéndose justo antes de que bizqueara—. Demuéstralo. Te reto. Demuestra que soy un mentiroso.

La rodilla de Molly comenzó a doblarse de nuevo.

—Puedo mostrarte toda la verdad que necesitas saber, pequeña. Cartas, fotos. Testimonios de testigos —dijo. Las cejas de Molly se juntaron, confusas—. Puedo ser muy convincente.

Tras una breve reflexión, Molly dijo:

—Aunque no estés mintiendo, me da igual.

Él soltó una maldición y se irguió.

—Ya veo que tu madre ha sido un buen ejemplo de moral para ti.

—¿Eh?

—No sabes nada del bien y del mal.

—¡Sí que lo sé!

Ward agarró a la niña del brazo y la zarandeó.

—Hasta que no sepas sentirte ofendida, no sabrás nada.

—Quiero a mi mamá.

—¿Por qué?

—Porque es mi mamá.

—¡Jamás he oído una excusa tan pobre! —Volvió a zarandearla e hizo que las lágrimas salieran de su cabeza.

—Quiero a mi mamá.

—¡Ella no lo merece! ¡Deberías dejar de quererla!

—Ella también me quiere, me quiere, me da igual lo que tú digas. Y me pedirá perdón si le pido que...

—No, no lo hará.

—Y le diré —los suspiros cortaban las palabras de Molly—, que no pasa nada... y que... la quiero de todas formas.

—¡Cállate!

—¡No puedes... obligarme!

Warden agarró a la testaruda niña por ambos brazos. Era una simple muñeca, tan ligera e insignificante como un juguete barato. Sólo los santos tenían suficiente paciencia y autocontrol como para aguantar aquello, y él no era ningún santo.

La arrojó por encima de la barandilla.

{capítulo 36}

Las deducciones de Gina enviaron a Lexi dando traspiés fuera del hospital hasta la luz vespertina que no tenía derecho a brillar tan alegremente. Se tambaleó hasta su viejo cacharro sabiendo con certeza dónde tenía que ir aunque no quisiera.

A pesar de todo, por Molly, metió la llave en el contacto del Volvo, arrancó el motor, y salió zigzagueando del aparcamiento.

No había estado tan enfadada desde la noche en que apareció Ward exigiéndole que testificara en la vista de Norman, hacía casi una semana. Ward era algún tipo de ángel negro, un verdugo enviado para cortarle las manos y los pies y después arrancarle el corazón por no ser capaz de ignorar a todos los que le habían hecho daño. No era algo precisamente justo. Grant, Ward, Norman... todo lo malo que le había ocurrido en los últimos años no habría sucedido de no ser por lo que ellos habían contribuido a sus problemas.

Lexi giró hacia el sur por el bulevar principal y condujo durante varios minutos sin prestar atención a lo que la rodeaba. Se incorporaba a un cruce grande cuando una bocina atronadora le alertó de la luz roja. Sus dos pies golpearon por voluntad propia los frenos, y gritó.

Un conductor que cruzaba en la otra dirección viró bruscamente para evitarla e hizo un gesto obsceno.

El corazón de Lexi iba a estallar. Estaba sentada, en medio del tráfico, sin la voluntad necesaria para apartarse. Su coche quedó anclado en el mismo lugar donde el coche de Mort había quedado hecho una T, donde el transporte de Norm casi mata a Molly.

Los choques humanos destrozaban vidas todos los días, en coches y en otros encuentros. Lexi no era especial.

Y el hecho de que Gina sugiriese que Lexi debía perdonar la irritaba. El perdón inmerecido era muy injusto. ¿No? En cuanto a

Grant, creía que estaba arrepentido. Y por encima de todo, Molly necesitaba que lo perdonara.

Pero a los otros, ¿por qué iba a perdonarlos?

Elige el amor.

Elige el amor. El amor había elegido a Lexi, en la forma más espléndida de piedad.

La respuesta parecía tan flagrante como su limpiaparabrisas. Debía hacerlo, no porque lo merecieran, ni porque fuese justo, sino porque su propia sensatez lo exigía. El aliento de su hija dependía de ello. Porque el amor era la única opción que conducía a la vida, y no a la muerte.

El dolor y la pena se abrieron paso a través de la indignación de Lexi y comenzó a sollozar con la cara entre las manos. Más cláxones sonaron tras ella. Su semáforo se había puesto en verde. Rápidamente, sin ver todo lo que debía, llevó el coche en primera marcha al otro lado de la calle. Se restregó los ojos en la manga de su clásica camisa blanca e intentó recuperar el control de sí misma lo suficiente como para evitar otro accidente.

Después de recorrer cinco manzanas estaba suspirando y con los ojos hinchados, pero entera. Tomó la salida y siguió durante ocho kilómetros por un pequeño camino rural hasta un complejo solitario, una fortaleza de edificios parecidos y aislados del resto de la ciudad. Allí no había aparcamiento pavimentado, sólo un descampado polvoriento cercado por una valla metálica.

Dejó el coche y siguió el camino hasta la entrada para visitantes.

Por favor, Señor, protege a mi pequeña.

Lexi abrió la pesada puerta y se preguntó si aquel deudor de la historia de Gina tuvo las agallas de pedir clemencia... de nuevo... y, si lo hizo, si el rey le dejó ir o el hombre murió en prisión tras una lenta tortura.

Estaba a punto de descubrirlo.

En el control de seguridad, Lexi vació sus bolsillos sacando las llaves, un tubo de protector labial, y el teléfono de su madre. Los colocó en un cubo de plástico y agarró un bolígrafo del mostrador contiguo para registrarse.

—Necesito ver a Norman Von Ruden —dijo.

Hoy nada había salido como había planeado. Ni. Una. Sola. Cosa. Warden salió disparado del centro comercial echando chispas, abriendo las puertas de cristal de un empujón, con tanta fuerza que rompieron las bisagras y se hicieron añicos. La gente que había al otro lado de la entrada gritó esquivando los afilados fragmentos y abriéndole paso.

No era un buen momento para controlarse. Warden farfullaba maldiciones entre dientes mientas irrumpía en el aparcamiento. Una larga retahíla de conjuros absurdos y oscuras promesas sobre lo que planeaba hacerle a Lexi Grüggen.

Un adolescente con un monopatín en una mano y un cigarrillo en la otra observó cómo Warden salía. Cuando el chico exhaló el humo, había admiración en sus ojos. Warden le gruñó. El cigarrillo comenzó a arder. La admiración del chico se convirtió en miedo. Tiró el cigarrillo en llamas maldiciendo, arrojó el monopatín al suelo y salió disparado.

Warden se detuvo en una plaza de aparcamiento y volvió la vista al centro comercial Bedrock. Se concedió un momento, sólo unos segundos de indulgencia, para cerrar los ojos e imaginar un final más adecuado que el que había dejado en el interior. Las posibilidades tomaron forma en su mente con rapidez. Haría falta una pequeña dosis de parafernalia y, aunque prefería evitar esos gestos, al final, tenía que haber de todo en la viña del Señor.

Tal vez no debía haber dejado atrás a la mocosa. Warden no había visto a Molly caer. Se había alejado de la barandilla, furioso por haber sido obligado a matar. Nunca le había resultado placentero. ¿De qué le servía la gente si estaba muerta y enterrada? Para los únicos humanos que tenía tiempo eran aquellos que estaban muertos en vida.

La niña había caído en picado sin decir ni una palabra. Los únicos gritos que escuchó procedían de los testigos que la vieron precipitarse.

Warden se preguntó si debía volver al interior y trazar un plan para llevarse a la estúpida muñeca de trapo.

Barajó sus opciones y tomó una decisión.

Lexi no tenía ni idea de lo que se le avecinaba.

{capítulo 37}

No parecía posible que tan sólo hubiesen transcurrido veinticuatro horas desde la última vez que Lexi se dejó caer en aquella misma silla endeble y destartalada, a los pies de la cama de hospital inclinada de Norm. Las juntas del asiento crujieron y cedieron bajo su peso.

—No esperaba verte hasta el viernes —dijo él cuando sus miradas se encontraron.

—No testificaré en la vista —respondió Lexi—. Ni a favor ni en contra.

Norm asintió.

—Lo sé. —Suspiró y reclinó la cabeza contra la almohada, con la mirada fija en el techo.

Lexi esperaba encontrar al Norm gruñón y siniestro.

—¿Eso es todo? ¿Ni réplica mordaz? ¿Ni la promesa de aplastarme o de hacer daño a mi pequeña?

Él no dijo nada.

Una inmensa pena cayó sobre los hombros de Lexi.

—Ward se ha llevado a Molly —dijo.

—No puedes decir que no te lo advertí.

—¿Sabes dónde están?

Ward giró la cabeza sobre la almohada con un minúsculo movimiento de lado a lado.

—Ward debe haberte dicho algo que...

—Ward habla demasiado para el bien de cualquiera.

—Tú eres la única persona que conozco que puede tener alguna idea de lo que había planeado.

Una luz empotrada en el techo de la habitación de Norm parpadeó. La memoria de Lexi retrocedió en el tiempo hasta la luz del aparcamiento que, una semana antes, parpadeó sobre su Volvo.

—Ward sólo tiene una cosa en mente —dijo Norm.

—¿Y cuál es?

—Usar a otros para hacer el trabajo sucio.

Lexi no estaba segura de lo que quería decir.

—Se llevó a Molly sin la ayuda de nadie —dijo ella.

—Si eso es lo que quieres creer...

Lexi se puso de.pie y dio paso apartándose de la silla.

—Bueno, si no sabes dónde puede haber ido con...

—Me estaba acordando de mi primer encuentro con Ward.

—Ahora no tengo tiempo, Norm.

—Quizá quieras sacar un poco de tiempo. —No había ninguna amenaza en sus palabras, sólo arrepentimiento. Lexi permaneció de pie pero no se marchó.

—Fue en nuestra casa —dijo—. Hablaste conmigo de Molly.

—Esa no fue la primera vez.

—¿Qué viste a Ward? Yo pensé que...

—Sí, bueno, la gente siempre dice que la percepción se corresponde con la realidad, pero no es así. Sólo es una percepción.

La luz volvió a parpadear.

—Grant organizó aquel encuentro, pero Ward me buscó antes de que aquello ocurriera. Me encontró en el trabajo —explicó Norm.

—¿Para qué?

—Dijo que los antidepresivos no serían un problema para él, pero que podía engancharme a algo que me levantaría el ánimo mejor que cualquier droga. —Norm volvió la cara hacia Lexi—. Dijo que su nombre era Lexi Solomon.

La cara de Lexi comenzó a arder. No sabía qué decir y se sentía confusa con aquella historia y con el comentario que Ward le había hecho días antes. *Debiste escogerme a mí.*

—Al menos en eso tenía razón —dijo Norm.

—¿Qué tiene que ver eso con Molly?

—Ward volvió a encontrarme hace una semana, en la trena. Justo antes del accidente. Me dijo que se estaba preparando para darle una paliza a Grant y me prometió que tendría mi oportunidad para vengarme por lo de los placebos que me vendió.

—Porque yo testificaría a tu favor.

—No sé muy bien por qué le creí. Mi puesta en libertad no depende, precisamente, del testimonio de una persona.

Un tenue sonido hueco procedente del lado opuesto a la puerta hizo que Lexi se girara para mirar.

Norm dijo:

—Imagino que tendemos a creer cualquier cosa que pueda actuar en nuestro favor. No pensé en ello hasta después de que te marcharas ayer. Todo estaba muy claro. ¿Sabías que Ward me prometió la oportunidad de matar a Grant cuando saliera de aquí?

—¿Qué es lo que estaba claro? ¿Qué querías que Grant fuese castigado por lo que te hizo?

—No. Que nada de lo que Ward me prometió tenía que ver *conmigo*. —Sus cejas se juntaron, y Lexi pensó que parecía triste—. Ward nunca estuvo interesado en mí. Todo tenía que ver contigo y con Grant, por motivos que nunca sabré.

La respiración de Norman temblaba al inhalar.

—Destruí mi vida entera por un tipo que me compró con promesas vacías, y por una pareja que ni siquiera me importa.

Lexi sintió que el corazón se le ablandaba hacia aquel hombre. Sintió pena.

—Lo siento, Norm.

Él resopló.

—¿Es eso lo que querías? ¿Matar a Grant?

Se encogió de hombros.

—Ya no lo sé. Creo que, sobre todo, quiero que alguien me diga que no fue culpa mía que tu hermana muriera.

—Fue culpa mía.

—Y de Grant.

—Sí. Parece que todos tenemos parte de culpa.

—Qué triángulo amoroso tan bonito formamos. —La amargura se enredaba en su lengua.

El suave golpeteo de la puerta pasó a ser un martilleo. Lexi habló por encima del ruido, preocupada por que el encuentro acabara antes de lo necesario.

—Has insinuado que esto tenía algo que ver con Molly.

—Exacto. Creo que no la matará.

—¿Qué?

—Ward no mata, ¿sabes? Si lo hiciera, ya estaríamos todos muertos. Él prefiere el sufrimiento. —Se detuvo—. Mata nuestros espíritus.

Lejos de sentirse más tranquila, Lexi sintió que el terror se apoderaba de su mente. Ward podía matar a Molly si quería que *Lexi* sufriera.

—Es una buena metáfora.

Norm se agarró a la barandilla de la cama y se esforzó para sentarse. Su expresión era de dolor.

—Estoy siendo todo lo literal que alcanzo a ser.

El martilleo de la puerta cesó.

Lexi retrocedió un paso.

—Necesito llegar hasta Molly —dijo.

—Espero que lo consigas.

Lexi se giró hacia la salida y golpeó la puerta para que le dejaran salir. Sus brazos temblaban, y no sabía adónde dirigirse ahora.

¡Oh Dios, oh Dios! Por favor, no dejes que mate a Molly... ni su corazón noble.

Aquella habitación rebosaba de la angustia de un hombre cuyo espíritu ya había muerto. Sintió la necesidad de salir de ella y, al mismo tiempo, gratitud por no estar encerrada allí. Se detuvo y sintió que su corazón se aceleraba.

—Lo que he dicho antes es cierto. —Miró a Norm por encima del hombro—. No fue *sólo* culpa tuya que mi hermana muriera —dijo.

La irritación surcó los rasgos de Norm.

—Eso merece que lo escribas en una carta para mi tribunal de la condicional.

—Por la parte que me corresponde en... en todo lo que no debería haber pasado, lo siento.

Él suspiró.

—Es fácil decirlo.

—Y por la parte que te corresponde, te perdono.

—No necesito tu perdón.

—Yo necesito dártelo.

La risa de Norm le rompió el corazón.

—Si eso te hace sentir mejor...

—Tal vez podrías aceptarlo de todas formas. Como algo que, por una vez, tiene que ver sólo contigo. —Hizo una pausa—. Y por ti mismo.

Grant volvió a recostarse sobre las almohadas.

—Yo ya no lo merezco.

—Nadie lo merece. Pero ahora te dejaré marchar.

Norm apartó la cara.

La puerta se abrió.

Era lo último que esperaba en aquel mundo loco y sin sentido, pero cuando ocurrió, un entendimiento claro y afilado atravesó su cerebro: la luz sobre la cama de Norm se apagó, y Lexi se encontró repentina e inesperadamente ciega. Todo su cuerpo se estremeció, y levantó las manos.

Ward había venido por ella.

Unos dedos fuertes se cerraron sobre su garganta y la empujaron, y volvió dando traspiés al interior de la celda de Norm. Sintió el aliento caliente en su cara, el olor a humo de cigarrillo y el hedor a huevos podridos. Sus omóplatos golpearon la pared primero, y su cabeza se reclinó hasta dar con el inamovible bloque. Un trueno rebotó contra el dorso de sus globos oculares.

Se derrumbó y sus rodillas golpearon el suelo.

Ward seguía sujetándola por la garganta y la empujó hacia un lado. Estiró el brazo en busca de un punto de apoyo. Se golpeó la mejilla con la pared contigua y su cuerpo cayó como una flor marchita.

—Norman —dijo con dificultad.

—No puede oírte. —Los pulgares de Warden presionaban la suave curva de su cuello por encima del esternón—. Venir aquí ha sido una idea estúpida. Norm no está muy centrado últimamente. Podría tener una crisis y hacerte daño.

Lexi gimió.

—¿Dónde está Molly?

—*Aquí.*

—¡Molly!

Una de las manos de Ward la soltó mientras la otra sujetaba su aval como a un perro. Lexi oyó que la arrastraba y que respiraba con dificultad, y entonces, el cuerpo cálido y débil de una niña fue arrojado al suelo contra ella.

Lexi gritó. Luchando por respirar, agarró a su hija y la arrastró para apretarla con fuerza contra su pecho. El peso que la agarraba por el tobillo tiraba torpemente de Molly en dirección contraria. Lexi levantó la palma de la mano y extendió los dedos por detrás de la cabeza de Molly. Era un peso muerto, y Lexi pensó que debía estar inconsciente.

Ward liberó la garganta de Lexi que se llenó de un aire húmedo y denso. Le agarró el pelo a ambos lados de la cara, y la arrancó de la pared. Temerosa de soltar a Molly, Lexi no opuso resistencia. La niña parecía muy débil en sus brazos.

—Se está muriendo —dijo Ward.

Lexi gimió y se aferró a Molly. Pasó las manos de arriba abajo por su columna arqueada, para sentir su respiración, o un corazón que latía. No sintió nada.

—Se está muriendo y no hay nada que puedas hacer. Te pedí muy poco, Sexy Lexi. De hecho, lo que quería que hicieras habría sido mucho más fácil que lo que has escogido. Sinceramente, no lo entiendo.

Lexi sacudió la cabeza enérgicamente, negándose a creer que sus peores pesadillas se hubiesen hecho realidad. Los sollozos ahogaban su pecho y hacían rebotar a la pequeña.

—Deberías haber esperado a mañana para venir aquí —dijo Ward—. Deberías haber tenido en mente el objetivo.

—¿Qué... qué objetivo? ¿El odio? Tú... quieres matarnos a todos.

—No soy un asesino, Lexi. No como ustedes tres.

—Sí, es cierto. —Emitió un débil suspiro—. Tú... tú matas al amor.

—Dime. ¿Merece el amor que sacrifiques la vida de tu hija? ¿Ha sido un intercambio justo?

Los brazos de Lexi apretaron a su pequeña y entre sus propios gritos halló palabras.

—Elijo... el amor. Lo e... elijo... porque... porque lo demás... es un infierno en vida.

—Tú no sabes ni la mitad de eso.

La luz apagada brilló dos veces, iluminando la habitación con un débil efecto estroboscópico. Los ojos de Ward eran rojos. La piel de Molly de un blanco fantasmagórico. Y de nuevo la oscuridad.

—Te arrepentirás de esta elección durante el resto de tu vida. Esa mocosa va a morir en tus brazos y tú vivirás mil muertes y desearás no haber amado jamás.

—No lo haré... ¡No lo haré! ¡Nunca me has contado... la verdad!

La luz volvió a parpadear, haciendo que Lexi entrecerrara los ojos y volviera a caer contra la esquina de la pared. Las raíces de su pelo gritaban contra la garra de Ward. Sus labios agrietados estaban entreabiertos.

Ángelo estaba de pie detrás de él.

Lexi gritó.

Los brazos del gran hombre cruzaban su amplio pecho, y su pelo rubio estaba desenmarañado alrededor de la coronilla, como si fuese un viejo sombrero de paja. Tenía los ojos clavados en la parte posterior de la cabeza de Molly.

La luz volvió a fallar.

Al principio, Lexi creyó que era una ilusión pero, cuando se recuperó del *shock* que le produjo verlo, no sintió miedo, sólo calma. Ángelo estaba allí, aunque no pudiera verlo.

Bajo el abrazo desesperado de las manos de Lexi, los pulmones de Molly se llenaron de aire y después exhaló. Una vez.

Lexi comprendió entonces que Ángelo había venido a Crag's Nest por Molly, y por nadie más. Al menos, no de manera directa. Todo lo que le había dicho a Lexi y lo que había hecho por Lexi era por el bien de su hija. Rescatarla, vigilarla, protegerla, todo había sido por Molly. Como un ángel. Sí, exactamente como un ángel enviado por Dios.

Lexi se aferró a la calma que Ángelo le había proporcionado y la transformó en una confianza renovada.

Como si fuese consciente de un cambio en la mente de Lexi y, por lo tanto, en la lucha por el poder, Ward le soltó el pelo. Lexi encontró fuerza en su retirada.

—Eres un mentiroso, Warden Pavo.

La luz del techo recuperó la energía y volvió a la vida, sin vacilar esta vez.

Ángelo seguía de pie, detrás de él, y Lexi se preguntó si Ward sabía que estaba allí. ¿Cómo no iba a saberlo?

La expresión de burla en los labios de Ward parecía dolorosa, tirante, y dejaba al descubierto sus dientes blancos.

—Soy el mentiroso más poderoso que has conocido jamás.

Una imagen pasada de Ángelo doblado por la cintura, después de haber derrotado a su agresor sobre la cuesta nevada de los jardines de la residencia, trajo una respuesta a su mente.

—No tienes poder aquí.

Ward se quedó boquiabierto, demasiado impresionado para hablar.

Las manos de Lexi se calentaban contra la espalda de Molly. No comprendía lo que sentía. La niña estaba ardiendo de fiebre, una fiebre por las nubes. Lexi no se atrevía a dejarla ir.

Warden empezó a gemir. El pelo de Molly comenzó a desprender vapor.

No, no, no. Lexi apoyó la espalda contra la pared y utilizó el efecto de palanca para levantarse. Suplicó en silencio a Ángelo que la ayudara. Él simplemente asintió.

El gemido de Ward se convirtió en un grito.

—¡Morirás! ¡Voy a matarte!

—¡Pues hazlo ahora! —gritó Lexi—. ¡Hazlo ahora, si eres capaz!

Ward se encogió y se llevó las manos a las orejas. Comenzó una retahíla de insultos interminable. Salía humo de su boca, junto a palabras obscenas y repugnantes. Lexi giró el cuerpo de Molly hacia la esquina, protegiéndola.

—Ya no tienes poder aquí —repitió Lexi.

La niña empezó a deslizarse fuera del abrazo de Lexi. Lexi la apretó con más fuerza pero no era capaz de sujetarla. Sus brazos y su pecho ardían como si se hubiesen empapado en agua hirviendo. A medida que Molly descendía, se dejaba caer sobre las rodillas usando los muslos para mantener a la niña.

El hedor de algo que ardía llenó cada conducto de la nariz, la garganta y los pulmones de Lexi. Le sobrevino un ataque de tos.

Ward dejó escapar un quejido y cayó al suelo, estirándose del pelo.

Lexi gritó de forma seca:

—Déjanos en paz. Ya no eres mi carcelero.

El quejido de Ward se convirtió en un alarido que le atravesó los oídos. La respiración de Lexi se aceleró al ver el humo que empezaba a salir de su pelo, de sus manos, de sus zapatos.

Lexi alargó el cuello hacia Ángelo, sin voz para suplicarle ayuda. Molly se escabulló del regazo de Lexi; escapó del abrazo de su madre como si fuese agua.

Ward explotó. Esa era la única manera en la que Lexi podía concebirlo. Sus ropas se agitaron y se tensaron bajo el humo. Su pelo estaba ardiendo. Después, sus gritos cesaron de forma tan abrupta como si hubiese presionado un botón de *mute*, y su silueta encogida se convirtió en una estrella mortecina, un anillo brillante de partículas que se expandían desde el centro que había sido él mismo. Algunos fragmentos afilados de Warden golpearon a Lexi a su paso, chocaron detrás de ella contra la pared y cayeron al suelo.

Y en ese momento, Molly desapareció... se esfumó, se desintegró... en medio del vapor de una nube de sulfuro, y entre los brazos abrasadores de Lexi no quedó más que la chaqueta de una niña.

{capítulo 38}

La secretaria del sheriff Dawson colocaba un papel tras otro delante de Grant, indicándole dónde debía firmar, cuando entró la llamada.

En la pequeña comisaría de Crag's Nest, todos los puestos de trabajo compartían un piso diáfano y cada uno de los presentes podía escuchar todo lo que se decía. Cuando la operadora descolgó el teléfono, Grant estaba firmando una declaración que decía que había recibido todos sus efectos personales intactos. Richard, que había llegado poco después de que Alice lo llamara, estaba a su lado.

Los paramédicos informaban de varias llamadas de emergencia recibidas desde el centro comercial Bedrock. Alguien había destrozado las puertas de cristal de la entrada. Había heridos. Y una niña había saltado a la zona de restauración desde el piso superior.

Alice y Grant se miraron. A él le vino a la mente Tara. Alice se puso la mano sobre el corazón y levantó la vista.

La descripción de la pequeña se ajustaba a la difundida por una alerta Amber de una niña desaparecida aquel mismo día...

Alice comenzó a sollozar.

—No, no, no...

Gran volcó la silla tratando de salir de aquella montaña de papeleo. Se abalanzó sobre la operadora, una mujer menuda que apenas parecía haber pasado la adolescencia. La secretaria dio un grito. Richard se apartó de un salto.

—¿Está herida? ¿Qué le ha pasado?

Un sheriff agarró a Grant por el brazo. Logró zafarse pero concedió algo de espacio a la operadora, que se alejó de él con los ojos como platos.

—¡Por favor! ¿Qué es lo que dicen?

—No... no tengo esa información, señor.

Grant corrió hacia la puerta, después volvió al mostrador al darse cuenta de que había dejado allí sus «efectos personales», incluyendo las llaves del coche y la cartera.

—¡No! ¡Mi coche está en casa de Lexi!

Alice le llevaba una ventaja de años luz y ya salía por la puerta principal.

—¡Yo conduciré! —gritó.

El sheriff Dawson se colocaba el sombrero con la misma rapidez que un astronauta se coloca su traje espacial.

—Nos vemos allí —le dijo Grant.

Richard no sabía qué hacer.

Grant le agarró de la mano.

—¡Vamos! —Antes de salir de la oficina, Grant dio la vuelta y dijo—. ¡Espera! Dawson... habla con ellos. Si no es necesario trasladar a Molly, ¿puedes decirles que nos esperen allí con ella?

El sheriff asintió.

—¿Y pedir a tus patrullas que nos despejen una calle?

Dawson se echó a reír.

—En eso tendrás que apañártelas tú solo, amigo.

Para ser una mujer de casi sesenta años, Alice Grüggen era rápida. No es que Richard y Grant fuesen tortugas, pero Alice ya había acelerado el motor y había metido la marcha atrás de su sedán cuando los dos hombres se dejaron caer en sus asientos.

Grant le pidió a Richard que orase de nuevo... esta vez para que no les detuviera la policía o, peor aún, para que no acabaran teniendo un accidente. Richard se relajó con una carcajada sonora y gritó:

—¡Dios mío, despeja el camino!

Alice les condujo a toda velocidad por la montaña, atravesó las zonas rurales de las afueras de Riverbend y se adentró en el laberinto de calles.

—Alice, ¿dónde está tu teléfono?

—En el bolsillo trasero de mi pantalón y no voy a parar para que lo utilices.

—Richard, ¿tienes un teléfono?

Desde el asiento trasero se lo pasó a Grant, que casi lo pierde cuando Alice torció a mano izquierda pasando un semáforo de cruce que estaba a punto de ponerse en rojo.

—¿Cuál es tu número de móvil? —le preguntó Grant.

—¿Para qué me vas a llamar?

—¡Me refiero al teléfono que tiene Lexi!

La boca de Alice formó una pequeña O, y recitó rápidamente el número.

Grant llamó cuatro veces seguidas y en todas ellas acabó saltando el buzón de voz a la sexta señal.

¿Dónde estaba?

Dejó un mensaje. Creían que Molly estaba en el centro comercial. Iban de camino. Debía ir allí lo antes posible. Él volvería a llamar tan pronto supiera algo con seguridad.

Alice llegó al centro comercial y condujo hasta el bordillo rojo que había a la entrada de la zona de restauración. Aparcó detrás de un camión de bomberos.

Grant ya estaba fuera del coche antes de que se hubiese detenido, y sus manos ya agarraban los tiradores de las dos puertas cuando los tacones de los zapatos de Alice se posaron sobre el cemento.

Molly estaba sentada delante del McDonald's con el tobillo vendado sobre una silla. Alguien le había comprado un batido. Ángelo estaba sentado a su lado, agarrándole la mano. Un paramédico se sentó junto a ella, mientras los otros recogían el equipo.

Al ver a su hija fuera de peligro, Grant se quedó sin respiración. En un instante se plantó delante de ella, tomándola en brazos como si aún fuese una niña de dos años y él hubiese llegado a casa después de un día muy largo.

Un día muy, muy largo.

Molly se enganchó a su cuello mientras él la tomaba de la cintura. En su abrazo parecía larga y desgarbada, toda brazos y piernas.

—Hola, Molly-Wolly.

—Hola, papá —como si nunca hubiese dejado de conocerlo.

—Ay, no... no he... no hay nada roto, ¿no? —aflojó su abrazo enérgico y la sujetó con cuidado.

—Llegas tarde —susurró Molly.

—Lo siento mucho. —Le ardían los ojos.

El paramédico se puso de pie.

—Parece que está sana y salva, lo cual es un milagro teniendo en cuenta lo que ha pasado.

—¿Qué ha ocurrido? —preguntó Grant.

—Algunos testigos dicen que se subió y saltó. —El hombre señaló un punto elevado, detrás de la cabeza de Grant. Grant se giró. La altura le revolvió las entrañas—. No se sabe cómo lo hizo con ese dispositivo en el pie. Parece que nadie ha visto esa parte. Aterrizó allí.

Junto a la fuente de agua, un lujoso helecho del tamaño de una fotocopiadora había quedado aplastado.

—Un buen salto. Pero no conseguimos que nos hable de ello, así que no sabemos mucho más. —Molly ocultó los ojos contra el hombro de su padre—. La escayola ni siquiera se ha estropeado.

—Parece imposible, ¿verdad? —dijo Grant, mirando a Ángelo.

—No me lo explico, pero tampoco me voy a quejar. He oído que desapareció esta mañana del colegio, ¿no?

Grant asintió. Ángelo se había levantado en silencio, con los brazos cruzados. Richard se había unido al gran hombre colocándose a su lado. Alice le daba palmaditas en la espalda a Molly.

—Su mamá y yo lo arreglaremos todo con el sheriff —dijo Grant. El paramédico asintió y levantó la mano despidiéndose al alejarse—. Gracias.

—Él me agarró —le susurró Molly en la mejilla.

—¿Qué?

—Ángelo me agarró. Ángelo es mi ángel.

—¡Apuesto a que sí, cariño! —Dio las gracias a Ángelo con la mirada. Cualquiera que fuese el papel de aquel gran hombre en la vida de Molly, una vez más, había resultado milagroso—. ¿Quieres contarme cómo llegaste aquí?

—Me prometió que podría verte. El señor Ward. Pero... —Tragó saliva y rompió a llorar en silencio—. El señor Ward es muy malo. Dijo que... dijo...

—Está bien, Molly-Wolly. Ahora estás a salvo.

—Ángelo hizo que Ward se fuera.

—Ya no tendrás que ver a Ward nunca más, ¿vale?

La pequeña apretó con más fuerza los hombros de Grant y siguió llorando.

—¿Dónde está mamá?

—Sigue buscándote. No hemos podido...

—¿Qué le va a hacer a mamá? —Molly levantó la cabeza y colocó las dos manos sobre las mejillas de Grant. La preocupación surcaba su frente—. ¿Qué le va a hacer el señor Ward a mamá?

{capítulo 39}

Lexi yacía sobre el frío suelo de la celda de Norm, con la mirada fija en las placas manchadas del techo y sin sentir nada. Creía que su insensibilidad, de manera objetiva, era producto del *shock*: el mecanismo de supervivencia del cerebro ante el peor de los casos. Esta no era una victoria.

Era el día en que murió Tara, revivido de nuevo.

Una y otra vez, una y otra vez. Era el día en que se marchó Grant. El día en que la razón de Barrett desapareció. El día en que Ward se esfumó, llevándose consigo la verdad sobre el paradero de Molly.

Era el día en que había perdido a su única hija, su preciosa hija, para siempre.

—¿Ángelo? —susurro. Su última y desesperada súplica.

—¿Qué haces aquí todavía? —No era Ángelo. Intentó dar con el nombre. Norman.

Norm, norma, normal. La ridícula simplicidad del nombre, su estúpida, básica y mundana realidad, despertó las terminaciones nerviosas de Lexi. Sujetaba algo. El forro de poliéster de la chaqueta de Molly. Estaba húmedo por el sudor de sus propios dedos que, doloridos, seguían rígidos en un puño congelado.

Lexi se llevó el abrigo a la cara y respiró. Su último aliento. Moriría de pena allí mismo, en el suelo de una cárcel de dolor aunque fuese libre para marcharse. Ward lo habría encontrado divertido. Habría remarcado que, al fin y al cabo, ella era más libre allí dentro de lo que nunca había sido fuera. ¿Acaso no era gracioso?

Los músculos de la cara de Lexi se contrajeron bajo la chaqueta en un grito silencioso.

—¿Por qué no te has ido todavía?

Porque no tengo adónde ir.

Pero la voz de Norman Von Ruden, filtrada por el tejido, sólo contenía preocupación. Lexi controló sus lágrimas y lentamente se levantó del suelo. No lloraría allí, con él, no importaba lo apropiado que podía haber sido ese final para aquel capítulo de su vida.

Norm observó cómo se levantaba. Elevó una mano y la colocó sobre la barandilla de la cama, a continuación se incorporó. A ella le resultó imposible valorar lo que debía haber sido un esfuerzo atroz.

—Ya me iba —susurró.

La miró con la misma expresión indescifrable que tenía el día que lo conoció. Una mezcla de tristeza y anhelo. Y una vez más, él parecía ver en Lexi la angustia que nadie había visto aún. Tal vez porque, después de todo, los dos se parecían.

—Estaba aquí —dijo Norm.

Lexi asintió. Norm la imitó.

—Lo he sentido. Lo conozco.

Los pies de Lexi la llevaron hasta la puerta. Los nudillos golpearon su petición para que la dejaran salir.

—Pero ya se ha ido —dijo Norm—. Para siempre, quiero decir.

Lexi suspiró. ¿Se había ido? ¿Acaso podía saberlo alguien realmente? Lo miró a los ojos y él apartó la vista, como un niño avergonzado, pero antes, Lexi pudo ver la claridad vidriosa de sus ojos.

—Gracias a ti. Se ha ido. Has hecho algo —sus palabras se quebraron—, algo increíble. Algo que yo nunca tuve fuerzas para hacer.

—No ha sido fuerza —pero no fue capaz de definirlo—. Ha sido... necesidad. Humillación. No lo sé. Desesperación. —Y entonces la verdad se reveló por sí sola—. No he sido yo. Ha sido la misericordia. Por mí.

¿Pero a qué precio?

El guardia abrió la puerta.

—Tú me das esperanza, Lexi.

Esperanza. Para Norman Von Ruden. Una persona en el mundo que ahora la necesitaba más que ella, suponía.

Tenía un nudo en la garganta.

—Aférrate a ella si puedes —dijo.

El largo camino que Lexi recorrió desde la celda de Norm hasta la luz del día fue surrealista, como un viaje privada de los cinco sentidos. Sus piernas sabían dónde ir pero su mente no. Recuperó las llaves y el teléfono de su madre. Vio el icono de mensaje recibido, pensó de forma imprecisa que no podía acceder sin el pin de Alice. Creyó que debía llamar a... alguien. Firmó algo. Dijo algo. Cruzó la vasta extensión de una habitación gris, se apoyo contra el marco gris de la puerta y salió al exterior por un camino gris.

El cálido sol sobre su cara fue un beso de Dios. El gesto de comprensión de su padre. *Lo siento muchísimo.* Lexi cerró los ojos y se abandonó a él suavemente, sin saber adónde ir ni qué hacer. Ni si jamás podría volver a tener consuelo en esta vida.

El teléfono de su madre sonó en el interior del puño cerrado. Lo miró fijamente. ¿Qué podía decir?

—¿Sí?

—¿Lexi? ¡Gracias a Dios! ¿Dónde has estado? —Grant.

He estado perdiendo a nuestra hija.

—¡Ella está bien! —gritó, diciéndole a quienquiera que estuviese con él que por fin había contactado con su esposa desaparecida. Lexi imaginó a su madre. Bajó la cabeza.

—¡Lexi! ¿Me has oído? —¿*Oír qué?*—Está bien. Molly está bien.

—Molly —susurró. ¿*Molly está bien?* El beso cálido de Dios la tocó de nuevo, la luz del sol iluminó su espíritu. *Nunca te dejaré ir, hija. Nunca.* Aquella realidad se sumió en la alegría repentina e inesperada de Lexi. Reía y lloraba a la vez.

—Está conmigo ahora mismo. Está... —dijo Grant.

—¡Mamá! ¿Vas a venir? —la voz de Molly se mezcló con la de Grant en el teléfono, una armonía como agua fresca y colorida sobre el alma de Lexi.

—¡Molly! —un grito de felicidad escapó de su corazón y la llevó corriendo hasta el coche. *¡Sí, cariño, ya voy!*—¡Voy ahora mismo! ¿Dónde estás?

—¡Estoy con papá!

—¡Claro que sí!

Exactamente donde debía estar. Exactamente.

{capítulo 40}

El viernes por la mañana, que era el primer día de primavera, la familia de Lexi fue a dar un paseo con Barrett por la residencia. Barrett empujaba la silla de ruedas de Molly por los sinuosos caminos al aire libre, mientras Ángelo permanecía a su lado. Grant y Lexi caminaban juntos unos metros por detrás del trío.

Alice había ido a la vista de Norm.

Durante el tiempo transcurrido desde la desaparición de Ward, el corazón de Lexi había realizado la labor de poner en orden sus experiencias. Las dos mañanas anteriores, se había despertado con la claridad de un intenso sueño cuya nitidez duraba medio segundo antes de que el momento presente lo desdibujara por completo. Durante ese breve instante, lo comprendía todo. Los lazos entre su vida espiritual y su vida física se tensaban y vibraban llenos de significado. Esperaba que la unión de aquellas experiencias resonara en su corazón el mayor tiempo posible... eternamente, esperaba, o al menos hasta el día en que, al fin, pudiera explicar los matices.

A los ojos de cualquier testigo razonable, debía haber una explicación para lo que pasó mediante la cual no fuese necesario recurrir a ningún razonamiento milagroso. Pero Lexi lo sabía mejor que nadie.

Molly llamaba a Ángelo su ángel y, por supuesto, todos estaban de acuerdo en que lo era. Pero Molly aún tenía la bendita inocencia de un niño que cree que el mundo es un lugar maravillosamente simple. Cuando apareció esa expresión en sus ojos y siguió diciendo «lo digo *en serio*», Lexi comprendió que aquello era un secreto que ella y su hija podían compartir.

No era tan difícil de creer. Simplemente, era extraño decirlo. A Lexi le preocupaba que si examinaba la verdad con demasiada profundidad, ella misma la obligaría a convertirse en increíble. Así que decidió guardar su grandeza en los rincones más secretos de su corazón hasta el día en que pudiera madurar en la fe infantil de Molly.

Por los jardines de madera del hogar de su padre, Lexi caminaba con las personas a las que más quería sin hablar demasiado, satisfecha con el sonido del viento de marzo en los pinos. La nieve había comenzado a derretirse y formaba un arroyo constante que descendía desde el punto más alto de la propiedad hasta un barranco situado en su perímetro. El «río» de Barrett, como él decía.

Grant tomó la mano de Lexi y, suavemente, tiró de ella para que fuese a un ritmo más lento.

—¿Podemos hablar un minuto? —preguntó. Habían estado rodeados de gente desde la desaparición de Molly el miércoles por la mañana.

—Imagino que es sobre el tiempo —dijo ella, liberando sus dedos de entre los de Grant. Temía que el momento del juicio había llegado, y la conversación resultaría más sencilla con las manos metidas en los bolsillos de su vieja chaqueta del instituto.

—Estaba pensando en Molly —dijo él, echando un vistazo a su mano vacía.

—Ah, vale. ¿Qué ocurre?

—Parece que se está recuperando rápido.

Lexi se detuvo en el sendero.

—El tiempo nos lo dirá —dijo.

Él asintió.

—Tendremos que prestarle mucha atención, aunque parezca que esté bien.

—¿Tendremos?

Grant carraspeó.

—No quería decir que... Me refiero a que... todos tendremos que ayudarle a superar los momentos difíciles. Nosotros. Tu madre. Gina. Ya sabes.

—Por supuesto.

Avanzaron unos pasos sin hablar.

—¿Te ha contado Molly toda la historia? —preguntó Lexi.

—Por lo que creo, sí.

—Si te ha dicho que sí, es que sí.

Grant asintió.

—La parte de Norman...

—Ya lo sé.

Lexi levantó la vista hacia las piñas que se estaban formando en las copas de los altos abetos azules.

—A veces recuerdo aquella época e intento averiguar *por qué*. Me cuesta creer que fuese yo la persona que cayó de forma tan rápida y tan dura.

—Todos lo hemos hecho. De diferentes formas, pero todos lo hemos hecho.

—Fui injusta contigo, Grant. —Lexi se colocó frente a él—. Lo hice de la forma más horrible que una esposa puede hacerlo.

—Tenías razones de sobra.

—Ninguna de ellas hará que esté bien.

—Vale. Te doy la razón. Pero ahora somos personas distintas.

Lexi suspiró.

—Sigo teniendo la esperanza de que eso sea cierto.

—Lo es para ti, Lexi. Es obvio. Maravillosamente obvio.

—¿Quieres decir que me vas a dejar salir del atolladero?

Grant se echó a reír. Era la primera vez que Lexi oía aquella armonía barítona desde que había vuelto con ella. Sonrió por la libertad que desprendía. Grant contestó:

—No estoy seguro de poder ayudarte en eso si yo mismo estoy de barro hasta el cuello. Pero sí, Lexi, por favor, no perdamos más tiempo atascados en ese atolladero.

—No lo haré, si tú no lo haces.

Él apretó los labios.

Lexi le sonrió. El viento fresco había hecho que su nariz enrojeciese.

—Gina vuelve a casa esta noche —dijo—. Tu hija va a cocinar para celebrarlo. ¿Vienes?

Después del paseo, Ángelo devolvió su acreditación en la sala de enfermería, donde parecía que ya lo esperaban. Lexi y Molly fueron con él hasta el aparcamiento mientras Grant llevó a Barrett a su habitación.

Ángelo había avisado hacía dos semanas, supo Lexi. Una semana entera antes de conocerlo. Se suponía que iba a empezar un trabajo el lunes en algún lugar, pero no dijo qué era, y ella no preguntó.

—¿Cuánto tiempo llevas trabajando aquí? —preguntó Lexi.

—Seis años.

—Ese es el tiempo que mi padre lleva... —Y, de nuevo, surgió otro pensamiento al que decidió no dar demasiadas vueltas. Al contrario, lo guardó en la caja de su corazón. Estaba un poco avergonzada por haber llegado a considerar a Ángelo como un posible idilio.

—¿Quién va a cuidar de papá? —preguntó.

—Toda la gente maravillosa que trabaja aquí —contestó Ángelo—. Tienes que conocer a Julian.

Ángelo ayudó a Molly a entrar en el Volvo y ella le dio un beso en la mejilla. Puso la silla de ruedas en el maletero.

Lexi asintió.

—Gracias —dijo, por mucho más que por haber cargado la silla de ruedas.

—De nada. —Parecía que también aquellas palabras eran conscientes de todo lo que quedaba sin decir.

—¿Volveré a verte por aquí?

—Si alguna vez necesitas mi Batmóvil morado, llámame.

—Espero no darte ninguna razón para que tengas que volver —dijo—. Pero, si lo hago, te esposaré a Molly y me aseguraré de que nunca te quedes dormido.

—Sigue alimentándome con esos pasteles y con tu café helado, y estaré encantado.

Después, les dijo adiós con la mano y eso fue todo.

Lexi se pidió el día libre. Reduciría su asignación de setenta y cinco dólares semanales, pero no le importaba lo más mínimo. Recogió a su hija del colegio y pasaron la tarde preparando la celebración de la vuelta a casa de Gina con una enorme bandeja de lasaña, con extra de orégano y tres variedades de queso.

Lexi pidió a su madre que no diera muchos detalles sobre lo que había pasado en la vista de Norm. Alice parecía contenta de poder evitar por completo el tema y anunció sus planes de cenar con Barrett. No había querido hablar mucho con Lexi desde que Molly regresó sana y salva. Sin embargo, sin pedir permiso a Lexi, le compró a Molly uno de esos móviles para niños con minutos de prepago y control paterno y todo eso, para que ella y Molly pudieran hablar todo lo que quisieran.

A las seis en punto, Lexi y Molly estaban juntas en la cocina, picando ajos para el pan, y Lexi se preguntó si Molly también estaba pensando en Ángelo.

O en Grant.

El timbre de la puerta sonó y las dos se miraron. Molly sonrió y salió cojeando de la cocina, golpeando su escayola nueva como un pirata con pata de palo.

—¡El cuchillo! —le recordó Lexi.

Molly volvió a toda prisa, dejó la hoja junto a los dientes de ajo y volvió a salir apresurada.

Lexi esperó en el lugar de encuentro entre el vestíbulo y la entrada a la cocina y observó cómo Molly abrió la puerta de golpe a su papá. De repente, se avergonzó de sus uñas sin manicura y de su cara poco atractiva. Había olvidado maquillarse y quería arreglarse un poco antes de que él llegara.

En fin.

Grant levantó a Molly en un abrazo a la vez que sujetaba una bolsa pequeña de papel marrón.

—Hueles a ajo.

—Tienes que besarme de todas formas —dijo ella.

Le plantó un gran beso en la frente antes de bajarla. Molly siguió con los brazos alrededor de su cuello y él permaneció encorvado pacientemente.

—¿Qué menú nos tiene preparado el chef esta noche? —preguntó.

—¡Lasaña!

—¡Mi favorita!

—¿Has traído el postre?

—Tal y como me pediste.

—¿Qué es? —Se soltó del cuello, lo agarró de la mano y comenzó a tirar de él hacia la cocina.

—Tofu de hígado.

—¡Puaj! ¡Papá! —Intentó alcanzar la bolsa. Grant la mantuvo por encima de la cabeza de Molly, fuera de su alcance, y se la pasó a Lexi mientras la niña trataba de interceptarla. Lexi sonrió y se unió al juego.

—¡Ey! —anunció Molly—. ¡No existe el tofu de hígado!

—Te vas a sorprender.

—¡Pues no! El tofu no tiene...

—Te vas a sorprender porque te lo diré cuando terminemos de cenar.

Lexi puso la bolsa encima del frigorífico.

—¿Puedo adivinarlo? —preguntó Molly.

—Nunca lo adivinarás.

—¡Sorbete de limón!

—¡Primer *strike*! Déjame que salude a tu madre.

Lexi estaba sonriendo cuando Grant la miró, y los extremos de sus ojos se arrugaron al devolverle la sonrisa. Nunca la había mirado así... con ese rostro radiante de felicidad... desde que Molly nació. Lexi olvidó lo que había planeado decir.

—¡Galletas de canela!

Al final lo consiguió:

—Me alegra que hayas venido, Grant.

Parecía no estar preparado para esa clase de cordialidad, porque la miró fijamente durante dos segundos y después dijo:

—Segundo *strike*.

Lexi se hizo la ofendida. Él se rió.

—Es bueno estar en ca... —se contuvo, sacudió la cabeza—. Lo siento.

—¿Pastel de zanahoria? —preguntó Molly.

—No seas pesada —dijo Lexi—. Me alegra que estés aquí.

—Yo también me alegro de que estés aquí. ¿Cuándo te vienes a vivir con nosotras? —dijo Molly.

Lexi se cubrió la boca con la parte posterior de la mano y debió sonrojarse, porque Molly añadió:

—¿Qué? No hace falta que se vuelvan a casar, ¿no?

En eso tenía razón, así que Lexi se preguntó por qué se sentía como si se tratara de una emocionante primera cita.

Grant abrió la boca para decir algo, o tal vez fue la sorpresa lo que había separado sus labios. Miró a Lexi, volvió a dirigirse a Molly, y dijo:

—Chips Ahoy.

—Molly, ¿por qué no vas a buscar tu redacción sobre los Pawnee para enseñártela a papá? —dijo Lexi.

Molly sonrió y colocó las manos sobre las caderas:

—Sólo tienen que pedir un poco de intimidad —dijo.

—Ve por tu redacción, boba.

—¿Sabías que los indios Pawnee envolvían a sus bebés en pieles de lince? —le preguntó a Grant—. Creían que los puntos eran como estrellas en el firmamento y decían que los cielos protegerían a sus hijos. ¿A que es genial?

—¡Mucho!

—Ángelo me lo enseñó en un libro que saqué de la biblioteca del colegio. No tuve tiempo para leerlo entero.

Lexi le hizo un discreto gesto en dirección a su habitación.

—¡He sacado un notable alto! —anunció mientras hacía un pequeño baile cojeando por el pasillo.

—Baja el volumen, cielo. Gina está descansando —dijo Lexi.

Molly se dio la vuelta y susurró en voz alta:

—¡Y me *encantan* las Chips Ahoy!

Lexi cruzó una mirada con Grant y le indicó una silla de la cocina. Entonces, comenzó a amontonar el ajo de Molly en un recipiente de mantequilla ablandada. Grant se quedó de pie.

—Molly es increíble —dijo—. Has hecho un gran trabajo con ella, Lexi.

—Gracias. —Aplastó la mezcla para unirla con un tenedor.

—Se parece a ti.

—Tiene tu sentido del humor. Lo echaba de menos.

—Es muy madura para su edad.

—¡Espera a conocerla!

Se rieron juntos, y después cayeron en un cómodo silencio. Grant se acercó y se apoyó de espaldas contra la encimera, con los tobillos cruzados.

—Siento haberme perdido tantos años.

—No tienes que seguir disculpándote, Grant.

—No puedo evitarlo.

—Ya ha pasado. Ya está. Saldremos adelante. —Tan pronto lo dijo en voz alta, lo creyó. Su esperanza era tan real como la presencia de Grant en la cocina.

Él suspiró, un alivio hondo y pesado.

—Haré lo que haga falta.

—Ahora mismo hace falta que cortes en rebanadas esta barra de pan italiano con un cuchillo muy desafilado. —Le pasó ambas cosas.

—A tus órdenes. —Cuando la hoja comenzó a romper el pan convirtiéndolo en un montón de migajas, dejó el cuchillo y comenzó a abrir la barra con los pulgares—. ¿Tiene que quedar muy bonito?

—La estética es cosa de Molly. Yo me conformo con que esté pasable.

—Con esos criterios, debe ser más fácil de lo que pensaba. —Pero el pan seguía desintegrándose. Lexi se planteó detenerlo antes de que quedara reducido a comida para patos—. Por otro lado —continuó—, ¿y si en lugar de hacer tostadas, fundimos la mantequilla de ajo y mojamos los trozos?

En aquel momento, para Lexi no había nada más bonito que aquella barra de pan destrozada en las manos de Grant... nada tan prometedor, ni tan sabroso, ni tan reparable. Estaba tan hambrienta. Llevaba años hambrienta.

—Te quiero, Grant.

Él dejó el pan sobre las migajas.

Lexi comenzó a sollozar.

—Estoy tan feliz de que hayas vuelto. Necesitaba tanto que volvieras...

Grant tomó su mano y la arrastró hacia él, después la rodeó con los brazos. Lexi apoyó la cabeza sobre su hombro, mientras la tensión de años iba desapareciendo.

Grant susurró entre su pelo:

—Tú eres la prueba de la misericordia de Dios en el mundo, Lexi Solomon.

Entonces, llamándole su señor, le dijo: Siervo malvado, toda

aquella deuda te perdoné, porque me rogaste. ¿No debías tú también

tener misericordia de tu consiervo, como yo tuve misericordia de ti?

Entonces su señor, enojado, le entregó a los verdugos, hasta que

pagase todo lo que le debía.

MATEO 18.32-34

{guía de lectura en grupo}

1. ¿De qué modo el amor de Lexi por Molly es una fuerza motriz en la vida de Lexi? ¿Hasta qué punto llega ese amor a proteger a Molly de Ward? ¿Qué fuerzas enemigas en el corazón de Lexi limitan el poder de su amor? ¿Por qué?

2. ¿Cuál es la naturaleza de las exigencias que Ward le hace a Lexi? ¿Por qué decide él exigir eso en particular? ¿Qué papel juega su enfrentamiento con Lexi en su propósito principal de destruir a la familia Grüggen?

3. ¿Por qué se ve Grant obligado a regresar con su familia? ¿Por qué no cedió cuando se pasó al otro bando?

4. ¿Por qué le resultaba a Alice más sencillo apoyar los esfuerzos de Grant que estar con Barrett durante su crisis?

5. ¿Cómo hace cada personaje para conocer sus propios pecados y buscar después el modo de redimirlos? ¿Qué actitudes y acciones conllevan los resultados más deseables? ¿Por qué?

6. ¿De qué modo percibe Lexi sus propios pecados en comparación con el modo en que percibe los de los demás? ¿Por qué tendría que haber disparidad entre sus puntos de vista?

7. ¿Qué obstáculos se interponen en el camino para que Lexi perdone a Grant? ¿Y a Norm? ¿Y a su madre? ¿Qué debe hacer ella para apartar esos obstáculos de su camino?

8. ¿Cómo dificulta su vida la relación de Lexi con su madre? ¿Hasta qué punto su relación es natural? Sus «asuntos» siguen sin resolverse al final de la historia. ¿Qué debería hacer cada mujer para traer más paz a su relación?

9. Ángelo le dice a Lexi en más de una ocasión que «escuche al amor». ¿Qué significa para ella este consejo al principio de su viaje? ¿Cómo se puede comparar a su comprensión de la sabiduría al final? ¿Cómo escucha el amor Molly como niña en comparación a cómo lo debe escuchar Lexi como adulta?

10. ¿Por qué no evita Ángelo que Ward entre en la vida de Lexi? ¿Cuál es el objetivo de Ángelo? ¿Cómo lo logra?

11. Ward tiene la habilidad de hacer que la gente vea lo que él quiere que vean. ¿De qué manera esa habilidad es sobrenatural? ¿Cuánto depende del estado de la mente y el corazón de su objetivo? ¿Que les podría hacer menos susceptibles al engaño? ¿Por qué no puede Ward engañar a Molly por mucho que lo intente?

12. ¿Qué personaje en esta historia tiene la percepción más precisa de lo que es verdad? ¿Qué es lo que hace posible esa percepción?

{mis más sinceros agradecimientos}

A TIM, AMBER Y JAROD
por su paciencia que sobrepasa todas las
cosas y su gran, gran amor

A TED
por el apasionante paseo

Y TAMBIÉN A
Dan Raines
Kathy Helmers
Kevin Kaiser
Ami McConnell
Traci Apineru
Mike y Lynn McMahan
Todas las mentes brillantes de Creative Trust
Allen Arnold y el impresionante equipo de Thomas Nelson

{de autor a autor}

El equipo de ficción de Thomas Nelson invitó recientemente a nuestros autores a que entrevistaran a otros autores de ficción de Thomas Nelson en una sesión en directo de preguntas y respuestas. Podían hacer cualquier pregunta acerca de cualquier tema del que quisieran conocer más. Lo que más nos gusta de estas conversaciones es que revelan cosas tanto del que hace las preguntas como de los autores que las responden. Siéntate y disfruta del coloquio. Quizá nunca te sentiste suficientemente intrigado como para agarrar una de sus novelas y descubrir así a un nuevo escritor favorito.

Erin Healy: Me convertí en novelista después de muchos años siendo editora de libros de ficción. Sin embargo, mi trasfondo no me libró de una brusca curva de aprendizaje. Tu viaje te llevó desde el terreno del periodismo impreso, donde fuiste nominada a dos premios Pulitzer (algo por lo que solamente siento envidia sana). ¿Tuviste que aprender algunas habilidades de escritura desde cero?

Sibella Giorello: Te felicito por dar el salto desde la edición a la escritura, Erin. Aunque yo nunca edité, entiendo lo que dices acerca de la brusca curva de aprendizaje. Algunas veces parece que cada libro me obsequia con una nueva. Ayuda mirarlo desde otra perspectiva y dar gracias por cómo cada libro nos enseña algo nuevo acerca de los personajes y la trama... ¡y, vaya! ¡Eso te hace poner los pies en la tierra!

Pero el periodismo fue un estupendo entrenamiento militar. Me enseñó a escribir bajo cualquier circunstancia: cuando el editor está gritando (perdón), el teléfono suena y el plazo de entrega se abalanza sobre ti en cuestión de segundos. No hay tiempo que perder; ¡solamente escribes! Esa experiencia me ayuda en las inevitables mañanas que no quiero escribir. Escribo de todos modos.

Así es como se escriben los libros: por medio de la disciplina, no la inspiración.

E. H.: Tus novelas tienen un fuerte sentido del lugar, enraizado en la profesión de tu protagonista, Raleigh, geóloga forense. ¿Qué hay en las rocas que habla al corazón del hombre? ¿Qué le dicen a Raleigh?

S. G.: Quizá el emplazamiento me resulta importante porque crecí en Alaska. Alaska tiene mucha fuerza. Es un paisaje que se niega a ser ignorado. Pasé horas mirando fijamente la nieve, el cielo y las montañas preguntándome cómo nacieron. Las grandes cuestiones geológicas. Pero las rocas, como tú dices, nos hablan. Para mí son como trozos tangibles de poesía. En una piedra se vislumbra una gran historia, pero también el cierto que existe simplemente por su belleza.

Para Raleigh Harmon las piedras hablan de justicia y piedad. Como geóloga forense, utiliza la mineralogía para resolver crímenes, examinándolo todo, desde la arena del interior de las huellas de un neumático o la tierra que se quedó en el escenario, hasta el zinc de la barra de labios de una mujer.

Pero es una científica que reconoce a su creador. Las piedras también hablan de Dios.

E. H.: Raleigh trata con algunos asuntos personales universales (en lo profesional, lo espiritual y en sus relaciones) en cada una de sus historias. ¿Cómo describirías aquello que ocupa el centro de su gran viaje vital?

S. G.: Para ser una mujer joven, Raleigh tiene que tratar con un serio dolor. Su padre biológico se marchó, su madre sufre una enfermedad mental crónica y su padre adoptivo, la persona a la que se sentía más cercana, fue asesinado. Su trabajo para el FBI la coloca cara a cara con los peores seres humanos del planeta.

Muchos se romperían bajo esas circunstancias. Raleigh, sencillamente, se hace más fuerte, aferrándose a la certeza de que no solamente Dios existe, sino que también nos ama. Incluso al más depravado de nosotros.

E. H.: Tú y yo compartimos la insólita conexión de haber vivido en la salvaje y escarpada Alaska. ¿Alguna vez irá Raleigh allí para «descifrar el paisaje de Alaska», como tú soñaste hacerlo?

S. G.: ¡Así que sabes de lo que estoy hablando! Todo el mundo debería verlo, pero especialmente un geólogo, y es por eso que Raleigh acaba allí en The Mountains Bow Down. Saldrá en 2011.

E. H.: Disculpa mi entusiasmo, pero tienes un nombre digno de una heroína. ¡En mi cabeza solamente puede significar «belleza»! ¿Hay una historia detrás de cómo llegaste a llamarte así (y qué es lo en realidad significa)?

S. G.: La verdad es ésta: no soy italiana. Mi marido sí es italiano y me bendijo con un matrimonio fonéticamente concertado.

Mi nombre de pila viene de la familia de mi madre, donde todas las mujeres tenemos alguna versión de «Belle». Mi abuela era Belle, mi madre era AnnaBelle y mi prima Isabelle. «Sibella» combina los dos nombres de pila de mi abuela.

Echando la vista atrás, algunas veces me pregunto si mi madre sabía que me casaría con un pedazo de Italia.

{acerca de la autora}

Erin Healy es dueña de WordWright Editorial Services, una compañía consultora ubicada en Colorado que se especializa en la crítica de libros de ficción, desarrollo de manuscritos y edición para editoriales. Beso, escrito conjuntamente con Ted Dekker, es su primera novela. Erin es la directora de Academy of Christian Editors y ex editora de la revista Christian Parenting Today. Ella y su esposo, Tim, son los orgullosos padres de dos hijos.